KB167955

무자비한 여자들

최고의 쌍년을 찾아라

무자비한 여자들
최고의 쌍년을 찾아라

멜라니 블레이크 지음 · 이규범, 손덕화 옮김

프로방스

멜라니 블레이크의 첫 소설 《썬더 걸스(The Thunder Girls)》는 극본으로 각색되기 전에 베스트셀러 10위 안에 들었다. 멜라니는 정기적으로 중앙지에 칼럼을 썼고, 40시간이 넘는 신디케이션(방송 네트워크를 거치지 않고 텔레비전 쇼 및 라디오 프로그램을 방송할 수 있는 권리를 여러 텔레비전 방송국 및 라디오 방송국에 임대하는 관행) 텔레비전 방송을 공동제작했다. 그러나 멜라니는 연예계에서 '드라마의 여왕'으로 가장 잘 알려져 있다.

런던에 본부를 둔 멜라니의 연예 기획사는 흥행에 성공했던 드라마의 대표 여배우들과 계약을 맺고 있으며 현재 멜라니의 고객에는 전설적인 미국 드라마 '다이너스티(Dynasty)'와 '코로네이션 스트리트', '이스트엔더스', '에머데일', '홀리오크' 에 출연했던 스타들이 있다.

진정한 내부자로서 멜라니는 연예계의 모든 속사정을 보아왔다. 그리고 이제 멜라니는 소설을 통해 그 비밀들을 파헤치고 있다.

등장인물

제이크 먼로 한때 세계에서 가장 흥행하였으나 현재는 시청률이 형편없는 인기 드라마 '팔콘만'의 총책임 프로듀서이자 단독 프로듀서이다. 그는 성별에 따라, 연령에 따라 사람을 차별하며 쉬지 않고 사기를 친다.

아만다 킹 친절하고 마음씨 좋은 프로듀서, 제이크와 공동 프로듀서였지만, 출산 휴가 중에 강등되었다.

매들린 케인 '팔콘만' 방송국의 새 소유자로 엄청난 미모를 자랑한다. '팔콘만'의 인기를 회복시키고 최고의 자리를 탈환하기 위해 미국에서 날아왔다.

채드 케인 매들린의 남편. 대단한 부자로 미국 최남단의 침례교도의 아들. 결단력이 있으며 미남이다.

헬렌 골드 '팔콘만'의 캐스팅과 언론을 책임지고 있다. 방송국이 문을 연 첫날부터 일을 했으며, 결단력있고 관능적이다.

캐서린 벨 '팔콘만'의 주연 여배우. 70세. '팔콘만'에서 해변의 사랑스러운 술집 여주인인 루시 딘을 연기하여 상을 휩쓴다.

파라 애덤스 '팔콘만'의 야심 있는 작가, 감독 역할을 맡기도 했다. 남성 중심적인 '팔콘만' 제작팀에서 온 힘을 다하여 일했고 승진에 성공한다.

쉬나 매퀸 캐서린 벨, 스테이시 스톤브룩과 리디아 체임버스의 대리인. 또한 매퀸 에이전시의 최고경영자이다. 섹시하고 대담하며 방송국 곳곳에 끈끈한 인맥을 구축해 두고 있다.

에이든 앤더슨 '팔콘만'의 총감독'. 매력적인 상류층이다.

댄 코크런 새로 온 재무 책임자, 계산기만 두드리는 남자라고 하기엔 너무나 섹시하다.

로스 오웬 양심이라고는 전혀 없는 연예계 프로그램 운영자이며 뉴스 편집장. 사회적으로 영향력을 행사하고 싶어 하며 만일 나쁜 소식이 있다면 거기에는 틀림없이 그의 의도가 있는 것이다.

허니 헌터 오스카상을 수상한 여배우로 수십 년 동안 은둔 생활을 해왔다. 여러 번 이혼하였고, 위자료로 성형수술을 하여 56세 나이에도 여전히 매력이 있다.

스테이시 스톤브룩 자신의 전성기를 보내버린 실직 여배우로 신경안정제에 의존하여 생활하고 있다

리디아 체임버스 한때는 드라마 악역의 아이콘이었으나 현재는 좌천되어 주간 TV쇼에 출연한다. 종종 비서들을 난처하게 만든다.

차례

등장인물 · 6

제 1 부

1장 · 12

2장 · 30

3장 · 49

4장 · 69

5장 · 76

6장 · 97

7장 · 105

8장 · 119

제 2 부

9장 · 140

10장 · 148

11장 · 152

12장 · 160

13장 · 174

14장 · 177

15장 · 187

16장 · 192

17장 · 200

18장 · 205

19장 · 210

20장 · 217

21장 · 231

제 3 부

22장 · 236

23장 · 239

24장 · 246

25장 · 250

26장 · 255

27장 · 259

28장 · 264

29장 · 270

30장 · 277

31장 · 281

32장 · 289

34장 · 316

35장 · 323

36장 · 328

37장 · 334

38장 · 338

40장 · 360

41장 · 367

42장 · 371

43장 · 379

44장 · 382

45장 · 391

마지막 부

46장 · 402

47장 · 405

48장 · 413

49장 · 418

50장 · 421

51장 · 428

52장 · 433

53장 · 438

54장 · 440

55장 · 446

57장 · 451

58장 · 456

59장 · 465

60장 · 470

제 1 부

1장

　6번 회의실은 화창한 날이면, 햇살이 바닥에서 천장까지 쏟아져 내려, 테이블 위의 대본, 쪽지들이 빛에 바래져 희미해졌다. 그러나 흐린 날에는 정반대의 모습을 보였다. 형형색색의 바위들이 만든 작은 바다 오두막들이 끝이 보이지 않을 만큼 늘어서 있었고, 그 마지막 너머에는 파도가 부서지는 소리를 들을 수 있는 숨겨진 해변이 있었다. 당신은 세상에서 가장 유명한 장소 중의 하나인 그곳에서, 눈코 뜰 새 없이 바쁜 유명한 배우들과 제작진들에 둘러싸여 세상 어느 곳에나 와 있는 척을 할 수 있을 것이다.

　이 만에서 이 회의실은 가장 중요한 곳이었다. 만이 없었다면 회의실도 없었을 것이다. 여기는 세계적으로 사랑을 받아온 드라마 '팔콘 만'의 제작 사무소이다. 프로듀서, 작가, 경영진이 매일 만나 수백만의 시청자가 볼 수 있도록 대본을 만들고, 드라마를 기획하는 곳이 6번 회의실이었다. 유리로 만들어진 이 회의실의 부수적인 목적은 건물

밖에 있는 팀원들에게 '팔콘만'의 창의성이 항상 작동하고 있다는 것을 알려주고, 늘 보고 있다는 것을 주지시키기 위해서이다.

회의실 중앙에는 너무 단단하지도, 편하지도 않은 네온 핑크색 의자에 둘러싸인 커다란 흰색 타원형 테이블이 있었다. 다양한 사람들이 앉아 있었고, 작고 부드러운 웅성거림과 노트를 넘기는 소리, 노트북 자판을 두드리는 소리, 핸드폰 메시지 알림들이 한데 섞여 들렸다. 만의 모습을 지탱해 주는 두 개의 흰색 벽이 있었다. 한쪽 벽 선반에는 전통적인 황금 트로피부터 크리스탈 톰과 황금색의 바프타상까지 다양한 모양과 크기의 상들이 수북하게 진열되어 있었다.

맞은편 벽에는 '팔콘만'의 현재 출연진 사진과 대형포스터가 핀으로 각각 고정되어 있었고, 포스트잇 종이들이 에어컨 바람에 부드럽게 펄럭이고 있었다. 그 방은 자연 광선이 충분해 미묘하게 밝았다. 그러나 폭풍이 몰려올 때는 자동 조명등이 너무 서서히 희미해져서 방 안에 있는 어떤 누구도 그 변화를 눈치채지 못했다.

6번 회의실은 마법이 일어나는 곳이었다.

문이 활짝 열리면서 제이크 먼로가 들어서는 것을 모두가 쳐다보았다. 제이크는 사람들이 빼곡히 앉아있는 테이블을 지나쳐 입구 옆에 있는 스토리보드를 향해 걸어갔다. 그는 미동도 없이 스토리보드에 적힌 몇몇 메모들을 바라보았다. 꽉 끼는 청바지 아래로 근육질 다리가 도드라져 보였고, 검은 가죽 재킷으로 감싼 넓은 어깨는 그를 예순 살보다 훨씬 더 젊어 보이게 했다. 제이크의 존재는 늘 대단했지만, 최근 방송국 소유주가 바뀌고 팔콘만의 총책임자로 승진하게 되면서 제이크는 더 오만하고 건방져보였다. 제이크는 먹이사슬의 최정상에 있었고, 모두가 자신의 성공을 알아주길 바랐다.

한참의 시간이 지난 것 같았지만 채 2분도 지나지 않았다. 제이크는 사람들을 향해 몸을 반쯤 돌렸다. "이게 다야?" 제이크가 스토리보드를 지적하며 한 사람 한 사람과 눈을 마주쳤다. 쥐 죽은 듯이 조용한 공간에 제이크의 낮은 목소리가 울려 퍼지자 모두가 닭살이 돋았다.

제이크의 시선이 결국 칙칙한 갈색 머리 여자에게서 멈췄다. 그녀는 두꺼운 안경을 쓴 데다 키가 작고 뚱뚱했다. 그녀의 자리가 에어컨 바로 아래에 있어 냉기 때문에 그녀는 으슬으슬 추워했다. 그녀는 베이지색 담요를 어깨에 두르고 있었다. 그 담요의 술이 흔들리는 것을 보고 제이크는 화가 났다.

"대체 왜 그러는 겁니까?"

그녀의 얼굴은 창백해졌고 솔의 술이 더 심하게 흔들렸다.

"제가 너무 추워서, 그래서." 그녀가 더듬거리며 말을 마치기도 전에, 제이크는 그녀에게 다가가 그녀 바로 앞에 섰다.

"빌어먹을, 당신 말이 맞아."라고 으르렁거리더니, 중앙 테이블의 다른 사람들을 훑어보았다. "당신만 그런 게 아니야."

그날 일찍 제이크는 모든 작가, 프로듀서와 캐스팅 담당 임원들에게 "만사를 제치고 즉시 6번 방 긴급 회의에 참석하라."고 지시했다. 세 시간 후 제이크는 이 나라에서 가장 창의적인 것으로 추정되는 무엇을 조사하고 있었다.

제이크는 캐시미어를 입은 채 떨고 있는 멍한 시선과 마주쳤을 뿐이다. 제이크는 성난 바다를 힐끗 내려다보았다. 파도가 해안가 바위를 강타하고 있었다. 번쩍이는 폭풍이 외부의 현실뿐만 아니라 '바로 여기'에까지 근접해 있었다.

폭풍에 누군가는 익사하게 될 것이다.

'팔콘만'은 40주년 행사를 앞두고 있었다. 한때는 전 세계의 모든 상을 휩쓸었으나 현재 시청률은 절반 이하로 하락했다. 지지를 기대할 만한 고향에서조차도 세계적인 언론사에서 쇼를 거세게 비난하기 시작하자 같이 헐뜯기 시작했다. 일단 기자들의 눈에 띄기만 하면 거의 종말이 온다고 할 수 있었다. 이 방송사는 몇몇 비용이 싸고 인기 있는 리얼리티쇼를 만들어 냈지만, 단 한 편의 드라마만 미국 투자자에게 팔렸다. 방송국의 새 소유주는 단 한 가지, '팔콘만'을 다시 1위의 고지에 올리라고 제이크를 부추겼다.

제이크가 하고자 했던 일, 그것을 이루기 위해 설령 6번 방에 모인 모두를 해고하고 다시 시작해야 한다고 해도 제이크는 개의치 않을 것이었다. 오랫동안 사업을 해오면서 제이크는 단 한 명의 해고가 가져오는 나머지 사람들의 충격을 잘 알고 있었다. 그날은 그들 중 누구라도 그렇게 될 수 있었다. 애석하게도 그 칙칙한 갈색머리 여자는 타이밍이 좋지 않았다.

"당신들 모두 아무 대책들이 없어?" 제이크가 소리쳤다.

방 전체가 얼어붙었다. 바다는 포효하며 하얀 거품을 하늘 높이 뿜어내었다. 아무도 창문 밖을 쳐다보지 못했고, 제이크를 똑바로 바라볼 만큼 용감한 사람도 없었다. 그들은 어떤 일이 닥칠지, 어떻게 살아남아야 하는지를 알고 있었다. 제이크와 시선을 마주치거나 제이크의 눈에 띄어서는 안 되었다. 제이크는 거만하게 고개를 저었다.

"스토리보드를 봐 봐. 참신한 아이디어가 단 한 개도 없어. 이 한심한 사람들아!"

칙칙한 갈색 여자는 신입이어서, 제이크의 기분이 좋지 않을 때 가만히 있는 것이 좋다는 말을 들을 새가 없었다. 그녀는 제이크가 소리를 치자, 추운 듯 심하게 몸을 떨었다. 흔들리는 손으로 그녀는 천천히 감싸고 있는 숄을 애착 이불을 바라보듯 응시했다. 그녀가 제이크의 눈에 띄었고, 잘생긴 제이크의 얼굴은 분노로 벌개졌다.

"이봐. 여기는 창의적인 장소여야 해." 제이크는 손가락으로 공중에 따옴표를 만들며 소리쳤다. "당신들같이 게으른 개자식들은 똥도 만들지 못해. 아니지. 실제로 그건 사실이 아니지. 당신들 모두 똥을 만들지. 아무도 쳐다보지 않는 똥."

칙칙한 갈색머리 여자가 숄의 가장자리를 다리 아래로 밀어 넣기 시작하자, 제이크는 더 이상 참지 못했다. 제이크는 손가락으로 툭툭 소리를 내며 그녀에게 소리를 질렀다. "나가. 당신은 해고야."

순간 6번 방에 있는 사람들은 숨이 탁 막혔다.

한 손으로 그녀를 가리키며, 제이크는 문을 활짝 열고 조용히 그곳에 서 있었다. 그는 그녀를 그런 식으로 해고할 수 없다는 사실을 알고 있었다. 인사과에서 경고문 비슷한 것으로 이것을 상기시킬 것이다. 나중에 제이크는 그녀를 그의 사무실에 앉게 한 다음 이것을 설명할 것이다. 그녀는 신입사원이었고, 더 이상 환영받지 못할 것이다. 그녀는 제이크가 조용히 일을 그만두고 나갈 수 있도록 제시한 약간의 보수를 받거나 부당한 해고에 대항해 몇 달 동안 싸울 수도 있었다.

"하지만 먼로 씨!" 그녀가 말을 시작했다. 그녀의 조용한 목소리가 신경질적으로 울렸다. "그만하고 꺼져." 제이크는 더 이상 그녀를 쳐다보지 않았다. 제이크는 방 안의 다른 사람들을 스캔하고 있었다. 그들이 이 방에서 무슨 일이 일어나고 있는지 이해하고 있다고 확신했다. 그녀는 그들의 집단 창의력에 활기를 불어넣을 희생양이었다. 그들도 그녀처럼 될 수 있었다.

그녀가 완전한 침묵 속에서 짐을 싸고 있을 때, 눈물 한 방울이 그녀의 볼에 흘러내렸다. 아무도 그녀를 위해 변호해 주지 않았고, 그녀를 쳐다보지도 않았다. 그녀가 문에 다다랐을 때 그녀는 누군가 도우려 다가오는지 돌아봤지만, 아무도 말 한마디 하지 않았다. 제이크가 그녀 등 뒤로 문을 세게 닫을 때 또 눈물 한 방울이 그녀의 얼굴을 따라 내려왔다. 그녀는 사라졌다.

파도는 다소 가라앉았다. 여전히 포말이 일었지만, 격렬하지는 않았다. 어두운 구름이 조각나고 은빛의 햇살이 해변을 가로질러 회의실을 비추었다.

제이크가 문을 닫자 출연자들 사진 두 장이 벽에서 떨어졌다. 작가들이 방금 일어난 일을 처리하는 동안 제이크는 방을 가로질러 사진을 집어 들었다. 그의 갈색 쿠바산 구두에 달린 가죽이 발걸음마다 거슬리는 소리를 냈다.

사진 중 하나는 주드 코스코였는데, 주드는 쇼를 처음으로 진행했지만 믿을 수 없을 만큼 여성 청중들에게 인기가 많았다. 주드가 하는 모든 일들은 최고의 결과를 가져왔고, 주드는 틀림없이 재능이 있어 보였다.

다음 한 장의 사진은 캐서린 벨이었다. 캐서린은 1980년 첫 회부터 '팔콘만'에 출연하여 누구나 인정하는 이 쇼의 주인공이었다. 팔콘만의 유명한 해변가 술집의 주인이자 구심점인 '루시 딘'을 연기하여 수년간 치열한 세계적인 경쟁을 물리치고 여우주연상을 여러 번 수상했다. 캐서린의 영국 억양은 말리부에서 뭄바이까지 청중들을 사로잡았고, 방송이 끝나갈 무렵에는 캐서린의 목소리에 더빙을 하는 대신 자막을 띄워 주어 캐서린의 생생한 목소리가 그대로 방송되도록 하는 영광까지 누렸다.

제이크는 캐서린이 마지막 전성기를 누렸던 때를 떠올리며 스무 살 정도로 보이는 캐서린의 사진을 응시했다. 순간 제이크가 시상식 때 테이블에 둘러앉았던 모습을 회상하며 얼마나 재미있었는지를 떠올리자, 순간 표정이 부드러워졌다. 그때 당시 출연진과 제작진들은 샴페인을 한 잔씩 마시며 일찍부터 자축했다. 그들은 몇 번이고 '팔콘만'이 우승할 것이라고 확신했다. '팔콘만'에 대한 수많은 말과 소문들, 언론의 애정 어린 평가, 연예면에 실린 사진들, 방송사들의 찬사와 거액의 보너스, 그 시절이 캐서린 벨의 색이 바랜 사진만큼이나 오래되었다는 것을 깨달았을 때 제이크의 미소는 사라졌다. 제이크는 그 인기와 그 인기가 방송사에 가져다준 힘을 그리워했다. 제이크는 그것을 되찾길 원했다.

헬렌 골드 역시 그 시절을 기억했다. 헬렌은 60대 초반의 매력적인 여성으로 붉은색 안경에 레몬색 에스카다 정장을 입고 불꽃처럼 빨간색의 단발머리 모습을 한 채 등장했다. 캐주얼로 차려입은 사람들 사이에서 특히 눈에 띄었다. 헬렌은 캐스팅 책임자로서 '팔콘만'에 최고의 배우들을 고용하는 일을 담당했다. 헬렌은 캐서린 벨을 포함해서 악당부터 뱀파이어까지 모두 찾아냈다. 나이 탓인지, 경험 탓인지 헬렌은 제이크 면로 앞에서 소심해진 적이 없었다. 헬렌은 제이크가 그저 일개 보조에 불과했던 시절을 기억했다. 배우와 스텝들에게 모닝 커피를 날랐고, 요청했던 것과 다른 커피를 들고 와서 다시 가지러 오갔던 것을 기억했다. 제이크는 헬렌이 그 일들을 떠올리는 것을 싫어했다.

"그녀가 해고 건으로 우릴 고소할 수 있는 거 알죠?" 라고 말하는 도중, 헬렌이 아무렇지도 않게 의자 등에 기대자, 헬렌의 의자에서 삐걱거리는 소리가 났다. 그녀가 무거워서가 아니라 의자가 낡았기 때문이었다.

제이크는 헬렌과 눈을 마주치고는 망설였다. 제이크는 헬렌에게 문밖으로 나가 그녀를 따라가 보라고 말하고 싶었지만, 아마도 그녀가 너무 멀리 갔을 것 같았다. 실내에는 에어컨 소리만 웅웅거렸다. 제이크는 한참을 기다린 후 말을 꺼냈다. "고마워 헬렌!" 제이크는 이어 빈정거리듯 말했다. "당신의 창의성은 별 도움이 안 되지만, 따분한 법률 용어와 관련해서는 도움이 되는군."

헬렌은 이 말에 분개했지만 드러내지는 않았다. 헬렌은 자신이 매우 창의적이라고 생각했지만, 방송국에서 힘을 가진 남자들은 헬렌에게 방송 시간을 거의 할당하지 않았다. 그들은 모두 헬렌의 일이 여배우 한 명을 지목하는 것처럼 단순하고 쉽다고 여겼고, "헬렌이 알아서 할 거야"라고 으레 말했다.

"좋아 그럼." 제이크가 이어 말했다. "우리 드라마가 얼마나 큰 문제에 직면해 있는지 모르는 것 같아서 마지막으로 설명하겠어." 현재 시청률은 39년 역사상 가장 저조하고, 지난주 시청률은 다른 드라마들

뒤로 완전히 밀렸어."

헬렌이 끼어들었다. "연속극이야!(continuing drama!)" 그녀는 '드라마'
가 언제부터 이 분야에서 나쁜 의미가 되었는지 정확하게 알지는 못
했지만, 한때 '드라마'로 불렸던 그 프로그램들이 스스로를 '연속극'이
라 부르고 있다는 것을 알게 되었다. 그녀는 직접적으로 그러한 용어
를 사용하는 것을 좋아하지 않았지만, 제이크의 틀린 말을 지적하는
것은 즐거웠다. 제이크의 실수를 바로잡는 기회는 충분히 재미있어 누
릴 가치가 있었다.

제이크는 눈알을 굴리며 잠시 동안 아무 말도 하지 않았다. "다른
모든 경쟁자들에게 걷어차였을 뿐 아니라 비버리힐즈의 진짜 주부들
과 같은 재방송에도 자리를 내주었단 말이야!"

제이크는 사람들이 당황해서 움츠리는 것을 보았다. 그러고 나서
약간 누그러진 모습으로 테이블 위에 매니큐어를 칠한 손을 올려놓은
채 기대서서 마치 자신이 인간적이고 융통성이 있다는 듯한 표정을
지었다.

"방송사 소유주들은 에피소드 한두 건을 빼는 것까지 고려하고 있
어. 생산량을 줄여서 부담을 줄이려는 거지."

이제 제이크는 그들의 관심을 끌었다. 만약 그렇게 된다면 광고 수
입이 줄어들 것이고, 이는 모든 사람들의 임금이 대폭 삭감된다는 것
을 의미하였다. 에피소드 축소를 기회로 삼아 '팔콘만'을 이용하려는
대중매체들이 많아질 것이었다. 그다음 수순은 당연히 폐지가 될 것
이 때문에, 이것에 대해 말할 필요조차 없었다. 제작 축소라는 말만

들어도 무언의 압박이 따라왔다.

　제이크는 한 손은 테이블에 올리고, 다른 한 손은 그의 바지 뒷주머니에 넣은 자세로 서 있었다. 허리에 부담이 갔지만, 제이크는 그 자세가 자신을 강하게 보이게 한다는 것을 알고 있었다. 제이크는 어떻게 서 있는 것이 부지불식간에 메시지를 전달하는 데 효과적이라는 것을 경영학 책 무더기에서 발견했다.

　제이크는 확실히 주의를 끌었다. 제이크는 무심코 풍성한 머리카락 속에 손을 집어넣으며 다시 말을 시작했다.

　"하지만 나는 그럴 필요가 없다고 말했어. 나는 연속극을 위한 최고의 작가, 최고의 프로듀서, 최고의 사람들을 이미 보유하고 있거든." 그는 헬렌을 바라보며 먼저 자신이 했던 말을 수정했다.

　"팔콘만은 다시 1위를 되찾을 거야'라고 나는 말한 적이 있어. 나는 방송국의 새 소유주들에게 엄숙한 서약을 한 거야." 제이크는 다시 한번 그들과 눈을 마주치고는 책 속에서나 등장하는 인자한 동작으로 팔을 벌렸는데, 마치 "이제 너희들 차례야."라고 말하는 것 같았다. 침묵이 흘렀다. 제이크는 바라보고 기다렸다.

　마침내 귀에 펜을 꽂은 신참 작가 중 한 명이 말을 하려는 듯 몸을 앞으로 내밀었다. 그녀의 입에서 말이 나오기 전에 제이크는 멈추라는 듯 손가락 동작으로 그녀의 말을 막았다.

　"나는 암, 임신, 알츠하이머라는 말은 듣기 싫어."

　신참은 볼이 빨개져서 침묵했고, 더 이상 나눌 아이디어가 없어 의자에 쪼그리고 앉았다. 다른 누군가 마침내 "요새함락 작전은 어떤가요?" 하고 말했다.

제이크는 눈알을 굴리며 그 남자의 화려하게 길고 풍성한 금발 수염, 찢어진 청바지와 정장 조끼를 보았다. '이 멍청이가 도대체 작가야? 아니면 바이킹이야?'

"우린 5년 전에 그것을 했어." 제이크가 비웃으며 말했다. "다음."

"사산은 어때요?"

또 다른 누군가가 아주 좋은 생각이라는 듯 큰 소리로 외쳤다. 그녀는 그 아이디어가 자신에게서 나왔다는 것을 그가 확실히 알아주길 바랐다. 그러나 제이크가 그녀와 눈조차 마주치지 않자, 얼굴이 금세 일그러졌다.

제이크의 어깨가 처졌다.

"우리는 올해에도 이미 사산과 쌍둥이에 대한 주제를 사용했기 때문에 난소와 관련된 이야기는 피하는 게 좋을 것 같군. 고마워!"

"추락사고는 어떤가요?" 엽기적인 안경을 쓰고 멜빵 바지를 입은 한 청년이 끼어들었다.

'이 똥개 똥구리 같은. 이곳은 팔콘만이야. 철물점이 아니라.' 제이크는 문득 복장 규정을 도입하는 것을 생각했지만, 제이크가 모든 여성들에게 작은 검정 드레스를 입으라고 했던 사실을 기억하고는 넘어갔다.

"그건 우리가 밀레니엄 특별전을 위해 만든 것을 포함해서 지겹도록 해먹은 거야. 이 게으른 멍청아. 기록 보관소를 뒤져보기는 했어?"

제이크는 피가 끓어오를 정도로 화가 났다. 만일 제이크가 방에서 빨리 나가지 않는다면, 제이크는 폭발할 것이고 누군가는 다칠 것이었다. 제이크는 잔심부름꾼에게 의자를 던진 적이 있고, 인사과로부터 서면 경고를 받은 적이 있었다. 제이크는 그들에게 자신의 분노가 얼마나 격렬한지 보여주고 싶지 않았다. 분노를 드러내는 것이 제이크를 나약하게 보이게 할 것 같았다. 그래서 제이크는 몸 대신에 목소리를 이용했다.

"그게 다야?" 제이크가 소리쳤다. "대체 상상력은 어디 간 거야?"

"사격은요?" 방금 전 바이킹 수염의 남자가 두 번째로 말했다.

"1999년과 2015년에 했어." 제이크가 대답했다.

"결혼식장에서 파혼하는 것은 어때요?" 안경을 쓰고 빨간 머리를 한 여자가 망설이며 제안했다. 헬렌은 제이크가 가구를 집어 던질 것만큼 화가 나 있다는 것을 알아챘다. 헬렌은 하루 종일 제이크의 짜증을 참을 만큼 참았고, 아무도 다치는 것을 원치 않았다.

그래서 헬렌은 스토리 담당이 아니었지만 이 늙은 로트와일러를 돕기로 했다.

"저는 '팔콘만'이 필요로 하는 것을 정확히 알고 있어요." 테이블을 가로질러 기대며 모든 사람의 시선을 사로잡으며 귀를 솔깃하게 했다.

"그래. 말해 줘. 헬렌!" 제이크는 피식거리며, 헬렌이 건져 올린 어떠한 한심한 생각이라도 갈기갈기 찢어버릴 것처럼 말했다.

혹여 제이크가 기다리지 못해 끼어들지 못할 정도의 짧은 망설임 후에 헬렌은 유리잔에서 거품이 튀는 소리를 즐기며 옆에 놓인 탄산수를 따랐다. 그리고 나서 천천히 신중하게 말했다.

"팔콘만이 원하는 것을 얻기 위해서는 무엇이든 하고, 누구든 다치게 할 수 있는 최고등급의 사악함이 필요합니다. 쌍년처럼, 완전히 쌍년처럼요." 그녀는 최대한 '쌍년'을 천천히 꾹꾹 눌러 말했다.

방 전체가 기대감에 가득 차서 제이크를 바라보았다. 제이크는 헬렌의 꽤나 괜찮은 제안에 놀랐다. 이 연속극의 여성 캐릭터들은 서로 험담을 하기보다는 마음씨가 좋았다. 항상 악당 역할은 팔콘만의 남자들이었다. 제이크는 갑자기 '킬링 이브'의 분위기를 떠올렸고, 그것을 인정하는 것이 고통스러웠다. 제이크는 헬렌의 아이디어에 관심이 있었지만 인정하는 모습을 보여주고 싶지 않았다.

"계속해."

헬렌에게 계속 말하라고 손짓하며 무심한 척 말했다. 모든 시선이 헬렌에게 쏠렸다. 헬렌은 제이크가 걸려든 걸 알았기 때문에 천천히 시간을 들여 말했다. "하지만 그 쌍년은 한두 명의 등장인물과 문제를 일으키기 위해 등장하는 그런 정도의 평범한 쌍년이 아닙니다."

헬렌이 말을 이어갔다. "그 쌍년은 팔콘만의 모든 사람을 상대하고 싶어 해요. 한 사람 한 사람씩 다 할 겁니다. 다른 사람들에게 알려지지 않은 채, 그녀는 등장인물들의 모든 역사와 그녀를 이어주는 감추어진 이야기를 가지고 있어서 모든 사람들과 결판을 낼 사건의 진상을 알고 있어요. 또한 우리는 시청자들이 바로 알아볼 수 있지만, 한동안 보이지 않던 배우들을 캐스팅할 것입니다. 시청자들은 그녀가 누구인지, 또한 그녀가 팔콘만 주민들에게 무엇을 할 것인지 보기 위해 다시 몰려들 것입니다."

'이런, 젠장!'이라고 생각하며 제이크는 입 밖으로 그 말을 꺼내지 않았는지 한 번 더 확인했다.

제이크는 몹시 화가 났고 흥분되었다. 왜 제이크가 헬렌 대신에 그런 생각을 하지 못했을까. 제이크는 잠깐 할 말을 잃었다.

"제이크!" 헬렌이 말하며 웃었다, 제이크가 항상 조용했던 적이 없었기 때문에 그녀는 자신의 생각이 적중했다는 것을 알았다.

그러나 헬렌은 자신의 승리가 몇 초도 지속하지 않을 거라는 것을 깨닫자 가슴이 내려앉았다. 헬렌은 그 아이디어를 가질 수 없을 것이다. 그들은 그것에 대해 좀 더 이야기할 것이다. 작가에서 작가로, 경영자에서 지배인으로, 그리고 마침내 헬렌이 처음부터 그것에 대해 전혀 알지 못했던 것처럼, 배우들을 캐스팅하라고 헬렌에게 지시할 것이었다. 결국 제이크의 말이 헬렌의 소용돌이치는 생각을 멈추게 했다.

"그 생각이 좋군요." 제이크는 가볍게 말했다. "오, 기뻐요." 헬렌은 지금 이 순간을 즐기기로 결심하며 눈썹을 치켜올렸다. 그것은 헬렌이 얻을 수 있는 전부였다. 헬렌은 "천만에요."라고 말하는 거만함을 누리고 싶었다. 어차피 한 시간 안에 제이크가 그 아이디어를 자신의 것이라고 주장할 것이기 때문이었다. 하지만 헬렌은 아무 말도 하지 않았다. 제이크는 출연자들의 얼굴들을 살피면서 게시판을 들여다보았다. "그런데 그 쌍년이 섹시해? 21살 정도? 상큼한 얼굴? 드디어 가장 섹시한 여성상을 받을 수 있게 되었군. 더 이상 손해 볼 것 없어. 우리 방송국 여자들은 아직 젊거든."

"아니요." 헬렌이 고개를 저었다. "그 쌍년은 적어도 쉰 살은 되어야만 효과가 있을 거예요."

제이크는 웃었다. '50대라니. 말도 안 되는 소리. 대체 어떤 사람이 늙은 닭이 만을 터벅터벅 걸어가는 걸 보고 싶어 하겠어. 우리에게 필요한 것은 영계라고!'

헬렌은 주저하지 않고 침착하게 말을 이었다. "너무 젊으면 진지하지 못할 겁니다. 이게 유일한 방법이에요. 루시 딘의 결혼 에피소드가 역대 최고 시청률을 기록했을 때 그녀의 나이는 50세였어요."

"그건 20년 전 일이야, 헬렌! 요즘은 젊음이 대세라고."

헬렌은 제이크를 무시하고 말했다.

"그 결혼식 에피소드가 아직 사람들 사이에서 회자되고 있는 사실을 보면, 그 방법이 얼마나 효과적이라는 걸 알 수 있어요. 요즘은 50대가 여성에게 놀랄 정도로 강력한 나이예요. 우리의 그 쌍년은 소녀가 아니라 여자여야 합니다. 그리고 물론 그녀는 매력적일 겁니다."

제이크는 나이가 예순인데도 불구하고 비슷한 또래의 여자들이 매력적이라고 생각하기는 힘들었다. 하지만 수년간 드라마를 위해 일을 하면서 그는 자신이 드라마의 목표 고객이 아니라는 것을 이해하게 되었다. 아마 헬렌의 말이 옳을 것이었다.

"캐서린은 일을 끝냈어야 했어. 캐서린이 그 나이라면 아예 그것을 보지 않는 게 좋을 거야." 제이크는 일부러 헬렌을 쳐다보았다. 헬렌은 보톡스와 필러가 여자의 실제 생일을 위장시킬 수 있다는 것을 보여주는 살아 숨 쉬는 증거였다. 제이크는 헬렌의 데이트 상대들을 알고 있었고, 이따금 이 이야기로 헬렌을 엿먹일 수 있다는 것을 알고 있었다.

그의 머릿속은 조안 콜린스가 80년대 병든 왕조 시대에 활동했던 때가 떠올랐다. 조안은 이 연속극이 방영되는 것을 도왔고, 거의 10년 동안 세계 1위로 흥행할 수 있었다. 당시 조안의 나이는 50세 전후 였다.

"오, 그래. 이게 먹힐 수도 있겠어." 그는 손가락 뼈마디 소리를 내고 하품하는 척하며 자신이 흥분한 것을 들키지 않으려고 애를 썼다.

"오늘 나온 유일한 아이디어로 잃어버린 시청자 모두가 돌아오게 하려면 그 쌍년은 반드시 훌륭한 배우여야 해."

"오, 물론 그럴 겁니다. 그리고 떠났던 시청자들도 돌아올 겁니다. 그게 바로 제가 하는 일이죠. 캐스팅 말입니다."라고 말하며 헬렌은 제이크가 자신의 아이디어라고 주장하리라는 것을 이미 짐작했다.

그리고 나서 헬렌은 제이크가 새 방송국 소유주에게 한 말을 그대로 덧붙였다. "나는 당신에게 엄숙하게 서약합니다."

제이크는 미소 지었다. 헬렌은 말로 제이크를 궁지에 몰아넣었다. 하지만 사실 헬렌 자신도 아주 어려운 상황이었다. 만약 제이크가 새 소유주를 실망시킨다면, 제이크는 자신의 경력에 목을 걸어야 할 것이고, 그렇게 되면 헬렌도 마찬가지일 것이다.

만약 헬렌이 그 쌍년을 완벽하게 캐스팅해서 쇼가 잃어버린 박수갈채, 시청자 수, 그리고 상을 되찾는다면 그것은 제이크에게도 좋은 일이 될 것이다.

하지만 헬렌이 틀렸다면, 제이크도 결국 '실리콘 자루'처럼 짐을 잔뜩 싸서 문으로 나가게 될 것이었다. 왜냐하면 헬렌이 없을 때마다 헬렌을 언급하는 것을 좋아했기 때문이다.

제이크는 천천히 승산이 있는 것처럼 고개를 끄덕이며 "좋아, 헬렌! 한번 마법을 부려 봐. 당신이 찾을 수 있는 최고의 쌍년을 캐스팅해 보라고. 하지만 서둘러야 할 거야, 난 크리스마스 특별 쇼에서 그녀가 공개되길 바라거든."

"뭐라고요?" 헬렌은 최고의 여배우들을 모두 만나보고, 스크린 테스트를 해서 한 명을 골라 계약하는 데 얼마나 오랜 시간이 걸렸는지 생각이 나자, 머리가 빙빙 돌았다.

"맞아." 제이크가 말했다. "오늘이 9월 1일이니까 4개월도 안 남았어. 자, 빨리빨리."

제이크는 방에 남겨둔 공황 상태를 즐기며 더 큰 깜짝 선물이 있기 전에 한 번 더 작게나마 즐길 수 있을 거라고 생각했다. 제이크는 조금 전 바닥에 떨어진 출연자 사진들을 들어 올렸다. 그 사진의 얼굴들이 그를 향하고 있어서 방의 나머지 사람들은 사진 뒷모습만 볼 수 있었다.

"여러분들도 모두 알다시피 나는 운명을 신봉하는 사람이야."라고 제이크는 캐서린과 주드의 얼굴 사진을 돌려서 모두가 볼 수 있도록 높이 들어 보이며 말했다. "그러니까, 앞으로 성공을 위한 길을 닦고 새로 올 여배우에 대한 비용을 지불하기 위해, 헬렌! 우리는 이 두 출연자 중 한 명을 쇼에서 제외시킬 거야."

헬렌의 얼굴이 하얗게 질렸다.

제이크는 사진들을 그의 등 뒤에 두었다. "선택할 기회를 주지. 왼쪽이야? 아니면 오른쪽이야?"

"웃기지 마세요." 헬렌은 자리에서 나와서 제이크에게 걸어갔다.

"캐서린은 '팔콘만' 그 자체고, 주드는 우리의 가장 인기 있는 배우예요."

제이크가 미소 지었다. "왼쪽이야? 아니면 오른쪽이야? 그들 중에 한 명만 고를 거야."

헬렌은 믿을 수가 없다는 듯 제이크를 응시했다.

제이크는 항상 멍청했지만 이건 정말 미친 짓이었다.

"너무 우유부단해, 헬렌! 쯧쯧. 알았어, 내가 골라줄게. 캐서린이 우리의 주연 여배우로 남는다. 현재로서는 말이지. 즉, 주드가 잘릴 수도 있다는 것을 의미하지."

제이크는 주드의 사진을 헬렌의 손에 쥐어주고는 가버렸다. "내가 방송국 새 소유주와 함께 있는 동안 당신이 주드의 해고와 새로운 배역에 대한 일을 좀 해줘."

제이크는 으시대며 문 쪽으로 걸어갔다. 제이크가 문에 다다랐을 때 뒤를 돌아보았다. 제이크는 큰 폭탄을 떨어뜨릴 것이다. 헬렌이 만약 출연자 사진을 가지고 러시안 룰렛을 하는 것이 옳지 않다고 생각한다면, 헬렌은 여배우를 기다려야 한다. "아, 그리고 마지막 한 가지. 우리 크리스마스 에피소드 말이야. 40주년이 되는 날이니까, 생방송으로 진행할 거야."

테이블 주변 곳곳에서 집단적으로 날카로운 호흡이 이어졌다.

헬렌은 주드의 사진을 움켜쥐고 서 있었다. "크리스마스에? 라이브 에피소드를 단 몇 달 안에 준비하라고요?" 헬렌은 거의 숨을 쉴 수도 없었다.

제이크는 이 충격적인 분위기를 좋아했다. 하지만 무엇보다도 제이크는 헬렌 골드의 얼굴에 있는 그 우쭐한 미소를 망치게 했다는 사실이 더 좋았다.

"그래 맞아!"라고 외치며 방을 나갔다.

2장

    세계에서 가장 유명한 드라마의 팬들이 이 드라마의 전설적인 세트 장을 찾기 위해 구글 지도에서 팔콘만의 위치를 확대하고, 몇 시간에 걸쳐 성 어거스틴 섬의 찬란한 모래 해변을 돌아보았다. 팬들의 그러한 모습은 자주 목격되었다. 그들 중 몇몇은 '팔콘만'이 촬영된 비밀의 만에 접근하여 무언가 특별한 것을 보거나, 마침 비번인 스타들을 보기 위해 고기잡이 배를 빌리기도 하였다. 하지만 경비가 삼엄해서 수십 년 동안 아무도 해안 경비대를 통과하지는 못했다.

    저지의 영국해협에 위치한 엽서 크기의 성 어거스틴 섬은 프랑스 해안에서 19마일 떨어져 있었고, 영국 남부 해안에서 100마일 떨어져 있어 인적이 없는 작은 낙원처럼 여겨졌다. 언론용 드론은 종종 출연진과 제작진이 TV에서 가장 오래 방영되고 있는 프로그램 중 하나를 열심히 촬영하는 모습을 엿보았다. 그러나 유리로 막힌 제작소 안의 대화를 들을 수 없는 것은 차라리 다행이었다. 만약 그들이 그것을 들을 수 있었다면, 그들은 스크린 밖에서의 액션이 수백만 명의 시청자들이 보아왔던 그 어떤 것보다 훨씬 더 극적이라는 것을 금방 알게 될 것이었다.

조금 전 제이크 먼로가 크리스마스 에피소드를 생방송으로 촬영하겠다고 선언했던 6번 회의실은 스튜디오 바깥쪽 가장자리에 자리 잡고 있었다. 이 건물들은 일주일에 여섯 번 방영되는 세계적인 연속극을 만드는 데 필요한 모든 것이 있는 항공기 격납고 크기의 건물들로 구성되어 있었다. 복도를 쭉 따라가면 감독, 개인 비서, 대본 편집자, 그리고 제작진 대부분이 자신만의 탁 트인 제작 사무실을 차지하고 있었다.

이곳은 이 건물의 중심지였고, 그곳은 사람들이 책상 너머로 소리치고, 대화하고, 수다를 떨고, 새로운 아이디어들과 함께 어우러져 열광하는 공간이었다. '팔콘만'의 열렬한 팬들이 엿듣고 싶어 할 대화는 바로 이러한 대화였다. 바로 그들이 좋아하는 연속극에 영향을 미치게 된 갑작스러운 결정들 말이다. 이 제작 사무실에서 단 5분만 시간을 보내도 방문객들은 완전하게 질려버릴 것이다. 섹시하고, 흥미진진하고, 활기가 넘치지만, 벌레떼들처럼 독기를 품은데다 경력을 단절시킬 만큼 치명적이었다.

제작실에서 왼쪽으로 꺾으면 내부 스튜디오 세트장으로 연결된다. 이곳은 등장인물들의 집 내부 세트장이 있는 곳이었다. 움직이는 벽과 천장이 없는 가짜 주택으로 실제 주거지처럼 보이게 만들어졌다. 5,600평이 넘는 세트장이 있었는데, 각각의 세트는 그곳에 거주하는 인물들의 성격이 잘 드러나도록 세심하게 꾸며져 있었다.

제작사무소에서 오른쪽으로 꺾으면 문이 있는 긴 복도로 들어가게 된다. 이곳은 부서장들을 위한 공간이었다. 그중 한 곳 뒤쪽에 헬렌 골드의 사무실이 있었다. 그녀의 방은 많은 다른 부서장의 사무실보다 넓었다. 그녀가 그곳에서 배우들을 만나야 했기 때문이다. 종종 한 번에 여러 명을 만나기도 했다. 많은 유명한 사람들뿐만 아니라 아직 알려지지 않은 수많은 사람들이 그녀의 사무실을 거쳐 갔다. 헬렌의 캐스팅으로 보통 사람이 미래의 슈퍼 스타가 되기도 하였다. 이 방은 기회의 공간이었다.

창가에는 해변이 내려다보이는 가죽으로 덮인 튼튼한 책상이 있었다. 헬렌은 많은 배우 지망생들과 그 책상 위에서 섹스를 했다. 바로 그런 이유 때문에 그 책상을 선택한 것이었다. 책상뿐만 아니라 '팔콘만'의 30주년 기념으로 찍은 전체 출연진의 거대한 액자 포스터 아래로 벽에 기대어져 있는 소파도 있었다.

사무실 뒤에는 일종의 연기 공간이 있었다. 무대가 아니라 배우가 아무렇지 않게 서서 대본을 읽을 수 있는 카펫이 깔린 공간이었다. 녹화할 수 있도록 카메라도 설치되어 있었다.

헬렌도 그곳에서 벌어지는 촬영을 싫어하지 않았다. 헬렌과 배우 둘이서 방을 후끈 달아오르게 하고, 몸부림치고 할퀴면서 둘만의 영화를 만들었다. 일을 위한 시간조차 별로 없었지만, 헬렌에게 오르가즘은 여전히 필요했다.

헬렌은 본업 외의 활동에 죄책감을 느낀 적이 없었다. 헬렌은 그녀가 알고 있는 남자 캐스팅 감독들과는 달리 아무도 이용하지 않았고, 거짓말을 한 적도 없었다. 누구도 헬렌과 자는 것이 최고가 될 수 있는 방법이라고 생각하도록 내버려 두지 않았다. 헬렌은 그들이 섹스만으로 그 배역을 얻지 못한다는 것을 분명히 한 후에, 헬렌은 단지 그녀가 끌렸던, 헬렌에게 끌렸던 누구와 섹스를 한 것뿐이었다. 이런 사실을 미리 알게 된 그들이 성적인 능력으로 헬렌에게 더 깊은 인상을 주고 싶어 하기도 했지만, 그들이 세상에서 가장 연기를 잘하는 배우일지라도, 또한 헬렌에게 역대 상위 5위 안에 드는 섹스 상대라고 할지라도 헬렌의 캐스팅에는 영향을 줄 수 없었다. 직업적으로 헬렌은 매우 엄격한 사람이었다.

헬렌의 깔끔한 사무실은 그녀의 꼼꼼한 성격을 반영했다. TV와 영화에 관한 대본과 책들이 진열되어 있었고, 벽면 액자 안에 몇 장의 개인 사진들도 있었는데, 헬렌이 친구들, 스타들과 함께 밤에 외출하여 찍은 사진들이었다. 헬렌은 함께 즐거운 시간을 보내는 것을 좋아했다. 헬렌의 선생님 중 하나가 학교 성적표에 헬렌의 이러한 점을 적었는데, 헬렌의 엄마는 헬렌을 꾸짖었지만, 헬렌은 그것을 칭찬으로 받아들였다.

그 소파에서 벌거벗은 헬렌이 역시 벌거벗은 주드 로스코 위에 다리를 벌리고 앉아 황홀한 나머지 몸부림을 치고 있었다.

"아, 아, 아!" 주드의 성기가 헬렌에게 더 깊이 파고들수록 비명을 질렀다.

헬렌의 사무실이 방음 처리가 되어 있다는 것은 다행스러운 일이었다. 헬렌은 경영진들에게 배우들과의 대화를 비밀로 유지하기 위해서 방음이 필요하다고 요구했고, 수년 동안 헬렌이 이러한 일탈을 비공개로 유지하는 데 도움이 되었다.

햇빛이 창문을 통해 흘러들어와 잠시 헬렌의 눈을 멀게 했지만, 당장 아무것도 볼 필요가 없을 만큼 기분이 좋았다. 헬렌의 몸에 내리쬐는 태양 빛의 따스함이 등 뒤로 닿는 여분의 애무 같았다. 창의적인 회의 후에 바다 풍경을 보며 나누는 섹스는 언제나 즐거웠고, 주드 로스코는 헬렌이 속이 탈 만큼 엄청나게 매력적인 섹스 파트너였다.

헬렌은 그 캐스팅 소파에서 섹스하는 것을 좋아했고, 역사를 되돌리기 위해 자신이 역할을 하고 있다고 생각하는 것을 즐겼다. 여자 캐스팅 감독이 남자 배우를 지배하고 있는 것이었다. 주드는 큰 손을 헬렌의 가슴에 얹고 쥐면서 엄지손가락과 집게손가락 사이로 헬렌의 젖꼭지를 흥분시켰다. 헬렌은 더 빠르게 움직이면서 주드의 입 속으로 손가락을 밀어 넣었다. 바위처럼 단단한 그 성기를 맛본 다음, 헬렌은 그 두꺼운 성기를 타고 오르내리며 그녀의 클리토리스를 강하게 압박했고, 그의 성기가 그녀를 깊숙하게 파고들게 하였다. 주드는 성기가 헬렌의 몸 안에서 힘있게 꿈틀대도록 하며 헬렌의 얼굴을 올려다보았다. 헬렌이 거의 절정에 다가선 것을 느낀 주드는 헬렌의 엉덩이를 움켜쥐고 헬렌을 바닥으로 눕히며 비명을 더 크게 지를 때까지 더 깊숙이 밀어 넣었다. 헬렌은 마음속에 피어나는 빛깔에 눈을 감았다. 오르가즘은 헬렌의 몸을 떨게 했고, 질에서 나온 절정감의 액체가 주드를 적셨다.

헬렌은 기다렸다. 주드의 성기는 여전히 단단했다. 주드가 아직 끝까지 가지 못한 것이었다. 주드는 헬렌을 위해 사정을 미루고 있었다. 헬렌은 주드의 물건을 자기 안에 그대로 두었다. 또 기다렸다. 헬렌의 뺨에서 홍조가 사라졌다. 헬렌이 주드의 손을 들어 올려 그녀의 피부를 만지게 하자 헬렌은 몸을 떨었고, 피부의 솜털이 곤추섰으며, 주드의 손길이 닿을 때마다 마치 백만 개의 깃털이 헬렌의 피부를 쓰다듬는 것처럼 몸에 소름이 돋았다. 헬렌의 호흡이 잠잠해졌다. 에어컨에서 불어오는 찬 바람으로 인해 헬렌의 젖은 등이 찌릿했다. 헬렌은 가만히 있었다. 헬렌이 주드에게 다시 덤벼들었고, 오르가즘의 마지막 잔해들이 헬렌에게서 옅어지고 있었다.

20분 후, 헬렌은 책상에서 화장을 고치고 있었다. 헬렌은 새 옷으로 갈아입었다. 주드는 헬렌의 에스카다 정장에 지저분한 지문을 남겼고, 거칠게 헬렌에게 다가가서 그녀의 캐미솔을 찢어버렸다. 헬렌은 나중에 주드에게 청구서를 보내야겠다고 생각했다. 주드가 해고 소식을 듣기 전에 하는 게 중요했다. 샤워하는 소리와 주드가 자위로 마무리하는 소리가 들렸다. 불쌍한 남자! 헬렌은 여러 번 절정에 올라섰지만, 주드에게 보답하려고 하지 않았다

그들은 4개월째 섹스를 해왔다. 섹스, 그게 전부였다. 주드는 행복한 결혼생활을 했고, 헬렌은 행복한 독신 생활을 했다. 그들은 여름 파티에서 서로 매력을 느꼈다. 술이 감정을 불러왔다. 헬렌은 주드와 함께 해변가에 내려가 모래 위에 그의 무릎을 꿇게 하고 그녀의 드레스를 걷어 올린 후 그의 혀로 그녀의 무릎을 꿇게 만들었다. 위험하면서도 흥분되는 일이었다. 다음 날 회사에서, 헬렌은 주드가 사과하러 올 거라고 생각했지만, 주드는 그들이 시작한 일을 끝내러 올 것이라고 말했고, 그들은 그녀의 책상 위에서 일을 했다. 헬렌이 사무실에서 샤워를 한 게 천만다행이었다. 헬렌은 섹스 냄새가 나는 상태로 회의를 하는 건 싫어했지만, 섹스를 마친 후에 하는 회의는 좋아했다. 헬

렌이 이렇게 오싹했던 적은 처음이었다. 마음이 더 편안해졌다.

헬렌은 주드가 오늘 그녀의 사무실을 떠나면, 마지막이 될 것이라고 스스로에게 말했다. 헬렌은 항상 '팔콘만'의 배우들과는 자지 않겠다는 개인적인 원칙을 가지고 있었다. 헬렌은 그들이 점선 아래에 서명하기 전에 그들을 가질 수 있었고, 또한 그들이 떠난 후에도 그들을 가질 수 있었다. 하지만 그들이 헬렌과 같은 쇼에 출연하는 동안에는 그것은 완전히 금지되었다. 너무 빌어먹을 정도로 복잡해서 헬렌은 항상 현재의 '팔콘만' 출연자들에게 접근하지 않았다. 다행히도 헬렌에게는 다른 대안이 많았다. 헬렌은 대개 배우들과 잠을 잤다. 그들은 매우 친절했다. 그건 마치 오디션을 보는 것 같았다. 너무 뻔하긴했지만, 헬렌은 그녀의 날을 즐기고 있었다.

주드는 헬렌의 '현재 출연자는 안 됨'이라는 규칙을 깬 첫 번째 사람이었다. 섹스는 굉장했지만, 주드가 떠나도 그립지는 않을 것이었다. 주드 로스코가 곧 해고될 것을 알고 있어 오늘 섹스가 더 특별했다. 주드가 한 행동을 엄밀히 따져보면, 헬렌이 자신의 원칙을 어기지 않았다는 것을 알 수 있었다. 주드가 샤워를 하고 있을 때, 헬렌은 그녀의 책상으로 돌아왔고, 그녀의 뒤에서 바다가 넘실대고 있었다. 그녀는 제이크와 벌였던 그 까다롭고 창의적인 회의 이후 좋은 경치가 필요했다. 헬렌은 제이크와 한 공간 안에 갇혀 있었던 고통 이후로 약간의 즐거움이 있어야 한다고 생각했다.

헬렌의 하이힐이 뒤로 미끄러지면서 아킬레스건을 찌르자 몹시 아팠다. 헬렌은 자존심이 강하고 모든 것을 알고 있는 또 다른 남자인 커크 박사가 생각났다. 헬렌은 커크에게 발의 통증을 호소하러 찾아갔고, 그는 하이힐을 신고 미끄러지는 것은 여성이 나이가 들었다는 걸 의미한다고 말했다. 헬렌은 그를 때리고 싶을 만큼 화가 났지만, 도전으로 받아들였다. 헬렌은 6인치짜리 뾰족구두를 신을 수 있도록 두 번의 고통스러운 수술을 받았다. 헬렌은 자신의 승리를 과시하기 위해 가장 꽉 끼는 스커트와 가장 높은 굽을 신고 뽐내며 수술실에 들어갔다. 헬렌이 걸음을 걸을 때 커크가 얼마나 헬렌을 원하는지 알 수 있었고, 그것이 헬렌의 승리를 더 달콤하게 했다.

승리가 헬렌의 허리를 다시 휘저었다는 것을 떠올려 볼 때, 스트레스와 대결은 항상 헬렌의 섹스에 불을 붙였다. 이제 주드는 더 이상 곁에 있지 않을 것이며, 연속극과 함께 많은 변화들이 생길 것이기에, 헬렌이 연락할 시간이 없을 것이었다. 헬렌은 자신의 성생활 일기에 어떤 매력적인 남자가 등장할지 궁금해하며 연락처 목록을 훑어보았다. 헬렌의 마음은 손님 화장실 수리를 맡겼던 배관공 피터에게로 갔다. 피터가 그곳에 와 있던 2주 동안 헬렌에게 여러 번 절정을 선물했고, 그 이후로 피터를 몇 번 더 만난 적이 있었다. 피터는 헬렌을 오르가즘으로 이끄는 데 결코 실패하지 않았다.

헬렌은 문손잡이가 돌아가고 있을 때 야한 생각에 빠져 있었다. 문이 잠긴 것을 안 방문자는 문을 리듬감 있게 두드렸다. 헬렌은 그 노크를 알고 있었다. 그녀는 욕실로 걸어가 문을 열었다. 벌거벗은 주드는 헬렌이 곧 2라운드에 합류할 것이라는 사실에 들뜬 표정으로 그 자리에 서 있었다. 그의 성기는 이미 다시 커지고 있었지만, 그녀의 말은 곧 그 생각을 멈추게 했다.

"문 앞에 누가 있어. 여기서 조용히 하고 있어!" 헬렌이 건조한 어조로 말하며, 입술에 손가락을 갖다 댔다. 주드는 '걱정 마!'라고 어깨를 으쓱해하고서는 그의 멋진 몸을 다시 말리러 갔다

젠장, 헬렌은 문으로 향하면서 생각했다. 주드가 그렇게 젖어서 반짝이는 것을 보니 헬렌은 한 판 더 하고 싶은 기분이 들었다. 그러나 우선 헬렌은 방문객을 상대해야 했다. 헬렌이 자물쇠를 열자마자 문이 휙 열렸고, 파라 애덤스가 걸어 들어왔다.

"맙소사, 슈퍼 쌍년을 찾는 건 좋은 생각이었어." 파라는 헬렌을 미끄러지듯 지나쳐 10분 전에 헬렌이 주드와 섹스를 했던 바로 그 소파에 털썩 주저앉았다.

파라는 농담 따위는 신경도 안 썼고, 항상 말을 마음에 담아두지 않고 내뱉는 스타일이었다.

"왜 문이 잠겨 있었어?"

"아, 나 샤워하고 있었어." 여러 차례 오르가즘에서 버텨 낸 헬렌은 태연하게 말했다.

파라는 눈썹을 치켜올렸다.

"무리도 아니지. 그 멍청한 놈과 6번 회의실에서 함께 있다 나오면, 항상 청소를 해야 할 것 같은 기분이 들거든."

헬렌은 친구를 보며 어깨를 으쓱했다. 그들이 어떻게 만났는지에 대한 기억은 몇 년 전이지만, 생생하게 남아 있었다.

키는 거의 180cm이고, 초콜릿 피부에 녹색 눈을 가진 파라는 '본드 걸' 시리즈의 그레이스 존스와 같은 몸매를 자기고 있었는데, 어떤 패션쇼에서도 쉽게 자신을 뽐낼 수 있었다. 그녀는 남자의 세계에서 일하면서 남자 동료들을 앞지르기 위해 중성적인 모습을 보여주는 걸

좋아해서 머리를 짧게 유지했다. 남자다운 옷차림을 선호했지만, 그녀의 날씬한 체격, 길고 매끄러운 다리, 탄력 있는 팔과 배, 그리고 높고 당당한 가슴 등 정말 멋진 몸매를 숨길 수는 없었다. 파라가 그 자리에 있자, 그녀 자체로 방 하나를 가득 채운 예술작품이 되었다.

나이는 열 살 가까이 차이가 났지만, 파라와 헬렌은 30년 넘게 서로 알고 지냈다. 헬렌은 팔콘만에 처음 왔을 때 아역 캐스팅 보조로 일했고, 멘토였던 무시무시한 캐롤라인 세인트 제임스 감독 아래에 있었다. 그 연속극에서 루시 딘은 오래 전에 잃어버린 아이를 연기할 열네 살짜리 아이를 찾고 있었다. 흔히 그랬듯이, 고위 간부들 중 한 명이 그 역할에 그의 딸을 줄 세웠고, 많은 지원자의 넓은 선택지에서 뽑힌 것으로 가장하기 위해 오디션 과정을 만들었다. 그리고 순진한 소녀 헬렌이 그 오디션을 맡게 되었다. 가엾은 응모자들은 아무리 재능이 뛰어나도 가망이 없었다. 그런 부조리는 스튜디오 시스템에 만연해 있었고, 어린 헬렌은 넌더리가 났다.

그 당시 헬렌은 가게 벽장의 두 배 정도 되는 창문이 없는 작은 사무실을 가지고 있었다. 산소도 부족했고, 깜빡이는 형광등 때문에 머리까지 아파서 헬렌은 남은 오디션을 취소할까 고민 중이었다. 그런데 파라가 들어오자 헬렌은 꼼짝도 할 수 없었다. 파라는 외모가 닮은 건 아니었지만, 마릴린 먼로와 느낌이 비슷했다. 카메라가 파라를 향하자마자, 파라는 빛을 발했다. 헬렌은 이미 머리스타일과 화장 테스트를 하고 있는 사기꾼들보다 파라가 백만 배 더 나을 것이라는 점을 알았다. 게다가 파라가 혼혈이라는 사실은 쇼에 다양성을 가져올 것 같았다. 당시엔 비교적 금기시되는 주제였던 루시의 남자 취향을 알

수 있을 기회였다. 헬렌은 파라를 캐스팅하는 것이 성공적인 전략이
될 것이라고 확신했다.

　하지만 헬렌은 이 바닥에 신참인 소녀일 뿐이었다. 구석에서 커피
를 마시고, 대본을 스테이플러로 고정시키는 예쁜 소녀였다. 그 새로
운 소녀가 하지 않았던 한 가지는 그녀의 의견을 제시하는 것이었다.
헬렌은 해야 할 일을 하지 않았다. 헬렌은 상사부터 드라마 프로듀서
에 이르기까지, 또한 작가들과 카메라 제작진을 포함한 모든 사람들
에게 로비를 했다. 파라의 오디션 장면을 모두에게 다 보여주었다. 내
부분의 사람들은 파라가 특별한 존재라는 것에 동의했지만, 아무도
방송사의 임원 딸 고용 결정에 이의를 제기하고 싶어 하지는 않았다.
헬렌은 그 오디션 테이프를 보았는데, 그 소녀는 피노키오보다 더 나
무 같아 소름이 돋을 지경이었다. 헬렌은 상상도 못할 짓을 했다. 헬
렌은 재능이 있는 파라에게 다가가기로 결심했다. 엄청난 위험이었지
만, 파라에게는 헬렌이 시도해야만 하는 마법 같은 뭔가가 있었다. 성
큼성큼 걸어갔고, 헬렌의 발뒤꿈치가 탈의실 쪽 복도에 달그락달그락
하는 소리를 내었다.

　캐서린 벨은 이 연속극의 엄마 격인 루시 딘의 배역을 맡고 있는 연
기의 천재였다. 주인공의 실질적 전형으로서 캐서린은 팔콘만 피라미
드 꼭대기에 있었다. 그 당시 캐서린은 서른이었지만 나이가 훨씬 더
들어 보였다. 아름다운 용모 때문이 아니라 진지함과 폭풍우 속에서
도 침착함을 유지할 수 있는 자신감 때문이었다.

　21세의 헬렌은 마침내 캐서린의 탈의실에 도착하여 문을 부드럽게
두드렸다. 헬렌은 캐서린이 평정한 성격을 그대로 유지하여 규칙을 침

범하거나 어기는 것에 개의치 않았으면 하고 기도했다.

TV 스튜디오에는 출연진들이 혼자 갈 수 있는 곳이 많지 않았다. 얇은 석회색 벽과 중성 카펫이 깔린 이 초록색 방은 대사를 외우는 출연자들과 라이벌인 다른 방송국의 TV쇼를 보며 투덜대는 사람들로 가득 차 있었고, 좀처럼 피난처로는 사용할 수 없는 곳이었다. 그래서 탈의실은 배우들이 가진 유일한 진짜 안식처였다. 이곳은 창문이 하나 있는 작고 평범한 방이었다. 옷을 갈아입거나 잔심부름꾼이 와서 그 혼란스러운 세트장으로 인도하기 전까지 대사를 마지막으로 볼 수 있는 곳이었다. 종종 이 작은 방들을 서너 명의 배우들이 함께 쓰기도 했지만, 캐서린 벨은 자신만의 탈의실을 가지고 있었고, 작고 평범한 수준이 아니었다.

캐서린은 세 개의 창문과 바다가 내려다보이는 발코니와 저지의 전도 유망한 화가들의 그림을 몇 점 보유하고 있었다. 캐서린은 추상화들을 구입하는 것으로 자산을 키우고 있다고 생각하기를 좋아했다. 또한 클로드 카훈의 사진도 몇 장 가지고 있었는데, 자신의 우아함을 보여주기 위함이었다. 친한 친구 또는 중요한 정보를 가진 수석 프로듀서가 아니면 아무도 캐서린의 문을 두드리지 않았다.

헬렌은 최근 들어 하루 중 아무 때나 캐서린의 방문을 두드릴 수 있지만, 과거에는 분명히 그렇지 못했다. "벨! 잠시 시간 괜찮으세요?"

"응 많아." 루시 딘의 정장을 입고 눈을 감은 채 요가 자세로 앉아 있던 캐서린의 빛나는 모습을 보기 위해 문을 열었을 때, 캐서린이 말했다. "게다가 그 시간은 다 내 꺼지. 난 다 마칠 때까지 방해받고 싶지 않아."

헬렌은 그 어조를 듣고 상황이 좋지 않다는 것을 알았다. 캐서린이라면 이런 갑작스런 방문을 거절할 수 있었다. 캐서린을 방해한 것에 대해 정중히 사과하고 문을 닫고 나오는 것이 현명한 행동이었다. 하지만 헬렌은 그러지 않았다.

"당신은 절 모를 거예요." 헬렌이 과감히 말했다. "저는 캐롤라인의 캐스팅 담당…"

"네가 바로 나가지 않으면 내가 캐롤라인에게 바로 전화할 거야." 캐서린이 말을 끊었고, 퉁명스러운 목소리가 더욱 커졌다.

젠장, 헬렌은 생각했다. 헬렌은 이런 상황을 예상치 못했다. 캐서린이 상사에게 전화를 걸면 수습 기간도 넘기지 못하고 쫓겨날 것이었다. 이것이 헬렌이 물러날 마지막 기회였고, 캐서린이 그녀의 블랙리스트에 헬렌을 넣지 않을 마지막 기회였다. 캐서린이 아직 헬렌을 보지 않았기 때문에, 정말 가능한 일이었다. 하지만 헬렌은 자신이 믿는 것을 포기할 사람이 아니었다. 헬렌은 이 기회를 잡아야 한다고 강하게 느꼈다. 죽기 아니면 살기였다.

"소중한 시간을 조금만 내어주시면 절대 후회하지 않으실 거예요. 만약 제가 틀렸다면 방을 침입했다는 이유로 절 해고시키셔도 돼요. 전 기꺼이 받아들일 겁니다. 하지만 제가 아는 건 만약 이 비디오를 보지 않는다면, 당신의 연속극에 등장하는 딸이 모든 줄거리를 망칠 거라는 거예요. 그건 마치 바람에 쏠려온 모래 더미에 빠지듯 당신을 삼켜버릴 거예요."

헬렌은 가능한 한 빨리 이 모든 것을 말하고 싶었다.

한 시간처럼 느껴졌던 몇 초간의 침묵이 흐른 후 캐서린은 마침내 눈을 뜨고 헬렌을 바라보았다. 캐서린은 요가 자세를 완벽하게 유지했다. 헬렌은 캐서린의 침묵을 받아들일 뿐만 아니라 거절하는 것조차도 받아들이며 천천히 방 안으로 더 들어갔다. 캐서린이 방해하기도 전에 구석에 있는 기계에 비디오카세트를 밀어 넣었다. 두 사람 모두 파라의 오디션이 스크린에서 뜨겁게 달아오르는 것을 묵묵히 지켜보았다. 캐서린의 표정에서 설득당한 것이 분명히 느껴졌다.

하지만 헬렌은 거래를 성사시키고 싶어 했다.

"바로 저기 당신 딸입니다. 그녀와 함께 연기하면 그 조합이 국제적인 드라마 상을 가져다줄 거예요."

캐서린은 비디오가 일시 정지되어 흐릿한 장면이 나오고 있는 작은 휴대용 TV 화면을 계속 쳐다보았고, 헬렌은 캐서린을 뚫어지게 지켜보았다. 캐서린도 헬렌처럼 저렇게 신입이면서 믿을 만하고 정말 흥분되는 아이는 처음 보는 게 분명했다. 게다가 파라가 백인이 아니라는 사실 또한 확실히 헬렌의 머릿속에서 사라지지 않았다. 캐서린이 루시 딘에게 약간의 유리함을 주고 싶어 했던 것은 비밀이 아니었다. 만약 파라가 딸이라는 것이 밝혀진다면, 1980년대 팔콘만에서 혁명적인 일이 될 것이었다.

그러나 헬렌은 한 가지에 대해 틀렸었다. 캐서린은 단지 국제적인 드라마상을 수상한 것뿐만 아니라 트로피와 골든 글로브상도 수상했다. 그리고 8년 후, 캐서린이 바다에서 죽은 딸의 시신을 끌고 온 이 연속극의 마지막 에피소드는 캐서린에게 첫 바프타상을 받게 했다. 어떻게 안 그럴 수가 있겠는가? 그 한 쌍은 정말 TV 역사상 최고였다.

전 세계 관객들은 루시 딘이 딸의 시신을 황금빛 모래밭을 가로질러 운반한 뒤 무릎을 꿇고 신에게 자신의 목숨을 대신 가져가 달라고 간청했을 때, 둘의 관계가 끝나는 것을 보고 슬픔에 정신을 차리지 못했다. 루시 딘이 딸의 죽음을 받아들이지 못한 채 애도하는 모습을 보고 2억 명의 사람들이 울부짖었고, 사이렌도 울었으며, 갈매기들은 비명을 질렀고, 폭풍우가 몰아쳤다. 캐서린이 비극적인 실수를 바로잡을 기회가 없다는 것을 깨닫고 고통스러워하는 모습이 관객들에게 이전과는 달리 큰 감동을 주었고, 루시 딘은 영원히 그들의 마음속에 자리 잡게 되었다.

캐서린을 세계적으로 잊혀지지 않도록 한 명장면이 되어, 캐서린은 가장 큰 드라마 스타가 되었다. 헬렌이 대담하게도 이러한 대스타에게 불쑥 찾아와 캐서린의 경력에 큰 힘이 되었다. 이 테이프를 캐서린에게 가져간 뒤로, 캐서린은 파라를 위해 고위 간부의 딸을 몰아내는 것을 지지했고, 이 쇼는 첫 번째로 큰 표창을 받으며 헬렌의 성이 황금인 것처럼(helen gold), 헬렌의 인생을 황금기로 만들었다.

캐롤라인 세인트 제임스가 은퇴할 때가 되자, 헬렌은 캐스팅 책임자가 되었고, 헬렌과 파라가 현재 앉아 있는 큰 사무실을 얻게 되었다. 배우로 출연하는 것을 그만두기로 결정한 후, 파라는 계속해서 이 쇼의 수석 작가가 되었고, 30년쯤 후에 연출 에피소드로 옮겼다. 세 여성은 나이 차이에도 불구하고 팔콘만에 해가 떠오르는 날만큼 오랫동안 친구로 지내왔으며, 해가 질 때까지 친구로 지내기로 했다. 모든 출연진과 제작진들은 매우 성공적인 이 삼인조를 알고 있었다.

파라가 헬렌의 캐스팅 소파 한 귀퉁이에 몸을 웅크리고 있을 때, 파라의 입술은 냉소적인 미소로 일그러졌고 강아지 같은 눈은 장난기가 가득했다.

"제이크는 그 아이디어가 하늘의 번개처럼 갑자기 자기의 머릿속에 떠올랐다고 말했어." 파라는 헬렌의 낮은 테이블에 놓여있던 버라이어티 잡지를 휙휙 넘겨보며 말했다.

헬렌은 눈을 굴렸다. 그것은 심지어 제이크에게 있어서도 기록적이라고 헬렌은 생각했다.

"그 번개가 나와 많이 닮아있다면 그 말도 맞지." 헬렌이 말을 자르듯이 대답했다.

"난 그 아이디어가 네 것이어야 한다는 걸 알고 있어. 남자들이란 참! 정말 내가 필요한 모든 것은 엄청 많은 탄약과 하룻밤, 그리고 완전한 법적 면제뿐이야." 파라는 한숨을 쉬며 잡지를 집어던졌다.

헬렌은 그 터무니없이 유혹적인 생각을 비웃었다. 그리고 주드가 혹시 눈치없이 뭔가를 떨어뜨려 그의 존재를 알리기 전에 파라를 사무실에서 내보내야 한다는 것을 알아채고, 파라에게 조용히 하라는 신호를 보내며 손을 들었다. 헬렌은 현재 연속극의 임시 기자 자리를 두 배로 늘리고 있었는데, 그들의 마지막 기자는 정보 누설로 인해 해고되었다. 제이크는 새로운 기자를 고용하는 데 너무 인색했다. 헬렌은 전화기를 집어 들었고 빨간 손톱으로 버튼을 눌러 헤럴드지의 로스 오웬 편집장에게 전화를 걸었다. 대부분의 사람들은 로스의 개인 비서와만 연락할 수 있었지만, 헬렌은 그의 직통 번호로 전화를 했다. 과거에 한두 번 언론보도가 필요할 때마다 전화를 걸었던 적이 있었다. 섹스를 하지 않는다 하더라도 미덕이 아닌, 다른 무언가로 남들을 모욕하는 데 시간을 보내는 남자에게는 상호 이득이 되는 거래가 오히려 좋고 실질적이었다.

"헬렌! 잘 지내?" 로스가 물었다. 강인하고 미남이며 몸매 또한 훌륭한 그였지만, 전화 목소리는 약간 아기 같았다.

"당신한테서 부재중 전화가 와 있던데요." 헬렌이 호기심에 찬 표정을 짓고 있는 파라에게 윙크를 하며 거짓말을 했다.

"내가?" 로스가 혼란스러워하며 물었다.

"전화 좀 그만 해요! 나는 내가 할 수 있는 선에서는 당신한테 말했지만, 이건 말할 수 없어."

상황을 이해한 파라의 얼굴에 미소가 떠올랐다.

"잘 들어요. 나는 당신을 좋아해요. 당신은 내가 제일 좋아하는 글쟁이야." 헬렌은 '글쟁이'라는 단어가 로스를 화나게 한다는 것을 알고 있었고, 그래서 일부러 그렇게 불렀다.

"하지만 이번에는 서명하고, 봉인하고, 배달되기 전까지는 독점 기사를 줄 수 없어요."

"무엇이 서명되고, 봉인되고, 배달될 때까지죠?"

로스가 헬렌의 미끼를 물었다. 헬렌은 그의 아기 같은 목소리로 그것을 들을 수 있었다. 로스는 특종 냄새를 맡았고 그걸 원했다.

"무엇이든 확인되면 제일 처음으로 전화할게요. 약속해요. 다음에 봐요. 이 주변이 난리가 났어요."

헬렌은 전화를 끊고 비단결 같은 머리카락을 검지 손가락으로 빙빙 돌렸다. 자신에게 만족할 때마다 그렇게 했다.

그들은 둘 다 창문을 통해 바깥의 평화로운 광경을 힐끗 바라보았다. 파도가 부딪치는 소리와 간혹 바닷새의 소리만 들렸다.

파라는 헬렌이 전화를 끊기도 전에 그 계획을 눈치채며 웃었다.

"제이크가 아만다에게 전화하기까지 얼마나 걸릴까?"

"이미 전화를 걸고 있을 것 같아. 오늘 아만다에게 어떤 기자들의 전화도 받지 말라고 경고해 놨어. 내일쯤이면 모두가 팔콘만이 무엇을 꾸미고 있는지 알고 싶어 할 거야."

파라는 그녀의 소중한 친구를 바라보며 동의하는 미소를 지어 보였다.

캐서린과 같이 매일 그 재능을 선보이는 여배우들에게 감명을 받는 건 쉬웠다. 하지만 헬렌은 그녀가 하는 일에서는 게임을 하는 모습을 보여주지 않는 것이 재능이었다. 그리고 헬렌은 이 일에 뛰어났다.

"내가 말했듯이." 파라가 일어섰다.

"그건 천재적인 생각이야. 어떤 여배우들이 우리 새 쌍년 역할에 후보로 있는 거지?"

"오, 나 한두 가지 생각이 있어." 헬렌이 만족해하며 속삭였다.

헬렌은 파라가 항상 좋아하는 그 눈빛을 하고 있었다. 바로 즐거운 시간이 다가오고 있다는 신호였다.

"제이크의 공로로 인정받을 수 있는 마술을 더 많이 부릴 수 있게 일을 좀 해야 되니 이제 그만 가줘."

파라는 웃으며 나갔다.

헬렌은 잠시 가만히 있다가 사무실 문에 걸어둔 자물쇠를 풀고 욕실로 다시 들어갔다.

"자기야, 잠깐 시간 있어?" 주드는 매주 흥분한 주부들로부터 수천

통의 편지를 받은 것처럼 상기된 표정을 지으며 헬렌에게 말했다.

하지만 헬렌에겐 안 먹혔다. 그리고 헬렌은 '자기'라고 불리는 것을 싫어했지만, 동정심으로 그렇게 부르도록 내버려 두었다. 주드는 결국 실업자가 되기 직전이었던 것이다.

"아니, 당신은 다른 사람이 나타나기 전에 빨리 가야 돼."

주드는 어리석게도 실수를 했다.

"그냥… 일부러 들으려 하진 않았지만, 당신과 파라가 쇼의 변동사항에 대해 말하는 것을 들었어. 편집증처럼 보일 수도 있겠지만, 내게 영향을 미치는 게 있을까?"

"오, 전혀 아니야. 새로운 여자 캐스팅 얘기야." 헬렌은 주드의 눈을 피하려고 문 뒤에 있는 전신 거울에 자신의 머리카락을 확인하며 거짓말을 했다.

"오, 좋아." 주드는 자신에게 닥칠 삶의 변화를 모른 채 기쁨에 겨워 셔츠 단추를 잠그며 말했다.

"내가 걱정해야 할 게 있다면 말해 줄 거지?" 주드가 거울로 그의 강아지 같은 눈이 헬렌을 쫓고 있는 것을 보며 물었다.

"물론 말해 줄게." 헬렌은 몸을 돌려 그의 매력적인 얼굴을 한 손으로 쓰다듬고 다른 손으로는 손가락을 교차시키며, 그것이 그녀를 지옥에서 벗어나게 해주길 바라며 말했다.

3장

채널 아일랜드 TV는 60년대 말 부부인 티나와 해리 피어슨이 처음으로 시작했는데, 지역 뉴스 게시판과 문화유산 다큐멘터리를 제작했다. 70년대에 은행에서 얻은 이윤으로 피어슨 부부는 코미디에 도전했고, 캐나다에서도 방영되었던 시트콤을 BBC에 몇 편 판매하게 되었다. 이때 그들은 채널 아일랜드의 이니셜인 C.I.TV로 이름을 바꿔서 지역에 치우쳐 있다는 인식이 들지 않도록 하였다. 70년대 그들은 유럽 전역에서 공동 제작에 뛰어들었고, 결국에는 화려한 첩보 스릴러물과 사극으로 옮겨갔다. 각 시리즈는 몇 년 동안 잘 나가다가 결국 유행에 뒤처졌다.

C.I.TV가 정말로 필요했던 것은 전 세계적으로 방영될 수 있는 무언가를 만들어 수백만 명의 청중을 모으는 것이었다. 티나와 해리는 텔레비전을 위해 살았고, 그들이 그 드라마를 만드는 일과 사랑에 빠지는 만큼 시청자들이 그들의 드라마를 즐겨 보기를 바랐다. 그들에

게 단순한 돈벌이 수단은 아니었다. 많은 영감 끝에 그들은 '팔콘만'를 생각해 냈고, 처음에는 가벼운 드라마가 그들의 부를 창출해 냈다. 피어슨 부부는 자신들이 좋아했던 성 어거스틴 섬을 보여주는 목가적인 해변 마을을 배경으로 섬 사람들의 일상 드라마를 방영하는 아름다운 채널을 구상하였다. 거기엔 서로 사랑하고 헤어지게 되는 주민들, 가정의 위기와 직업적인 승리 그리고 경쟁과 비극 등이 있었지만, 피어슨 부부는 줄거리나 캐릭터를 지나치게 사실적으로 만들 필요성을 느끼지 못했다. 오락성이 핵심이었다. 1980년 크리스마스에 드라마가 공개되었을 때 전 세계 10억 명의 사람들이 시청하여 대 히트를 쳤다.

전 세계적인 성공을 거두면서 CI.I.TV는 매각과 전 세계로 사무실을 확장할 것을 제안받았지만, 그들은 성어거스틴에 충실하였으며, 드라마를 판매하거나 섬을 떠나지 않겠다고 맹세했다. 그들은 정말로 그렇게 하였다. 그들은 새천년이 시작될 무렵 각각 몇 달 사이에 차례로 사망했다. 그들이 사망했을 때 둘다 80대였는데, 죽는 순간까지 일했고, 매일 부산함 속에서 번창하였으며, 세계적인 작품을 제작하기 위해 세운 드라마 공장에서 에너지를 이끌어 냈다.

티나는 드라마의 유명한 산책로에서 심장마비로 죽었는데, 바닥에 쓰러졌다가 몇 분 만에 사망했다. 해리는 사랑하는 아내를 잃은 상실감을 극복하지 못하고 몇 달 후 팔콘만의 해변이 내려다보이는 집에서 자는 도중에 죽었다. 검시관의 보고서에는 자연사라고 기재되어 있었지만, 섬의 모든 사람들은 그가 아내를 잃은 슬픔으로 죽었다는 것을 알고 있었다. 세계 언론이 보도한 추모 예배와 함께 캐서린 벨과 출연진, 제작진들이 그들의 유골을 바다에 뿌렸다. 세계적인 방송 매체들에서는 'TV 황금커플이 다시 함께'라는 타이틀로 기사를 내보냈다. 캐서린은 그 기사를 읽으면서 미소를 지었고, 그것이 사실이었기를 바랐다.

그들의 사망 이후에 피어슨 부부의 아들 가이와 루크는 드라마를 계속 진행했지만, 그들의 부모와는 달리 별로 손을 대지 않았다. 특별 제작 스튜디오는 목가적인 만 옆에 위치해 있었고, 성 어거스틴 섬의 남부에서 가장 컸으며, 모든 외부 촬영이 이곳에서 이루어졌는데, 그들은 여기에도, 심지어 부모님 세대에 번창했던 제작 사무실에도 나타나지 않았다. 그 사무실은 매우 커서, 심지어 40개의 책상과 전화기와 컴퓨터, 대본들, 계약서, 계획서와 메모 등이 항상 비치되어 있었다. 하지만 가이와 루크는 사람들이 열광할 만한 작품을 만드는 사무실을 관리하는 것에 별로 관심이 없었다. 그들이 2010년에 보유하고 있던 주식을 자산금융그룹에 넘겼을 때 아무도 놀라지 않았다. C.I.TV는 그 이후로 여러 차례 주인이 바뀌었고, 슬프게도 티나와 해리 같은 사람은 다시 만날 수 없었다

커다란 제작 사무실 안에서 눈물이 찔끔 날 만큼 엄청나게 많은 하루의 할 일 목록들을 살피다 보면, 팔콘만 직원들은 건물의 독특한 위치 때문에 방향감각을 잃기 쉬웠다. 그러나 거의 모든 순간 어떤 종류의 작품 속 광고가 특정 장면에 어울리는지에 대한 전화나 논쟁을 했다. 그러나 그들 중 한 명이 힐끗 밖을 쳐다보다 황금 모래가 만드는 활모양과 부드럽게 흔들리는 야자수를 발견하게 되면, 그는 낙원에서 일하고 있다는 것을 깨닫게 될 것이었다.

지금 아만다는 또 다른 인상적인 광경을 보고 있었는데, 바로 댄

코크런의 불룩한 가랑이였다. 아만다는 얼굴이 빨개졌다. 아만다는 앉아 있었고, 댄은 서 있었다. 아만다의 시선이 댄의 지퍼와 수평을 이루었다. 아만다는 시선을 돌리고 싶었지만 그럴 수가 없었다.

아만다 킹은 팔콘만이 얼마나 아름다운지 잊지 않았다. 아기를 낳기 전, 아만다는 아쿠아마린이 반짝이는 바다로 매일 아침 수영을 하러 갔다. 그리고 할 수만 있다면, 아만다는 산들바람이 부는 절벽 꼭대기 길을 따라 걸으며 하루를 마무리하곤 했다. 비록 드라마에서는 4인사였시만, 아반나는 일하는 징소글 즐기며, 밋진 풍경과 하나기 되는 시간을 누렸다. 때때로 아만다는 잠시 앉아 시야에 들어오는 야생 백리향 덤불 향기를 들이마시곤 했는데, 단 한 번도 감동받지 않은 적이 없었다.

'지출', '과세 보상', '경제적 유동성'과 같은 단어들이 아만다의 머리를 맴돌았지만, 아만다가 들을 수 있는 것은 비명을 지르며 절정으로 치닫는 부드러운 섹스의 환상과 신음소리 뿐이었다. '팔콘만'의 총괄 프로듀서는 새로운 재무 책임자인 댄과 섹스하는 상상을 하고 있었다. 아만다로서는 상상조차 해본 적이 없는 일이었다. 그러나 아만다는 얼굴이 상기되어 스스로가 그 환상을 즐기고 있다는 것을 알게 되었다.

댄은 아만다가 좋아하는 타입은 아니었다. 아니, 그 말은 취소해야 했다. 육체적으로 댄은 정확히 아만다의 타입이었다. 근육질의 나무 몸통 같은 다리에 매우 앙증맞은 엉덩이, 그리고 탄탄하지만 과하게 근육질이지 않은 몸매, 이 모든 것들이 아만다의 다리 사이에서 나비가 날개를 부드럽게 펄럭이는 듯한 느낌을 주었다. 댄은 자신을 가꾸었지만, 몸집을 불릴 필요성은 느끼지 않았다. 댄은 이미 가지고 있는 것들에 자신감을 느꼈다. 그리고 댄의 얼굴은… 아만다는 한숨을 쉬었다. 소년 같은 미소, 깔끔하게 다듬어진 수염, 청록빛 눈동자, 그리고 검은색과 회색이 섞여 헝클어진 머리칼이 잘 짜여진 캐주얼 룩과 조화를 이루고 있었다. 만약 아만다가 정신을 못 차렸다면 슬그머니 나와서 자위를 해야 했을 것이었다.

슬프게도 이것이 단지 환상인 이유는 아만다가 제이크 먼로와 결혼했고, 아만다는 바람피우는 타입이 아니었기 때문이다. 제이크와의 결혼은 복잡했고, 순탄치 않았다. 하지만 제이크는 제이크였다. 제이크와 오랫동안 알고 지냈으며, 12년 동안 결혼생활을 했고, 제이크가 끔찍하게 상처를 주는 행동을 했음에도 불구하고 계속 노력하기로 결심했다. 제이크가 없었다면 올리비아도 없었을 것이다. 아만다의 인생에서 가장 완벽한 8개월 된 귀여운 올리비아 말이다.

아만다는 이 전에 한 번 이상, 그리고 한 명 이상의 남자에 의해 임신한 적이 있었다. 하지만 그녀의 몸이 처음 7주를 넘기지 못했기 때문에 그 임신들 중 어느 것에서도 성공할 수 없었다. 짧은 시간 안에 실패했다는 것은 일종의 축복이었다. 아만다의 친구들은 8개월이라는 시간을 가졌고 분만이라는 고통을 겪어야 했다. 아만다는 아기가 우는 소리를 듣지 못할 것이라는 사실을 알았지만 말이다. "7주는 아무것도 아니야."라고 아만다는 스스로에게 말하곤 했다.

"당신의 아기는 블루베리보다도 크지 않았습니다." 담당 의사가 아만다에게 말했고, 아만다는 스스로를 위로했다. 아이를 잃은 것이 아니라 블루베리를 잃은 것이라고. 게다가 아만다는 블루베리를 좋아했던 적도 없었다.

제이크와의 두 번째 임신이었던 네 번째 블루베리 이후 누군가가 체외수정을 권했다. 그녀는 루시 딘이라는 캐릭터가 '팔콘만'에서 체외수정이라는 시련을 겪었기 때문에 모든 것을 알고 있었다. 루시의 딸이 익사했을 때, 루시 딘은 아이를 하나 더 갖고 싶어 했다. 비록 루시에게는 오래전에 잃어버린 아들이 있었고, 아기였을 때 포기한 딸이 있었으나 여전히 찾지 못하고 있었다. 그건 드라마였다. 루시 딘은 다시 엄마가 되고 싶었고, 아기가 그녀의 상실감을 만회해 줄 것이라고 생각했다. 아만다와 같이 나이 마흔아홉이나 되었지만, 체외수정을 시도했다. 온 국민 모두 캐서린 벨이 체외수정에 실패했을 때 함께 울었다. 그러나 캐서린 벨은 스스로를 넘어서 다시 시도했고, 더 많은 상을 수상했다.

아만다 자신의 체외수정 이야기는 더 행복한 결말을 맺었다. 그녀의 아이는 블루베리 단계를 무사히 통과했고, 마침내 아기의 초음파 검사까지 받게 되었다. 아기의 성별을 알고 싶어 견딜 수 없었다. 임신 3개월이 되어 집으로 돌아올 수 있게 되자 그녀는 매우 기뻤다. 그다음 3개월 동안 아만다는 때때로 자신이 임신했다는 사실을 잊어버리곤 했다. 그 당시 '팔콘만'은 매우 긴장된 상태였다. 시청률이 꾸준히 감소했고, 최근 소유주들로부터 '시대에 맞춰 움직여야 한다.'는 압력을 받았다. 또한 이 드라마는 소아성애자 줄거리를 포함하여 여러 번 논란이 되는 불쾌한 상황에 놓였다. 비평가들뿐만 아니라 관객들도 어둡고 암울한 이야기를 싫어했고, 시청률은 급격히 떨어지기 시작했다.

'팔콘만'은 가볍고, 즐겁고, 긍정적인 이야기를 하는 것으로 유명했다. 처음부터 아만다는 날이 밝기도 전에 새로운 줄거리를 없애고 싶다고 강경하게 말했었다. 방송사 임원들이 시청자들과 얼마나 나쁜 짓을 하고 있는지 알 수 있을 때까지 그들은 너무 깊이 빠져 있었다. 새로운 온라인 관객들은 '팔콘만'의 방향 전환에 대해 제지하지 않았고 혹평이 이어지기 시작했다.

전 세계적으로 트롤링(인터넷 공간에 공격적이고 불쾌한 내용을 올려 다른 사람의 화를 부추기는 것처럼, 공격적이고 반사회적인 반응을 유발하는 행위를 말한다)이 성행하기 시작했을 때 아만다는 출산휴가 중이었다. 갈매기들조차 관심이 없어 보였다. 갈매기 떼는 보통 만을 맴돌았지만, 대다수는 이제 다른 곳으로 날아가 버렸다. 아마도 갈매기들은 이 드라마가 정말 곤경에 처해 있다는 것을 알아챈 것 같았다. 이 회사는 세계 100대 드라마에서 하차했고, C.I.TV의 마지막 관리자들은 미국 투자자들에게 어쩔 수 없이 이 회사를 팔 수밖에 없는 상황에 놓였다. 경비인 교체가 진행되는 동안 아만다는 저지의 종합병원에 있었고, 가스와 산소를 빨아들이며 숲속에 갇힌 곰처럼 비명을 질렀다. 제이크는 아만다가 출산하는 곳에 나타나지도 않았다. 그는 갑자기 속이 메스껍다고 하며 촬영장에 있는 것이 더 낫겠다고 했는데, '진짜 일을 해서 미래의 개판으로부터 팔콘만을 보호하는 것'이 중요하다는 것이었다. 아만다는 제이크의 전문성과 솔직함을 존경했다.

하지만 다른 부분에서는 깊은 상처를 느꼈다. 비록 아만다의 멋진 친구 파라가 출산실에서 사랑스러운 간병인 역할을 해주어 위안이 되고 재미있었지만, 아만다는 올리비아를 세상에 맞이하는데 제이크가 함께하지 않은 것에 대해 용서할 자신이 없었다. 그리고 그 사건은 그들의 모든 관계에 균열을 일으켰다.

8개월 만에 그녀는 여전히 병실의 냄새를 맡으며 무릎 아래 플라스틱 판을 만져보면서 산파가 자신에게 '그녀는 착한 아이'라고 말하는 것을 들을 수 있었다. 아만다는 그 고통의 매 순간을, 올리비아가 태어나기 전까지를 기억했다. 그 후 일들은 거의 아무것도 기억하지 못했다.

올리비아와 함께 집에 돌아온 지 며칠 후, 아만다는 딸에게 모유를 먹이며 소셜 미디어 텔레비전 방송 프로그램들을 스크롤하다가 어떤 드라마를 없애야 하는지 묻는 트위터 여론 조사를 주의 깊게 보았다. '팔콘만'이 74%를 차지했지만, 아만다는 그다지 심각하게 여기지 않았다. 온라인은 혐오스러운 곳이었다. 아만다는 15년의 인생을 '팔콘만'에 바쳤기에, 아만다는 딸과 몇 달 동안 유대감을 가질 자격이 있었다. 아만다는 억지로 전원을 껐고, 그다음 몇 주 동안 해안가의 일광욕실에서 긴 의자에 누워 바다를 바라보았고, 딸 올리비아는 아만다의 가슴에 안겨 있었다.

아만다는 이렇게 완벽하다고 느껴본 적이 없었고, 아이를 사랑하는 것 너머의 야망이 이렇게 작게 느껴진 적이 없었다. 그렇다. 아만다는 잠을 자지 못했고, 성인 동료들과의 대화가 그리웠다. 그러나 이것은 아만다의 인생에서 최고였다. 결코 이 순간만큼 이렇게 행복한 적은 없었다.

6개월 후 출산휴가가 끝나자 올리비아를 팔콘만의 탁아소에 맡겼다. 친구들은 아만다가 유모를 고용하고 예전 생활로 빨리 돌아오기를 바랐다. 파라와 헬렌은 파티를 정상으로 되돌리기를 간절히 원했고, 벌써부터 밤 외출 일정을 잡기 시작했다. 하지만 아만다는 가능한 한 올리비아를 위해 집에 있고 싶다고 단호하게 말했다. 게다가 아만다가 고용한 아름다운 유모를 보고 나니 제이크가 추파를 던질까 걱정도 되었다. 그리하여 탁아소는 완벽한 해결책이 되었다.

수년 전 아만다가 여전히 제작 보조원이었을 때, 아만다는 C.I.TV 성 어거스틴의 부지에 탁아소를 짓는 일을 단독으로 강행했다. 아만다는 회계사, 인사과장, 그리고 필요한 다른 누구와도 함께 일했는데, 그렇게 하면 엄마들이 더 일찍 직장에 복귀할 수 있을 것이라고 믿었다. 아만다의 마음 한구석에는 언젠가 그곳에 자신의 아이를 보내고 싶다는 희망이 있었다. 결국 그날이 와서 딸 올리비아를 원색과 휘갈겨 쓴 크레용 조각들로 가득한 방에 두고 나와야 할 때는 눈물을 참아야만 했다.

그러나 그날 진짜 눈물을 흘리게 하는 것은 아만다의 직장 생활이었다. 좌절과 배신의 눈물이었다.

출산휴가 전, 아만다와 제이크는 '팔콘만'의 공동 프로듀서였다. 그들은 가장 중요한 일을 분담했고, 사람들의 감독 면에서도 공동 책임을 졌다. 집에서뿐만 아니라 직장에서도 파트너가 되는 것은 어려운 일이었고, 그들은 문라이팅의 브루스 윌리스와 시빌 셰퍼드처럼 말다툼을 하곤 했지만, 그들은 동등했다. 단독 책임자가 없다는 사실은 항상 타협점을 찾아야 한다는 것을 의미했으며, 이것은 보통 드라마에 득이 되었다. 그들은 10년 동안 성공적으로 지내왔지만, 그 후 시청률 하락과 방송사 매각, 그리고 아만다의 출산휴가가 있었다. 그야말로 완벽한 폭풍이었다. 새 소유주는 모든 것을 책임지는 한 명의 총책임프로듀서를 두기로 결정했다. 그래서 아만다가 느긋한 나날을 보내는 동안 제이크는 팔콘만의 총책임프로듀서로 승진했다. 아만다는 직장에 복귀하여 여전히 제작 책임자였지만, 정상의 자리를 잃었음을 알게 되었다. 이제 그 전반적인 힘을 가진 사람은 제이크였다. 사실상의 강등으로, 그녀는 그들이 공유하던 호화로운 개인 사무실에서 쫓겨났고, 탁 트인 주된 제작 사무실로 옮기게 되었다. 제이크는 특히 이러한 상처가 되는 변화를 조용히 비밀로 유지했다. 심지어 C.I.TV 팀도 몰랐다. 알았다면 그녀의 친구 중 한 명이 그녀에게 경고했을 것이다. 그녀는 돌아온 첫날 모든 것을 알게 되었고, 굴욕의 눈물을 터뜨렸다. 헬렌, 파라, 캐서린은 아만다에게 제이크와 싸울 것을 종용했지만, 제이크가 배신은 고사하고 비밀 유지를 한 이유가 가정과 직장 사이의 경계를 흐리고 싶지 않았기 때문이라고 말했다. 제이크는 완전한 사생활을 갖는 것이 얼마나 중요한지 알았다. 그도 그럴 것이 이제 제이크는 유일한 총책임프로듀서 였다.

그래서 아만다는 많은 책상들 사이에 앉아서 댄 코크런이 지난달 지출비용을 살펴보는 동안 감질나는 가랑이를 눈높이에 두고 있었다. 아만다는 댄을 알게 된 지 불과 두어 달밖에 되지 않았다. 댄은 아만다의 출산휴가 동안 새 소유주에 의해 불려왔지만, 아만다는 이미 댄을 무척 좋아했고, 그것은 댄이 단지 섹시해서 그런 것만은 아니었다. 댄은 또한 매우 좋은 사람이었고, 다른 사람의 이야기를 잘 경청했으며, 매우 친근했다. 올리비아를 낳기 전에는 댄의 경계 없음과 온화함이 별 매력으로 다가오지 않았을 것이었다. 제이크는 친절하게 행동하지 않았다. 그러나 흥미롭고 예측할 수 없으며 활발했다. 아만다는 항상 그런 남자에게 끌렸다. 제이크의 그러한 점이 아만다를 살아 있다고 느끼게 해주었다. 적어도 예전엔 그랬다.

아만다는 제이크가 휴대용 마사지 테이블에 누워 뜨거운 돌 마사지를 받고 있는 것을 볼 수 있었다. 아만다가 사랑스럽게 꾸며 놓은 사무실에서 말이다. 모든 사람들은 이 사무실이 이 건물에서 가장 좋은 장소라는 것을 알고 있었다. 책상 열 개를 더 놓을 수 있을 만큼 크고 아직 여유가 있었다. 만 너머의 경치는 매우 아름다웠는데, 해안선을 따라 몇 마일에 이르는 경치를 볼 수 있었고, 절벽 주위에 있는 숲까지 조망이 아름다웠다. 직접 바닷바람을 쐬고 싶을 때 언제든지 나올 수 있는 발코니가 있었다. 내부의 비단 카펫은 너무 부드러워서 아만다는 때때로 블라인드를 내리고 그 위에 누워서 낮잠을 잤다.

아만다는 그 사무실을 사랑했다. 그러나 이제 아만다는 빼곡히 가득 채워진 서랍이 딸린 가로 60cm, 세로 30cm짜리 책상에 앉아 사생활이 전혀 없는 생활을 해야 했다.

아만다는 보지 않으려고 애를 썼지만, 유리창을 통해 제이크가 휴대용 마사지 테이블에 대자로 누워 뜨거운 돌 마사지를 받고 있는 모습을 바라보았다. 다른 사람들은 뜨거운 돌멩이 하나를 집어 그의 우쭐한 머리에 던지는 상상을 했을지도 모르지만, 아만다는 그렇지 않았다. 아만다는 제이크를 누구보다 잘 알았고, 제이크의 취약점이 무엇인지 알고 있었다. 제이크가 한낮에 마사지를 받는 것은 그가 스트레스를 받고 있다는 확실한 증거였다. 쇼, 스태프, 그리고 아만다를 위해 제이크를 진정시키는 데 도움이 되는 것은 무엇이든지 좋았다. 아만다는 제이크를 원망하면서 에너지를 낭비하지 않을 생각이었다.

제1부

"그건 회사 정책에 위배되는 거예요." 댄이 스프레드시트에 있는 수치를 다시 가리키고 있었다.

댄의 말에 아만다는 하던 일들로 되돌아왔다. 아만다의 지출비용을 검토하고 있었다. 아만다의 눈은 여전히 댄의 가랑이와 수평을 유지하고 있었는데, 댄의 꽉 낀 바지가 전보다 더 끼어 보였다. 댄이 발기할지도 모른다는 생각이 들자 목까지 붉게 물들었다. 댄은 아만다의 단추가 열린 블라우스 속 풍만한 가슴을 내려다보고 있었을까?

평소 같으면 그런 생각에 허둥댔겠지만, 이상한 일이 일어났다. 댄이 자기를 보고 있고, 그가 보고 있는 것을 아주 아주 좋아한다는 생각에 갑자기 사로잡혔다. 아만다는 산후호르몬 때문이라고 여기며 집중하려고 했다.

"이것들을 하룻밤 사이의 지출이라고 넣을 수는 없어요." 댄이 계속 말했다.

아만다는 환상을 멈출 필요를 느끼며 자리에서 일어났다. 아만다는 팔을 높이 쳐들고 허리끈에서 블라우스를 빼냈는데 그 과정에서 자신이 피부를 댄에게 보여주고 있는 줄은 몰랐다. 몇 군데 튼살이 있었지만, 아만다는 그것을 영광의 흔적으로 여겼고, 그 안에서 일어났던 기적에 대한 증거라고 생각했다.

댄은 마치 자신의 불룩한 부분을 좀 더 편안한 위치로 은밀히 옮기려는 것처럼 체중을 한 발에서 다른 발 쪽으로 옮겼다.

"하지만 그것들은 업무와 관련이 있었어요." 아만다는 일로 돌아서며 말했다.

"업무와 관련된 하룻밤은 미리 합의해 둬야 해요."

"당신이랑요?" 댄은 더듬거렸다.

"네? 사전에 당신과 하룻밤 동안 같이해야 하나요?" 댄이 고개를 들어 침을 삼키고 아만다의 어깨 너머를 바라보았다.

"어…" 댄이 망설이는 것을 보고 아만다는 자신이 한 말을 알아차렸고, 댄도 무슨 뜻인지 이해했을 거라고 생각했다.

"그런 뜻이 아니었어요…" 아만다가 더듬거렸다.

"알아요."

"바로 그렇게 들렸어요."

"알아요." 댄이 반복해서 손을 들어 괜찮다고 말했다.

정확히 똑같은 동작으로 아만다도 손을 들었고, 그들의 손들이 어색하게 닿았다. 그들은 둘다 마치 불타는 통나무를 쑤신 것처럼 움찔했다. 연예계를 뒤흔드는 미투 운동은 모두를 긴장시켰다.

아만다는 자신의 블라우스가 피부에 달라붙는 것을 느낄 수 있었다. 아래를 내려다보니 복숭아색 아르마니 블라우스에 모유가 새어 나오고 있었다. 그녀의 단단한 젖꼭지에서부터 원이 점점 퍼져나가 넓어지고 있었다. 아만다는 댄이 그것들을 보지 못하도록 재빨리 몸을 돌렸다. 컴퓨터 화면을 한 번 흘끗 보더니 올리비아에게 젖 먹일 시간임을 알았고, 아만다의 체내 시계도 그 사실을 알려주고 있었다.

다행히 바로 그 순간, 아만다의 책상 위의 전화기가 울렸다. 아만다는 그것을 귀까지 들어 올리면서 댄의 표정을 읽으려고 했다. 댄의 눈은 아만다의 목이 드러난 모습에 쏠려 있었다.

아만다는 자신의 피부에 댄의 입술이 닿아있는 상상을 지우려 애쓰며 전화에 집중했다.

"아만다 킹입니다." 아만다가 수화기를 내려놓으며 쉰 목소리로 말했다.

"이번에는 그냥 넘어가겠지만, 앞으로는 저에게 먼저 오세요."라고 댄은 떠날 준비를 하면서 속삭였다.

"그럴게요." 아만다가 속삭이듯 대꾸하며 댄이 걸어가는 것을 지켜보았다.

"아만다! 헤럴드의 로스 오웬입니다."

아만다는 책상 아래 서랍에서 화장 패드를 꺼내 브래지어 컵에 집어넣었다. 아만다는 그 블라우스를 드라이클리닝하러 보내고 옷장에서 다른 옷을 꺼내 입어야 했다. 아마 브래드가 그런 일에 있어서는 최고이기 때문에 도와줄 것이었다.

다른 쪽 가슴에 두 번째로 패드를 넣으면서, 아만다는 로스 오웬에게 "저는 당신을 거의 15년 동안이나 알고 지냈는데, 왜 항상 '헤럴드의'라고 말하세요?"라고 물었다.

"습관이에요. 혹시 거기서 무슨 일이 일어나고 있는지 말해 줄래요?"

헬렌이 로스가 전화할 것 같다고 설명하며 이미 이메일을 아만다에게 보냈었다. 아만다는 어떻게 해야 할지 알고 있었다. 그에게 아무런 정보를 줘선 안 되었다. 그러면서 마치 그녀가 뭔가를 숨기고 있는 것처럼 생각하게 만들어야 했다. 그녀는 잠시 멈춰서 그에게 말할지 고민하고 있다는 것을 넌지시 알렸다.

"죄송합니다. 아무것도 말씀드릴 수가 없습니다. 긴급회의가 있어서 이만 가봐야겠습니다. 헤럴드의 로스 오웬 씨."

"저녁식사 한번 같이합시다."

"저에게 아무것도 말하지 않아도 됩니다. 당신이 어떤 정보를 흘릴 수 있을 만큼 취하게 만들 수는 있지만요."

"지난번에 미끄러진 건 당신 손이었어요." 그녀의 말투는 마치 그의 엄마가 아들에게 야단을 치는 것처럼 들렸다. 아만다는 상대방의 침묵에 주목했다.

"네, 죄송합니다. 사과의 의미로 대접하겠습니다." 아만다는 이제야 로스를 내버려 두었다. 언론을 상냥하게 대하는 것은 모두의 임무였다. 아만다는 로스의 침묵 속에서 그가 아만다에게 다시 시도하지는 못할 것이라는 사실을 느꼈다. 하지만 지금은 당장 로스가 끼어들려는 연결고리에서 로스를 꺼내는 것이 해야 할 모든 일이었다.

"다음에 꼭 그렇게 해요. 하지만 저는 정말 가야만 해요. 여기 상황이 좀 복잡하거든요. 죄송합니다." 로스가 다른 걸 묻기도 전에 끊어버렸지만, 로스가 팔콘만에 있는 또 다른 단축 다이얼로 전화할 거란 걸 알고 있었다. 하지만 지금은 올리비아에게 젖을 먹일 시간이었다. 아만다는 출입증을 집어 목에 걸고 문으로 향했다.

우연의 일치였는지, 아니면 계획적이었는지 모르지만, 제이크는 사무실에서 나와 몸에 꼭 끼는 청바지를 마사지 오일로 번뜩이는 허리까지 내린 채 그녀가 가는 길을 막아섰다.

"내 아이디어 들었어?" 제이크는 빙그레 웃었다.

"당신 아이디어요?" 아만다도 같이 미소를 지었다.

"아니요. 뭔데요?"

"우리는 나이든 중년 여성들을 대상으로 오디션을 볼 예정이야." 몇

몇 여직원들이 제이크가 말한다는 것을 알아차리고 시선을 들었다가 재빨리 떨구었다.

제이크는 말을 이어갔다.

"헬렌은 그들이 여전히 섹시하다는 것을 보장할 수 있다고 했어. 그 중에서 가장 섹시한 사람이 팔콘만의 새 쌍년이 될 거야."

"오!" 아만다가 고개를 끄덕이며 빨리 나가려고 애를 쓰면서 더 이상의 이야기를 막으려고 했다.

"헬렌의 아이디어인가요? 좋네요. 정말 흥미롭긴 하지만 지금은 빨리 가봐야겠어요. 집에서 봐요. 나중에 이야기해요."

아만다는 제이크를 힐끗 보았다. 제이크의 이마에 주름이 잡혔다.

"무슨 뜻이야?" 그가 물었다.

"그 쌍년 이야기는 헬렌의 아이디어였잖아요. 아니에요?"

"난 헬렌이 당신한테 뭐라고 했든 상관없어."

"헬렌이 나한테 말한 게 아니라 그건 회의록에 있었어요." 제이크의 눈이 휘둥그레지더니 들킨 걸 알고는 얼굴이 빨개졌다.

"언제부터 회의록을 작성했지?"

"당신이 그걸 요구했을 때부터였어요. 당신은 누가 회의에서 말을 하고, 어떤 작가들이 아이디어를 내놓았는지에 대한 기록을 원했잖 아요."

아만다는 뇌에서 거의 시냅스가 튀어나오는 것 같은 소리를 들을 수 있었다. 그것은 마치 제이크의 영혼이 말 그대로 그의 육체를 떠나 고 껍데기만 영혼이 돌아오기를 기다리는 것과 같았다. 제이크의 눈 이 다시 움직였다. 제이크가 웃었다. 아만다는 그 표정을 알고 있었다. 전형적인 제이크였다. 제이크가 이 함정에 대처하는 도널드 트럼프식의 가장 좋은 방법은 '뉴스를 속이는 것'이었다.

"그럼 누군가 헬렌에게 잘 보이려고 회의록을 조작한 거네. 내가 진상을 밝혀낼 테니 걱정하지 마."

"네 알겠어요."

아만다는 미끄러운 제이크의 몸을 건드리지 않고 슬쩍 지나가려고 했다.

제이크는 힘겨루기 중이었고, 아만다는 끼어들 의향이 없었다. 올리비아는 지금쯤 배가 고파서 울고 있을 것이었다.

제이크는 반짝이는 팔을 내밀었다. 직원들 몇 명이 무슨 일이 일어날 것 같은 느낌에 다시 책상에서 고개를 불쑥 내밀며 쳐다보았다.

"어디 가는 거야?"

"그건 중요하지 않아요." 아만다는 블라우스에 묻은 모유 얼룩을 덮으면서 지나가려고 애썼다. 누구든 엄마가 되는 것이 직장 생활에 어떤 식으로든 영향을 끼친다고 생각하지 않기를 바랐다.

하지만 제이크는 거침이 없었다.

"그게 나한테 중요하다는 걸 당신은 알아야 해. 당신이 보스의 아내라고 해도 사무실에서 일찍 몰래 빠져나가는 것을 새 소유주가 알면 봐주지 않을 거야."

"그만 좀 해요, 제이크!" 아만다가 말했다. 그리고 방에 들리지 않게 목소리를 낮추면서, "그냥 지나가게 해줘요, 네? 나중에 알려줄게요."

아만다는 계속 제이크의 옆을 비집고 빠져나가려 했지만, 제이크는 아만다의 출구를 막으며 가까이 다가섰다.

근처에 있던 여자들 중 한 명도 어쩔 수가 없었다. 그녀는 마치 세트장에 나오는 캐릭터처럼 그들을 바라보며 앉아 있었다. 제이크는 그녀를 노려보다가 다시 화가 치밀어 오른 채로 아만다를 바라보았다.

"책상에 앉아서 일을 좀 해. 결국 그게 우리가 당신에게 임금을 지불하는 이유잖아."

아만다는 공개적인 논쟁을 하고 싶지 않아 제이크를 따돌리려고 또 다른 시도를 했다. 이번에는 제이크의 기름진 손이 아만다의 팔과 블라우스를 잡았다. 브래드의 마법과 같은 드라이클리닝 약품도 그 흔적을 지울 수는 없을 것이었다. 아만다는 이제 짜증이 나서 한숨을 쉬었다.

방 안이 조용해졌다. 이 일이 어떻게 진행될지는 아무도 몰랐다. 아만다가 몸을 기울여 키스할 수 있도록 가까이 다가갔지만, 둘 중 어느 쪽도 그런 제안을 한 건 절대 아니었다.

"내게서 손 떼." "웃기지 마." 아만다는 그녀의 키인 157센티미터까지 몸을 일으켜 펴서 팔을 내리고 블라우스에 묻은 우유 자국을 보여주었다. 그 주변의 여직원뿐만 아니라 남자들까지 모두 시선을 돌렸다. 마침내 많은 사람들이 쳐다보고 있다는 것을 안 제이크는 손을 놓고 뒤로 물러섰다.

당황한 채로 지나가면서, 아만다는 지금은 힘겨루기 중이지만, 12년 전에는 사랑에 빠져 결혼하게 된 제이크 먼로의 눈을 깊이 바라보았다.

이 새로운 승진은 제이크에게 절대적으로 최악의 상황을 불러왔다. 아버지가 되는 것이 아만다가 원했던 만큼 그를 온화하게 해주진 않왔다. 그러나 확실하게 제이크는 여전히 자신의 역할을 수행해야 했다. 그렇지 않을까?

아만다는 필사적으로 감정을 드러내지 않으려고 요가 운동할 때 하던 심호흡을 세 번하였다. 엄마가 되었든 아니든 간에 직원들 앞에서 우는 모습을 보일 수 없어 과장되게 웃으며 한쪽 발을 다른 쪽 발 앞에 넣는 데 집중했다. 새 소유주에게 적응하고 나면 제이크는 스트레스를 덜 받을 거라고 아만다는 생각했다. 이건 그냥 과정일 뿐이고 우린 이겨낼 수 있다고 말이다.

아만다가 엘리베이터 버튼을 누르려고 손을 뻗으려 할 때 뒤에서 발자국 소리가 들렸다.

"기다려 주세요!" 재정 부서의 댄이 소리쳤다.

지금 이 순간, 아만다가 간절히 원하는 것은 친구였지만, 그녀는 엘리베이터 문을 열었고, 댄이 달려들어 왔다.

"난 그냥 당신이 괜찮은지 확인하고 싶었어요." 댄은 잘생긴 얼굴을 한쪽으로 살짝 기울이며 말했다.

아만다는 딱딱한 미소를 지으며 "괜찮아요, 고마워요."라고 중얼거리며 탁아소가 있는 1층 버튼을 눌렀다. 방금 전까지 온몸을 긴장시키던 생각은 완전히 사라졌다. 댄이 승강기에서 내릴 때까지 브래지어에 끼워 넣은 패드가 완전히 젖지 않기를 바랐을 뿐이었다.

"내 자리가 아닌 거 알아요." 댄이 말을 계속했다. "하지만 당신이 얘기하고 싶다면, 나는 여기 있을 거라고 말하고 싶었어요."

아만다는 당황했다. 그녀의 가장 친한 친구인 헬렌과 캐서린을 제외하고, 어느 누구도 아만다가 어떤 것을 좋아하는지, 괜찮은지를 물어본 적이 없었다. 아만다는 사다리의 꼭대기 위쪽에 있었고, 제이크와 너무 가까웠다. 댄은 아마 이곳에 온 지 얼마 되지 않아 몰랐거나, 그게 아니라면 크게 신경 쓰지 않는 것일 수도 있었다.

댄의 소박하고 친절한 행동은 아만다의 눈물샘을 자극했다. 엘리베이터 문이 땡하고 울렸을 때, 아만다는 큰 소리로 흐느껴 울기 직전이었다. 또한 절실하게 댄에게 안기고 싶은 마음을 가까스로 참고 있었다. 아만다는 필사적으로 비틀거리며 달아났다.

4장

　스테이스 스톤브룩은 런던 중심부 켄싱턴 가든이 내려다보이는 300년 된 신고딕 양식의 아파트 4층에 살았다. 그곳엔 제복을 입은 문지기가 있었고, 그는 오고 가는 모든 숙녀들에게 모자를 들어 경의를 표했다. 스테이시는 넓은 창문을 통해 자신이 조깅을 하던 나뭇잎이 무성한 공원을 바라보고는 했다. 과거에 스테이시는 그 공원에서 다이애나 왕세자비와 같이 운동하며 파파라치를 피해 숨 가쁘게 수다를 떨고는 했었다.

　다이애나는 기자들이 자신을 방해하는 것을 싫어했지만, 스테이시는 좋아했었다. 비록 그땐 아무도 공주를 도와주는 이가 없었지만, 다이애나가 곁에 없는 날에도 스테이시는 파파라치들로부터 같은 종류의 관심을 받았다. 스테이시가 살던 지역처럼, 그 당시 스테이시도 최고였다. 스테이시가 그 아파트를 선택한 것은 단지 그곳에 엘리자베스 테일러, 셰어, 엘튼 존이 살았기 때문만이 아니라 그 위치가 완벽했기 때문이었다. 몇 분 안에 갈 수 있을 만큼 중심가는 아니었지만, 맞은편에 있는 무성한 정원 덕분에 시골 느낌이 났다.

공원에서 조깅을 하고, 아이들이 놀고, 연인들이 키스를 할 때에도 태양은 밝게 빛나고 있었다. 런던의 삶은 활기가 넘쳤지만, 스테이시의 아파트 안은 분위기가 달랐다.

스테이시는 뿌연 안개 속에 있었다. 인형들의 계곡 같은 곳에서 그녀가 입욕실에 누웠을 때 그녀를 감싼 것은 아지랑이 계곡이었다. 스테이시가 움직이자 물이 튀어서 대리석 바닥에 떨어졌다. 욕조물을 아주 높게 채워서 턱이 물에 잠긴 채로 머리를 가장자리에 얹고 누워 있었다. 그녀는 바카라 샴페인 잔에 담긴 빈티지 크루그를 홀짝홀짝 마시면서 히말라야산 목욕용 소금으로 인해 분홍빛으로 변한 물을 내려다보았다.

그리고 나서 스테이시는 그것이 마지막 남은 소금이라는 것을 기억하며 얼굴을 찡그렸다. 스테이시는 특별 수입하는 그 비용을 더 이상 감당할 수가 없었다. 거의 5년 동안 일을 하지 않았기 때문에 한때는 어마어마했던 은행 잔고가 예전 같지 않았다. 비록 스테이스는 그 궁색한 생각이 자신의 혼란스러운 뇌에 스며드는 것조차 싫어했지만, 그녀는 이 아파트를 떠나야 할 때가 곧 올 것이라는 사실을 알고 있었다.

스테이시는 매일 이런 소금으로 하는 목욕을 그리워할 것이었다. 스테이시는 보그 잡지에서 히말라야 소금의 풍부한 미네랄이 피부세포에 영양분을 공급하여 피부를 탄력 있고 매끄럽게 한다는 기사를 읽었다. 스테이시는 소금이 효과가 있는지는 몰랐지만, 물에 녹으면서 내는 옅은 분홍색은 확실히 사랑스러워 보였다. 그 연분홍색은 마치

연인의 눈을 응시하고, 아무런 판단도 내리지 못한 채 매료되는 그런 느낌과 닮았다. 단지 팔을 벌려 환영하는 것뿐이었다.

스테이시는 천국에 있는 듯 황홀한 느낌이 들었는데, 아마도 30분 전에 피즈와 자낙스를 섞어 마셔서인 것 같았다. 스테이시는 물 밑으로 미끄러져 들어갔고, 두 개의 젖꼭지와 코만 남긴 채 완전하게 물에 잠겼다. 그녀는 거품과 이완제를 섞는 것이 실수라는 것을 알았다. 머릿속에서 이미 정반대의 메시지들이 충돌하고 있었다. 칵테일에 취한 채로 미끄럼틀 모양의 욕조에 잠기게 되었고, 차가운 음악까지 드리워졌다. 천국과 같이 편안해 보였지만, 비극적인 요절의 모든 조건을 갖추고 있었다.

스테이시가 처음 유명해졌을 때는 18살이었다. 스테이시의 부고를 본다면, 그 나이를 젊다고 생각지는 않을 것이다. 마흔아홉이 십 대를 본다면… 음, 그건 아마도 아주 오래된 일처럼 느껴질 것이다. 하지만 매우 빠르게 달리고 있다면, 더 이른 것처럼 보일 것이었다.

피즈와 자낙스를 섞는 것의 또 다른 부작용은 언제 잠에 빠져들지 전혀 통제할 수 없다는 것이었다. 스테이시는 금세 졸음이 와서 욕조에 빠질 것에 대비해 서둘러 욕조에서 나와야겠다고 생각했다. 이렇게 생각하면서 그녀의 마음은 우울해졌다. 스테이시가 다시 자신에게 물었을 때 더욱 슬퍼졌다. '그랬다고 해도 신경 쓸 사람이 있을까?'

10년 전이라면 이야기가 달라졌을 것이다. 모든 신문의 1면에 실렸을 것이고, 아마도 전 세계 뉴스의 헤드라인으로 방송될 것이었다. 휘트니 휴스턴 정도는 아니지만, 아마 그 비슷한 정도로 시선을 끌었을 것이다. 기자들은 그녀와 다이애나가 공원에서 조깅하는 영상을 여러 번 내보낼 것이다. 하지만 만약 오늘 밤 그 일이 일어난다면, 스테이시의 죽음에 대한 소식은 일기예보 전에 반짝 언급되고 말 것이다.

신문이라면 음, 운 좋게 가십 칼럼 중 하나에 스테이시의 사진이 실릴 수도 있겠지만, 그 칼럼에 전혀 어울리지 않는 사진과 함께 실릴 것이다. 이를테면 스카프를 칭칭 감은 채로, 혹은 퉁퉁 부은 이마를 스카프로 가린 채로 보톡스 센터에서 나오는 사진이 될 수도 있다. 스테이시의 기사는 기껏해야 그날 오후에 트위터에서 유행할지도 모른다. 스테이시가 무명 시절에 찍었으나 가처분 명령으로 묶어 두었던 포르노들이 온라인상에 나타나기 시작할 것이다. 그러나 결국 어느 누구도 죽은 여배우의 명예를 훼손할 수는 없을 것이다. 스테이시가 차가운 무덤에 누워있는 동안 스테이시를 보며 자위하는 남자들을 상상하니 피식 웃음이 나왔지만 맙소사! 스테이시는 정말로 간절하게 세상의 관심을 원했다.

알약의 두 번째 발동을 느낀 스테이스는 샴페인을 마시는 것을 중단했고, 만약 자신이 지금 죽게 되면 일어날 감동스럽지 않은 일들을 상상하며 욕조의 마개를 뽑았다. 물이 꾸르륵 소리를 내며 빠져나갔다. 금세 뜨겁다가 차가워지는 것이 스테이시는 놀라웠다.

스테이시는 욕조 밖으로 나오지 않고 누운 채로 물이 빠지는 것을 지켜보며 변함없이 완벽한 몸매를 드러내었다. 49세에 그것은 정말 쉽지 않은 일이었다. 섹시한 요가 강사 미스터 한과 진행해 온 두 시간의 수업이 몸매와 건강에 도움이 되었다. 미스터 한은 일주일에 세 번 스테이시의 아파트를 방문했다. 스테이시의 가슴은 세 번의 수술로 풍만한 데다 화사한 핑크빛이었다. 덕분에 스테이시는 여전히 25살로

돈을 벌기 위해 무대에 설 수 있었다.

스테이시는 욕조에서 나와 이탈리아산 최고급 타올을 탄력 있는 배와 굴곡진 엉덩이에 걸치고 터벅터벅 금색 테두리 장식의 화장대로 갔다. 의자에 앉기 전, 스테이시는 거울에 비친 자신의 모습을 보고 감탄했으며, 왜 아무도 자신을 그렇게 보지 않는지 의아해하였다.

자리에 앉은 후, 그녀는 거울을 응시하고 검사를 시작했다. 외과 수술 덕에 그녀의 아몬드 모양의 눈은 여전히 팽팽했다. 손가락을 턱 밑으로 굴리면서 그녀는 지방이 있는지 살폈다. 아무것도 발견되지 않자 그녀는 흡족했다. 물에 젖지 않기 위해 애를 썼지만, 젖어버린 머리의 클립을 풀면서, 라프레리 헤어로션을 바른 머리 주위에 타올을 두르고 젖은 긴 머리를 끌어당겨 하나로 묶었다.

예전에는 대량의 제품을 무료로 받기도 하였지만, 지금은 더 이상 그렇지 않았다. 과거 선물 팩에는 성기 폴라로이드 사진과 함께 남자의 전화번호가 적혀 있었다. 스테이시는 전화를 한 번도 하지 않았다. 어쨌든 스테이시는 친구들에게 그렇게 말했다.

아무도 꽤 오랫동안 스테이시에게 성기 사진을 보낸 적이 없었다. 심지어 바바리맨의 중심 활동지인 인스타그램에도 말이다. 옆 아파트의 초인종이 스테이시의 전화기보다 더 많이 울렸고, 그 여자는 단지 시간제로만 그곳에 살았다. 스테이시가 더 이상 '양껏' 콜라 파티를 열 여유가 없게 되자, 그녀의 이웃조차도 전화를 하지 않았다.

"아니야, 안돼! 계속 이 생각들을 하다간 결국 울게 될 거야," 스테이시는 스스로에게 말했다. 그녀는 벌써 눈이 붓는 것을 느낄 수 있었다. 그녀는 이 순간이 지나가길 원했고, 슬프고 눈물겨운 일이 되지 않도록 해야 했다. 겨우 오후의 한가운데였으나, 스테이시는 잠잘 시간이라고 결정했고, 그것은 스테이시가 애초에 그 망할 알약을 먹은 이유였다. 어젯밤은 술을 너무 많이 마셔서 재미가 없었다. 스테이시는 머리가 젖었지만 자고 나서 나중에 드라이를 해야겠다고 생각했다. 스테이시는 살짝 발을 헛디뎌 바닥에 타올을 떨어뜨렸고, 커다란 타원형 침대로 올라갔다. 스테이시는 유리잔에 남은 마지막 한 모금을 마시고 침대 옆 캐비닛에 올려놓은 후, 완벽한 허벅지에 여성전용젤을 바른 다음 벌거벗은 채 하얀 비단 시트 위로 미끄러지듯 들어갔다.

스테이시가 빨리 행동했다면 자위를 할 시간이 충분했을 것이다. 한 손을 18캐럿 금으로 도금된 자갈 모양의 진동기를 집기 위해 화장대 서랍 안으로 뻗었다. 세상에 둘도 없는 최고의 애인이라 할지라도 진동기만큼 스테이시에게 은밀한 즐거움을 줄 수는 없었다. 스테이시는 가장 큰 프라다 선글라스를 썼다. 스테이시의 젖꼭지는 단단해졌고, 그녀 자신에게 부드럽게 미끄러질 만큼 이미 촉촉해졌다. 스테이시의 다른 한 손이 침대 맞은편 벽에 있는 TV를 켜서 몇몇 버튼을 누르자, 갑자기 스테이시가 나체로 남자들에게 둘러싸여 번갈아 가며 섹스를 하는 모습이 화면을 가득 채웠다.

스테이시는 대중들이 그 포르노를 보는 것을 결코 원하지 않았고, 그것을 숨기는 데 많은 돈을 썼다. 그러나 그 포르노에는 아주 원초적인 무언가가 있었다. 스테이시가 '완벽한 조약돌'이라고 부르기를 좋아하는 것과 함께 그 영상 속의 남자들은 항상 스테이시가 필요로 하는 것을 2분 안에 주었다.

스테이시는 빨리 감기를 해서 다른 두 남자가 쾌락을 위해 스테이시의 입을 이용하는 장면으로 이동했고, 진동기가 거칠게 클리토리스를 압박하도록 버튼을 눌렀다. 진동기가 스테이시의 깊은 곳에서 흔들리기 시작하자, 수년 전부터 화면에 비친 자신의 얼굴에 초점을 맞췄다. 그 남자들이 다시 한번 스테이시의 침대에 있는 것처럼 상상하며 가장 센 스위치를 눌러 바닥에서 그녀의 몸을 그 금빛 진동기에 댔다. 피부가 시원했다. 갑작스럽게 오르가즘이 찾아왔다. 스테이시가 등을 굽히고 숨을 돌리기 시작하자, 몸에서 절정의 액체들이 나왔다. 마약 칵테일의 효과가 나타나며 마지막 절정이 시작되는 것을 느꼈다.

스테이시는 '아, 끝까지 다 왔어.'라고 생각했다. 혼절할 정도의 행복이었다. 지금 이 순간, 빼앗긴 그 명성에 대한 걱정이 사라졌다. 부정적인 생각도 사라졌다. 있다가… 사라졌다. 오피오이드(마약성 진통제)가 마음에 가득 찼다. 스테이시는 TV를 끄고 진동기를 한쪽으로 밀며 아직도 떨리고 있는 몸 위로 이불을 끌어당겼다. 스테이시는 꿀 색깔의 벽지에 녹아든 금빛 덮개에 시선을 집중했는데, 맞은편 벽에 있는 무거운 벨벳 커튼 사이로 햇빛이 들어오고 있었다. 스테이시는 이 몽롱한 느낌이 그녀들 압도하도록 두었고, 시시각각 모양을 달리하는 이미지들이 실패나 불행에 대한 어두운 생각들을 밀어내도록 두었다. 스테이시는 자낙스(마약)와 오르가즘의 여운 속에서 잠에 빠져들었다. 침대 옆 테이블의 전화기가 조용히 켜지면서 '에이전트'라는 이름이 깜박거릴 때 스테이시는 남성의 욕망과 여성 숭배의 꿈에 깊이 빠져 있었다.

5장

　촬영동 건물 뒤편에는 붉은색의 웅장한 이중문이 있었다. 그것들은 한 사람의 힘으로는 너무 무거워서 열 수가 없었다. 그래서 옆에 손 로고가 새겨진 은색 단추가 설치되었다. '팔콘만' 실외 세트장으로 가기 위해서는 버튼을 눌러 이 기계음을 들어야 했는데, 이것은 정말 스릴이 있었고, 마치 버튼을 누르면 다른 세상으로 이동되는 것처럼 멋진 열대림이 펼쳐졌다.

　캐서린 벨이 그 이중문을 통해 들어온 그 오후, 캐서린은 여느 때처럼 그녀의 피부에 부딪히는 부드러운 바닷바람과 얼굴에 쏟아지는 햇살, 해안에서 부딪치는 파도 소리의 리듬에 잠시 망설였다. 이곳의 황금 모래는 절벽 근처에서 조약돌이 되었고, 오늘같이 고요한 날에는 이 작고 둥근 돌을 훑어보기에 좋았다. 캐서린은 그러고 싶었지만, 촬영이 예정되어 있어 그 즐거움을 포기하기로 마음먹었다.

　절벽에는 집이 여러 채 있었고, 해변의 양쪽 끝에는 두 채가 있었다. 이 투박한 석조 건물은 수백 년 된 것으로 한때 지역 어부들의 소유였지만, C.I.TV가 성 어거스틴의 이쪽 부근을 새 드라마의 배경으로 정하면서 모두 사들였다. 당시엔 몇 세대에 걸쳐 살아온 섬 주민의 집을 사들이는 것은 큰 사건이었다. 사업가들은 시장 시세보다 더 많은 돈을 지불했고, 티나와 해리 피어슨은 이전 소유주들을 매년 열리는 출연자 파티에 개인적으로 초청하여 친분을 쌓았다. 지금은 오두막집의 값어치가 엄청나지만, 사람들이 이 오두막집에 살고있는 동안에 이 드라마의 빡빡한 일상을 촬영하는 것은 악몽이 될 것이기 때문에 텅 빈 채로 남겨두었다.

집들은 진짜인 데 반해, 해안가의 술집인 '더 코브'는 완전히 꾸며낸 이야기였다. 모든 드라마에서 사람들이 모일 수 있는 장소가 필요했기 때문에, 방송국은 수백만 달러를 투자하여 정교한 건물 모양의 정면을 지었는데, 이 건물은 바다로 이어진 50피트의 나무 부두와 연결되었다. 그 주변에는 작은 배들이 정박해 있었다. 그들은 절대 술집 안에서 촬영하지 않았다. 그것은 순전히 야외 촬영을 위한 것이었다. 절벽에 위치한 술집과 집의 내부는 완전히 촬영만을 위한 것이었다.

모든 술집에는 여주인이 필요하고, 또 모든 드라마에는 여장부가 필요한데, '팔콘만'의 루시 딘은 두 역할 모두에 해당했다. 루시 딘은 힘들게 자랐고, 그녀가 가진 모든 것을 위해 싸우는 법을 배웠다. 루시 딘은 드라마의 중심이자 '팔콘만' 공동체의 중심이었다. '더 코브'를 소유한 루시 딘이 스스로를 모든 것의 중심으로 만들었다.

루시 딘이라는 인물을 연기한 캐서린 벨은 의심의 여지 없이 뛰어난 배우였다. 그녀는 '팔콘만'이 처음 시작될 때부터 있었고, 비록 첫 시즌의 작가가 그녀의 이름을 루시라고 지어주었지만, 루시에게 진정으로 생기를 불어넣어 준 사람은 캐서린이었다. 캐서린은 루시 딘을 역대 가장 사랑받는 드라마의 캐릭터로 만들었다. 많은 사람들은 루시 딘이 없었다면 '팔콘만'은 존재할 수 없었을 거라고 믿었다.

오늘은 야외 촬영 날이었다. '더 코브' 선착장에서 촬영이 진행되고 있었다. 카메라는 제자리에 있었다. 음향 기술자들도 준비가 되어 있었다. 파라는 이 에피소드의 작가이자 감독이었다. 파라는 먼 곳의 구름이 빨리 다가오고 있다고 걱정하며 사진 감독과 프로듀서와 대화를 나누었다. 그들이 이야기하는 동안 촬영은 잠시 중단되었다. 이는 파라가 다시 '액션'이라고 말할 준비가 될 때까지 배우들이 제자리에 있어야 한다는 것을 의미했다.

잠시 멈춰 있는 동안 캐서린은 그늘에서 벗어나 햇빛이 그녀를 감싸도록 했다. 세 번의 화학적인 박피를 한 후라서, 캐서린은 직사광선을 쬐면 안 된다는 것을 잘 알고 있었지만, 햇빛의 유혹을 뿌리칠 수가 없었다. 캐서린은 눈을 감고 방파제 나무더미에 부딪히는 잔잔한 파도소리와 파도 꼭대기 위에서 떼지어 날아오는 바닷새의 파닥거리는 소리를 들었다. 캐서린은 야외 촬영 작업을 할 때 찾아오는 장면 사이사이 빈 시간의 고요함을 즐겼다. 주변에 조명 담당자와 마이크 담당자, 기술자, 촬영 감독과 개인 비서들로 북적거렸지만, 캐서린은 주변 자연경관에 흠뻑 심취해 있었다.

캐서린은 39년 동안 성 어거스틴에 머물고 있었지만, 섬의 쾌적한 기후와 여유로움 덕분에 전혀 싫증이 나지 않았다. 그러나 영화 속 캐릭터는 그것에 충분히 질릴 만하였다. 루시 딘은 여러 번 결혼했는데 강간과 사별, 아이를 잃었고 다른 한 명을 찾았지만, 또 다른 잃어버린 딸은 익사했고, 아들은 실종되었다. 캐서린은 드라마의 20주년 기념식에서 보트 사고로 등이 부러졌고, 암이 재발했으며 폐경이 왔다. 캐서린은 총에 맞고 살인을 저지르지 않았음에도 살인죄로 투옥되었다. 그리고 사고로 캐서린은 마지막 남편을 죽였다. 필연적으로 캐서린은 맺지 말았어야 할 수많은 불륜을 저질러왔다.

캐서린은 정말로 완전하게 지칠 만했다. 하지만 운 좋게도 그것은 모두 연기였고, 단지 역할일 뿐이었다. 카메라가 멈추자, 그녀는 훨씬 더 단순한 사람인 캐서린 벨로 돌아왔다.

어깨를 툭툭 치는 느낌을 받자 캐서린은 브래드를 보기 위해 몸을 돌렸다.

"캐서린! 파라솔 안으로 들어가세요. 그렇지 않으면 피부과 의사가 날 원망할 거예요."

"1분만 더요?" 브래드는 이것이 질문이 아니라는 것을 잘 알고 있었지만, 캐서린이 대답했다. 혈통 있는 스타들처럼 캐서린은 부정이나 모순점을 불러일으키지 않는 어조와 표현 방식으로 구사하는 데 능숙했다.

캐서린은 출렁이는 배들을 바라보면서 시청률 하락에 대해 생각했다. 캐서린은 이 문제가 새 소유주들에 의해 해결되기를 희망했다. 낙관론자였던 캐서린은 자신과 드라마에 출연했던 모든 사람들이 40년 가까이 1위를 차지했던 것을 돌이켜보면, 다른 드라마는 절대 '팔콘만'을 이길 수 없다고 추론했다.

우리는 살아남을 거라고 캐서린은 생각했다. 아니 그래야만 했다.

캐서린은 결코 루시 딘이 되는 것에 지치지 않았고, 또한 행운을 당연하게 여기지도 않았다. 캐서린 자신이 40년 전에 이 직업에 뛰어들지 않았다면 아주 다른 삶을 살았을 것이라는 사실을 뼈저리게 느끼고 있었고, 캐서린은 그 행운에게 영원히 감사할 것이었다.

캐서린은 수잔 루이스라는 이름으로 태어나서 옥스퍼드 주의 시골 평원에서 자랐고, 한때 의사를 꿈꿨지만 그 꿈은 수잔이 대학을 다녔던 십 대 시절 코뮌에 사는 마리화나 흡연 운동가와 사랑에 빠지면서 사라져 버렸다.

수잔은 그와 3년 동안 평화 집회에 참석하면서 학업을 포기했다. 그러나 그가 수잔보다 훨씬 말라빠진 고트족을 만나기 위해 떠났을 때는 가슴이 아팠다.

이 사건으로 수잔은 20대에 섭식 장애를 앓았다. 수잔은 가스라이팅을 일삼는 한 남자와 그리고 또 다른 남자와 교제를 했는데, 그 남자들은 마지막 남자보다 더 나빴다. 수잔의 마지막 교제는 그녀에게 엄청난 영향을 끼쳤다. 수잔은 잡지에서 보았던 더블린으로 도망쳤다. 더블린에서도 수잔은 우연히 다시 사랑에 빠지게 되었지만, 이번에는 인생의 동반자와 함께였으며, 수잔은 훨씬 더 잘 어울리는 연기를 하게 되었다.

수잔은 술집에서 일하면서 서른 살에 가까워졌고, 그 무렵 천직을 찾았다. 수잔이 일했던 곳의 여주인 로지는 한때 로열 셰익스피어 극단에서 일했지만, 다른 배우들처럼 성공하지는 못했다. 로지는 더블린의 집으로 돌아와 가족들이 운영하던 술집을 맡아 경영하게 되었다. 로지는 감각을 유지하기 위해 술집 바 위의 빈방에서 오스카 와일드 연극을 하기로 결심하였다. 독감 유행으로 인해 배우가 한 명 모자라자, 수잔에게 대역을 부탁하며 맥주 1파인트를 팔 때 받는 금액만큼의 급여를 지불하겠다고 제안했다. 수잔이 무대 체질이라는 것은 모든 사람, 특히 그녀 자신에게 놀라운 일이었다. 연극이 상영된 지 3일째 되던 날, 운명은 마땅히 자격 있는 29세의 수잔에게 휴식을 선사했다.

C.I.TV 캐스팅 책임자인 캐롤라인 세인트 제임스는 맥주상자로 만든 자리에서 불편하게 발을 이리저리 움직이며 시내 근처에는 없는 자신의 5성급 호텔로 돌아갈 수 있는 시간을 계산하고 있었다.

솔직히 말해서 캐롤라인은 조카가 있는 이 낡은 술집에 오는데 충분한 돈을 지불했다. 캐롤라인의 조카는 권장량보다 훨씬 많은 연극을 보면서 돈을 써왔고, 조카가 보여준 성실함이 얼마나 중요한지에 대해서는 끔찍하게 해석할 수밖에 없었다. 그러나 가족이었기 때문에 캐롤라인은 단지 도움을 주려는 마음으로 방문했다. 그러나 1막이 끝날 무렵, 그 여행은 갑자기 특별한 가치를 가지게 되었다. 그웬돌렌 역을 연기하고 있는 스타를 발견했기 때문이었다. 캐롤라인은 에너지가 넘치는 그 젊은 여자에게서 눈을 뗄 수가 없었다. 캐롤라인은 시끄러운 술집에서 공중전화를 사용하기 위해 몰래 빠져나왔다.

C.I.TV는 '팔콘만'에 큰 기대를 걸고 있었다. 그들은 지난 1년 동안 새로운 드라마를 개발했는데, 지금은 사전 제작 중이었으며, 캐스팅도 거의 완료되어 출시 준비가 되어 있었다. 그들이 캐스팅하기 위해 애썼던 단 한 가지 역할, 즉 가장 중요한 역할이 있었다. 바로 루시딘. 그들은 전국의 모든 여배우들을 살펴보았지만, 아무도 적합하지 않았다. 오늘 밤까지는.

비록 맥주 매트 위에 인쇄되어 있던 수잔의 타티쇼 프로그램에 관한 이력서는 비어있었지만, 이 젊은 여성은 진짜 물건이었고, 캐롤라인은 그것을 알아챘다. 캐롤라인은 연극이 끝날 때까지 수잔을 기다렸고, 오디션을 보게 하기 위해 수잔에게 성 어거스틴에 함께 가자고 설득했다. 당시 수잔은 망설였다. 그녀는 불과 3일 동안 연기를 했을 뿐이었다. 술꾼들이 남긴 신문들에서 보았던 TV 시리즈에 출연하는 그렇게 엄청난 일을 해낼 수 있을까?

수잔의 망설임은 로지가 그녀 자신이 뽑히지 못한 것에 분노하여 수잔을 해고하면서 무의미해졌다.

잃을 것이 없었던 수잔은 캐롤라인 세인트 제임스와 함께 채널 아일랜드에 가서 스크린 테스트를 받았고, 즉석에서 고용되었다.

서둘러서 개명한 수잔은 정말 새로운 시작을 했다, 캐서린 벨은 새로운 삶을 시작할 준비가 되어 있었다. 캐서린은 자기 몫을 이미 지불했고, 운명은 그녀가 대박이 날 자격이 있다고 결정했다.

캐서린이 겪은 모든 일들 이후에 꾸며내기 힘든 조화로움, 즉 소박하면서도 섹시하고, 믿음직스럽지만 흥미롭고, 사랑스러웠지만 공격받았을 때는 독설을 퍼부을 수 있을 것 같은 그녀의 모습이 빛났다.

첫 회가 방송되자마자 캐서린과 '팔콘만'은 모두 히트를 쳤다. 몇 주 만에 캐서린은 당신이 원하는 아내, 어머니, 딸, 혹은 친구로 알려졌다. 캐서린이 없었다면 '팔콘만'은 그렇게 성공하지 못했을 것이며, 수백만 명이 시청하는 주된 이유는 바로 캐서린 때문이었다. 격노한 로지는 자신의 바에서 '팔콘만'을 시청하는 것을 금지했다. 로지는 결코 캐서린의 행운을 극복하지 못했고, 마지막 명성의 기회를 훔쳐 간 캐서린의 이야기에 귀를 기울여주는 누군가를 귀하게 대접했다.

캐서린은 더블린에서 남쪽으로 500마일 떨어진 이곳에서 거의 40년 동안 지내면서 스스로 얼마나 운이 좋았는지 놀라곤 했다. 캐서린은 일생 동안 그웬돌렌 페어팩스와 루시 딘이라는 두 가지 역할만 맡았지만, 드라마 방영 기간 동안 최고의 성공을 거두었다. 캐서린은 하늘 위의 드라마 신들에게 조용한 기도를 드렸고, 하늘의 신은 캐서린이 계속하여 드라마에서 큰 인기를 얻을 수 있도록 해주었다.

파라가 "모두들 제발요." 하고 소리치자 사람들은 거대한 파라솔 밖으로 황급히 물러났다.

오늘은 믿을 수 없을 정도로 간단한 장면 중 하나였다. 반 페이지, 그게 전부였다. 한 번만 찍어도 충분할 정도로 짧고 직설적인 장면이었다.

루시 딘은 많은 일을 겪었다. 루시 딘이 바다를 바라볼 때, 그녀는 싸움에서 이겼다고 믿었다.

루시 딘은 다시 평범한 삶으로 돌아갈 수 있을 것이라고 믿었다. 눈을 감았고 마음을 놓았다. 안도의 미소가 그녀의 얼굴에 떠올랐다. 한 목소리가 그녀의 평화를 깰 때까지.

제레미: 자외선 지수 50 이상은 모자를 써야 해요.

루시 딘은 눈을 떴지만 고개를 돌리지 않았다.

제레미: 하루에 두 번 당신이 벌겋게 타는 게 보기 싫단 말이에요.

제레미는 손에 종이를 들고 루시 딘과 태양 사이로 다가섰다.

제레미: '더 코브'는 제꺼예요. 사인하고 봉인해서 발송했잖아요.

루시 딘은 그 종이를 쳐다볼 필요가 없었다: 루시 딘은 자신이 배신당했다는 것을 알고 있었다. 그녀는 그의 눈을 똑바로 쳐다보았다. 얼굴을 클로즈업한다.

루시: 내 눈에 흙이 들어가기 전에는 안 돼요.

제레미는 더 크게 웃기 시작했다. 그 웃음 속에는 그가 말하지 않은 것이 있었다. "하느님, 제발 그러길 빌어요." 루시가 아무리 장담을 해도, 루시 역시 알고 있었다. 전쟁이 끝나려면 멀었다. 루시의 얼굴에는 애지중지하던 술집을 잃을까 두려워하는 공포가 어려있었다.

ㅡ에피소드 9048 ㅡ

뤼시앵 호스폴의 이력서에는 그가 런던 웨스트엔드 전역에서 쇼에 출연했다고 적혀있지만, 만약 그것이 사실이라 해도 아마 박스오피스 조수보다 관객이 적은 연극에서의 대역이었을 것이다. 뤼시앵은 5년 전, 팔콘만에 와서 그를 해고하려는 여러 시도에도 불구하고 제레미 로이드라는 역할에 매달렸다. 뤼시앵이 형편없는 배우였기 때문도 아니고, 그가 까다롭거나 특이해서도 아니었다. 바로 그가 대사를 외우지 못해서 모든 사람이 함께 일하기를 힘들어하는 것이 그 이유였다.

대사를 외우는 것은 모든 배우가 반드시 해야만 하는 일이었다. 캐서린과 같은 배우들은 대사의 행간을 읽는 능력이 특별했고, 단순한 글자의 변화를 감지하고 선택했다. 그것이 연기의 비법이었다. 대사를 외우는 것은 당연한 최소한의 능력이었다. 그러나 그러한 단점조차도 뤼시앵이 인정하고 신속하게 대응했다면 용서받았을지 모른다.

하지만 뤼시앵은 신속하게 처리해 주기는커녕 즉석에서 대사를 지어냈다. 이는 출연진과 감독을 화나게 했을 뿐만 아니라 촬영을 지속하는 데 끔찍한 연쇄적인 영향을 주었고, 자연스럽게 작가들도 제동을 걸었다. 하지만 시청자들은 그가 일으킨 이 소동에 대해 전혀 몰랐고, 그의 캐릭터가 쇼 여론조사에서 계속해서 인기를 끌었기 때문에 결국 모든 일은 그의 주변에서 감당해야 했다. 캐서린이 뤼시앵을 다루는 데는 프로였지만, 그를 걷어차지 않기 위해서 엄청나게 자제를 해야 했고, 이는 파라 역시 캐서린의 기분을 고려해야만 한다는 것을 의미했다. 오늘은 더위도 한몫했다. 너무 더워서 직원들은 무기력하고 짜증이 나 있는 상황이었다. 그리하여 이 반 페이지는 갑작스런 폭발을 기다리는 화약고가 되어버렸다. 그래서 '액션'이라고 외치는 파라의 목소리는 떨릴 수밖에 없었다.

캐서린은 바다를 바라보다가 눈을 감았다. 그녀는 루시 딘이 피곤했지만 안도했다는 느낌을 전달하려고 애를 썼다. 캐서린 자신도 뤼시앵과 함께 일할 때 항상 오는 불안감을 묻어두고 있었다. 그의 목소리가 뒤에서 터져 나왔을 때, 캐서린은 불안함이 정당하다는 것을 알았다.

제레미: 선크림 좀 바르셨어요?

대본에는 루시 딘이 그를 돌아보지 않고, 그의 말을 계속 서서 듣는 것으로 되어 있었다. 그가 방금 저지른 기념할 만한 실수를 그는 알까? 캐서린은 뤼시앵이 선크림에 대한 대사를 기억했다는 사실에 기뻐할 것이라는 것을 알았지만, 뤼시앵이 대사를 의역한 것에는 중요한 두 가지가 바뀌었다. 첫 번째는 지금의 호의적인 질문이 캐서린에게 다른 대답을 요구하는 것이고, 두 번째는 뤼시앵이 그의 다음 대사 두 줄을 마무리할 수가 없다는 것이었다.

그러나 파라는 그가 시도하는 것을 허락했다. 캐서린은 그가 심사숙고하면서 내는 이를 가는 소리를 생생하게 들을 수 있었다. 자신의 대사를 기억하는 그의 목소리에는 기쁨이 서려 있었다. 적어도 대사의 앞부분에서는 그랬다.

제레미: 난 당신이 햇볕에 타는 걸 보고 싶지 않아요.

그게 다였다. "선크림 좀 바르셨어요? 왜냐하면 당신이 햇볕에 타는건 보기 싫거든요." 이 새로운 버전에서 뤼시앵은 루시 딘을 돌봐주는세심한 친구였다. 그 장면의 의도와 정반대였다.

마침내 파라가 "컷!"을 외치며 끼어들었다.

곧바로 캐서린 위로 파라솔을 열어 햇살로부터 캐서린을 보호했다. 파라는 뤼시앵을 보기 위해 돌아보지 않았다. 빠져 있는 게 나았다. 파라는 기분이 좋았다. 파라는 자신이 뭘 해야 하는지 잘 알고 있었다.

"수고했어요, 뤼시앵! 거의 다 했어요. 이제 조금 남았어요. 선크림을 발랐으면 좋겠어요." 파라는 마치 학교 운동회 때 어긋난 행동을하는 아이를 위협하는 듯한 목소리로 말했다.

뤼시앵은 그의 두꺼운 머리카락을 쓸어 넘겼다. 그 나이에 그렇게 사랑스러운 머리카락을 가지고 있다는 것을 그가 자랑스럽게 여긴다는 것은 모두가 아는 사실이었다. 그는 자신이 대사를 망쳤다는 것을 분명히 알고 있었지만, 인정하기보다는 대사를 바꾼 것을 합리화하려 했다.

"전 사실 제레미가 그런 말을 할 것 같진 않았어요."

"좋아요. 좋아요. 저는 괜찮습니다."라고 파라가 트레이드 마크인 인내심을 보여주며 말했다. "다음 대사가 '당신이 하루에 두 번 화상을 입는 걸 보고 싶지 않아요.'라고 한 이유예요. 그건 아주 중요해요."

"그건 제가 말했던 거죠." 뤼시앵이 허세를 부렸다.

"네." 파라가 대답했다. 이런 일들이 여러 번 발생할 수도 있다는 것은 처음이었다. 파라는 그쯤 해두고 묵묵히 받아들였다.

"제 잘못이에요. 다시 가봅시다. 그리고 제가 다시 놓치는 일이 없도록 지적해 주시면 좋겠어요. 죄송합니다. 제 잘못입니다. 여러분! 다시 한번 해봅시다."

뤼시앵은 당황한 듯 이맛살을 찌푸리며 몇 초간 침묵했다. 뤼시앵은 자신의 거짓말을 밀어붙일 준비를 했다. 그리고 나서 뤼시앵은 남성 마이크 감독에게로 시선을 돌렸다. "제 말은 그녀가 가장 사랑스럽다는 거죠." 그가 중얼거렸다. "근데 여자 감독들은…?"

파라는 뤼시앵에 대한 평판 때문에 그를 끌어내거나 그의 이빨을 부숴버리고 싶었지만, 전문가적인 모습을 보이기 위해 아무 말도 하지 않고 평온한 자세를 유지하며, 다음 "액션!"을 외칠 준비를 했다.

캐서린은 그 남자 감독이 어색하게 발만 이리저리 움직이는 것을 보았다. 캐서린은 뤼시앵의 말을 반박하고 싶지는 않았지만, 뤼시앵의 성차별적인 발언에 대해서도 지지하지 않는 전형적인 중립적인 사람이었다. 캐서린은 그가 입장이 곤란하다는 것을 알고 있었지만, 여전히 그가 비겁하다고 생각했다. 그 드라마의 여주인공으로서 캐서린은 주저하지 않고 참견했다. "우리 여자들은 남자들이 옳다고 생각할 만큼 아주 잘해요." 캐서린이 큰 소리로 말했다. "심지어 우리가 틀렸다고 해도 그건 기술이자 핸디캡이죠."

뤼시앵은 이 복잡한 문장을 해석하려고 했고, 그가 할 수 있는 유일한 것에 매달렸다.

"더 이상 '핸디캡'이라는 말을 하면 안 될 것 같아요."

"해도 돼요." 캐서린이 말했다. "당신을 위해 그 말을 다시 쓰는 거예요."

뤼시앵은 캐서린의 또 다른 까다로운 문장들을 풀어보려고 애쓰며 입을 O자 모양으로 벌렸다.

뤼시앵은 마치 승려가 그의 스승으로부터 선문답을 받고 그 진실을 알아내려고 안간힘을 쓰는 것 같이 보였다.

파라는 소리쳤다. "액션!"

그들은 떨어져 있었다. 캐서린은 바다를 바라보다가 눈을 감고 기다리고 또 기다렸다. 거듭 기다렸다. 그러고 나서…

"제가 장애인이란 말인가요? 어떤 식으로든 일단 '불구'라는 거군요. 그렇지 않아요. 저는."

오, 제발! 캐서린은 또 한 번 그를 속였다.

파라가 다시 끼어들었다. "사실 그 용어는 '장애를 가진 사람'이라는 뜻입니다."라고 그녀는 말했다. "괜찮으시다면 이 장면을 마무리하고 싶습니다. 뤼시앵! 우리는 당신과 다섯 가지 더 할 일이 있고, 이 구름들이 영원히 이곳에 있지 않잖아요." 파라는 숨을 들이쉬며 주저했다.

"캐서린… 날 위해서… 미안하다고 말해 줄래?"

캐서린은 파라의 눈을 바라보았고, 차갑고 딱딱한 루시 딘은 "너 정말 진심이야?"라고 말했다.

파라는 "부탁해!"라는 단어를 말하며 기도하는 손 모양을 하고 빌었다.

뤼시앵은 그들이 잘못했다는 걸 알면서도 그저 도망쳤다는 것을 알자, 경건한 체하는 표정을 지었다. 이번에는 입이 무거운 아가씨가 그녀의 자리를 대신하게 되었다는 보너스가 추가되었다. 그의 O자형 입가에는 캐서린이 주먹을 날리고 싶게 하는 능글맞은 웃음이 가득했다.

캐서린은 잠시 시간을 가졌다. 캐서린은 할 수 있고, 또 그래야만 했다. 캐서린은 여기서 힘이 있었고 최고였다. 캐서린은 뤼시앵을 해고할 수도 있고, 아마 파라도 잘만 하면 그렇게 할 수 있을 것이다. 캐서린은 전에도 사람들을 해고했었다. 직원, 출연진, 심지어 음식 공급 업체까지도. 하지만 그렇게 하면 촬영을 끝내지 못할 것이다. 캐서린이 가장 원했던 건 내부에 있는 것이었다.

캐서린은 9월의 태양과 바닷바람 속에서 보내는 것을 좋아했지만, 이제는 열기가 그녀를 괴롭히고 있었다. 브래드의 말이 옳았다. 그녀는 파라솔 밑에 있었어야 했다. 매우 젊어 보이는 '할리 거리의 여왕' 레슬리 레이놀즈는 캐서린이 잘 관리된 피부에 햇빛을 닿게 하여 유명인의 관례를 깼다는 것을 알게 된다면 발작을 일으킬 것이었다.

그래서 캐서린이 자신의 목적을 위해 사과하는 것은 올바른 대응이었다. 캐서린이 확실히 알고 있는 한 가지는 뤼시앵이 앞으로 자기 자신을 보여줄 수 있는 많은 기회를 가지고 있다는 것이었다.

"뤼시앵! 미안해요. 제가 제멋대로였어요. 우린 프로잖아요. 더위 때문이었어요. 그러니 이제 우리 같이할까요?"

뤼시앵의 미소가 캐서린을 폭발할 정도로 만들었고, 심지어 그는 작은 인사까지 하였다. 게다가 뤼시앵은 생각지도 못한 행동을 했는데, "액션!"이라고 외친 것이다.

캐서린은 파라의 반응을 주목했지만, 파라는 참으면서 캐서린에게 감사의 의미로 고개를 살짝 끄덕였다. 캐서린은 그에게 사과하라고 하는 것이 얼마나 재미없는 짓인지 알고 있기에 그것을 무시하기로 결심했다.

파라는 캐서린이 자신에게 보내는 눈빛을 포착하고 나중에 해결해야 한다는 것을 알았다. 그러나 지금은 모두가 짜증스러워하며 화를 내고 있었다. 해가 얼마나 더 화창하게 빛이 날지 알 수는 없었지만, 점점 더 좋지 않은 느낌이 들었고, 파라는 단지 이것을 끝내고 싶어 했다.

그들은 다시 제자리로 돌아왔다. 파라는 "액션!"이라는 외침을 반복했고, 캐서린은 기다렸다. 마침내 뤼시앵이 그의 대사를 말했다.

제레미: 선크림을 바르셨길 바랍니다.

세상에 맙소사, 캐서린은 뤼시앵이 제대로 해냈다고 생각했다. 캐서린이 돌아서서 막 그 장면을 끝내려 할 때 굉음이 허공을 가르며 지나갔다.

"파라! 나의 자기, 당신이 최고야."

파라가 "컷!"을 외친 후 돌아서서 모래 언덕 위를 걷는 에이든 앤더슨을 보았을 때 직원들은 일제히 한숨을 내쉬었다. 에이든은 이 더운 날에 꽉 끼는 찢어진 청바지에 흰색 티셔츠, 목에 '로큰롤'이라는 글자가 새겨진 빨간 스카프를 두르고 있었다. 에이든의 금발은 70년대 샴푸 광고를 떠올리게 했다. 에이든은 완전 구식이었다. 심지어 중년의 나이도 되기 전인데도 중년의 위기 한가운데 있는 남자처럼 보였다.

사람들은 그가 52세이며, 두 번의 오토바이 사고에서도 살아남아서 자기 과시가 좀 줄었을 거라고 생각할 것이다. 파라는 껌을 잘근잘근 씹으며 에이든에게 가까이 다가가면서 생각했다. 휴 그랜트처럼 에이든 앤더슨이 그녀를 성가시게 할 때에도, 에이든이 정말 매력적이었기 때문에 파라는 얼굴에 짜증스러움을 드러내지 않으려고 애를 썼다. 에이든은 실수를 한 후에 귀여운 미소, 몽롱한 눈망울, 상류층의 말투로 "매우 죄송합니다. 죄송합니다. 여러분!"이라고 하며 자신만의 방법으로 자신의 실수를 만회해 나갔다.

하지만 에이든의 매력이 파라에게 먹히지 않았다. 파라는 에이든을 볼 때마다 그의 기름칠한 머리에 성냥불을 붙이고 싶었다. 에이든이 팔콘만의 일인자로 보인다는 사실이 파라를 완전히 망쳐놓았다. 모든 대화에서 아까 언급했던 그의 습관을 행하면서 말이다. 파라는 에이든이 그것이 사실이 될 때까지 충분히 말했다고 확신했다. 남자의 성공에 있어서 최고의 전략이었다. 에이든은 파라가 원하는 모든 에피소드를 가져갔다. 하지만 만약 파라가 그것에 대해 불평한다면, 그녀는 질투심 많은 나쁜 년으로 여겨질 것이다. 그래서 파라가 할 수 있는 유일한 것은 그를 친절하게 대하고, 그녀 자신의 작품의 질이 자신을 대변할 수 있기를 바라는 것뿐이었다.

"에이든! 무엇을 도와드릴까요?" 파라는 말투를 유쾌하게 유지하려고 애쓰며 말했다.

"성가시게 굴기는 싫지만, 벨 씨와 함께 있는 게 즐겁습니다. 일정은 거짓말을 하지 않아요."

파라는 지금 캐서린 벨의 스케줄을 보고 있었다. "그녀와 3시까지 일을 할 거예요." 파라는 에이든에게 보여주려 했지만, 에이든은 그것을 날려버렸다.

"한 번 하고 마칠 때까지요? 다들 지금쯤 캐서린이 오고 있을 거라고 예상했던 것 같아요. 우리는 모두 준비되었고 기다리고 있습니다."

파라는 시계를 보았다. 15분 전이었다. 햇볕이 따가웠고, 그녀의 이마에 땀이 줄줄 흘렀다. 파라는 지금 이 상황 때문에 땀을 흘리는 것처럼 보이기는 싫어서 땀을 닦아냈다. 파라는 에이든이 자신의 능력을 보고 자신을 부른다는 것을 잘 알고 있었다. 그러나 사람들은 뤼시앵의 대사 문제가 촬영을 지연시킨다는 것을 알고 있었다. 그의 장면이 항상 반복된다는 것을 말하지 않아도 이해하고 있었다. 게다가 이 장면은 아직 끝나지 않았다. 그리고 그 장면이 없으면 에피소드가 끝나지 않을 것이었다.

햇살 덕분에 목이 말라감에도 파라는 계속해서 냉정을 유지하려고 노력했다. 파라가 캐서린에게 하는 것처럼 누군가가 파라를 위해 파라솔을 들고 있어주었으면 하고 바랐다.

"제가 캐서린을 3시까지 데리고 있을 수 있는데, 우리가 무엇 때문에 계속해서 반복해야 한다면." 그녀가 뤼시앵을 향해 시선을 던졌다.

"이게 원래 그래요. 사과할게요. 하지만 지금 저는 스케줄을 맞춰야 하는데, 이 잡담은 제 스케줄을 망치고 있어요."

에이든은 보조개로 파라를 무장 해제시키려고 미소 지었다. "전 그런 사람이 아니에요, 자기! 하지만 난 내 장면을 빨리 봐야 해요. 그래야 내가 담당하고 있는 라이브 에피소드에 대한 오늘 회의에 참석할 수 있죠."

파라는 충격과 실망을 모두 극복하는 데 몇 초가 걸렸다. 에이든이 크리스마스 라이브 에피소드를 받았다. 최고 중의 최고였다. 에이든은 조금 전 그의 가장 친한 친구인 제이크로부터 건네받았다. 상의도 하지 않았고, 모든 감독들과 대화도 하지 않았다. 언제나처럼 늙은 경비에게 돌아가 버렸다. 파라는 왜 그녀가 크리스마스 라이브에 적합한 사람인지에 대해 모든 공을 들이고 있었다. 그들이 특별한 시기에 어떻게 지냈는지. 관객들이 원하는 새로운 무언가는 바로 여성의 손길이었다.

하지만 제이크는 파라에게 기회조차 주지 않았다. 그리고 파라는 제이크가 절대 그러지 않을 거란 걸 알고 있었다. 아무리 멋진 여자들이 많은 일을 해도 이 남성 조직은 매우 활기찼다.

"파라! 얘…" 캐서린이 말했다. "아마 우리가 해야 한다면…" 그리고 캐서린은 대기 중인 직원을 가리켰다.

파라는 그 직원과 캐서린을 바라보았다. 미묘하긴 했지만 분명 거기 있었다. 에이든에 대한 캐서린과 나머지 직원들의 태도 변화를 파라는 알 수 있었다. 캐서린이 TV 생방송으로 한 시간 동안 그녀를 이끌 감독에게 몇 걸음 다가가는 것을 보았다. 캐서린은 세트장의 힘에 자신을 맞추고 있었다. 그리고 그게 바로 남성 조직이 살아남는 방법이었다. 멋진 여성들은 함께 뭉치지 않아서 남자들이 힘을 유지할 수 있는 것이었다.

파라는 입술을 꾹 깨물었다. 파라는 격노했고 실망했다. 하지만 파라도 마음이 아팠다. 하고 많은 사람들 중에 캐서린 벨. 일흔의 나이에 팔콘만을 유력 집단으로 만든 재능의 완벽한 예시였다. 그것도 여성이 가진 재능이었다. 캐서린 벨은 남자 임원들과 평생을 맞붙어 왔다. 파라는 분노를 억눌렀다. 파라는 말다툼이 무의미하다는 것을 알았다. 스케줄이나 심지어 에이든이 라이브 에피소드의 감독이라는 것에 대해서 말이다. 모든 것이 결정되었고, 파라는 결정이 내려진 방에 들어가지 않고 있었다. 더 안 좋은 점은, 그들이 결정을 내릴 때 파라가 그들의 머릿속에 들어가 있지 않았다는 것이다.

캐서린은 파라가 실망했다는 걸 알았기 때문에 파라를 처다보지 않으면서 덧붙였다. "이 장면은 한 번에 끝낼 수 있을 거라고 확신해." 캐서린은 파라가 이해해 주기를 바랐고, 아마도 파라가 그녀한테 뤼시앵에게 사과하라고 했던 터무니없는 부탁과 바꾸었을지도 모른다.

사실 파라도 이해했다. 파라는 너무나 잘 이해했다. 그래서 캐서린을 덜 좋아했다. 그 순간, 스크린에서 어머니를 연기하고 파라의 경력을 통해 파라를 키워온 오랜 소중한 친구였던 그 여자가 파라를 배신했다.

에이든은 자신이 이긴 것을 알고 파라를 바라보았지만, 그의 눈은 용서를 구하는 슬픈 강아지의 눈이었다.

어쩔 수 없이 파라는 직원들에게 시선을 돌렸다.

"자, 여러분! 위치로 가주세요."

파라와 캐서린은 그들이 있어야 할 장소로 조용히 걸어갔다. 캐서린은 기분이 좋지 않다고 느끼며 사과하려 했지만 파라가 말을 끊었다.

"뤼시앵이 대사를 잘 전달해 주길 바라는 게 좋을 거야." 화가 난 파라는 침을 뱉었다.

이제 시나리오에서 잃을 것이 없는 캐서린은 그것을 그녀에게 돌려주기로 결심했다.

"사실 네가 책임자야. 뤼시앵이 대사를 잘못 전달하면 내가 아니라 너한테 뒤집어씌울 거야." 캐서린은 덧붙였다.

"이제 시작할까? 에이든이 기다리고 있어."

파라는 그의 트레이드 마크인 살인미소를 지어 보이는 에이든을 힐끗 쳐다보았다. '내가 실패하는 걸 보는 즐거움을 줄 수는 없지.'라고 파라는 캐서린에게 고개를 돌리면서 생각했다.

파라는 화가 났지만, 자신을 드러내지 않기로 했다. 파라는 뤼시앵조차 망칠 수 없는 해결책을 찾아야 했다. "좋아. 이게 네가 해줬으면 하는 일이야."라고 캐서린에게 조용히 지시를 내리면서 이를 악물고 웃으며 직원들 쪽으로 고개를 돌려 "여러분! 우리 한 번에 가는 겁니다. 자 갑시다. 액션!"이라고 고함쳤다.

루시 딘은 바다를 응시했다. 그녀는 피곤했지만 안심하고 있다는 느낌을 전달하려고 노력했다. 그녀는 뒤에서 다가오는 발자국 소리를 들었다. 제레미가 입을 열기도 전에 루시는 돌아서서 그가 종이 한 장을 들고 있는 것을 보았다. 그녀는 그에게 다가가 그의 손에서 그것을 낚아챘다.

뤼시앵은 충격을 받았다. 제레미는 아직 대사도 말하지 않았다. 그러나 캐서린은 파라의 말 그대로 질주했다. 루시는 계약서를 보고 제레미를 보더니 계약서를 구겨서 그의 발밑에 던졌다. "내 눈에 흙이 들어가기 전에는 안돼." 그녀가 말했다. 그리고 그녀의 적에게서 물러났다. 최후까지 싸울 각오가 되어 있었다.

"컷!" 파라가 소리쳤다. '이제 끝났다.' 그러고 나서 캐서린과 에이든 두 사람에게 말했다. "이제 내 세트장에서 나가요."

캐서린은 눈에 띄게 움찔했지만 파라는 개의치 않았다. 그녀는 서서 두 사람이 다음 장소로 이동하기 위해 자동차를 향해 성큼성큼 걸어가는 것을 지켜보았다. 파라는 이런 일을 일으킨 남자들보다 캐서린에게 더 화가 났다. 파라는 '팔콘만'의 스타 여배우가 다음 촬영장에서는 지원을 더 이상 못 받을 거라는 사실을 곧 알게 될 것이라고 생각하며, 자동차가 모래를 밟고 지나갈 때 튀어 오르는 모래를 피하기 위해 눈을 가렸다.

6장

팔콘만 해변으로부터 수백 마일 떨어진 곳에서 또 다른 여배우가 물가에서 힘든 시간을 보내고 있었다. 이 세트는 확실히 그림처럼 아름답지는 않았다. 여기는 동부 런던의 더러운 운하 옆에 있는 창고였다. 그녀의 운전사가 마침내 주소를 찾았을 때 그녀는 그것이 올바른 장소일 리 없다고 확신했지만, 일단 안에 들어가자, 슬프게도 주소가 맞다는 것을 알게 되었다. 리디아 체임버스는 기네스 팰트로가 이곳에 내리는 것을 상상도 하지 못했다. 스튜디오에는 에어컨도, 창문도 없었다. 카메라가 너무 작아서 장난감처럼 보였고, 조명은 교도소 사진을 찍을 때보다 더 나빴다.

리디아는 촬영장으로 안내되면서 느낌이 좋지 않았다. 그녀의 매니저가 오디션을 준비하면서 "주요 케이블 채널은 아니지만, 그걸로 많은 돈을 벌었고, 케이블 채널은 요즘 매우 인기 있습니다."라고 말했다. 그래서 리디아는 최선을 다하기로 결심했었다.

하지만 리디아는 자신이 큰 실수를 저질렀다는 것을 금방 알아차렸다. 햇빛이 너무 뜨거워 세상에서 가장 유명한 화장품으로 화장을 한다 해도 얼굴에 땀이 흘러내릴 것이 뻔했다. 직원들은 이것이 사고인지, 컴백인지 의아해하며 기대감으로 그녀를 바라보았다.

리디아의 스승은 후자일 것이라고 약속했었다. 그들은 오전 내내 바위 위에서 소리를 질렀고, 리디아는 그걸 정말 좋아했다. 포기한 것들이 많았다. 팬들로부터 잊혀진 것에 대한 분노, 영국에서 두 번째로 큰 드라마를 없애버린 것에 대한 깊은 배신감, 리디아와 동갑인 그가 '한물갔다'라는 이유로 리디아를 조롱하는 것에 대한 아픔, 그리고 리디아가 출생 증명서에 나이와 관계없이 여전히 매우 매력적이라는 사실을 무시하는 것들이었다. 리디아는 그 불안함에 소리를 질렀다. 리디아가 잘하지 못했다고 그 온갖 배신자들이 끊임없이 주장하는 그 내면의 소리에 고함을 지른 것이었다. 리디아는 진정 오늘을 보내는 것일 뿐이었다.

리디아는 작은 카메라가 자신을 향해 클로즈업하는 동안 공들여 왔던 긍정적인 확언을 되뇌었다.

"정말 놀라운 움직임이야." 그녀는 눈을 가늘게 뜨고 오토큐(대사를 자동으로 비추는 장치)를 보며 말했다. 그런 다음 말을 수정했다. "내 말은 장소를 뜻하는 거야." 끔찍한 5분간의 스크린 테스트에서 거의 모든 대사가 틀리기 직전이었다. "그리고 마침내 크로포드 씨가 겁에 질렸다고 보고했어요." 그녀가 말을 이었다. 숨을 헐떡이며 그녀는 다시 눈을 가늘게 떴다. "미안해요. 생존 경쟁이네요."

방 안은 조용해졌고, 술집에서 몇몇은 깔깔대고 웃었다. 오디션이 끝났을 때 리디아는 그 자리에 서 있었다. 얼마나 엄청난 실수를 했는지 알고 공포에 질려있었다. 리디아는 밖에서 허둥대고 있었다. 그것은 단순한 자동차 충돌사고가 아니라 완전한 연쇄 충돌 사고였다. 그녀가 도착했을 때 리디아가 얼마나 멋진지, 그리고 목록에서 리디아의 이름을 보고 얼마나 흥분했는지 알랑거렸던 40대 게이 남성 직원들은 당황한 표정을 지었다. 그들이 사랑했던 리디아 체임버스가 과거와는 전혀 다른 존재라는 사실에 실망한 게 분명했다. 그녀는 게이 아이콘으로 촬영장을 걸었지만, 광채를 잃은 또 다른 여배우로서는 비틀거렸다. 그들 모두는 리디아를 보며 어색하게 웃었고, 리디아를 안심시키려고 했지만, 리디아는 자신이 실패했다는 것을 알았다.

그리고 이 모든 것은 안경을 쓰기에는 그녀가 허영심이 많았기 때문이었다. 그녀는 90년대에 레이저 수술로 눈이 망가진 후 콘택트렌즈를 끼지 못했다. 대사를 외울 때는 사생활이 보장되는 그녀의 집에서 했기 때문에 괜찮았지만, 안경을 쓰고 대중 앞에 모습을 드러내는 것은 재앙이었다. 리디아는 대사를 읽을 수 있기를 바라며 오디션에 왔지만, 오토큐가 얼마나 작은지는 미처 생각하지 못했다. 리디아는 단지 시력을 잃은 것이 아니라 빛을 잃었고, 실패한 오디션으로 자신감을 잃었다.

출구를 향해 비틀거리며 걸어가던 리디아는 밖에 팬 두어 명이 사인을 받기 위해 기다리고 있는 것을 보았다. 이마에 남은 땀방울을 닦아내며 머리카락을 부풀리고 준비했지만, 문밖으로 나오자 셀카를 찍던 사람들은 거의 눈길조차 주지 않고 지나가 버렸다. 아무도 그녀를 보려고 기다리지 않았다. 사실상 아무도 그녀를 쳐다보지 않았다.

리디아는 그들에게 소리치고 싶었다. "제가 누군지 모르시나요?" 하지만 그녀는 그것이 얼마나 절박하게 들리는지 깨닫고 스스로 마음을 다잡았다. 리디아는 많은 잡지에 실렸던 얼굴이었지만, 그것은 이미 15년 전이었고, 그때는 텔레비전 안에서 일생을 보냈다. 리디아는 전성기 시절 '올해의 드라마 속 여우주연상'을 3회 연속 수상한 적이 있었지만, 출연료를 40% 이상 올리지 않는 한 새 계약을 거부하며 자신의 가치를 과대 평가했었다. 리디아의 매니저인 쉬나 매퀸은 그녀에게 너무 많은 것을 요구하지 말라고 강력히 충고했지만, 자신이 세계에서 가장 인기 있는 여배우 목록에 올랐다는 것을 알고 있던 리디아는 완강하게 고집을 부렸다. 불과 3개월 후, 리디아의 캐릭터는 암소 떼에게 짓밟혀 죽고 말았다.

지난해 '드라마 속 여우주연상'이 다음 해에는 코미디 부문 최우수상으로 이어졌다. 그러나 리디아는 상을 받는 그 자리에 없었다. 그 암소 장면은 그녀의 캐릭터의 죽음뿐만 아니라 연기 경력에도 죽음을 가져왔다. 아무도 리디아를 진지한 역할이나 섹시한 역할로 다시 볼 수 없을 것이었다. 리디아는 코미디 스케치 쇼와 심야 채팅 인터뷰를 하면서 새로운 브랜드를 받아들이려고 노력했지만, 항상 암소에 대한 언급이 있었다. 그리고 모든 게 너무 오래됐다.

지금은 그녀도 약간 느끼고 있었다.

특히 60대가 되었음에도 리디아는 여전히 놀랍도록 아름다웠지만, 예전의 절반에도 미치지 못하다는 소리를 듣지 않으려고 그녀는 두 배나 더 열심히 일해야만 했다. 그것은 정말 지치는 일이었다.

때때로 리디아는 일을 순리대로 흘러가도록 하는 것에 환상을 가졌다. 헬렌 미렌처럼 노화에 순응하는 것 말이다. 리디아는 거리에서 세월이 여자들을 황폐하게 만드는 걸 보게 되었고, 헬렌 미렌이 수상 경력이 없었다면 헬렌도 포기한 것처럼 보인다고 기억할 것이었다. 그래서 이제 리디아는 일을 하지 않을 때는 매일 틈틈이 달리기를 했다. 조깅을 하지 않을 때는 피부를 탄력 있게 만들고, 단장하고 살을 빼며 좋은 외모를 위해 피부 성형수술도 했다. 172cm의 키에 몸무게 57kg, 날씬한 배, 그리고 반짝이고 주름 없는 피부에 불타는 듯한 붉은 머리 그리고 두툼한 입술을 가진 리디아는 고개를 돌렸다. 아무도 실제로 리디아를 알아보지 못했다.

리디아는 밝은 빨간색 빈티지 샤넬 보이 백을 더듬어 휴대폰을 찾았다. 50캐럿짜리 황수정과 다이아몬드 칵테일 반지가 안감에서 잡혔는데, 리디아는 그것을 사기 위해 여기저기 돌아다녔었다. 그걸 발견했을 때 리디아는 쉬나 매퀸에게 전화를 걸었다. 그 전화는 음성사서함으로 넘어갔다. 리디아는 욕을 하고 저주를 삼켰다. 리디아의 차는 길가에 세워져 있었고, 리디아는 아무런 메시지도 남기지 않은 채 버튼을 눌러 전원을 꺼버렸다.

리디아의 오랜 운전사인 제프는 리디아를 위해 문을 열어주었다. 제프는 리디아를 위해 20년 이상 운전해 왔기 때문에 리디아의 침울한 태도를 읽는 데 능숙했고, 이것은 제프를 걱정스럽게 했다. 제프는 리디아의 그런 모습을 보는 걸 싫어했다. 제프는 리디아를 매우 좋아했고, 리디아는 항상 제프의 가족을 돌보았다. 제프는 리디아가 다시 일어서서 새로운 직장에 정착하는 날, 스튜디오 운전사에게 운전을 대신하도록 하고, 기뻐하며 은퇴할 것이라고 결심했다. 그의 아내 조이스는 폴닥에서 본 오두막에 관심이 있었다. 그녀는 그 쇼에 집착했고, 자신과 제프가 콘월에서 남은 세월을 살아야 한다고 확신했지만, 두 사람 모두 70대인 지금, 조이스는 제프에게 시간이 촉박하다는 것을 계속 상기시켰다. 허탈한 기분에 빠져 있는 리디아를 바라보며 제프는 아내의 꿈이 아직 멀었다는 것을 확실히 느꼈다.

"어땠어?" 제프가 물었다. "분명히 아주 잘했겠지. 그렇지?" 제프는 방망이를 휘두르는 몸짓을 하며 상상 속의 야구공이 길 건너편으로 날아가는 것을 보았다. 리디아는 감정에 겨워 목이 메일까봐 대답하지 않았다. 리디아는 제프를 좋아했고, 제프는 리디아에게 매우 충성스러웠다. 한번은 프랑스 사람들로부터 그녀를 지키기 위해 싸우기도 했다. 영국 파파라치는 질이 나빴지만, 프랑스 파파라치는 막을 수가 없었다. 만약 당신이 숨을 수 있는 해변에 있다면, 그들은 당신에게 다가가기 위해 제트스키를 대여할 것이다. 케임브리지 공작부인 캐서린처럼, 그녀는 한때 그녀의 상반신 노출 사진을 인쇄한 프랑스 잡지를 상대로 소송을 제기하고 승소했었다. 하지만 공작부인과는 달리, 아무도 리디아에게 그런 종류의 사진을 찍으려고 하지 않았다. 제프의 친절한 얼굴을 보며 리디아는 제프에게 거짓말을 하려고 애썼다. 리디아는 제프를 보며 죽은 지 10년도 더 된 오빠를 떠올렸다. 제프는 진정한 신사다움의 본질을 지니고 있었고, 그래서 리디아는 어깨를 으쓱하고 차에 올라탔다.

"항상 다음이 기다리고 있죠." 제프는 부드럽게 말하며 차의 문을 닫았다.

리디아는 그가 옳은 건지 궁금했다. 리디아는 얼마나 많이 실패한

'다음'을 준비해 왔을까? 리디아가 드라마 학교에 다닐 때, 그들은 리디아에게 "너의 낯이 두껍지 않으면 이 사업에 진출하는 것이 무의미해."라고 말했었다. 그리고 리디아는 일이 최초로 고갈되었을 때 강한 회복력을 보였다. 라이자 미넬리가 '어쩌면 이번에는' 이라고 외치며 어떤 것도 그녀를 멈추게 하지 않았던 것처럼, 리디아는 모든 타격을 우아하게 떨쳐내고 다음으로 갈 준비를 했다. 하지만 라이자를 보면서 리디아는 롤모델을 좀 더 왕성한 사람으로 바꿔야겠다고 생각했다.

리디아는 대부분 실직 스타들과 달리 전성기에 현명하게 투자한 덕택에 적어도 은행 잔고는 여전히 넉넉했고, 그렇지 않았더라도 그녀와 위치가 비슷한 스타들보다 더 잘 살았다고 스스로 생각했다. 갑자기 리디아는 기분이 좋아졌다.

리디아는 다음 생각을 했다. 리디아의 주치의는 항상 리디아에게 스스로 평정심을 잃지 말라고 충고했다. '내가 나의 롤모델이 될 것이다. 내가 알아서 할 테니까 리디아 프로젝트에 타지 않은 사람은 기차에서 내려도 돼.'

그녀는 라일락색의 디오르 재킷의 어깨 패드를 펴고 나서 핸드폰을 다시 꺼냈다. 차가 런던 도심으로 들어가기 위해 분주한 오후의 교통 체증을 뚫고 빠져나갈 때 리디아는 다시 다이얼을 눌렀다.

한 번 더, 그것은 예상대로 음성사서함으로 넘어갔지만, 이번에는 메시지를 남기기로 결정했다.

"쉬나! 리디아예요. 제가 전화를 걸 때 받아주시면 감사하겠어요. 제가 방금 그 오디션을 봤기 때문에 어떻게 됐는지 말씀드리고자 전화드렸어요."라고 그녀는 대부분의 사람들이 생각하는 예의바른 목소리로 말하고는 숨을 들이마시며 웃음을 터뜨렸다. "이런, 완전 좆같네. 너도 분명히 알고 있잖아. 아니라면 다시 확실히 해두지. 이건 네탓이야. 그 일은 나한테 완전히 안 맞는 일이었어. 난 배우야. 그것도 정말 죽여주는 배우지. 오줌 냄새가 나는 운하 옆의 케이블 채널에서 망할 오토큐를 읽고 싶지 않아. 나는 연기 일을 원해. 내 말 알아들어? 그리고 빌어먹을 코미디도 싫어. 내가 누군지 잊어버렸다면 구글로 검색해서 너의 그 병신같은 기억을 되살려보는 게 좋을 거야. 나는 많은 상을 받은 여배우야. 그러니 나를 그런 배우들처럼 대우해."

제프는 그 욕설에 귀를 막았다. 그가 참을 수 없는 것이 있다면 그것은 욕설이었다. 특히 여자한테는. 제프는 단지 리디아가 금기어를 사용하지 않기를 바랐을 뿐이었다.

"너는 해고된 적이 없다는 사실에 대해 유난을 떠는군. 난 수년간 매퀸 에이전시의 최고 수익자였고, 현재 수입이 없다는 사실은 네 책임이야. 내 단절된 경력에 대한 책임을 네가 일부 져야 해. 알려주지. 그러니까 잘 들어… 내가 가장 잘하는 역을 찾길 바라. 그 말을 들으면 리디아 체임버스가 그 역을 잡을 거야."

리디아는 잠시 숨을 돌리며 마법을 부리는 것을 멈추고 뜻밖의 결말을 추가했다. "내가 그 역을 얻지 못하면 우린 끝장이야. 너랑 나, 우린 영원히 끝난다고. 그 후 나는 두 가지로 알려지겠지. 하나는 암소에 짓밟힌 여자, 그리고 다른 하나는 쉬나 매퀸을 해고한 여배우."

7장

쉬나 매퀸은 런던 옥스퍼드 서커스단 외곽에 위치한 유행을 따르는 미용실에 앉아 최신 보그 잡지를 읽으며 윤기 나는 적갈색 머리를 드라이하고 있었다. 쉬나는 그날 저녁 데이트에 가장 섹시하게 보이고 싶어 했고, 그녀는 크리스티를 자주 찾았다. 크리스티의 고객 명단의 누구라도 그녀를 실망시키지 않을 거라는 사실을 잘 알았다.

리디아 체임버스의 휴대폰 번호가 떴을 때 쉬나는 아포가토를 막 다 먹은 참이었다. 헤어드라이어가 내는 소음으로 듣지 못했고, 게다가 쉬나는 리디아가 스크린 테스트에 실패했다는 것을 이미 알고 있었다. 세트장에 있던 쉬나의 친구가 찡그린 얼굴의 이모티콘과 리디아가 등장하는 장면을 왓츠메신저로 보내주었기 때문이다. 리디아를 가엾고 불쌍히 여기는 게이들이 있어 다행이었다. 리디아는 이전에 그 게이들 누구와도 언쟁했던 적이 없었다. 그게 아니었더라면 지금쯤 이 일이 매체를 통해 퍼져나갔을 것이고, 리디아도 무고하게 경쟁에

휘말렸을 것이다.

그런 일은 여전히 발생할 수 있다. '요즘 모든 것이 온라인으로 귀결된다.'라고 쉬나는 동영상을 다시 보며 생각했다. 소리는 못 들었지만 나가떨어졌다는 것은 알 수 있었다. 만약 그 일이 새어나간다면 그건 또 풀어야 하는 다른 상황이었다. 리디아 같은 고객은 그런 오디션을 볼 때 쉬나에게 도움과 영향력을 행사하도록 요청했어야 했다. 그들이 잘못했을 때는 그녀의 대변인들이 대응했어야 했다.

매퀸 에이전시는 TV에서 가장 인기 있는 스타들을 스크린에서나, 스크린 밖에서나 대변했으며, 쉬나는 이 에이전시의 CEO이자 익명의 창립자였다. 쉬나는 팔콘만의 캐서린 벨뿐만 아니라 모든 드라마에서 최고의 여배우들을 배출했다.

쉬나는 또한 '팔콘만'의 작가이자 감독이고, 가장 오래되고 가장 친한 친구인 파라 애덤스를 대변했다. 파라는 쉬나에게 리디아와 같은 여배우들은 썩은 나무와 같다는 말을 자주 했다. "그들의 나쁜 이름이 나머지 나뭇더미에 영향을 미치기 전에 없애야 해."라고 말했다. 하지만 쉬나는 아니었다. 왜냐하면 쉬나가 계약 협상에서 남자의 자존심을 깔아뭉개는 여자 역할을 했을 때에는 상냥했기 때문이다. 쉬나는 드라마로 사랑받고 경영진에게 버림받는 것이 어떤 것인지 알고 있었다. 쉬나는 그것을 경험으로 알았고 살아남았을 뿐만 아니라 이겨냈다.

"어때, 맘에 들어?" 크리스티는 헤어드라이어를 끄자마자 무거운 브라질 사투리로 물었다. 쉬나는 거울을 보고 크리스티의 솜씨에 감탄하며 "언제나처럼 훌륭해."라고 말했다. 고개를 아래로 내려 폰이 다시 울리는 것을 보았다. 이어 쉬나를 미소 짓게 하는 사람은 파라였다.

그녀와 파라는 10대 시절부터 친구였는데, 파라가 그녀의 목숨을 구했을 때부터 친구였다. 나중에 쉬나는 호의에 보답했다. 소녀 시절, 그들 둘 다 매우 성공한 젊은 여배우였다. 그러나 파라는 눈에 띄게 성숙하고 분별 있는 젊은 배우였고, 쉬나는 조숙한 아역 스타에서 재활원으로 향하는 몹쓸 10대들에 이르기까지 다양한 연기를 했다. 쉬나의 부모는 어린 딸의 생활이 끔찍하게 엉망진창으로 변해가는 것을 더 이상 볼 수 없었다. 반면에 파라에게는 지원을 아끼지 않는 가족과 심리치료사인 아버지가 있었다.

쉬나의 경우, 시작이 매우 좋았다. 불과 8살 때 그녀는 세계적으로 잘 팔린 '세컨드 찬스'라고 불리는 영국 시골 지역을 배경으로 한 드라마 세트장에서 린다 역을 맡았다. 그녀는 겸손하고 귀여운 수상 소감으로 모두를 크게 감동시켰고 최우수 신인상을 수상했지만, 15살 무렵에 상처를 입었다. 수백만 명의 사람들 앞에서 사춘기를 겪는 것이 쉬나의 마음을 어지럽게 했고, 미성년자들이 가득한 업계에서 어른 취급을 받던 쉬나는 쉽사리 성범죄자들의 표적이 되었다.

신문은 쉬나가 가는 곳마다 쉬나의 사진을 게재했고, 쉬나의 옆에는 사교계의 명사 에드 니콜스가 늘 함께였다. 에드는 전성기에 제프리 엡스타인이라는 이름으로 활동했던 사람으로, 쉬나를 천박하고 야비하게 학대했다. 자수성가한 백만장자 스튜디오 투자자, 왕실의 친구, 정치인, 그리고 추잡한 부자들의 진정한 관심사는 감수성이 예민한 젊은 스타들을 키워주고, 그들에게 마약을 먹여서 강간하거나 권력자들 사이의 방탕한 파티에 데려가는 것이었다. 쉬나는 자신에게 일어났던 일들을 잊으려 하였으나, 한밤중에 비명을 지르며 깨어나 술과 마약으로 고통을 더디게 하곤 하였다. 쉬나가 더 이상 촬영을 못하게 된 것은 당연한 결과였다.

그루밍에 대해 모르고 쉬나를 보이는 그대로 받아들인 사람들에게 쉬나는 아역 스타로서 다소 무례하며 때로는 폭력적이고 마약에 중독된 유명한 또 다른 10대 소녀 중 하나일 뿐이었다. 쉬나처럼 비슷한 악마들과 싸우고 있는 다른 아역 스타들도 많이 있었다. 파라는 다행히 그들 중 한 명은 아니었지만, 캘빈 버틀러라는 어린 소년이 같은 업계에 있었다. 캘빈은 라이벌 드라마 '팔콘만'에서 캐서린 벨의 아들 역을 맡았다. 쉬나가 캐서린의 대리인이 되기 훨씬 전에, 십 대였던 쉬나는 파티에서 마약에 취한 캘빈이 같은 남자들로부터 학대를 받는 모습을 보았고, 그 역시 자신과 같다는 것을 알았다. 나중에 그들이 드라마 시상식에서 서로를 보았을 때, 인사를 하며 몇 마디 말을 주고받았지만, 그들이 겪고 있는 일에 대해서는 절대 이야기하지 않았다.

결국 니콜스는 자신이 그루밍한 열세 살짜리 아이를 세이크에게 수백만 달러에 팔려다 붙잡혔다. 헤럴드사는 이 기사를 입수하고 니콜스를 난처하게 만들었다. 이 기사는 한 달 동안 일간지 1면의 헤드라인을 휩쓸었고, 니콜스는 구치소 수감 중에 스스로 목숨을 끊었다. 하지만 그때쯤 쉬나와 다른 많은 사람들에게도 피해가 갔다.

쉬나의 이름은 니콜스와 동의어가 되었다. 피해자들이 언급될 때마다 쉬나가 사람들에게 많이 알려져 있었기 때문에 쉬나의 사진이 스크린에 같이 등장했다. 쉬나가 알았을까? 쉬나가 연루되었을까? 기자들은 질문으로 쉬나를 괴롭혔지만, 계속하여 부인하면서 쉬나는 발언을 거부했다. 세트장에서의 쉬나의 하루는 더 혼란스러워졌고, 마약과 술의 밤은 끝이 없었다. 하지만 쉬나는 누군가에게 자신도 역시 피해자였다는 것을 말할 용기가 좀처럼 나지 않았다. 쉬나의 행동 때문에 어쩔 수 없이 '세컨드 찬스' 출연이 정지되었다. 쉬나는 고통을 잊기 위해 더 많은 마약을 복용했다.

밤새 파티를 한 후 쉬나는 정신이 멍한 상태에서 깨어났고, 약물을 과다 복용한 록스타가 자신의 목욕탕에서 죽어있는 것을 발견했다. 쉬나는 자신이 일시적으로 기억을 잃었다는 것을 알고 '세컨드 찬스'의 총책임자에게 도움을 요청했다. 하지만 여러 차례 폭력적이고 문제가 많았던 십 대 중독자인 쉬나가 자신을 위험에 빠뜨렸던 바로 그 사람들에게 손을 내밀었을 때, 쉬나는 배신당했다. 쉬나의 사진과 함께 그의 사망 소식이 전 세계 타블로이드 신문에 보도되는 순간, 프로듀서들은 쉬나와의 계약에서 도덕적 조항을 이유로 계약을 파기했고, 15살 소녀인 쉬나가 스스로 떠나겠다고 요구하여 합의서에 서명한 것으로 만들었다.

이후 몇 년간은 엉망이었다. 어느 날 밤 파라는 업계 파티에서 쉬나를 발견하고, 쉬나를 구출했다. 비록 쉬나가 신참이었을 때, 더 어린 파라가 언론에 소란스럽게 큰소리로 알려지고 있었지만, 두 소녀는 서로를 거의 알지 못했다. 그러나 파라는 괜히 심리치료사의 딸이 아니었다. 파라는 쉬나가 소파에 누워 영혼 없는 눈에 수척한 얼굴을 하고 헤로인에 잔뜩 취한 채로, 두 명의 역겨운 남자들에게 몹쓸 짓을 당하는 것을 보고는 곧바로 심각한 도움이 필요하다는 것을 깨달았다. 곧바로 파라는 정신을 잃은 쉬나를 클럽에서 데리고 나와 택시를 타고 믿을 수 있는 유일한 남자인 아버지에게로 갔다.

파라의 아버지는 십 대 알코올 중독자들을 전문적으로 치료하는 미국의 한 병원과 제휴하고 있었다. 쉬나는 얼마 지나지 않아 샌프란시스코에 있는 앨커트라즈 섬의 스카이라인 실루엣을 볼 수 있었는데, 이 실루엣은 쉬나 자신의 감옥과도 같은 중독에 어울리는 완전한 비유였다. 쉬나는 3년 동안 그곳에 머물렀는데, 병원에서 1년을 보냈고 2년 동안 더 치료받았다. 쉬나는 헤이트 애쉬베리에 있는 한 작은 지붕의 아파트에서 집주인의 고양이와 단둘이 21번째 생일을 축하했다. 돈은 빠듯했지만 술에 취하지 않았고, 매주마다 자신의 생각을 담은 편지를 주고받는 파라가 있었다. 쉬나는 인생에서 처음으로 완전함을 느꼈다. 쉬나는 파라에게 진심으로 감사했다. 돌이켜보면, 그들의 초창기 우정은 영화 '비치'에 나오는 씨씨와 힐러리와 비슷했다.

크리스티가 쉬나의 머리카락 손질을 마치자마자 쉬나의 휴대폰에 또 다른 문자가 떴다. 그날 저녁 식사 데이트에 대한 것이었다. 쉬나가 좀 전에 온라인으로 예약했었다. 그냥 아무 조건 없는 연결이었지만, 저녁 식사 초대를 하기 전에 쉬나는 궁합이 맞는지 확인하는 것을 좋아했다. 쉬나는 과거에 조건이 맞지 않았을 때도 침실로 곧장 가는 실수를 저질렀었기 때문에, 이제 메인 코스에서 별 느낌이 없다면 디저트는 건너뛰고 혼자 집으로 돌아오곤 했다. 쉬나가 주문할 메뉴에는 확실히 나쁜 섹스는 없었다. 쉬나는 데이트를 하는 데 문제가 없었고, 몇몇은 불륜으로 발전했지만, 쉬나가 최종적으로 원하는 것은 동거할 애인이었다. 쉬나는 스스로 고르고 선택할 수 있는 자유를 좋아했고, 마음의 상처로부터 자신을 보호하는 방법을 알고 있었다.

사람들은 쉬나가 에드 니콜스와 그의 소아성애자 친구들이 벌인 일 때문에 편안할 수 없었을 것이라고 생각했다. 그러나 쉬나는 미국에 도착했을 때, 비로소 성적으로나 직업적으로나 진정으로 원하는 것이 무엇인지 발견할 수 있는 공간, 관점, 프라이버시를 갖게 되었다. 재활치료 후 쉬나는 자유, 즉 각광을 받지 못하고, 인식되지 못하는 데서 오는 자유를 시도하고 만끽하며 20대의 나머지 시간을 보냈다. 쉬나는 뉴질랜드에서 오랫동안 살았고, 그곳 거리 예술 축제에서 일했다. 그 후 뉴욕으로 가는 방법을 찾았고, 오프 브로드웨이 쇼를 제작했으며, 몇 달 동안 라오스에서 시간을 보낸 다음 미국으로 돌아와 TV 음악 쇼에서 촬영 감독으로 활동했으며, 음반사에서 버림받았던 걸그룹과 친구가 되었다.

쉬나가 마침내 자신에게 꼭 맞는 일을 찾은 것은 바로 이곳에서였다. 쉬나는 그들의 매니저가 되어 새로운 거래를 성사시켰고, 이후 그들과 함께 세계 여행을 떠났다. 그래서 쉬나가 28살에 영국으로 돌아왔을 때는 그녀의 짧은 삶에 비해 엄청나게 많은 것이 채워져 있었고, 그녀가 떠났을 때보다 훨씬 더 현명해져 있었다.

이때쯤 파라 역시 변화를 찾고 있었다. 파라는 루시 딘의 딸로서 '팔콘만'의 10년 동안 최고의 역할을 해냈지만, 연기는 파라를 더 이상 만족시키지 못했고 글을 쓰고 싶어 했다. 쉬나는 파라가 왜 쇼를 떠나야 했는지 그 의미를 알지 못했다. 왜 파라가 그냥 복도를 건너가서 집필팀에 합류하지 못했을까?

"그런 일은 이 사업에선 전례가 없는 일이야."라고 파라는 말했다.

쉬나는 웃었다. "전례가 없다는 뜻은 아직 일어나지 않았다는 뜻이잖아. 나한테 맡겨."

다음 날 아침, 쉬나는 새로운 스타일리스트인 브래드를 보기 위해 '팔콘만'의 의상팀에 뛰어 들어갔다. 브래드는 유행에 앞선 게이로, 뮤지컬 극장의 의상을 디자인하기 시작했다. 하지만 무대 뒤의 흑인 남성만 상대하다 보니 진절머리가 났고, 그래서 브래드는 더 다양한 업계로 네트워크를 만들기로 결심했다. 시상식 때 브래드는 운이 좋게도 파라의 머리와 화장을 담당하게 되었다. 파라는 매우 감명받아 브래드를 즉각 고용하도록 C.I.TV 측을 설득했다. 브래드는 쉬나의 요청에 따라 파워드레스에 어깨 패드와 앞이 파이게끔 V컷으로 옷을 갖춰주었다.

오늘 생각해보니, 쉬나는 그 당시 입던 옷들이 놀라웠다. 헤어스프레이 구름이 그녀의 파티 주변을 맴돌았고, 적당한 양의 샤넬 향수를 뿌린 쉬나는 약속도 없이 임원실로 향했다.

당시 '팔콘만'의 임원은 콜린 오코너였는데, 그는 '세컨드 찬스' 프로듀서이기도 했다. 콜린이 쉬나를 보았을 때, 그는 쉬나가 얼마나 문제들을 잘 해결했는지 보고 놀라워했다. 쉬나는 8년 동안 술에 취하지 않았고 예전과는 완전히 달라졌다고 자랑스럽게 말했다. 콜린은 쉬나가 괜찮은 것을 보며 진심으로 기뻐했고, '세컨드 찬스' 소속의 제작자들이 쉬나를 해고한 일은 잘못된 것이었다고 말했다. 엄밀히 말하면 쉬나는 미성년자였으니까, 심각한 문제가 있더라도 그들은 쉬나를 돌봐야 할 의무를 지켰어야 했다.

하지만 쉬나는 그의 말을 끊었다. "그저 옛날 일이었을 뿐이에요." 쉬나가 말했다. 누군가 쉬나의 어려운 과거나 에드 니콜스에 의한 불안함을 말할 때마다 쉬나가 취한 자세였다. "난 지금 현재에 대해 얘기하고 싶어요." 쉬나는 콜린에게 단호하게 말했다.

콜린은 쉬나가 연기와 공연을 위해 그곳에 있는 줄 알았다. 그리고 충분히 재미있게도 그들은 새로운 역할에 쉬나를 캐스팅하려고 했다. 쉬나가 오디션을 볼 필요도 없겠지만…

쉬나는 잠시 세상에서 가장 사랑받는 프로그램 중 하나에서 스포트라이트를 받으며 드라마로 돌아온다는 것이 어떤 기분일지 상상했다. 그리고 쉬나는 파티에 대해 생각했고, 나쁜 평을 들을 때마다 자존감을 끌어올려야 할 필요성, 술, 마약… 그리고 그 이야기가 어디서 끝날지를 정확히 지켜보았다.

"괜찮아요, 콜린! 다시는 카메라 앞에서 저를 볼 수 없을 거예요."라고 쉬나는 침착하게 말했다.

"그럼 뭘 원하세요?" "파라 애덤스요. 난 파라의 장기적인 미래에 대해 의논하고 싶어요." "뭐라고요? 당신은 이제 파라의 대리인인가요?" "네." 쉬나는 거짓말을 했다. 하지만 쉬나는 그 생각에 머릿속이 갑자기 활기를 띠었다. 파라의 대리인이라는 생각이 쉬나에게 큰 충격을 주었고, 왜 전에는 그런 생각이 들지 않았는지 궁금했다. 어차피 음악 그룹 매니저도 해보아서 연기 매니저를 못 할 이유가 없었다. 그리고 쉬나는 올바르게 할 생각이었다. 자기 수입이 감소하는 것만 신경 쓰고, 자신의 행복은 전혀 신경 쓰지 않았던 욕심쟁이 돼지들과는 달리 말이다.

하지만 먼저 파라 건을 먼저 처리해야 했다.

"파라에게는 놀라운 재능이 있고, 그녀를 잃는 것은 부끄러운 일이에요." 쉬나는 말을 이었다.

"파라가 떠날 생각인가요?" 콜린은 침을 꿀꺽 삼켰다.

캐서린 벨의 모녀 스토리가 주요 내용이었기 때문에 파라가 재계약을 하지 않고 떠난다면 대대적으로 대본을 다시 써야 했다. 쉬나는 이것을 잘 알고 있었다. 쉬나는 콜린의 눈을 보고 그가 공황 상태인 것과 자신이 가진 영향력을 알 수 있었다.

"그럴 수도 있고, 아닐 수도 있죠." 쉬나는 웃으며 말했다.

"그럼 얘기 좀 해요."

30분 동안 쉬나는 자신의 계획을 설명했다. 파라는 1년 더 있을 것이며, '팔콘만'이 상을 받을 수 있는 방식으로 자신의 캐릭터를 써 내려갈 계획이었다. 파라는 머무르는 대가로 최소한의 에피소드를 보장받고 집필팀으로 이적할 것이다.

악수를 한 후에 거래가 성사되었다.

쉬나가 좋은 소식을 전하기 위해 파라를 만났을 때, 파라는 그녀의 오래된 대리인에게 전화를 걸어 즉석에서 해고했다. 쉬나는 파라의 대리인이 느닷없이 그 전화를 받고서 얼마나 끔찍했을지 상상도 할 수 없었다. 방금 전에 쉬나는 섹시한 재능을 드러냈지만, 또 지금은 그렇지 않았다. 쉬나는 오싹한 느낌이 들었고, 쉬나는 거기서 어떤 일이 있어도 해고당하지 않을 것이라고 결심했다. 그리고 지금까지 쉬나는 잘 해냈다.

쉬나와 파라는 이전부터 친했지만, 계약 이후 더욱 친한 친구가 되었다. 그들 모두에게 완벽한 결과였다. 파라는 항상 꿈꾸어 왔던 작가가 되었고, 쉬나는 모든 수단을 초월하여 뛰어난 경력을 쌓기 시작했다.

파라가 쉬나의 고객이 되자, 쉬나는 파라와 함께 공동 출연을 향해 나아갔다. 캐서린 벨은 세계에서 가장 인기 있는 드라마의 스타였고, 파라가 캐서린에 대해 책을 쓸 수 있다면, 쉬나에게 많은 다른 여배우들이 따라올 것이라는 사실을 알았다. 쉽지는 않았다. 쉬나의 과거를 아는 캐서린이 크게 의심했지만, 쉬나가 파라에게 얼마나 큰 거래를 얻어냈는지 알게 되자, 호기심을 보였다. 캐서린은 망설였고, 쉬나는 그녀에게 천천히 지지를 얻으려고 애썼다. 캐서린이 도움이 필요할 때마다 쉬나는 항상 무언의 충성심으로 그것을 해결해 주었다. 결국 쉬나는 캐서린에게 매우 신뢰받는 친구가 되었고, 쉬나의 계약 협상이 다시 시작되었을 때, 고용된 대리인을 둔 적이 없는 캐서린이 방송사가 직접 제공하는 것보다 더 나은 제안을 받을 수 있는지에 대해서 알아보는 것에 동의했다. 쉬나가 가지고 돌아온 성과는 캐서린이 서명하도록 설득하기에 충분했고, 매퀸 에이전시는 실제로 해내었다.

헤드라인을 장식한 건 쉬나의 고객들뿐만이 아니었다. 이 나라에서 가장 강력한 대리인이 된 문제투성이 십 대 여배우 쉬나에게 칭찬과 찬사가 쏟아졌다.

쉬나는 다시 최고의 자리에 올랐다. 그리고 여전히 스스로 쓰고 있는 그 작품도 성공 스토리였다. 쉬나는 60번째 생일이 다가오고 있는 즈음에도 술에 취하지 않았고, 여전히 멋지고 성공적이었으며 훌륭했다. 매주마다 2천 5백만 명의 시청자들이 쉬나의 스타들을 단체로 시청할 것이었다. 그 정도의 능력은 쉬나가 다른 경쟁자들은 꿈도 꾸지 못할 권력을 방송사를 통해 쥐고 있었다는 것을 의미했다. 또한 쉬나는 권력을 언제 어떻게 사용해야 하는지 정확히 알고 있었다.

리디아를 예로 들면, 더 이상 그녀를 찾는 전화가 오지 않으면, 어떤 다른 대리인이든 그녀를 버렸을 것이다. 쉬나는 폐경기 시기에 많은 이득이 있다는 것을 알고 있었고, 리디아가 회색 열차를 따라가게 하기 위해서 쉬나의 강요가 다소 필요했지만, 거의 10년 동안 수익성과 효과가 있음이 증명되었다. 하지만 슬프게도 리디아는 겨우 60세의 나이로 마침내 그 줄의 끝에 도달한 것처럼 보였다.

쉬나는 이제 미용실에 남아 있는 유일한 고객이었다. 그래서 쉬나의 머리 손질을 끝낸 크리스티는 거대한 창문 블라인드를 내리기 시작했다. 거울에 쉬나의 빨간 매니큐어를 바른 손끝이 그녀의 인상적인 머리칼을 만지는 모습이 비추었다. 쉬나는 자신이 본 것에 만족하였고 거울에 비친 모습에 감탄했다. 쉬나의 창백한 도자기 피부는 매주 받는 피부관리와 햇빛을 피한 사실 덕분에 여전히 산뜻하고 주름이 없었다. 날개 모양의 아이라이너와 속눈썹 연장으로 테를 두른 쉬나의 커다란 보라색 눈은 고양이 눈을 가진 전통적인 할리우드 배우 같은 느낌을 주었다. 만약 쉬나가 그녀의 고객들인 주연 여배우들과 함께 반대편 카메라에 서 있는다면, 그들은 아마도 확실히 경쟁심을 느꼈을 것이다.

세트장을 방문했을 때, 쉬나는 몇몇 고객들의 상태에 종종 충격을 받았다. 일정한 역할을 맡게 된 그들은 금세 자기 관리에 나태해졌다. 일단 계약이 성사되면, 첫 달에는 옷 사이즈를 수정할 수 있게끔 보장하였다. 그 후 야유가 뒤따랐고, 그 후에는 햇빛 아래에서 노는 날이 뒤따랐다. 그리고 항상 기사 전면에 보기 좋지 않은 해변의 사진이 실렸고, 그 후 그들은 쉬나에게 울면서 왔다.

손가락 관절 소리를 낸 후에 쉬나는 그들을 할리가의 성형병원에 보내 복구 작업을 시킨 뒤 숨바꼭질을 해서 파파라치들이 회복하는 그들을 발견하지 못하게 했다. 어떤 다른 대리인도 쉬나만큼 재능있는 사람이 뒤를 봐주는 일이 없었다. 그건 리디아에게도 해당되는 이야기였다.

쉬나는 리디아의 전화 메시지에 어떻게 대답해야 할지 고민했다. 리디아가 그녀를 해고하겠다고 위협했던 그 말을 이제야 들었다. 쉬나가 그런 일이 일어나도록 내버려 둘 리가 없었다. 그 말은 오직 한 가지 의미였다. 쉬나가 리디아에게 그녀 인생의 역할을 맡겨야 한다는 것이었다. 쉬나는 정확하게 그 역할을 알고 있었다. 쉬나는 이 역을 위해 단 한 명의 고객을 밀어붙일 계획이었다. 스테이시 또한 정말로 이것이 필요했지만, 이제 그녀는 평상시보다 두 배 더 마술을 부려야만 했다.

대리인들이 확률을 두 배 가까이 만드는 윈윈 전략으로 다른 대리인과 경쟁하는 것은 흔한 일이었지만, 쉬나는 항상 너무 고결해서 일상적으로 그렇게 할 수 없었다. 그러나 이것은 예외적인 상황이었다. 그녀가 30년 만에 처음으로 해고되는 경험을 할 리가 없었다. 쉬나는 이미 그 역할을 위해 스테이시 스톤브룩을 밀어붙였다. 하지만 아무려면 어떤가. 리디아 체임버스 또한 이 여자들 싸움에서 꿋꿋이 버틸 것이었다.

쉬나는 헬렌 골드에게 전화를 걸었다. 시간이 지났고 예상했던 대로 음성사서함으로 넘어갔다. 쉬나는 헬렌이 아마 바쁠 것이라고 추측했다. 크리스티가 불을 끄기 시작했을 때 쉬나는 막 메시지를 남기는 걸 끝냈다.

"어둠 속에서 나와 단둘이 있을 때, 너 자신을 믿을 수 있겠어?"

쉬나가 말하며 어스름 속에 서 있는 크리스티와 마주보기 위해 의자를 빙글빙글 돌리는데, 희미한 광채가 호피 무늬 랩 드레스를 입은 쉬나의 몸매를 돋보이게 했다.

"이봐. 너는 내가 결혼한 걸 알잖아." 크리스티가 부드럽지만 쉬나를 화나게 하는 억양으로 말했다.

"지난번엔 그 사실이 너를 막지는 못했어." 쉬나가 의자에서 일어나 크리스티 쪽으로 느릿느릿 걸어가며 말했다.

크리스티는 완벽하게 가만히 있었고, 쉬나가 그녀에게 다다랐을 순간 두 여자는 서로의 눈을 깊이 바라보았다.

"게다가." 쉬나가 속삭였다. "그건 남자와 진짜 바람피우는 것과는 달라."

쉬나가 가까이 다가갔을 때 크리스티의 눈은 흥분으로 번뜩였다. "저녁 약속 있는 줄 알았는데?" 크리시티가 말했다.

쉬나는 다시 크리스티에게로 시선을 돌리기 전에 문 쪽으로 몸을 숙여 자물쇠를 잠갔다. 크리스티의 목덜미에 드러난 피부에 입술을 가져다 대면서 몸이 덜덜 떨리는 것을 느꼈다. 귀까지 입술을 대고 한 손을 크리스티의 옷 안으로 집어넣은 뒤 손톱 끝으로 단단한 젖꼭지를 돌리며 가슴을 부드럽게 쥐어 잡았다. 쉬나가 한 발짝 뒤로 물러설 때까지 두 여자는 키스를 하면서 그들의 손은 상대 신체의 부드러운 굴곡을 천천히 더듬었다.

"널 가져야겠어." 쉬나가 말하며 크리스티의 옷을 잡아 그녀의 무릎까지 내렸다.

8장

6번 회의실은 다시 사람들로 가득 찼다. 밖에서는 폭풍우가 일고 있었기 때문에 자동조명은 최대로 켜져 있었다. 하늘은 시커멓고 폭우가 창문을 때리고 있어 분위기가 더욱 긴장됐다. 파도가 사나운 바다를 피해 절벽에 부딪혔다. 이날은 외부 촬영이 중단되어 출연진과 제작진들이 모두 안으로 들어오고 스튜디오 장면들만 촬영되었다. 일기 예보에 따르면, 저녁에는 날씨가 잠잠해질 것이라고 했지만, 회의실에 있는 사람들의 혼란스러운 상황은 진정될 어떤 조짐도 보이지 않았다.

작가들과 프로듀서들은 라이브 크리스마스 40주년 에피소드에 살을 붙이기 위해 동원되었다. 아만다는 제이크가 참석하지 않아 탁자 맨 앞에 앉아 책임자 역할을 했다. 제이크와 달리 아만다가 이끄는 회의가 항상 훨씬 더 생산적이었다. 그녀는 친절함이 사람들을 최선을 다하도록 만든다고 믿었다. TV는 대부분 권력에 미친 사람들이 과거

의 잘못을 앙갚음하기 위해 운영했지만, 아만다는 티나와 해리 피어
슨 밑에서 훈련받았고, 그들처럼 '팔콘만'을 사랑했고, 시청자와 드라
마를 만든 팀 모두에 대해 깊은 관심을 가졌다. 아만다는 이 드라마
를 사랑, 양육, 배려라는 덕목으로 운영하기를 원했다.

두 명의 프로듀서가 양옆에 앉아 공책과 펜을 든 채 용감한 대리인
처럼 보이려고 했지만, 노트북 페이지에는 아무것도 적지 못했다. 아
만다의 오른쪽에는 며칠 동안 거의 잠을 자지 못한 줄거리 팀이 있었
고, 아만다의 왼쪽에는 방금 전달된 줄거리를 이해하려고 애쓰는 대
본 편집자들이 있었다. 두 팀 모두 당황한 표정이었지만, 누가 감히 괜
찮냐고 묻기 시작한다면, 아마도 서로 상대방의 걱정을 비난할 것 같
았다.

긴급 회의였기 때문에 항상 포함되지 않았던 작가들까지도 참석하
게 되었는데, 이는 이미 짧은 집필 일정이 축나고 있다는 것을 의미했
다. 그들은 거의 20명에 이르는 팀이었고, 그들 중에는 파라도 있었
다. 방 분위기가 초조하다고 말하는 것은 상당히 절제해서 표현한 것
이었다.

그러나 헬렌 골드는 평소대로 명랑했고, 어떤 부정적인 면도 헬렌
을 의기소침하게 만들지 못했다. 헬렌은 시나리오 회의에 참석하는
것은 물론, 문제 해결도 좋아했다.

그 방은 거의 40명의 사람들로 가득 찼지만, 아만다는 파일에서 고
개를 들 때마다 두 사람의 시선이 자신을 바라보고 있었다는 것을 느
꼈다. 재정부서의 댄은 헬렌의 옆에 앉아 그의 수첩에 계산을 하면서
아만다에게 가장 사랑스러운 격려의 미소를 지었다. 아만다는 그들이

엘리베이터를 같이 탄 이후로 댄을 본 적이 없었고, 아만다는 이제 어떻게 행동하는 게 좋을지 확신하지 못했다.

"아만다!"라고 부르는 목소리가 그녀를 다시 현실로 이끌었다. 그녀 밑에서 일하고 있는 두 명의 프로듀서 중 한 명인 '캔디'였다. 캔디는 대본 보조로 일했었는데, 수석 편집자가 이래라 저래라 지시하여 굉장히 화가 나있는 상황이었다. 그런데 마침 그녀의 끈기가 아만다의 임신이 부딪히고 말았다. 그래서 아만다가 올리비아를 데려오기 위해 휴가를 떠났을 때, 캔디는 믿을 수 있는 누군가가 아만다의 오른쪽에 있는 프로듀서 더스틴과 업무를 같이 총괄하기를 바랐다. 더스틴은 확실히 캔디가 좋아하기에는 너무 어둡고 침울했다. 더스틴은 모든 면에 부정적이었고, 아무것도 가능하지 않다고 생각했다. 다행히 캔디의 솜털같이 가벼운 성격이 유용한 해독제 역활을 했다.

"캐린은 그저 말하고 있었어요." 캔디는 의견을 냈다 "누가 여배우인지, 누가 오는지 알 수 없는 상황에서 이 에피소드의 줄거리를 짜는 것은 매우 어려워요."

"동의합니다." 아만다는 동정적으로 고개를 끄덕였다. "이상적이지 않아요."

"이건 빌어먹을 태풍이야." 헬렌이 덧붙였다. 캔디가 어떤 형태로든 욕설때문에 곤란해 하는 것이 헬렌을 즐겁게 했다. 캔디는 욕하기를 거부하면서 '제기랄'을 '설탕'으로, '씨발'을 '사탕'으로 바꿨다. 그리고 다른 사람의 대화 중에 욕하는 소리를 들었을 때, 캔디의 하얗고 매끈한 뺨은 붉게 물들었다. 그래서 헬렌은 '캔디' 주변에서 할 수 있는 모든 욕을 했다. 헬렌은 아만다에게 윙크를 했다. 캔디는 헬렌을 제외한 모든 곳을 바라보았다. 캔디의 얼굴은 화끈거렸고, 방에 있는 사람들은 그것을 볼 수 있었다. 아만다는 헬렌을 뚫어지게 쳐다보았고, 그것이 헬렌을 더욱 웃고 싶게 만들었다.

"맞아요. 이건 시련이에요." 파라가 말했다. "하지만 그게 우리가 하는 일이 아닌가요? 시련에 맞서서 새로운 사장에게 우리가 무엇이든 할 수 있다는 것을 보여주는 거잖아요?"

다른 작가들은 의자에 털썩 주저앉았다. 과거에 파라도 그들 중 한 사람이었고, 그들 중 최고였다. 하지만 파라가 연출과 집필로 옮겼기 때문에, 아무도 파라가 어느 편에 속해있는지 확신하지 못했다. 파라는 이걸 알고도 크게 신경쓰지 않았다. 파라는 그들의 불안이 자신을 방해하도록 두지 않았고, 이어 말을 계속했다. "하지만 줄거리가 필요해요. 그렇지 않으면 이번 회의는 끝장날 거예요."

"그 쌍년이 누군지 말해주세요. 쌍년을 맡은 그 여배우가 누구인지가 아니라. 그 쌍년이 진짜 누구인지, 원하는 것이 무엇인지, 왜 여기 있는지를요. 그러면 시작할 수 있어요." 재능이 있지만 꽤 신참 작가인 아미르가 말했다.

"제이크는 우리가 먼저 그 쌍년을 캐스팅하길 원해요." 아만다가 말했다.

"제이크는 우리가 곧 그녀가 누구인지 알게 될 것이라고 생각해요. 그 여배우에 맞는 캐릭터를 만드세요." 사실 아만다는 이것이 끔찍한 방법이라는 것을 알았지만, 아직은 자신의 패를 보이고 싶지 않았다.

구닥다리 작가 중 한 명이 일어나서 케이크 모양의 테이블 너머로 발을 이리저리 움직이며 이 아이디어에 대한 생각을 전했다. 아만다는 자신이 그의 생각에 동참할 수 있었으면 하고 바랐다. 더 훌륭할 수 없을 정도로 훌륭했다. 그러나 제이크의 호통이 그녀의 뒤통수에 맴돌았다.

"2인분을 먹는 척 해서 아이가 계속 살이 찌고 있어."라는 말은 샐러드 말고 다른 것을 먹는 걸 볼 때마다 그가 즐겨 하는 말이었다.

일을 진행시키려면 다른 방법이 필요했다. "스턴트 작업을 해보는 게 어때요? 우린 주드가 크리스마스 라이브에서 슬프게 떠난다는 것을 알고 있잖아요. 그러니 우리의 잡부이자 악당인 지미의 죽음에 대해 줄거리를 짜봅시다."

방 안의 에너지가 순간적으로 끓어올랐다. 작가들이 그 무엇보다도 사랑하는 한 가지는 좋은 퇴장이었다. 지미를 연기한 배우 주드 로스코는 비록 이 쇼의 관객들에게 큰 인기를 얻었지만, 이 곳 테이블 주변에 모인 직원들에게는 사랑받지는 못했다. 드물게 작가와 배우가 한데 같이 모일 때, 예를 들면 매년 열리는 여름 파티나 크리스마스 파티에서 주드는 집필팀을 통해 자신의 캐릭터가 잘못되어 가고 있는 것에 대해 그들을 질책하였고, 주드만의 방식으로 일했다. 그런 다음 자신만의 이야기로 그들에게 부담을 주었다.

주드는 은행 강도 사건, 신장 이식 사건, 동시에 두 여성과의 불륜 사건 등 엄청난 줄거리를 가지고 있었지만, 늘 비판만 해왔기 때문에, 주드의 악담으로 괴로웠던 많은 사람들이 흥분하여 소리를 질렀다.

그들은 그 배우를 해고하는 방법을 생각해 낸 것에 기뻐했다. 갑자기 아이디어가 잇따라 여러 개가 떠올랐고, 아만다는 그 아이디어들을 모두 즐겨 들었다. 그 소음덕에 아만다는 댄을 훔쳐볼 수 있었다.

아만다는 왜 이 남자가 그녀의 머릿속에 그렇게 많이 차지하고 있는지 이해할 수 없었다. 아만다는 요가 연습 중에 명상을 하려고 노력했었다. 아만다가 댄을 떠올린 이유는 아마도 두 가지였다… 바로 그의 예의바름과 몸이었다.

이것은 아만다에게 새로운 영역이었다. 그리고 그렇게 생각하는 것만으로도 제이크를 배신하는 것 같았다. 아만다의 호르몬이 분명 장난을 친 것이 틀림없었다. 헬렌의 목소리가 들리는 것 같았다. "네 나쁜 남편은 잊어버리고 너 자신을 즐겨!" 그러나 아만다는 항상 성적으로 흥분해 있는 자신의 친구와는 전혀 달랐다. 아만다는 충실함을 믿었고 일이 잘 풀리도록 노력했다. 제이크와의 삶은 항상 험난했고 아만다는 그것에 익숙해졌다.

아만다가 이것에 대해 골똘히 생각하는 동안 작가들은 지미를 죽일 창의적인 방법을 생각해내고 있었다

"어둠 속에서 집으로 걸어가며 휴대폰 메시지를 보다가 절벽 가장자리에서 추락해 익사하는 건 어떨까요? 저도 겪었어요."

"당신이 죽지 않았다는 것만 빼면?…음, 장벽이 있긴 하지만 그래도…"

아만다는 작가들이 얼마나 오래 브레인스토밍을 하도록 하는 게 좋을지 판단하지 못했으나, 잠시 동안 그들을 내버려 두었다. 때로는 좋지 않은 스토리들을 헤쳐 나가야 황금에 도달할 수 있었다.

"한 무리의 야생마들이 언덕에서 내려와 발을 구르며 해변을 건너요… 뒤에 바다가 보이고요… 모래성을 만드는 아이와 그쪽으로 오는 말들… 지미는 아이를 길 밖으로 내던지고 자신은 말에 짓밟혀 죽습

니다. 그리고 그는 영웅이 돼요." 아미르는 다시 조심스럽게 말했다.

그 방은 긍정적인 소음으로 가득 찼고, 사람들은 감명을 받았다.

"매우 영화 같은 스토리네요, 좋아요."라고 파라가 말했다. 그리고 나서 에이든 앤더슨이 그것을 감독할 것이라는 사실을 기억했고, 인상을 찌푸리지 않으려고 노력했다.

"좋아요." 또 다른 작가가 말했다. "말들이 우르르 몰리게 하는 대신 지미가 영웅이 되는 건 반대해요. 지미에게 아이를 바다로 던지라고 하고요. 셰릴의 아이로 만들어요. 그러면 지미는 그녀에게 이혼 비용을 지불할 거예요."

"지미가 아이를 죽이는 거예요?" 아만다는 황금은커녕 알루미늄 근처에 있는 지도 확신하지 못하며 물었다.

"베이비붐이 아니라고요? 전 베이비붐이 좋거든요." 캔디가 말에 끼어들 필요가 있다고 느꼈다.

"바로 그거예요. 우린 지미를 싫어할 겁니다. 그리고 그 아이는 살아요. 명백하게. 말들은 모두 아기를 지나쳐서 옆에서 지켜보고 있는 지미를 짓밟아요."

"지랄, 그건 너무하잖아." 헬렌이 완전히 묵살하지는 않고 이 기회를 틈타 욕을 했다. 헬렌은 단지 캔디를 불쾌하게 하려는 것이 아니라 진심으로 필요성을 느꼈기 때문이었다.

댄이 손을 들자 잡담은 멈췄다.

아만다는 그의 손이 자신의 가슴을 완전히 감싸기에 딱 적당한 크기라고 생각하며 빨간펜과 같은 색으로 얼굴을 붉혔다. "네, 댄?" 아만다가 숨을 고르려 하며 말했다. 모두의 시선이 댄에게로 향했다.

무슨 조언일까? 아만다는 궁금했다. 이미 미쳐버린 이 이야기에 뭘 더 하겠어?

"분위기를 흐리기는 싫지만." 댄이 말을 시작했다. "말을 떼지어 등장시키는 건 생방송 예산으로는 안 될 겁니다."

그리고 마법은 중단되었다. 이것은 한마디로 아만다의 문제였다. 댄은 사랑스러웠지만, 의심의 여지 없이 댄이 의견을 말할 때마다 예술적이지 않았다. 그냥 예산에 관한 것일 뿐이었다. 댄은 창의적인 사람이 아니었고, 아만다가 댄을 더 잘 알게 된다면 완전히 따분한 사람일지도 몰랐다. "딱 말 한 마리는 어때요?" 아만다가 물었다.

"그건 우르르 몰리는 게 아니잖아요." 헬렌이 중얼거렸다. 댄은 그것에 대해 생각해보고 타협안을 제시했다.

"말 한 마리만 가능해요." 그 방 안에 있던 사람들은 흥미를 잃었다. "폭발사고는 어때요?" 스턴트 연기는 아니었지만, 그것에 짜증을 내며 작가 중 한 명이 물었다. 음, 그러고 보니 스턴트 연기였다.

"무엇을 폭발시킬 건지에 따라 다르겠죠." 댄이 대답했다. "차는 어때요?" 방 안에 있던 사람들이 아만다를 한 번 더 쳐다보자 댄은 고개를 저었다.

"흠." 아만다가 말했다. "일단 스턴트 연기 세부사항은 남겨두는 게 좋을 것 같습니다. 이걸 제대로 계획하려면 돈이 더 필요한 게 분명하니까요, 다시 방송국으로 돌아가서 예산을 늘릴 수 있는지 알아볼게요. 모든 수단을 동원하려면 뭔가 큰 것이 필요하니까요."

아만다가 마법의 말을 내뱉은 듯 회의실 문이 열리고 제이크가 새로운 방송국 소유주와 함께 걸어 들어왔다. 사람들은 매들린 케인에 대한 온갖 이야기를 들었지만, 그녀를 만나본 사람은 아직 아무도 없었다. 방에 있던 모든 남자들이 매들린을 확인하기 위해 몸을 돌리는 것이 눈에 띄었다. 거기엔 댄도 포함되어 있었는데, 아만다는 작은 질투심이 치밀어 올랐지만 그런 감정을 느낄 권리가 없다는 것을 즉시 깨달았다. 몇몇 다른 여자들도 새 소유주에 대해 그런 감정을 분출하는 것 같았다. 그리고 아만다는 객관적으로 그 이유를 알 수 있었다.

매들린 케인의 나이를 가늠하기는 힘들었지만, 아만다는 그런 일들에 매우 능통했다. 아만다는 아주 잘된 성형수술도 쉽게 알아차렸다. 매들린은 10년은 더 젊어 보였지만, 아만다는 그녀가 50대 초반이라고 생각했다. 지미추의 뱀가죽 구두를 신었는데, 매들린은 제이크보다 키가 크고 우아했다. 매들린의 구리빛 긴 다리는 아름다웠고, 펜슬 스커트 안의 엉덩이는 볼륨감이 있으면서도 날씬했다. 주름장식이 있는 셔츠는 몸에 딱 맞았는데, 매들린의 가는 허리와 거대한 가슴이 돋보였고, 방에 있는 모든 남자들의 시선을 사로잡았다.

아만다는 자신도 모르게 약간 당황하여 의자에서 발을 이리저리 움직이며 자신의 가치를 돋보이려 했다. 아만다의 가슴은 젖으로 가득 차서 예전보다 더 커졌다. 방 건너편에 있던 파라 역시 자신도 모르게 앞쪽으로 몸을 내밀며 앉았다. 헬렌은 그 무리 중에서 매우 차분했고, 헬렌은 몸을 뒤로 기댄 채로 앉아서 이야기를 나눌 수 있도록 했다.

매들린의 V자로 파인 가슴골에는 얇은 금사슬에 대롱거리는 커다란 진주로 만들어진 빛나는 보석 조각이 보였다. 그 소박함 때문에 그녀의 목은 더욱 키스하기 좋은 대상으로 보였다. 그녀의 외모는 완벽했는데, 얼굴에는 주름 하나 보이지 않았고, 순백의 피부에 도톰한 체리빛 입술, 성형이 필요 없는 완벽한 코, 매혹적인 짙은 눈썹, 칠흑 같은 머리칼로 조화를 이루었다. 그녀는 걸어 다니는 조각상이었다. 게다가 방송국의 전체 소유자에 걸맞게 힘과 부를 발산했다.

매들린은 방을 둘러보았고, 움직이면서 이야기했다.

"팔콘만은 항상 제 마음속에 있었습니다."라고 매들린은 부드러운 미국 억양으로 말했는데, 아만다에게는 마치 매들린이 최남단 지역에서 온 것처럼 느껴졌다. "이 멋진 쇼의 오랜 팬으로서, 저는 운명이 결정되는 이 특별한 장소에 있는 것이 어떤 것일지 종종 상상해 왔습니다. 오, 제가 얼마나 이 방에 있기를 꿈꿔왔는지, 그렇게 되기 위해 제가 해야 할 일이 회사를 인수하는 것뿐이라는 것을 누가 알았을까요."

제이크는 마치 매들린이 세상에서 가장 재미있는 농담을 한 것처럼 웃고 나서 방으로 시선을 돌렸다.

"여러분, 이분이 매들린 케인입니다. 저의 사장님이시니 여러분에게도 사장님이시죠. 박수 한 번 치면서 인사할까요?"

잠시 어색한 침묵이 흘렀다. 아무도 그들이 이 방에 있다는 이유만으로 박수를 받은 적이 없었다. 하지만 매들린은 사장 중의 사장이었으므로 작가, 편집자, 이야기 작가, 프로듀서 모두가 정중하게 박수를 쳤지만, 특별히 열광하지는 않았다. 박수를 치지 않은 사람은 아만다뿐이었다. 제이크와 매들린 둘 다 이것을 놓치지 않았다.

결국 매들린은 당황한 척하며 그럴 필요 없다고 말했다. "제이크, 그만해요!" 매들린은 웃었고, 고개를 들어 반짝이는 머리카락이 물결치도록 했다. "여기 있는 것만으로도 영광입니다. 저는 이미 여기가 집처럼 편안하기 때문이에요."라고 말했다.

"이곳은 이제 당신 집이고, 매들린, 당신이 여기 있어서 저희들은 영광입니다." 제이크는 정말로 굽실거리고 있었다.

헬렌은 손가락을 목구멍에 찔러넣고 구토하는 몸짓을 했고, 그걸로 인해 아만다는 웃고 싶어졌다. 그녀는 아무도 그녀의 미소를 보지 못하도록 탄산수를 한 모금 마셨다. 매들린은 알아채지 못했지만, 제이크는 알아챘다. 제이크가 헬렌에게 얼굴을 찌푸리자 헬렌은 차갑게 제이크를 쏘아보았다.

매들린은 출연진들에게 다가가서 루시 딘과 얼굴을 마주 보았다. "아, 저기 그 노인이 있군요." 매들린이 말했다. "모두가 가장 좋아하는 엄마이자 이 쇼의 스타."

매들린의 말투가 약간 날카로웠지만, 매들린이 진지하게 미소를 짓고 있어서 방에 있는 대부분의 사람들은 알아채지 못했다. 하지만 아만다는 알아챘다. 아만다는 그 날카로움에 적응했다. 그것이 아만다가 회의 운영도 아주 잘하고 방 분위기를 완벽하게 읽을 수 있었던 이유였다.

"팔콘만에 새로운 팜므파탈을 도입하려는 제이크의 아이디어가 매우 절실한 것 같아요. 루시 딘 역에 정말 도전할 수 있는 누군가가 필요해요. 시청자들이 좋아할 겁니다." 매들린이 느릿느릿 말했다. 매들린의 말투는 '욕망이라는 이름의 전차'에서의 블랑슈 뒤부아와 '골든 걸스'에서의 블랑슈 데버럭스 같았다.

"제이크의 아이디어에 대해 신께 감사해요." 헬렌이 말했다. 제이크는 눈을 가늘게 떴다.

"우리도 그녀가 누구인지 알았으면 좋겠어요." 파라가 끼어들었다.

매들린은 편안하다고 느끼기에는 다소 긴 시간 동안 무표정하게 파라를 바라보았다. 그리고 "티파니 딘은요?"라고 말했다.

"한때 다른 삶을 살았죠. 지금은 제가 이제 감독이자 작가입니다."

방에 있던 모든 작가들이 파라가 대화에 끼어든 것을 눈치챘다. 매들린도 그랬고.

"크리스마스 특집 쓰는 걸 보니 작가가 먼저 정해져야 하지 않을까요? 에이든 앤더슨이 감독을 맡고 있죠?" 매들린은 거기서 일어나는 모든 것을 알고 있는 것이 분명했지만, 제이크에게 확인의 눈길을 보냈다. 따라서 매들린은 불필요한 질문을 한 것이 되었다.

제이크는 에너지 넘치는 강아지처럼 고개를 끄덕였다.

"맞아요. 하지만 에이든이 맡으면 안 돼요." 파라가 말했다. "모든 유력한 후보들을 면접도 보지 않고 일자리를 내주면 그런 일이 벌어지죠."

"이야기해 봐요." 아만다가 참지 못하고 덧붙였다. 아만다는 이렇게 공개적으로 자신의 사실상의 좌천에 대한 분노를 표출할 계획이 없었지만, 일전에 사무실에서 제이크가 자신을 대했던 때부터 여전히 화가 나 있었다. 매들린은 재빨리 고개를 돌려 아만다를 바라보았다.

평소에는 이런 회의에 참석하지 않지만, 회의록을 작성하기 위해 불려왔던 인사과의 레이첼이 갑자기 수업시간에 선생님의 관심을 끌기 위한 것처럼 손을 들었다. "혹시 말해도 될까요?" 레이첼이 말을 시작했지만, 매들린이 그녀의 말을 끊고 끼어들었다.

"제이크가 말해줬어요. 아만다! 당신이 새로 태어난 아기와 함께 있는 상황에서는 그 정도의 책무는 옳지 않아요."

법률적 지뢰밭이 될 위험을 필사적으로 알리려는 듯 창백한 얼굴로 레이첼은 손을 흔들었다.

"우리의 아기 말씀이신 것이군요."라고 아만다는 제이크에게 손짓했지만, 매들린에게 말하며 반박했다.

"하지만 당신은 지금이 제이크에게 좋은 시기라고 생각한 것 같습니다만."

"그건 부모의 문제인 것 같아요." 매들린이 게으른 루이지애나 억양으로 조금도 화를 내지 않고 말했다.

방에 있던 모든 사람들은 여자들이 가시 돋친 말들을 주고받는 걸 지켜보았다. 레이첼은 계속 손을 흔들었고, 지금은 매우 당황한 표정을 짓고 있었다. 아만다는 격분했다.

"여성 책임자로서, 저는 당신이 구시대적 성별 균형을 바로잡아 주길 바랐습니다."

"맞아요." 파라가 무심코 덧붙였다.

"아무런 협의가 없었어요." 아만다가 말했다. "해결책을 찾으려는 시도가 없었다고요." 제이크는 이 대화의 방향을 급히 바꿨다.

"저희 편집실을 보여 드리면 어떨까요? 매들린 씨!" 제이크는 상황이 더 악화되는 것을 막기 위해 서둘러 말했다. 결국 헬렌의 아이디어가 기록되고, 아만다에 의해 제이크에게 다시 던져진 뒤, 모든 회의의 회의록 기록을 취소하는 걸 깜박한 자신에게 짜증이 났다.

매들린은 제이크를 무시하고 파라와 아만다에게로 돌아섰다.

"제가 여자라는 이유만으로 당신들의 부탁을 들어줘야 한다고 생각하나요?"

"아니요." 파라는 자신의 입장을 고수하고 있었다. "아만다는 좌천되지 말았어야 했어요. 제이크는 회사의 사다리를 오르기 위해 아내의 출산휴가를 이용했습니다. 제이크는 도덕적으로 타락했어요."

레이첼은 이제 완전히 공황 상태로 끼어들었다.

"여러분, 인사담당자의 관점에서 이 대화는 반드시…"

그의 답변이 기록에 남길 바라면서, 제이크는 레이첼의 말을 끊었다. "전 아닙…" 제이크가 말을 꺼냈지만, 아만다가 이어받으며 제이크를 두고 이야기했다.

"그리고 파라는 우리가 가지고 있는 최고의 감독이지만, 에이든은 제이크의 친구인데다 제이크가 케인 씨 덕분에 지금과 같은 책임자가 되었고, 그걸로 인해 제이크가 에이든을 선택한 겁니다. 여기 상황은 바뀌어야 합니다."

방에 있는 많은 사람들 앞에서 제이크를 끌어들인 것에 대해 스스로 충격을 받은 아만다는 떨고 있었다. 그건 처음 있는 일이었고, 아만다는 그러지 않았기를 바랐다. 프로답지 못했다. 아만다는 에이든에게 아무런 악감정도 없었지만, 불의를 참지 못했고, 남성 중심적인 행동방식을 참지 못했다. 파라는 그럴만한 기회를 가질 자격이 있었다.

"아멘!" 파라는 감사의 표시로 주먹을 불끈 쥐며 말했다.

헬렌은 아만다에게도 놀란 표정을 지어 보였다. 아만다는 보통 남들에게 상처주지 않기 위해 무슨 일이든 하는 조정자였다. 온화하진 않지만, 항상 친절하고 모두를 최고로 생각하고 싶어 했다. 그것은 심지어 아만다가 자신의 껄끄러운 면을 드러내려고 할 때마다 모든 것이 잘못되었다고 헬렌, 파라 그리고 쉬나와 늘 농담을 했었다. 하지만 오늘은 아니었다.

제이크는 노여움을 간신히 참으며 아만다를 노려보았다. 하지만 매들린은 훨씬 침착했다. 레이첼은 기절할 것 같아 보였다.

"오, 난 변화가 중요하다고 생각합니다. 하지만 다른 사람들이 당신을 위해 무언가를 바꾸어 주기만을 기다리면 안 되죠. 그것은 변화가 아니라 거저 얻는 겁니다."

아만다와 파라는 눈빛을 주고받았고, 확실히 매들린 케인은 여자다운 여자가 아니었다.

이미 보이지 않는 선을 넘어섰기 때문에 그들은 다시 자리에 앉아 숨을 죽였다.

방 안은 고요했다. 매들린은 자신이 너무 세게 나갔을지도 모른다는 것을 감지했다. 부드럽게 매들린이 다시 말했다.

"여러분, 첫 단추를 잘 끼웁시다. 파라! 저는 당신이 10대 소녀로 드라마에서 살아남은 걸 축하하고 싶어요. 당신은 정말 드문 경우예요. 너무 젊을 때의 명성은 자칫 탈선하게 하고, 엄청난 결과를 가져오기도 해요. 그러니 당신은 그렇지 않았다는 것을 인정해요. 아만다가 말한 대로 잘한다면 방법을 찾을 수 있을 거예요. 그러니까 제 말은, 당신을 한번 보세요. 배우에서부터 책임 작가 그리고 감독에 이르기까지, 누가 봐도 분명히 곧 책임 감독까지 될 거예요. 방법을 당신이 찾아보세요."

파라는 엄청나게 화가 났지만, 매들린의 그 멋진 말에 감동하지 않을 수 없었다. 파라는 그러한 격려를 즐겼다. 그리고 나서 매들린은 아만다를 돌아보았고, 그녀의 목소리는 조금 날카로워졌다. "제이크의 승진과 관련하여 우리는 24시간 내내 가능한 누군가가 필요했어요. 이제 엄마가 된 사람은 당연하게도 그럴만한 능력이 있을 수 없죠. 사실은 그 반대입니다."

레이첼이 손을 들고 일어나며 말하기 시작했다.

"케인 씨! 저는 정말 당신이 그런 말씀을 하시면 안 된다고 생각합…" 다시 한번 그녀가 말을 가로막았다.

"새로운 아빠들은 어때요?" 헬렌이 친구를 옹호하며 물었다.

"알고 보니 제이크는 자기 일을 최우선으로 하는 친절한 아빠인데, 여기 C.I.TV에서 일하는 우리에겐 아주 좋은 일이죠. 하지만 당신한테는 그리 좋지 못한 것 같네요."라고 하며 매들린은 아만다에게 잘난 척하는 미소를 지어 보였다.

제이크는 평소와 다르게 할 말을 잃었다.

조용한 구석에서 댄이 예상치 못하게 끼어들기 전까지 방 안은 더욱 조용했다.

"중요한 건 시스템을 바꿀 수 있기 때문에 누군가에게 24시간 의지할 필요가 없다는 겁니다. 그렇게 하면 성별이나 부모에 의해 역할이 결정되진 않을 겁니다."

방 안 전체가 댄을 보기 위해 돌아섰다. 댄은 얼굴을 붉히지 않았다. 긴장한 것 같지도 않았다.

댄은 그저 조용히 서서 아만다를 지지하고 있었다.

아만다는 댄이 자랑스러웠다. 제이크가 댄과 너무 가까이 서 있었고, 또한 제이크가 이 토론에서 너무 조용해서, 아만다는 그들을 비교

해 볼 수 있었다. 경쟁조차 되지 않았다,

마침내 말할 기회를 잡은 레이첼이 불쑥 끼어들었다.

"저는 지금 나오는 말들이 해서는 안 될 말이라고 생각합니다. 그리고 특히나 공공장소에서는 더욱 그렇고요. 개인적인 감정은 전혀 아닙니다. 케인 씨! 저는 단지 어떠한 법적 문제로부터도 당신을 보호하기 위해 여기에 온 것입니다." 마침내 말을 마친 레이첼은 가만히 앉아서 여파를 기다렸다.

"당신의 노력에 감사해요." 매들린이 대답했다.

"그러나 저는 당면한 문제들에 대해 우유부단하게 구는 건 좋지 않다고 생각합니다. 드라마의 재편성에서 살아남은 분들은 저에 대해 알게 될 것입니다. 저와 제 법무팀은 저와 관련된 어떤 소송도 처리할 수 있어요. 그리고 만약 제가 이 방송국을 구하기 위해 정치적으로 정당하지 못한 것에 대한 비용을 지불해야 한다면, 그렇게 할 것입니다. 다행히도 저에게 돈은 충분히 있어서요."

매들린은 알아채지 못할 정도로만 고개를 끄덕였고 아주 희미한 미소를 지었다.

화제를 바꾸고 싶은 마음에 제이크는 댄을 향해 손짓을 했다.

"댄은 재정과 관련된 일만 해요. 여기 있으면 안 돼요."

"그런데도 댄이 여기 있어요." 매들린이 말했다.

"당신의 아내는 당신이 보지 않는 동안 변화가 생긴 것 같네요, 제이크!" 매들린은 아만다를 보며 눈썹을 치켜올렸다.

이번에는 아만다와 댄 둘 다 얼굴이 빨개졌다. 제이크는 당황해서 턱을 내민 채 그들을 응시했다.

"화려하고 신나고 흥미로울 거예요. 우린 그걸 '쌍년파티'라고 부를 거예요."

캔디가 모두가 다 들을 수 있을 만큼 크게 헉하는 소리를 내자, 아만다는 얼어붙어서 이 모든 것이 어이없다는 듯 머리를 돌렸다.

매들린은 분명히 이 의외의 반응을 즐기는 듯 했다.

"제목은 규정에 따라 승인되었습니다. 방송국 소유주인 저도 동의하고요."

"쌍년파티요?" 아미르가 사람들의 시선을 받으며 느린 어조로 물었다.

"우리 쇼의 스타들뿐만 아니라, 우리가 염두에 두고 있는 모든 여배우들을 새로운 쌍년으로 캐스팅할 거예요. 우리는 온라인 관객투표를 해서 우리와 함께할 유능한 배우를 뽑을 거예요." 매들린은 흥분한 채 약간 킥킥거리며 말을 이어갔다.

헬렌은 놀라서 침묵에 잠겼다. 그걸로 인해 제이크가 마침내 말을 할 수 있게 되었다.

"크리스마스 라이브 쇼는 큰 화제가 될 것이며, 두고두고 이야기될 것입니다. 각각의 드라마 역할에 어울리는 칵테일을 마시면서 바다 위를 배경으로 불꽃놀이를 할 계획입니다."

매들린은 여전히 아무 말이 없는 헬렌에게로 시선을 돌렸다.

"골드 씨! 캐스팅 감독 맞죠?" 매들린은 입술을 일그러뜨리며 말했다. 분명 미소는 아니었다. 대답도 기다리지 않은 채 이어 말을 하기 시작했다.

"최고의 여배우 6명을 우리 파티에 데려오도록 하세요. 그리고 이 쇼가 오디션의 일부라고 말하세요. 그들에게 인상을 남겨줄 필요가 있거든요."

헬렌의 눈이 휘둥그래졌다.

"이보세요. 전 대체 뭐가 뭔지 모르겠어요. 매들린!" 헬렌이 말을 시작했다.

헬렌은 말을 시작하며 혀를 깨물었다. 테이블 주위에 있던 사람들은 분위기를 감지했다. 매들린 케인은 보기에는 아름다웠고 또한 쓸데없는 참견도 하지 않았다.

"하지만 케인 씨! 이곳에서 여배우들은 연기를 하게 하고, 그런 종류의 일은 리얼리티 스타들에게 맡겨요."라고 헬렌은 가능한 한 단호하게 말했다. 매들린은 당황하지 않았다.

"만약 여러분의 최종 후보들이 최고의 자리에 오르고 싶다면, 그들의 현재를 다룰 필요가 있어요. 세상은 변하고 있어요. 우리도 함께 변해야 해요. 만약 그 후보들이 쇼에 출연하지 않는다면 캐스팅되지 못할 거예요."

헬렌은 대꾸할 어떤 말도 생각나지 않았다. 그런 적은 거의 없었다. 그녀는 침묵을 지켰다. 한편 제이크는 헬렌을 힐긋 쳐다보며 히죽 웃었다.

매들린은 출구를 향해 걷기 시작했다.

"우리도 모두 출연할 거예요. 시청자들은 출연진뿐만 아니라 '팔콘만' 관련자 전체를 볼 수 있기를 원해요, 제 체면을 좀 세워주세요."라고 말하며 방을 떠났다.

제이크도 매들린을 따라 방을 떠났다.

방에 있던 모두가 아만다를 바라보았다. 생각할 사이도 없이 말이 튀어나왔다.

"멍청한 년." 아만다가 말했다.

"누구?" 헬렌이 묻자, 방 전체가 방금 선생님이 자리를 뜬 교실의 학생처럼 웃음을 터뜨렸다.

레이첼은 회의록의 전원을 껐다.

"쌍년파티? 그러니까 제 말은… 정말."이라고 파라가 말했다. 아만다는 계속하여 빈정거렸다.

"같은 일을 하며 경쟁하고, 술에 취하며, 수백만의 사람들 앞에서 인상을 남기는 수많은 여배우들… 어떤 문제가 터질까?"

제 2 부

9장

카너비 거리는 1960년대 런던의 중심가로 70년대 후반부터 80년대 초 세계 최대의 대중 연애소설을 출판하는 폰다 북스로 유명했다. 그러나 수십 년 후, 재키 콜린스의 죽음 이후 유행이 끝나자, 폰다의 가족들은 출판사 매각을 결정했다.

미키 테일러가 이 출판사의 새 소유주로 시내 중심부 프리홀드에 위치하고 있는 이 회사를 인수하였고, 연예인 전기라는 새로운 분야에 진출하였다. 돈은 줄줄 새어 나갔지만, 별다른 취미가 없었던 미키는 폰다 북스를 웅장하게 개조했는데, 이것을 무척 마음에 들어했다. 실크 벽지의 회의실 의자 한 개 가격은 개발도상국을 먹여 살릴 만큼 비쌌는데, 그런 의자들이 10개나 더 있었다. 바닥 카펫에는 스와로브스키 수정이 박혀 있었고, 마루의 금 테두리는 24캐럿이었다.

미키는 판단력이 예리하지는 않지만, 중고차 대리점을 운영하며 재산을 늘렸던 아버지 프랭크에게서 협상이라는 것을 배웠다. 미키의 관심을 끄는 것은 고장 난 차들이 아니라 인기가 없어진 유명 인사들이었다.

미키는 흥미로운 이야기가 많은 한물간 스타를 찾았다. 그는 출판업에 돈을 쏟아부었다. 다른 출판사들이 폰다 북스와 미키의 눈치 없는 태도를 업신여겼지만, 그 덕분에 베스트셀러 몇 권을 출판했었다. 비록 소셜네트워크나 TV 프로그램의 리뷰를 받지는 못했지만, 유명 인사들의 사적인 치부나 그런 이야기를 나누는 것을 즐기는 데 필사적인 전업주부들에게 수백만 부를 팔았다.

미키는 스캔들을 폭로했다. 스타가 다른 어디와도 출판 계약을 맺지 못한다면 미키의 출판사로 오게 될 것이었다. 만약 그들이 진실성과 품위보다 큰 인기와 홍보가 필요하다면 이곳이 있어야 할 장소였다.

접수처에서 허니 헌터는 50년대 스타일의 흰색 가죽 소파 가장자리에 앉아 있었다. 분홍색 청바지가 허니의 긴 다리에 착 달라붙어 있었고, 같은 색의 에르메스 자켓을 걸치고 하얀 발목 부츠를 신고 있었다. 재킷 아래로는 허니의 가슴골을 드러내는 깊이 파인 캐미솔이 보였다. 전 세계적으로 유명한 그녀의 가슴 위로 다이아몬드로 둘러싸인 커다란 아쿠아마린이 보였다. 허니가 10대였을 때 계약한 할리우드 스튜디오에서 선물해 준 것이었다. 허니는 일련의 모험 영화에 출연했었다. 허니는 보물지도로 수많은 보물을 발견한 어린 고아 역을 맡았다.

70년대에 이 역할로 허니는 전 세계적으로 유명해졌고, 이전의 많은 10대 스타들처럼 얼마 지나지 않아 어리고 평범한 소녀의 이미지에서 벗어나고 싶어 했다. 열여덟 살 때 그녀는 발가벗은 채로 등장하는 프랑스 영화에 출연하기 위해 아늑한 가족 프랜차이즈를 떠났다. 또한 허니보다 두 배나 나이가 많은 감독 파트리스 버나드와 사랑에 빠졌다. 브리트니 스피어스와 마일리 사이러스가 자신들이 순수하지는 않다고 밝혀 세상을 놀라게 한 것보다 훨씬 전인 30년 전의 일이었다. 당시 허니가 모든 스캔들을 털어놓기로 한 결정이 누구의 관심도 끌지 못했다. 스무 살이 되자, 그녀는 첫 번째 감독을 통해 할리우드에서 활동할 기회를 얻게 되었는데, 그는 잘나가는 배우들과 로맨틱 코미디를 만들고 있었다. 허니는 박스오피스 대작인 '굿가이즈 고 투 헤븐'에서 순진한 이모젠 테이트 역으로 캐스팅되었는데, 이 영화에서 허니의 인기가 너무 좋아서 오스카상, 에미상, 골든글로브상을 수상했다.

하지만 1년이 채 지나지 않아 허니는 이 모두를 망쳐버렸다. 모든 것을 사랑 탓으로 돌렸다. 허니는 파트리스를 속이고 LA 밴드 페이더의 데이먼 길리건과 바람을 피웠는데, 그것이 타블로이드 신문에 의해 보도되었다. 데이먼은 완전한 파티 중독자여서 늦은 밤과 이른 아침에는 통화가 되지 않았다. 허니의 삶은 점차 엉망진창이 되어버렸다. 데이몬은 다른 여자들을 만나 바람을 피우고, 허니도 술을 마시고 역시 다른 남자들과 바람을 피우고, 그런 허니를 그가 때리고, 허니 또한 그를 때렸다. 이 모든 것들이 파파라치들에게 찍혔다. 이 악순환은 계속되었고, 타블로이드 신문들은 좀도둑으로 체포된 일과 재활 치료, 유명한 유부남과의 불륜 등과 같은 이러한 사건들을 좋아했다.

타블로이드 신문 기사로 지옥 같았던 허니의 생활은 영국으로 돌아올 때까지 계속 되다가 35세의 나이로 순회 토크쇼와 청년 잡지 촬영으로 지칠 무렵, 마침내 허니의 경력은 단절되고 말았다. 오스카상을 프라다 핸드백에 넣고 조세 피난처로 유명한 스위스 제네바의 호숫가에 있는 자신의 집에서 머물던 허니는 20년 동안 언론의 주목을 받지 못했다. 폰다 북스로부터 자서전을 쓰면 엄청난 돈을 지불하겠다는 제안의 전화를 받기 전까지만 해도 말이다. 허니가 출연했던 오지리널 영화들이 디지털로 재상영되자 다시 팬들의 주목을 받기 시작했는데, 허니의 인기가 다시 살아나고 있는 것처럼 보였다. 그도 그럴 것이 허니는 최근 트위터에서 움짤로 인기를 끌고 있었다.

폰다 북스의 접수 담당자는 그녀의 책상에서 허니에 대한 대중의 반응을 살펴보고 있었다. 이미 온라인상에서 허니의 이야기를 확인했지만, 기대했던 것보다 실제로 훨씬 더 좋아 보였다. 허니는 분명 몇 가지 시술을 받은 것처럼 보였는데, 브래지어 없이도 가슴이 봉긋 솟을 정도록 풍만했고, 필러 시술을 받은 것이 틀림없어 보이는 얼굴은 50대라는 것이 믿을 수 없는 정도로 아름다웠다.

전화기의 빨간 불이 깜박였다. 미키가 허니를 안으로 맞을 준비가 되었다는 것을 의미했다. 접수 담당자는 보통 자기 자리에서 방문객을 불러 문 쪽으로 손짓을 하지만, 그녀는 허니를 자세히 보고 싶어 걸어서 그녀에게 다가갔다.

"테일러 씨가 지금 당신을 기다리고 있어요." 그녀는 약간 부은 듯한 매혹적인 얼굴을 훑어보며 말했다.

허니는 자신의 외모가 평가되고 있는 것을 느꼈다. 발렌티노 토트백을 집어들고 머릿속 공상에 쌓인 먼지를 털어내듯이 일어나 열린 문 쪽으로 향하면서 접수처를 둘러보았다.

"저 테이블은 청소가 필요한 것 같네요. 나를 쳐다보는 것 대신에 테이블을 살펴보았다면 알아차렸을 수 있었을 텐데요."라고 무시하듯 말하고 미키의 사무실로 걸어 들어갔다.

미키는 책상에 앉아 있었고, 지난 6개월 동안 허니와의 통화에 100시간 이상을 보낸 대필작가도 그 자리에 함께했다. 미키는 허니에게 술을 권했지만, 그녀는 10년 이상 술을 마시지 않았기 때문에 거절했다. 허니가 그동안 술을 마시지 않은 것은 이미 대필작가가 자세히 기술한 자서전에 큰 업적으로 남아 있었다. 허니는 이 회의가 오래 걸리지 않기를 간절히 바랐다. 자신의 자서전에는 관심조차 없었고, 읽고 싶지도 않았다.

"당신 책에 대해 어떻게 생각하세요?"라고 미키가 미소를 지으며 물었다. 미키는 밝게 미소를 지으며 시가 담배를 물고 있었는데, 코냑이 담긴 잔을 빙글빙글 돌리자 유리잔의 얼음들이 잔에 부딪히며 소리를 내었다.

"오, 아주 맘에 들어요." 그녀는 거짓말을 했다.

"어머. 정말 반가운 말씀입니다." 대필작가가 말했다. "저는 사실 조금 긴장했어요. 일부분은 다소 노골적으로 썼거든요. 당신이 매우 용감하다고 생각했어요."

미키는 활짝 웃었다.

"노골적인 것에 사람들은 큰돈을 지불하죠."

갑작스럽게 공포가 몰려왔다. '노골적? 용감?' 잃어버렸던 기억을 깊이 파고들어 대필작가에게 말했던 이야기들을 떠올렸다. 허니는 밤늦게까지 작가와 대화를 나누었고, 모든 대회가 녹음되었다는 것을 알고 있었다. 하지만 세부 사항들은 어떻게 써졌을까? 허니는 흥미로운 이야기가 될 만한 것을 전혀 말한 기억이 없었다. 사실상 허니는 그들이 왜 그렇게 큰 선금을 제안했는지 이해할 수가 없었다. 유튜브 업로드와 불법 다운로드가 흔해 빠진 요즘, 허니의 재방송 수익금조차 점점 줄어들고 있어, 미키의 제안은 꽤 좋게 여겨졌다. 하지만 지금 허니는 무엇을 위해 자신을 불렀는지 궁금했다.

"정말 사람들이 좋아할 것 같아요?"라고 허니가 물었다. "네. 좋아할 겁니다." 미키는 의자에 앉아서 큰 소리로 말했다. 허니는 도무지 왜 그런지 확신할 수 없었지만, 갑자기 뭉클해져서 눈물이 났다.

"전 아무도 더 이상 저에게 관심이 없을 거라고 생각했어요." 허니가 미키의 책상 위에 놓인 휴지를 잡으려고 손을 뻗으며 말했다.

대필작가가 휴지곽을 허니에게 가까이 가져다주며 허니의 손을 만졌다. "미키의 말이 맞아요." 대필작가가 말했다.

"앞으로 사람들은 정당한 이유로 당신을 기억할 겁니다."

허니는 그 자리에서 안도의 숨을 내쉬었다. 바짝 긴장했던 마음도 풀렸다.

"아마 이게 나를 다시 연기자로 만들어 줄 거야." 허니가 작게 중얼거렸다.

미키는 테이블 위로 몸을 숙여 술을 한 잔 더 따르고 한입 가득 들이킨 다음 허니의 손을 잡았다. 그리고 허니를 만나고 나서 처음으로 진심을 담아 말했다.

"허니 씨! 당신은 정말 멋진 배우입니다. 아니 그 이상이죠. 당신은 스타예요. 물론 지금은 상황이 좋지 않지만. 그러나 극적인 삶을 담지 않은 자서전을 쓰는 사람은 아무도 없어요. 당신은 중요한 시기에 밝게 타 올랐고, 다시 카메라 앞에 설 자격이 있습니다. 당신을 제대로 보여줄 수 있는 역할로 말이죠."

허니는 눈물을 훔쳤다. 허니는 누군가에게 그런 말을 다시 들을 수 있을 것이라고는 꿈에도 생각하지 못했다. 조용히 코를 풀었다.

"이제는 매니저도 없는걸요."

"네. 그러나 제가 있잖아요. 그리고 당신에게 딱 맞는 역할을 알아요. '팔콘만'에서 새로운 쌍년을 찾고 있어요."

그의 입에서 말이 튀어나오자, 허니는 거의 호흡이 멎을 것 같았다.

대필작가가 끼어들었다.

"모든 신문에 나와 있어요. 최종 후보 명단에 들어있는 여배우들이 대중에게 모두 소개되는 라이브 비하인드 쇼가 있을 겁니다."

허니는 지금 배가 뒤틀리고 있었다. 그녀는 긴장했지만, 이상하게도 흥분이 되었다.

미키가 다시 말하기 시작했다.

"그리고 그들이 누구를 선택하든지 간에," 그는 덧붙였다,

"크리스마스 날에 공연을 넘겨받기 위해 이쪽으로 올 것입니다. 일생일대의 역할이죠. 새로운 얼굴을 찾는 게 아니라, 한동안 화면에 모습을 드러내지 않았던 유명한 사람을 찾는 겁니다. 진짜 재능과 역사를 가진 사람을."

"그게 바로 당신이에요." 대필작가가 부추겼다. "당신은 50대 여성들에게 희망의 등불이 될 것입니다. 당신의 2막이 여전히 최고라는 것을 증명하는 롤모델이 되는 겁니다."

그게 가능할까? 허니는 의문이었다. 그녀가 정말 '팔콘만' 같은 세계적인 드라마에 다시 출연할 수 있을까? 허니가 다시 주목받는 것을 상상하자, 그녀의 심장은 터질 듯 빨리 뛰기 시작했다.

"좋아요." 허니는 토트백에서 콤팩트를 꺼내 눈 화장을 고치며 말했다. 허니가 울었다는 걸 접수 담당자가 눈치채게 놔두어선 안 되었다.

"그 만으로 저를 데려다주세요."

10장

파라는 점심시간 동안 실내 세트장 건물에서 오후에 촬영할 2인극 연기 지도를 하고 있었다. 루시 딘과 십대 손녀 에밀리가 루시 딘의 아름다운 집 주방 테이블 부근에서 촬영한 강렬하고 감정적인 장면이 될 것이었다.

파라는 부엌에서 루시 딘이 임신을 했다는 폭탄선언을 할 적당한 장소를 찾기 위해 문과 사이드보드 사이를 서성거리고 있었다. 파라는 혼자 큰 소리로 걸음 수를 세다 힐끗 고개를 들었는데, 누군가 자신을 보고 있다는 것을 알아차렸다.

작가 중 한 명인 네이트의 열여섯 살 딸인 라라 콜린스였다. 그녀는 팔콘만에서 잠시 근무한 경험이 있으며, 텔레비전에서도 종종 그러하듯, 부모를 잘 만난 덕으로 스튜디오의 문을 쉽게 통과했다. 파라는 어제 해변 세트장에서도 라라를 보았는데, 그 가엾은 소녀는 어둠 속에 조용히 서 있었다. 세상에서 가장 유명한 얼굴들에 둘러싸여 있던 소녀는 정말 한마디도 내뱉지 못한 채 껍데기처럼 서 있었다.

그러나 파라는 라라에게 있는 강렬한 무엇을 느꼈다. 아마도 닥터 마틴 신발이거나 라라의 주머니에 있는 [일상적인 성차별] 때문일수도 있었다. 파라는 그 책의 열렬한 팬이었다. 파라는 찬찬히 소녀를 살피며 자기 소개를 했다. "내일 날 보러와요." 파라가 말했다. "내가 뭘 하는지 보여줄게요."

라라는 오늘따라 다른 여자 같았고, 수다스러운 데다 자신감이 넘쳤다. 그녀의 금발머리는 새로운 플라밍고 핑크색이었다. "절 초대해 주셔서 정말 감사합니다. 파라!" 라라가 말을 쏟아냈다. "직장에서 당신을 만나다니 너무 기대되어요. 아빠가 항상 당신에 대해 이야기해 주었어요. 당신이 어떻게 이 쇼의 유일한 여성 작가이자 감독인지 말이에요."

파라는 쓴웃음을 지었다. "네이트는 허구한 날 내게 그 일로 투덜거리는데, 내가 두 가지 일을 모두 불성실하게 하고 있다고 생각하는 것 같던데요. 하지만 남자들을 화나게 할까봐 걱정은 하지 말아요. 라라. 저랑 아만다 킹은 만난 적이 있죠? 우리 둘은 더 많은 젊은 여성들을 제작 부문에 끌어들이기 위해 노력하고 있어요. 그래서 이따 오후에 저는 우리의 대스타 캐서린 벨이 출연하는 2인극을 감독할 거예요."

"캐서린 벨, 그녀는 좀 무섭지 않아요?" 라라가 말했다.

"어제 캐서린을 소개받았는데 아무 할 말이 떠오르지 않았어요. 그녀는 그런 아우라를 가지고 있는 거죠."

파라는 숨을 거칠게 들이마셨다. "라라! 당신도 알겠지만 무분별한 위험을 무릅쓰고서라도 캐서린은 아주 조심스럽게 다뤄야 하는 스타

중 한 명이에요. 제 친구이기도 하지만 가끔은… 음… 그냥 독단적이라고 해두죠. 이 사업의 중요한 점은 원하는 것을 얻기 위해 끊임없이 서둘러야 한다는 거예요. 당신이 70세든, 팔콘만에서 가장 대스타이든, 혹은 하찮은 작가이자 감독인 저라고 하더라도, 최고의 에피소드를 얻기 위해서는 끊임없이 최선을 다해야 하고, 자부심이 크고 재능이 부족한 남자 감독들에게 밀리지 않아야 해요."

파라는 루시 딘의 주방 테이블 주변에서 의자 몇 개를 꺼내더니 라라에게 앉으라고 손짓을 했다.

라라는 "저는 이미 알아챘어요."라고 말했다. "여기에는 여성보다 남성들이 훨씬 더 많은 것 같았어요. 하지만 그게 저를 망설이게 하지는 않아요."

"좋아요." 파라는 그녀가 목소리를 되찾고 있어 기뻐하며 말했다. "슬프게도 그건 이 일을 하면서 우리가 자주 다뤄야 할 문제예요."

"저는 당신이 하는 일을 하고 싶어요. TV에서 하는 진짜 일을 하고 싶어요. 관심도 없는 일을 하면서 결국 인생을 낭비하게 되는 사람들처럼 되지 않을 직업 말이에요. 처음에는 여배우로 시작하셨죠? 캐서린 벨의 딸로요?"

파라는 눈썹을 치켜올렸다. "저 감명받았어요."

"좋은 조사였어요. 라라 양! 맘에 들어요. 네. 그렇게 시작은 했는데 정말 추천하고 싶지 않아요. 10대 여배우들은 정말 해로운 것들을 많이 참아야 해요. 물론 어린 남자배우들도 마찬가지지만요."

몇 년 전 쉬나의 모습을 떠올리며 망설이다가 자세한 이야기는 하지 않기로 했다. "제 동료들이 많이 망가졌어요. 전 거기서 **빠져나왔**

죠. 그들이 제 캐릭터를 많이 없애버려서 마음을 바꾸고 돌릴 기회가 없었어요. 남자들이 제가 작가인 것을 인정하는 게 그렇게 힘든 일일까요? 이제 다시 감독으로서의 반복되는 일상이 되었죠." 그녀는 한숨을 내쉬며 일어섰다.

라라는 파라를 향해 활짝 웃고 있었다. 라라도 일어섰다. "당신은 정말 영감을 주시는군요. 파라!" 라라가 말했다.

"파라! 당신을 롤모델로 삼을 거예요. 정말 남자의 세계에서 미래 세대를 위해 길을 열어주시는 강한 여성이세요."

파라는 이 말을 듣고 매우 놀랐다. 파라의 두 눈에 작은 눈물이 났다. 파라는 자신이 이미 얼마나 멀리 왔는지 인정하기보다는 자신이 원하는 곳에 가기 위해 싸우느라 항상 너무 바빴다. 목청을 가다듬고 라라의 팔에 다정한 손을 얹었다.

"전 영광이에요. 라라 양! 감사합니다. 제가 당신의 그 높은 평가에 부응할 수 있기를 바라요. 다음 주 당신이 떠나기 전까지 우리는 아마 다시 마주치지 못할 거예요. 하지만 다음번 TV에 출연할 것을 생각하게 되면 저에게 마음 놓고 직접 연락해도 돼요." 라라가 스튜디오를 떠나자, 파라는 아주 싱글벙글 웃으며 못된 생각을 하였다.

그녀는 2인극 대본을 수정하고, 소품 부서에서 루시 딘의 손녀에게 「일상적인 성차별」을 복사해 줄 것이다. 그날 오후 주방 식탁에 놓여 있을 것이고, 절대 못찾을 리가 없을 것이다. 캐서린이 메시지를 받을까? 파라는 그럴 거라고 확신했다.

11장

늦은 오후의 햇살은 형형색색으로 드라마 제작 사무소의 모든 것을 물들였다. 이 시간에는 포토샵이 필요 없는 자연 그대로의 멋진 사진을 얻을 수 있었다.

유일하게 자리에 남아 있던 아만다는 맥북 뚜껑을 덮어 잠금식 서랍에 밀어 넣었다. 그녀가 가는 곳에선 노트북이 필요 없을 것이었다.

댄이 문을 열고 들어왔을 때 아만다는 책상 밑에서 아기 용품이 담긴 가방을 챙기고 있었다.

"방해해서 정말 미안해요, 아만다!" 그가 주저하며 말했다. "지난달 계좌에서 몇 가지를 확인해야 하는데요. 어디 가시나 봐요.?" 댄은 들어와도 좋다는 허락을 구하는 듯 그 자리에 그대로 서 있었다.

"안녕하세요. 댄!" 아만다가 웃었다. "네. 근데 솔직히 좀 급해요." 아만다는 기저귀 가방을 향해 손을 뻗었다. "저녁 먹으러 나가기 전에 올리비아의 물건들을 정리해야 해요. 올리비아가 태어난 이후 처음 있는 일이라서요."

"와, 정말요? 그럼 외출을 해본 지가 9개월쯤 됐겠네요? 기대되겠는데요." 댄은 아만다의 표정을 읽으려 얼굴을 살피며 말했다.

"조금 불안한거예요? 올리비아를 두고 자신을 위한 무언가를 하는 것에 죄책감을 느끼는 건가요?"

아만다가 고개를 끄덕였다. "사실 자신이 없어요."

아만다는 책상 위에 앉았다. "아이가 있나요? 댄! 뭘 좀 아는 것처럼 들리네요."

그는 고개를 가로저으며 손가락 뼈마디 소리를 냈다. "슬프게도 없네요. 예전 아내와 저는… 음, 그녀는 아이를 원한다고 말하더니, 결혼하고 나서 마음을 바꿨어요." 그는 연분홍색과 주황색으로 물들은 하늘을 응시하며 말했다. "하지만 전 조카가 있죠." 그가 웃었다.

"조카는 지난주에 막 3살이 됐어요. 이름은 '밋지'예요. 정말 귀여워요. 밋지는 제가 이곳 성 어거스틴으로 이사 온 이후로 그리워하는 유일한 사람이에요."

아만다는 휴대전화를 확인했다. 늦을 것 같았다. "조카 사진을 보고 싶지만, 댄! 정말 미안해요. 지금 당장 가봐야겠어요. 그 계좌들에 대해서는 내일 만나 이야기할 수 있을까요?"

아만다는 자리에서 일어나 아기용품 가방을 정리하고는 제이크의 사무실로 걸어갔다. 아만다는 열린 출입구로 들어가 잠시 섰다. 제이크는 두 개의 데니쉬 페이스트리 중 하나를 다 먹어 치운 후 손가락을 핥고 있었다. 그런 후 제이크는 아만다가 쉰 살 생일 선물로 준 빨간 몽블랑 펜으로 대본을 고치기 시작했다.

제이크는 항상 단 것을 좋아했지만, 데니쉬 페이스트리는 그에게 특별한 의미가 있었는데, 아만다만이 그것을 알고 있었다.

바삭바삭한 페이스트리를 한 입 한 입 먹을 때마다 제이크는 어린 시절로 돌아갔고, 여름방학을 맞아 기숙학교를 떠나 집에 돌아오는 날에 엄마는 직접 만든 데니쉬 더미를 그의 이름을 적은 깨끗하고 하얀 천에 싸둔 채로 그를 기다렸다. 그들은 함께 앉아서 식사를 하고 이야기를 나누었다. 제이크는 새로운 학기가 시작되기 전까지 엄마와 함께 시간을 보냈다. 그는 일 년 내내 따뜻한 페이스트리가 그의 입술에 닿는 그 순간을 손꼽아 기다렸다. 제이크는 아만다에게 그때가 비록 몇 시간에 불과했지만, 일생을 통틀어 보살핌을 받는다고 느꼈던 유일한 시간이었다고 말했다. 그러나 아버지가 퇴근하고 집으로 돌아오면, 모든 아늑함은 사라졌다.

아만다는 제이크가 성인이 된 지금도 계획한 식단을 포기하면서까지 데니쉬를 볼 때마다 접시에 담고 싶어 하는 것을 알았다.

잠시 동안 아만다는 햇살이 내리는 제이크의 잘생긴 얼굴을 보았다. 제이크가 아만다에게 직업과 아이들 모두를 가질 수 있다고 느끼게 했던 때를 회상했다. 하지만 그들의 기적과도 같은 아기가 마침내 태어났을 때, 올리비아를 '낳은' 사람은 아만다라는 것이 금방 분명해졌다. 제이크는 아만다가 엄마가 되었다는 이유로 좌천되었을 때, 그녀를 위해 싸우지 않았었다.

출입구 문의 그림자를 알아챈 제이크는 고개를 들어 반달 모양의 안경을 통해 그녀를 쳐다보았다.

"내가 알아야 할 문제라도 있어?" 그가 말했다.

그들은 마치 서로를 거의 알지 못하는 것처럼 보였다. 전형적인 제이크였다. 그는 권력에 대한 욕심을 버릴 수 없었다. 그렇게 낭만적인 향수는 없어졌다.

"크리스마스 라이브 스턴트 연기를 위한 예산을 삭감하면 안 돼요. 우리는 이걸 해내기 위해 적어도 백만 달러가 필요합니다."라고 단호하게 말했다. 그리고 나서 창문 맞은편에 위치한 두 개의 복고풍 가죽 의자로 눈을 돌렸다. 그들은 거기에 같이 앉아서 손을 잡고 바다를 바라보곤 했었다.

"예산은 확정됐어. 유감이지만 재량권은 없어. 팀에게 창의적으로 행동하라고 말해."

제이크는 아만다와 눈을 마주치지 않은 채로 않은 채로 대본 노트로 시선을 돌렸다.

아만다는 호흡을 진정시키며 가만히 서 있었다. 아만다는 오늘 밤뿐만 아니라 그가 자신에게 접근하지 못하도록 하겠다고 마음먹었다.

"이미 시도는 해봤어요. 해변을 가로질러 우르르 몰리는 말 떼부터 출발하는 것으로요."

"좋아. 마음에 들어." 제이크는 눈썹을 치켜올렸다. "딱 말 한 마리만." 아만다는 그의 뇌가 내는 소리를 듣는 것 같았다.

제이크는 아만다가 옳다는 걸 알았기 때문에 이제 어떻게 이 모든 걸 자기 뜻대로 만들 수 있는지 계산하고 있었다. 아만다는 다음 순간 무엇을 말해야 할지 정확히 알고 있었다.

"이봐요. 저는 돌아가서 팀을 더 강하게 밀어붙일 거예요."

"나는 당신이 그들에게 더 많은 돈을 줄 것이라고 말하겠지만, 당신이 그들을 위해 애썼듯이, 그들도 좋은 결과를 얻어 몇 년 동안 두루두루 이야기될 스턴트 연기를 보여줄 필요가 있을 테니까요. 또한 스턴트 연기 예산으로 백만 달러를 사용하면 헤드라인으로 홍보할 수도 있어요. 서로에게 득이에요."

"내가 예산이 확정됐다고 한 건 일종의 농담이었어." 제이크는 양 눈썹을 치켜올리며 얼굴을 앞으로 내밀었다. "내가 이미 윗선에 백만 달러는 필요하다고 말했고, 처리 중이야. 내가 이미 다 준비해 뒀으니 안심해도 돼."

그들은 서로를 쳐다보았다. 아만다는 제이크가 거짓말을 하고 있다는 것을 알았고, 제이크도 아만다가 알고 있다는 것을 느꼈지만, 그럼에도 불구하고 그는 계속 말했다.

"난 단지 내 도움을 예상하기 전에 그 팀이 무엇을 생각해냈는지 알고 싶었어."라고 제이크는 잘난 척하며 웃었다.

"멋지네요." 아만다는 그녀가 할 수 있는 최선을 다해 순종적인 아내가 감동하는 척 대답했다. 그녀는 아기용품 가방을 그의 책상 위에 놓고 미소를 지으며 뒤로 물러섰다.

"이게 뭐야?" 제이크가 물었다.

"지난주에 합의한 대로 오늘 밤은 올리비아와 함께 보내세요. 10분 후에 아이를 탁아소로 데리러 갈 예정이에요."

"올리비아?"

"당신 딸 말이에요." 그녀는 순종적인 아내인 것처럼 천천히 말했다.

"최근에 당신이 올리비아를 많이 못 본 건 알지만, 나는 당신이 아이의 이름을 잊어버릴 거라고는 생각하지 않았어요."

아만다는 속이 부글부글 끓었다. 고함치고 싶었다. 그러나 아만다는 제이크가 그 모습을 볼 수 없을 것이라고 확신하면서 제이크의 목에 작은 폭탄이 터질 듯이 고동치는 정맥에 시선을 집중시켰다.

제이크는 침착하게 그녀의 모습을 흉내내기 시작했다. "아, 맞아. 그래서?"라고 말하고는 자리에서 벌떡 일어나 "내가 이 빌어먹을 쇼가 취소되는 것을 구한 거지? 그렇지?"라고 거침없이 말을 퍼부었다.

제이크의 목소리가 너무 커서 몇 층에 있든지 간에, 건물 안에 있는 누구라도 그 소리를 듣지 않으려고 귀를 막았을 것이다.

"난 야근을 하려고 했는데 당신에게는 외박이 더 중요한가 보군." 아만다에게로 성큼성큼 걸어가는 제이크의 얼굴은 빨개졌고 콧구멍은 벌렁거렸다.

제이크가 총알처럼 말을 내뱉자, 아만다의 뺨에 침방울이 튀었지만, 그녀는 여전히 반응하지 않았다.

아만다는 먼로 화산이 폭발할 것이라는 사실을 예감하며 "여자들과 함께 저녁 식사하러 가는 거라 많이 늦을 거예요. 확실히 자정은 넘길 거 같아요." 라고 말했다.

"제가 젖을 많이 먹이고 갈 거니까 올리비아는 충분히 배가 부를 거예요." 제이크가 계속 헛기침을 하자, 아만다는 문 쪽으로 몸을 돌리며 말을 차분히 끝마쳤다.

"당신이 왜 좌천됐는지 궁금하겠지."

제이크의 목소리는 뭔가를 던질 것처럼 몇 옥타브 올라가 있었다.

아만다는 뒤돌아보면 안 된다는 것을 알았지만, 문 앞에 다다랐을 때 제이크의 손이 캐비닛에서 트로피를 잡으려고 하는 순간 어쩔 수 없이 몸을 돌렸다.

"당신은 저걸 던지고 싶지 않잖아요." 아만다는 제이크가 머리 높이 들고 있는 골든 글로브상에 고개를 끄덕이면서 말했다. "거기에 당신 이름이 새겨져 있어요."

제이크는 아만다를 노려보다가 내려놓고 다른 것에 손을 뻗었다.

"이봐요. 난 가야겠어요, 비행기가 저와 제 일행을 파리에 데려다주기 위해 기다리고 있을 거예요."라고 말한 아만다는 필사적으로 나가기를 바라며 부드럽게 손을 흔들었다.

아만다가 문을 나가기도 전에 제이크의 목소리가 다시 한번 울려 퍼졌다. "내가 당신이라면 너무 늦게 오지는 않을 거야." 지금 그의 말투는 화가 났다기보다는 장난치는 것에 가까웠다.

아만다는 제이크를 무시하고 떠났어야 했지만, 호기심이 그녀를 이겨버렸다. 젠장!

"왜요. 내일 무슨 일 있어요?"

불리한 상황에서 벗어난 듯 제이크의 얼굴에 늑대 같은 웃음이 번졌다. 아만다의 가슴이 조여왔다. 그는 무슨 속셈일까?

제이크는 그것을 일렬로 나란히 세우기 시작했다. 제이크는 천천히 트로피를 캐비닛에 다시 넣고 상상으로 광택을 낸 다음, 아만다를 향해 몸을 돌려 그녀와 시선을 마주쳤다.

"주드 로스코 대본이 성공적이지 못했어. 이번 기회에 그를 해고시켜야 해." 제이크가 말했다.

"제가요?" 아만다는 두려움에 질려 숨을 헐떡거렸다. 아만다는 사람들을 해고하는 것을 정말 싫어했다. 그것은 그녀의 최악의 악몽 중 하나였다. 그리고 모두가 그것을 알고 있었다. 반면에 제이크는 타당한 해고를 좋아했고 항상 즐겁게 해고했다. "하지만 그건 고위 간부가 하는 일이고, 저는 더 이상 그런 사람이 아니라는 거 아시잖아요."

이것이 바로 아이를 돌보는 것에 대한 복수였다. 순종적인 아내의 모습은 이제 창밖으로 나가고 없었다.

"그리고 고위 간부는 임원급 직원에게 위임할 수 있잖아." 제이크는 아만다에게 상상 속의 테니스 라켓을 휘둘렀다.

"그러니까 이제 당신에게 달렸어. 밤 외출을 변경해서 올리비아를 나에게 맡기지 않는다면."

방금 제이크가 정말 그렇게 말했나? 아만다는 그 말이 이해되면서 의아해졌다. 그래! 그랬다.

아만다는 제이크에게 한 발짝 물러서서 말했다. "정말 우리 딸과 하룻밤을 보내는 것 때문에 그 남자를 해고하겠다는 거예요?"

도를 너무 넘었다는 걸 감지하고, 제이크는 그 말을 취소했다. "내 말은 그런 뜻이 아니었어." 제이크가 중얼거렸다.

아만다는 평정심을 되찾으면서 제이크를 응시했다.

"오늘 밤 우리 딸과 함께 독신생활을 단 하룻밤 해결해 준 것에 대해 감사하지만, 긍정적인 점은 우리 딸이 아직 너무 어려서 아버지의 변명이 얼마나 형편없는지 이해할 수 없다는 거예요."

그러고 나서 아만다는 발뒤꿈치를 돌려 문을 쾅 닫으며 사무실을 성큼성큼 나갔다.

12장

몇 시간 후 아만다는 파리의 미슐랭 3성급 레스토랑인 클로드벨로즈의 화장실에서 24캐럿짜리 금 싱크대에 기대어 서 있었다. 아만다는 거울에 반사된 자신의 눈을 마주하지 않으려고 애를 썼다. 몇 년 동안 한 번도 이렇게 취해 본 적이 없었고, 숙취가 얼마나 끔찍한지 상상만 할 수 있었다. 아만다는 자신이 어쩌다가 이렇게 취하게 되었는지 떠올리려 애를 쓰며 터질듯한 유방 속의 모유를 싱크대에 짜버릴까 궁리 중이었다.

제이크와의 언쟁 이후, 친구들과 방송국 임원 전용기 소파에 앉아 크루그 와인을 마시기 시작했다. 파리로 빠르게 날아가는 비행기 안에서 그녀는 여러 고민에서 벗어나고픈 마음에 가장 좋은 와인을 마셨다.

"결국 누군가가 주드에게 말해줘서 기뻐. 그의 편집증 때문에 내가 정말 미칠 것 같았거든." 아만다가 기내 웨이터들 중 한 사람에게 잔을 채워달라고 손짓했다.

"그게 사실이라면 편집증은 아니야."라고 캐서린이 지적했다. 캐서린은 주드의 열렬한 팬은 아니었지만, 주드가 헬렌과 섹스를 했다는 것을 촬영장의 모든 사람들이 알고 있어서 그에게 좀 더 너그러울 수도 있다고 느꼈다.

"그런데 왜 네가 그에게 말해야 해?" 파라가 잔을 더 채우려고 웨이터를 향해 잔을 흔들며 말했다.

아만다는 한잔 들이키기 전에 말했다. "내가 제이크에게 올리비아를 맡겨둔 것에 대한 보복이지, 덧붙이자면 이번이 올리비아가 태어난 이후 처음 있는 일이야."

"정말 재수 없는 놈이야." 파라가 침을 뱉었다. "정말 미안한데 도대체 왜 그 바보랑 붙어서 뭘 하는 거야? 우리 모두 다 한 번씩 그런 말을 너에게 했던 적이 있는데." 다른 사람들도 어색하게 중얼거렸다. 이전에도 아만다에게 제이크와 헤어지라고 말을 해봤지만, 그것 때문에 사무실에서 일이 더 어려워졌다. 그래서 그들은 엮이고 싶지 않았다.

그래서 파라가 이렇게 말하자 캐서린, 헬렌, 쉬나는 갑자기 창밖의 구름에 대해 이야기하기 시작했다. 아만다는 크루그 와인을 또다시 잔에 따른 다음 구름을 바라봤지만, 파라는 단념하지 않았다.

"제이크는 체외수정이 딱 맞았네. 알 것 같아. 네가 임신하기 전에 헤어졌다면 그는 분명히 너에게 그 소중한 배아를 지우라고 했을 거야. 근데 그놈은 올리비아가 태어날 때 오지도 않았잖아. 내 말은 세상에 어떤 남편이 그런 짓을 하냐는 거지."

아만다는 구름을 바라보며 파라에게 입을 다물어 달라고 부탁할 것이라고 예상했으나 그러지 않았다.

"그리고 제이크는 최고 높은 자리에서 너를 부당 대우했잖아. 전형적인 성차별주의자 돼지 같은 행동이야. 매번 팔콘만에서 이런 일이 일어나는 게 정말 지겨워."

파라는 미끼에 걸려들지 않은 캐서린을 날카롭게 노려보았다. 에이든을 상대로 그들이 폭로를 한 지 몇 주가 지났다.

"아만다! 너는 제이크보다 훨씬 더 가치가 있어. 그걸 너만 모르고 있어."

아만다에게 주눅 들 만한 거리는 아무것도 없었다. 그녀의 적갈색 머리는 탄력이 있었고, 일주일에 세 번 운동하고 있었고, 여전히 아기 같은 몸무게를 지니고 있었고, 외모 또한 조화를 잘 이루고 있었다. 그녀의 뺨은 통통했고 진주처럼 하얀 피부와 어울릴 만큼 붉은빛이었다. 그녀는 어느 때처럼 아름다웠지만 또한 매우 섹시했다. 아만다가 방에 들어왔을 때, 사람들은 그녀의 옆에 앉고 싶어 했고, 그녀가 자신들을 좋아해 주길 바랐고, 또 그러려고 노력했다.

파라는 그렇게 느꼈고, 친구가 돼지 같은 남편에게 그런 대우를 받는 것을 두고 볼 수가 없었다.

아만다가 마침내 말했다. "지금은 제이크가 좀 힘들어서 그럴 거야. 파라! 조금 지나서 다시 예전으로 돌아올 거야. 예전에 그는 정말 친절했어. 올리비아와 모든 것들과 함께, 나는 과거의 제이크가 아직 남아 있을 거라고 생각해."

파라는 눈을 부라렸다.

"하지만 지금은 그냥 취해서 잠시 잊고 싶어." 아만다는 거품이 코

위로 올라오자 크게 들이마셨다.

"그래." 쉬나가 말했다. "추억의 밤을 만드는 게 좋겠어."

"아니면 우리가 기억도 안 날 만큼 술을 많이 마시는 날로 하거나." 헬렌이 웃으며 건배를 청했다. "망할 제이크. 망할 놈들."

파라는 마지못해 어깨를 으쓱하고 술을 가득 채웠다.

이구동성으로 아만다를 포함한 다섯 친구는 한 손에는 가운뎃손가락을 들고, 다른 손에는 잔을 들며 성 어거스틴과 제이크가 있는 방향을 향해 저속한 몸짓을 하더니 웃음을 터뜨렸다.

그들이 파리에 도착했을 때는 도시의 불빛처럼 반짝였고, 확실히 의도했던 것보다 더 많이 취해 있었다. 그들은 어떻게든 해서 모두 노란 택시 한 대에 비집고 들어갔다. 택시기사는 안 된다고 말하려 했지만, 자신의 얼굴에 많은 유로를 뿌리자 더 이상 불만을 표시하지 않았다. 헬렌은 쉬나와 파라 그리고 아만다의 무릎 위에 누운 채로 벨로즈를 향해 출발했다. 캐서린은 발끈한 택시기사를 달래기 위해 앞에 앉았다.

프랑스에서도 '팔콘만'이 방영된 적이 있는데, 캐서린 말로는 매우 소름 끼칠 정도로 형편없는 더빙으로 방영되었다고 했다. 택시기사는 '캐서린'이 누구인지 알아챘고, 캐서린보다 더 유명한 사람들을 태워 봤다고 매우 즐겁게 이야기했다. 캐서린은 아무 말도 하지 않았다. 그녀는 드라마 스타들이 일상적으로 접하는 그 우월 의식에 익숙했다. 그녀는 몇몇 사람들이 영화에 출연한 인디 여배우들을 존경하는 모습을 재밌다고 생각했다. 하지만 그들은 쇼의 성공이 절정에 달했을 때 1년 365일 동안 전 세계 1억 대의 가정집 TV에 등장한 자신과 비숫한 사람들을 무시했다. 택시기사는 분명히 팁을 받지 않을 것 같이 보였다.

쉬나와 헬렌, 아만다가 택시 창문으로 보이는 건장한 프랑스 남성에게 야유을 하는 동안 캐서린은 손을 잡고 샹젤리제 거리를 따라 에펠탑 쪽으로 걸어가는 한 쌍의 연인을 응시했다.

이 아름답고 로맨틱한 랜드마크는 항상 그녀의 심금을 울렸다. 캐서린과 클로드가 처음 연애를 시작했을 때, 클로드는 하루 중 마지막 엘리베이터에 캐서린을 꼭대기까지 데려갔고, 해가 지면 클로드는 아무도 볼 수 없도록 캐서린을 난간으로 말어붙여 손으로 캐서린의 허리를 감싸안았다가 다리 사이로 손을 내렸다. 캐서린은 그 기억을 더듬었다. 클로드! 그 바람둥이는 많은 기억들을 더럽혔지만, 그 애정 어린 순간들, 혹은 그들의 격렬한 애정행각에 대한 것까지는 아니었다.

몇 년이 지난 지금, 캐서린은 이런 것을 전혀 모르고 지냈다. 캐서린이 친구 말고 파리를 함께 방문할 애인이 또 있을까? 팔콘만이 그녀가 유일하게 오랫동안 관계를 맺어온 대상이라고 생각하니 슬퍼졌다. 하지만 지금은 자기 연민을 할 때가 아니었다. 몽상을 떨쳐내거 뒷좌석에서 술 취한 여자들의 수다에 동참하기 위해 돌아서는 와중에 파라가 혼자 침묵 속에서 창밖을 바라보고 있는 것을 보았다. 캐서린은 전화벨 소리를 몇 번 들었지만, 파라는 메시지를 읽은 후 조용해졌고, 지금은 침묵 속에서 전화기를 응시하고 있었다. 캐서린이 파라 무슨 일이냐고 물었을 때, 파라는 짧게 "아무것도 아냐."라고 대답했다.

그들이 10층에 도착했을 때, 클로드가 직접 식당 문 앞에 와서 그들을 맞이했다. 검고 곱슬곱슬한 머리카락에 완벽한 턱수염, 초록색 눈, 그리고 수천 가지 향신료를 품은 따뜻한 구름처럼 밀려오는 독특한 향기는 캐서린으로 하여금 과거를 떠올리게 했다. 이제 10년도 더 지났고, 클로드와는 우정에 지나지 않지만, 그를 보는 것만으로도 캐서린은 여전히 흥분되었다. 클로드는 형식적인 키스는 하지 않았다. 클로드는 캐서린의 양쪽 뺨에 키스를 하고 진심을 다해 입술에 세 번째 키스를 더했다.

그들이 함께 있을 때에도 그를 거쳐 간 수많은 여자들에 대한 그의 거침없는 감사표현에 감탄하지 않을 수가 없었다. 캐서린은 처음부터 그들이 클로드와의 미래를 꿈꾸었을 것이라고 스스로에게 말했다.

클로드는 절대 한 여자만의 남자가 아니었다. 휴대품 보관 구역에서 접수 중인 많은 여자들이 멀리서 그를 바라보며 침을 삼키는 것을 보고 캐서린은 알 수 있었다. 어쩌면 클로드는 최대한 남자의 손길이 필요한 많은 여자들을 만족시켜 주어야 하는 운명을 타고난 것이 아니었을까? 만약 그렇다면, 캐서린은 그의 침대기둥 번호를 따기 위해 수많은 여자들과 경쟁할 것이라고 믿어 의심하지 않았다.

캐서린은 클로드에 의해 거칠게 다뤄지는 걸 즐기는 친구들을 보며 미소를 지었다. 또한 클로드가 친구들의 코트를 받으면서 그들의 여성스런 모습에 감탄사를 늘어놓는 것을 보는 것이 즐거웠다.

"정말로 여자 중의 여자군요." 그가 모래시계를 손으로 그리며 굵은 억양으로 느릿느릿 말했다.

"사진 찍을 때 몸을 부딪치기도 싫은 비쩍 마른 프랑스 여자들과는 다르네요."

비록 클로드가 젊지도 않고 날씬하지도 않다는 이유로 초대했다고 말하긴 했지만, 여자들은 이것을 칭찬으로 받아들였다.

이 웅장한 레스토랑에는 생마르탱 운하가 내려다보이는 높고 화려한 창문이 있었다. 이 레스토랑 중앙의 고급스럽고 낮게 드리운 샹들리에 아래 테이블들은 수다스럽고 잘 차려입은 손님들로 가득 찼다. 이 샹들리에의 부드러운 불은 여성의 나이를 10살은 더 어리게 보이게 했다. 테이블에서는 주방을 볼 수 있었다. 주방장들과 그들의 조수들이 분주히 돌아다니며 접시 밑으로 머리를 숙이기도 하는 장면들은 아름답게 연출된 탱고처럼 보였다.

부자들, 유명인들 그리고 권력자들로부터 사랑받는 활기찬 장소였다. 클로드는 어느 누구든 초대하는 걸 좋아했기 때문에, 일반인들은 그의 유명한 아지트에서 심지어 물 한 모금 마시기 위해 최대 2년을 기다려야 했다.

캐서린은 특히나 클로드의 아지트를 좋아했다. 단지 그녀와 클로드가 한때 함께 보냈던 추억을 즐길 수 있는 것 때문만이 아니라, 그녀는 이곳이 안전하다고 느꼈다. 이 레스토랑은 매우 프랑스적이어서 영국이나 미국과는 달리 사람들이 와서 그녀를 성가시게 하지 않았다.

클로드는 그들을 테이블로 안내하면서 파라의 드리스 반 노튼의 파워 슈트에 감탄했다.

"당신은 정말 눈에 확 띄어요." 클로드가 파라의 손가락에 입을 맞추면서 말했다. 하지만 파라는 언짢아졌다. "당신 셔츠에 캐비어가 묻었어요." 손을 떼면서 대답했다.

클로드는 굴욕감을 느꼈다. 그는 웨이터를 불러 첫 번째 술병이 집에 있다고 우기고는 셔츠를 갈아입으러 갔다.

웨이터가 자리를 비우자 캐서린은 파라에게 무슨 생각을 했는지 물었다. "생리 기간이야…?"

파라는 캐서린의 눈을 똑바로 쳐다보았다. "너 한 달에 한 번 있는 그 문제를 다시 겪고 싶지. 안 그래? 너의 말라버린 우물을 마지막으로 방문한 지 수십 년이 됐을 거야."라고 파라는 말했다.

캐서린은 충격을 받은 표정이었다. "난 그냥 농담한 거야." "하지만 틀렸어. 난 생리 중이 아니야. 공교롭게도."

"아까 무슨 나쁜 소식이라도 들은 거야?"

아만다가 파라의 팔에 기대기 위해 손을 얹으며 조용히 물었다.

"나쁜 소식을 설명하는 좋은 방법이 하나 있지."라고 파라는 악어 가죽 발렌티노 핸드백에서 핸드폰을 꺼내 메시지를 열어 아만다에게 보내며 말했다. "'좋아' 한번 읽어봐."

아만다는 가장 최근 걸 읽었다. 에이든 앤더슨으로부터 받은 것이었다.

"너 비행기 탔구나. 버릇없는 아가씨. 너 지금 런던이야? 나, 팔콘 만 제일 가는 멍청이가 지금 네가 필요한 걸 줄거야. 내가 큰 에피소드를 받아서 화가 난 건 알지만, 내 큰 성기로 만회하게 해줘!"

헬렌과 쉬나는 꺅꺅 웃었다.

"어머, 진짜야?" 헬렌이 어깨를 덜덜 떨면서 말했다.

"건방진 놈." 쉬나가 끼어들었다. "네가 화나는 게 당연해. 파라! 에이든을 잡을 수 있는 무기가 될 수도 있으니 그 메시지들을 잘 가지고 있어." "이런! 내가 레즈비언인 게 너무 기뻐."

아만다는 테이블 위의 꽃꽂이 배열에 감탄하고 있는 캐서린을 훔쳐 보았다.

파라는 아무 대답 없이 일어섰다. "맞아. 난 가서 들이받을 거 같아."

헬렌은 갑자기 벌떡 일어났다. "절대 혼자 들이받으면 안 돼."

아만다도 일어났다. 헬렌과 파라는 아만다가 평소와 달라서 놀란 표정이었다.

"맙소사!" 아만다는 제이크가 마침내 자신을 탈선시켰다고 생각한 친구들을 비웃었다.

"나 소변 마려워 죽겠어."

"안 물어봤어." 캐서린과 쉬나만 남아 앉아있을 때 팔짱을 끼면서 헬렌이 말했다.

"오늘 밤 너한테 아주 이상하게 굴지, 그렇지?" 쉬나는 화장실로 사라지는 파라의 인상적인 모습에 고개를 끄덕이며 말했다.

캐서린은 여전히 기분이 언짢아 대화 주제를 옮기고 싶었다. "쉬나! 그렇지 않아?" 캐서린이 코를 툭툭 치며 말했다. 쉬나는 그것에 대해 생각할 시간이 필요 없었다. "절대 아니야."

캐서린은 대리인인 동시에 친구인 쉬나가 자랑스러워서 미소를 지었다.

쉬나는 잠시 생각하다가 다시 말을 이었다. "나는 사실 내가 알코올 중독자가 아닌, 마약 중독자였다는 것이 행운이라고 생각해."

"내 말은, 여기 있는 나를 좀 봐. 난 여전히 사람들과 잘 어울리면서 막 성질내지도 않잖아. 어떤 사람들은 그렇게 할 수 없잖아." 라고 파라가 잔을 채우며 말했다.

"허니 헌터처럼." 캐서린이 말했다.

"와, 진짜 그 이름 오랜만에 듣는다. 가엾은 것. 술 한 잔도 못 마시는 건 상상할 수 없지만, 허니에게는 술, 나에게는 마약이야. 치명적이었지. 스위스 알프스산맥의 우중충한 공기가 허니에게 산뜻한 새 출발을 할 수 있도록 도움이 되면 좋겠어." 허니와 함께했던 기억이 쉬나의 머릿속을 잠시 동안 가득 채웠다. 한때 둘은 공통점이 많았다. 둘 다 현장에 나가서는 엉망진창이었다. 그들은 오래전에 연락이 끊겼지만, 쉬나는 여전히 그녀에 대해 좋은 기억이 많았다.

"허니라면 분명 쌍년 파티를 힘들어 할 거야."

캐서린은 빵 한 조각을 떼어 올리브유에 담그며 말했다. 캐서린은 탄수화물을 거의 섭취하지 않는 편이었지만, 냄새가 너무 좋아서 견딜 수가 없었다.

쉬나는 충격으로 캐서린을 바라보았고 캐서린은 이를 알아챘다.

캐서린은 빵이 보이는 것만큼 맛있다는 것을 알려주는 표정을 지으며 시간을 벌었다. 빵을 삼킨 후 그녀는 말을 이었다. "쉬나! 허니가 나의 새로운 적수가 될 최종후보 명단에 있다는 것을 알고 있었어?" 캐서린은 자세히 알지 못하고 있는 쉬나에게 그녀가 했던 것을 알려주는 것처럼 말했다.

쉬나가 이 소식을 전해 듣는 순간, 다른 친구들이 테이블로 돌아왔다. 헬렌과 파라는 그동안의 일을 감추려고 하지 않았다. 크게 코를 훌쩍이며 콧구멍에 손가락을 대고 콧물이 흐르지는 않는지 확인하려 했다. 아만다는 제이크가 보낸 유치한 메시지들로 가득 찬 휴대전화를 보며 뒤를 따라갔다.

그들이 자리에 앉았을 때, 쉬나는 헬렌에게 맞섰다. "허니 헌터가 새 쌍년을 위해 나섰다고 말한 적은 없잖아?"

"많은 사람들 중에서." 헬렌이 어색하게 대답했다.

"스테이시와 리디아를 위해 최선을 다하겠다고 약속했잖아, 얘들아!" 헬렌이 어색하게 말했다.

"그럴 거야." 헬렌은 쉬나가 공공장소에서 이것에 대해 이야기하는 걸 그만두라는 분명한 경고의 목소리로 말했다.

파라는 긴장감을 의식하지 못한 채 끼어들었다.

"사실 너희 둘 중 하나가 좋을 거야."

"난 스테이시가 더 좋아." 캐서린은 가장 안전한 선택을 하며 말했다. "그녀는 팔콘만에 잘 어울릴 거야. 화면에서든지 밖에서든지."

아만다는 고개를 저었다.

"내가 리디아를 봤을 때 그녀는 줄기를 짜는 데 최적화된 예측 불가능성과 통렬함을 가지고 있었어."

"그 멍청한 년, 소떼들로부터 그녀를 떨어뜨려 놔." 파라는 웃었고 캐서린은 굴욕감에 얼굴을 찡그렸다. 그건 어느 배우에게나 일어날 수 있는 일이었다.

"봤지, 헬렌?" 쉬나가 말했다. "모두가 동의하고 있어. 허니가 사랑스럽지만, 허니는 좋은 선택이 아닐 거야."

"이 단계에서 결정된 것은 아직 아무것도 없어." 헬렌이 기습을 당한 기분을 느끼며 말했다.

캐서린은 쉬나를 지지하고 싶어 했다.

"허니는 수십 년 동안 일하지 않았어. 그녀는 세트장에서 악몽에 시달릴 거야. 심지어 그녀가 찍었던 LA 드라마도 일주일에 한 번밖에 나오지 않았고, 그것도 1년밖에 하지 않았잖아. 촬영해야 하는 것에 대한 압박감을 감당할 수 없었을 거야." 그녀는 맛있는 빵 한 조각을 그녀의 입에 불쑥 넣었다. 빵은 캐서린의 완벽한 흰 피부 뒤로 순식간에 사라졌다.

"뭐? 라이브 에피소드 감독과 친해지려고 친구를 속인다는 거야?"라고 파라는 말했다. 목구멍으로 흘러내리는 코카인 덕분에 파라는 왜 그렇게 캐서린과의 사이에 기분이 좋지 않았는지 마침내 깨달았다.

캐서린이 대답하기도 전에 클로드는 애피타이저 요리가 담긴 쟁반을 들고 그들의 테이블에 도착했다.

"숙녀 여러분, 이건 오늘 밤의 요리입니다. 하지만 오늘 저녁 메뉴의 몇 가지 특별한 것에 대해 논의하기 위해서 여러분들 중 가장 아름다운 여성분을 빌려야 할 것 같습니다." 클로드의 호감 어린 눈이 캐서린의 몸을 보고 이리저리 굴러다녔다.

캐서린은 파라의 차가운 표정을 무시한 채 자리에서 일어나 클로드와 함께 작은 복도를 따라 '개인용'이라고 적힌 문을 통과할 때까지 걸었다.

클로드가 캐서린의 목을 핥고 그녀를 미치게 했을 때 문은 거의 간신히 닫힌 상태였다. 그리고는 뒤로 물러서서 캐서린을 응시했다.

"옷 벗어." 클로드가 셔츠 단추를 풀면서 명령했다. 클로드는 캐서린이 공공장소에서 옷에 주름이 생기는 걸 원하지 않는다는 것을 충분히 알고 있었다.

캐서린은 클로드가 시키는 대로 했고, 캐서린의 드레스가 아래로 미끄러지듯 내려가자, 클로드 역시 벨트를 풀고 바지를 벗었다. 언제나처럼 특공대 행세를 하던 클로드의 탄력 있는 몸매가 번쩍였다. 캐서린의 시선이 클로드의 남자다운 가슴에서 시작하여 흘러내리는 소용돌이 형태의 체모가 있는 그의 배꼽 주위를 지나 완벽하고 털이 수북한 성기까지 내려갔다.

브래지어를 절대 착용하지 않는 캐서린은 나체로 스텔라 매카트니가 입었던 끈 팬티를 입고 서 있었는데, 그녀의 질은 마치 천 개의 날개가 달린 나비가 웅크린 모습같았다.

"이리 와." 클로드가 손짓으로 캐서린을 자기 쪽으로 부르면서 말했다.

두 사람의 몸이 마주치자 그는 섬에 밀려드는 해일처럼 격정적으로 그녀에게 키스를 했고, 그녀의 몸 안으로 손가락을 움직이며 그녀의 흠뻑 젖은 클리토리스를 흥분시키면서 능숙하게 깊숙이 미끄러져 들어갔다. 점점 격렬해지면서 캐서린은 오르가즘을 느낄 수 있었다. 클로드만이 그녀를 2분 안에 오르가즘에 이르게 할 수 있었다.

캐서린의 몸이 아치형으로 굽어지면서 큰 소리로 신음했고, 풀려나는 나비들이 가까이에서 위험하게 맴돌았다.

"가버려, 자기." 그가 재촉했다. "싸줘." 그리고 그는 그녀가 부르르 떨 때까지 리듬을 바꿨다. 그는 다른 손으로 그녀의 단단한 젖꼭지를 꽉 쥐더니, 처음에는 부드럽게 몸을 앞으로 숙여 혀를 가슴 사이에서 앞뒤로 움직이며 능숙하게 입 속 깊이 빨았다.

"오, 세상에." 캐서린은 숨을 헐떡거렸다. 바로 이것이었다. 문이 열렸고 멈출 방법이 없었다.

"가버려 줘, 자기." 클로드는 이 세상 어느 진동기도 따라올 수 없는 속도로 리듬을 끌어올렸다.

캐서린은 절정을 이루면서 전율하는 숨을 내뱉었고 기절할 것만 같았다.

캐서린의 다리가 떨리는 것을 느낀 클로드는 그녀를 지탱하기 위해 그녀의 등에 손을 얹었고, 다른 손으로는 우아하게 그의 완벽한 성기를 깊숙이 밀어 넣었다.

"너무 젖었군, 캐서린! 너무 아름답게 젖었어." 그가 그녀를 바싹 끌어안으며 숨을 쉬었다. "자, 내 사랑, 이제 내 차례야."

13장

　다섯 명의 친구들은 클로드 레스토랑의 손님이 붐비지 않는 구석 진 공간에 조용히 앉아있었다.

　매들린 케인과 그녀의 남편 채드는 함께 앉아서 C.I.TV 주주 이사 회의 주요 인사들과 즐겁게 이야기를 주고받고 있었다. 이 아름다운 커플들은 여섯 명의 남자와 마주보고 있었다. 그들은 모두 매들린의 말 한마디 한마디를 기다리고 있는 것처럼 보였다. 그녀는 맹금류의 발톱과 잘 어울릴 만한 빨간 샤넬 원피스를 불꽃처럼 차려입고 있었 고, 약 195cm의 키와 탱크 같은 어깨를 가진 채드는 멋진 톰 포드의 정장을 입고 있었다. 채드의 열린 셔츠로 수염과 잘 어울리는 밝은 갈 색 가슴의 털이 보였고, 상의의 선홍색 포켓 스퀘어가 그의 외모를 더 욱 돋보이게 했다. 채드 옆에 앉은 조각상 같은 매들린은 아주 작아 보였다.

　"신사 여러분." 채드는 중저음의 느린 어조로 말하기 시작했으며, 그는 매들린과 주주들처럼 최남단 지역의 억양으로 말했는데 윙크를 하고 나서 웃음을 터뜨렸다. "도착한 이후, 저는 팔콘만에 대한 기사들을 꼼꼼히 훑어보았습니다. 저는 침몰하는 배를 구할 수 있는 아내의 능력을 의심하지 않고, 아내가 열정을 담아 추진한 프로젝트가 C.I.TV와 특히 '팔콘만'이라는 것은 누구나 다 알고 있는 사실입니다. 전 그저 돈만 벌 뿐입니다. 전 아내를 계속 행복하게 해주고 싶어 아내가 원하는 모든 것에 대해 재정 지원을 했습니다.

채드는 매들린이 수줍은 미소를 보이자, 다시 웃으며 불룩한 이두박근에 손을 얹었다.

"이 쇼에 대한 내 사랑스러운 아내의 열정이 이유으로 남게 되었다고 말할 수 있어 기쁩니다. 아내의 아이디어로 인해 큰 성공을 거두었습니다. 두 번의 라이브 에피소드가 연말을 호황으로 이끌 것이라는 약속이 몇몇 새로운 광고주들을 끌어 들였고, 적자를 메워주었습니다. 또한 캐나다, 이탈리아, 호주는 오로지 매들린의 계획에 따라 우리가 새롭게 개척할 것입니다. 아직 숲을 벗어났다고 말할 수는 없지만, 우리는 분명히 나무들을 지나간 것입니다."

채드는 얼굴을 살짝 붉히고 있는 매들린에게 고개를 돌렸다. "여보, 인사해요." 그가 그녀의 볼에 키스하기 위해 몸을 기대며 말했다.

매들린은 저녁식사가 끝나면 남편에게 어떤 종류의 인사를 할 것인지 정확히 알고 있었다. 매들린은 채드를 만난 순간부터 그녀는 그의 옷을 찢어버리는 것만을 상상했고, 그가 가까이 있을 때마다 매번 상상이 떠올랐다. 그들 부부가 함께 있는 걸 본 사람은 둘 다 정신이 멍한 상태라는 것을 분명히 느낄 수 있었다. 매들린은 채드의 잘생긴 얼굴을 올려다 보았고, 초콜릿색 눈동자에 정신을 빼앗긴 채 서 있는 동안 채드는 어느 때보다 섹시해 보였다.

아쉽게도 매들린의 욕정에 가득찬 상상은 레스토랑 반대편에서 들려오는 큰 웃음소리에 의해 중단되었다. 매들린은 누가 혼란을 일으켰는지 둘러보았는데, 그녀의 시선이 캐서린과 다른 팔콘만의 여성들에게서 멈추었다. 턱에 힘이 들어갔다. 매들린은 사생활 보호를 위해 여기까지 왔지만, 결국 짜증스러운 직원들과 겨우 몇 피트 떨어진 곳에 있는 자신을 발견했다. 그들이 매들린의 허락을 구하지 않고 다른 방송사의 비행기를 타고 왔음이 틀림없다는 것을 알았을 때 분노가 치밀었다.

이사진 중 한 명이 잔을 들어 건배했다. "신사분들, 괜찮으시다면 우리의 고귀하고 아름다운 리더이자 팔콘만의 구원자이신 매들린 케인을 위하여!"

"옳소. 옳소." 채드가 매들린의 다리에 육중한 손을 얹으며 말했다.

"감사합니다, 신사 여러분." 매들린이 애교 떤 몸짓으로 고개를 숙이면서 방 건너편에서 나는 소음을 무시하려고 애쓰며 말했다. "죽은 나무를 깎아서 멋진 떡갈나무, 즉 멋진 팔콘만으로 만들 때까지 멈추지 않겠다고 약속드립니다" 관심과 애정을 기울여 주신다면 앞으로 40년을 더 지속할 수 있고, 여러분 모두에게 훨씬 더 많은 돈을 벌어다 드릴 수 있을 것입니다."

남자들이 미소를 짓는 순간, 캐서린 벨의 날카로운 웃음소리가 다시 한번 울려 퍼졌다. 매들린은 이를 갈았다.

14장

작은 코스 요리 서너 가지를 먹은 후 아만다, 캐서린, 쉬나는 배가 불렀지만 꽉 채워진 느낌은 아니어서 기분이 좋았고, 그런 이유로 이 레스토랑을 더 좋아했다. 파라와 헬렌은 음식들을 놔둔 채 화장실을 몇 번 오간 후에 음식을 더 먹을 수 있었다.

캐서린과 파라 사이의 긴장감은 저녁 내내 계속 부글부글 끓어올랐으나, 파라는 평소답지 않게 과묵했고, 캐서린은 잡담에 잘 끼지 못했다. 쉬나가 계산서를 집어 들면서 지나치게 많은 팁을 얹어주었고, 캐서린은 허니 헌터에 대한 대화 이후로 잔뜩 짜증을 내고 있었다. 캐서린는 헬렌을 그렇게 쉽게 봐주려 하지 않았다.

"난 우리가 친구인 줄 알고 있었는데." 웨이터가 급히 아멕스 카드를 들고 가자, 헬렌에게 말했다.

"친구 맞아."

"몇 년 동안 내가 너에게 가져다준 재능, 너에게 베풀었던 호의들…

내겐 이 쌍년 역할에 꼭 맞는 두 딸이 있는데 둘 중 한 명만 돼도 난 신경 안 써."

"그게 그들 둘 모두들 파티에 초대한 이유야. 널 위해 그렇게 한 거라고."

"헬렌! 허니 헌터 때문에 머리가 돌았구나. 정말 걸어다니는 소송이야, 젠장."

"네 딸들 중 한 명에게 그 일을 맡길 순 없어. 결정은 내가 아니라 윗선에서 해, 관객 투표를 할 거야."

캐서린은 눈이 휘둥그레졌다. "대중들이 선택한다고?" 그녀가 소스라치게 놀라며 말했다.

헬렌이 고개를 끄덕였다.

"나한테 그런 말 한 적 없잖아." 쉬나가 말했고, 캐서린의 어조는 한 단계 낮아졌다. 헬렌은 어깨를 으쓱했다. "아직 아무도 알면 안 돼." 헬렌이 말했다. 헬렌의 어조에서 보통 고객이라고 부르는 사람들과 그녀 자신만의 권한을 나눠 가지는 게 못마땅하다는 것이 분명하게 드러났다.

쉬나는 지금 대화를 계속하는 것이 무의미하다고 생각했다. 잠시 수다를 멈춘 후 일행이 테이블에서 일어나 방으로 이동하려는 데, 캐서린은 그제야 생각이 났다는 듯 소리쳤다. "매들린이야!" 캐서린이 구석진 공간을 가리키며 매우 큰 소리로 말했다. "가서 인사하자." 아만다가 끼어들었다. "아니." 아만다가 캐서린의 팔에 손을 얹으며 말했다. "안 하는 게 낫겠어."

"왜?" 캐서린이 말했다.

"저 여자야?" 쉬나는 캐서린의 시선을 따라갔다. 타이밍은 완벽했다. 어쩌면 운명이 그녀를 도와주는 시늉만 한 것일지도 모른다. 쉬나는 리디아와 스테이시를 위해 몇 마디 할 수 있을 것이다. "맞아. 인사해야지." 쉬나는 입장할 준비를 하고 있는 캐서린과 팔짱을 끼며 미소를 지었다.

"그래, 얼른 와. 잠깐 인사만 해." 캐서린은 다른 친구들이 따라오도록 손짓을 했다.

"아만다가 안 해도 된다고 했어, 캣!" 파라가 쏘아붙였다.

자신의 이름을 줄여 말하는 사람을 몹시 싫어했던 캐서린은 파라를 무시하고 쉬나를 따라 매들린의 테이블로 걸어갔다.

어쩔 수 없이 아만다, 헬렌, 그리고 결국 파라 모두 따라갔다.

"케인 씨! 잠깐 방해해도 괜찮을까요?" 캐서린이 부스 앞에 이르자 말했다.

"오, 캐서린! 당신이 여기 있는 줄 몰랐어요." 매들린이 거짓으로 말하며, 빨리 일어서서 나머지 여자들이 나타나기 전에 막으려고 했다. 그러나 너무 늦었고, 남자 테이블 전체가 일어나 여자들을 맞이했다.

채드는 캐서린을 보자 기쁜 표정을 지으며 매들린을 따라 부스 밖으로 나갔다.

'세상에, 그는 너무 멋져.' 채드의 전신을 보기 위해 올려다봐야 했던 캐서린이 생각했다.

"캐서린 벨! 저는 아직 영광을 누리지 못했습니다." 채드가 악수를 제의하며 말했다. "전 매들린의 남편입니다."

매들린은 그들 둘 사이를 비집고 들어가 채드의 말을 끊고 다시 테이블 쪽으로 돌아섰다.

캐서린은 매들린이 가볍게 그녀의 어깨를 만지며 남자들에게서 그녀를 떼어놓으려 하기 전에 겨우 빠져나올 수 있었다.

몇 걸음 더 뒤로 물러서 있던 쉬나가 의아하게 바라보았다. 외모도 출중한 매들린이 왜 그렇게까지 불안해할까? 쉬나는 의아한 듯이 아만다에게 눈썹을 치켜올렸고, 아만다는 답례로 약간 어깨를 으쓱해 보였다.

"신사 여러분, 잠시 실례하겠습니다." 매들린이 활짝 웃으며 말했다. "여자끼리 할 얘기가 있어서요."

매들린은 남자들에게 윙크로 인사를 한 후 여자들을 출구 쪽으로 부드럽게 이끌었다.

"오늘 밤 이야기를 나누지 못해 미안해요, 아가씨들." 매들린이 거의 손을 흔들다시피 하면서 상냥하게 말했다. "중요한 방송국에 관련된 일이 있어서요. 매우 흥미롭지만, 당신들이 들어서는 안 될 말을 엿듣게 해서 놀라게 하고 싶지는 않아요."

쉬나가 뒤에서 불렀을 때 매들린은 몇 발자국 앞에 있었다.

"전 쉬나 매퀸입니다. 그런데 우리 언제 한번 회의 일정을 잡아야 합니다."라고 말했다.

매들린은 잠시 멈춰 섰다가 돌아섰다.

가까이서 보니 정말 숨이 막힐 지경이었다. 엄청난 우아함과 침착함. 매들린 자신도 훌륭한 드라마 스타가 될 수 있었을 것이라고 쉬나는 생각했다.

"당신이 누군지는 알고 있습니다, 매퀸 씨!" 매들린은 웃었다.

캐서린의 대리인으로 인정받은 쉬나는 매들린과 악수하기 위해 자신만만하게 손을 내밀었고, 두 여자는 가까이 다가섰다.

"전 '세컨드 찬스'에서 당신이 맘에 들었어요." 매들린이 말했다. "당신은 화면 안과 밖에서 약간 난폭했어요. 기억나는 것 같아요."

쉬나는 의식적으로 그 말에 언짢아지는 표정을 감추어야 했다. "그건 오래전 일이죠."

"에드 니콜스 스캔들이 당신의 인생을 망치지 않아 다행입니다." 매들린은 마치 아동학대자보다는 성가신 이웃에 대해 이야기하듯이 무심코 말했다.

쉬나는 누군가가 에드의 이름을 말하는 것을 들은 지 몇 년이 되었다. 일반적으로 연예계 사람들은 에드를 떠올리고 싶어 하지 않았다. 쉬나는 매들린의 눈을 들여다보며 악의를 찾으려 했지만, 아무것도 발견하지 못했다. 사실 쉬나는 그렇지 않은 척하면서 내숭을 떨고 있었다.

"에드가 제 과거를 망쳤어요. 그렇지만 그가 제 미래를 망치게 놔두고 싶지는 않았어요." 쉬나는 다른 사람들이 엿듣고 있지는 않은지 보려고 어깨 너머로 흘끗 살피며 말했다. 친구들에게는 숨길 것이 아무것도 없었다. 그들은 거의 모든 것을 알고 있었다. 하지만 쉬나는 클로드의 주변 사람들과 그 추잡한 이야기가 공유되는 것을 원하지 않았다.

"잘됐군요." 매들린이 진심인 것처럼 말했다. "제가 그날 신문에서 기억하는 바로는, 관련된 모든 사람이 그렇게 운이 좋았던 것은 아니었어요."

"맞아요." 쉬나가 대답했다.

나머지 일행은 비록 대화의 요지는 알지 못했지만, 대화의 어색함을 눈치채고 있었다. 헬렌은 몸이 흔들리지 않게 하려고 휴대품 보관소 카운터에 기대었으나 거의 넘어지기 직전이었다. 캐서린은 파라와 아만다가 코트를 입을 때 서둘러 헬렌을 일으켜 세웠다. 아만다는 하지 말아야 할 말을 하기 전에 떠나고 싶어 했다.

"새로운 C.I.TV 소유주로서 에드 니콜스와 같은 포식자들이 우리의 소중한 젊은 스타들을 손에 넣는 걸 절대 허용하지 않았던 일을 자랑스럽게 생각합니다."

"음, 그거 반가운 소리네요." 쉬나가 말했다.

"모든 것을 고려해 볼 때 당신은 자신을 위해 아주 잘 해왔습니다" 매들린은 미소를 지었지만, 말투는 차갑게 느껴졌다. 매들린의 얼굴은 쉬나와 둘이서 단지 그들의 업계과 관련된 무언가를 논의하고 있는 것처럼 보였다. 미묘하든 아니든, 쉬나는 그녀가 공격받았을 때를 알고 있었다.

어떤 사람들은 이렇게 말했다. 마치 쉬나가 자신의 인생을 성공시켜 자신의 결백을 드러내고, 스스로를 희생자 역할에서 구한 것이라고. 성가시고 편협한 이야기였지만 그녀는 익숙했다.

"슬프게도 그런 행동이 역사로 완전하게 전해질지는 모르겠지만, 누군가가 연약한 자들을 보호하기 위해 살피고 있다는 것을 아는 건 좋은 일입니다. 그것은 TV에서 도 중요한 사안이죠."

"늘 살피고 있습니다. 맥퀸 씨!" 매들린이 또 한 번 웃으며 말했다.

쉬나는 미국적인 것일 수도 있다고 생각했다. 처음부터 모든 걸 다 털어놓으려는 경계심과 예리함 말이다. 둔감하거나 그렇지 않든 간에,

쉬나는 전적으로 그것에 찬성했다. 매들린 케인은 '팔콘만'이 계속되기 위해 꼭 필요한 존재였다. 모든 에이전트는 그들의 고객인 배우들이 가능한 잘 보호받기를 바랐다. 쉬나는 그것이 무엇을 의미하는지 다른 많은 사람들보다 더 정확히 알고 있었다.

캐서린은 쉬나와 매들린 사이에 무슨 일이 있었든 간에 이제 끝났다는 것을 기뻐하며 쉬나를 출구로 향하게 했다.

하지만 그들이 문밖으로 나가기 전에, 매들린은 아만다를 불렀다. "킹 씨! 아침에 숙취가 심하지 않으셨으면 좋겠네요."

아만다는 술에 취해 어린아이처럼 어깨를 으쓱거렸다.

"당신은 주드 로스코와 아침 일찍 중요한 회의가 있어요. 기억하세요." 매들린이 눈을 반짝이며 말했다.

제이크가 매들린에게 이미 말을 한 것이었다. "그 개자식." 그리고 지금 여기 매들린은 그 일을 맡길만한 대상으로 아만다를 제외하기로 결정을 내렸다는 듯한 눈빛으로 아만다를 바라보았다. 아만다는 자신이 말솜씨가 뛰어나며, 부당한 대우를 받았다는 것을 보여주고 싶었다. 하지만 아만다가 적당한 말을 찾기도 전에 잘못된 말이 나왔다.

"엿이나 먹어!" 아만다는 이렇게 말하고 비틀거리며 거리로 나왔다.

헬렌은 식당 안으로 메아리가 울릴 정도로 낄낄 웃는 소리를 냈다. 잘 다듬어진 머리들이 그들을 바라보았다.

발뒤꿈치가 바닥에 닿자마자 아만다는 자신이 저지른 소름 끼치고 끔찍한 실수를 알아챘다.

캐서린은 화가 났다. "네가 방금 그런 말을 하다니 믿을 수가 없어." 캐서린이 극도로 흥분한 상태로 택시를 부르면서 말했다.

파라는 웃고 있었고, 그것이 캐서린을 더욱 화나게 했다. "네가 한마디 거들어줄 수 있었어. 넌 그게 어떻게 진행되고 있었는지 알았잖아."

파라는 분노로 얼굴이 상기된 채 캐서린에게 화를 냈다. "캐서린! 너는 새 사장에게 호감을 사려고 친구를 끌고 와서 배신했던 여자에게 아첨했잖아."

"제이크는 매들린이 아니라 아만다를 배신했어." 캐서린이 쏘아붙였다.

"웅, 어디 한번 계속해 봐, 캣!"

"날 캣이라고 부르지 마."

"왜? 널 먹여주고 쓰다듬어 주면 어느 누구의 다리라도 비비고 다니잖아. 널 위한 완벽한 이름이지."

캐서린은 평정심이 무너져 으르렁거렸다.

파라는 지금 바로 옆에 있었다.

"에이든 앤더슨이 내 세트장에 와서 생방송을 준비하겠다고 말하자마자, 넌 샴고양이가 발정 난 것처럼 그에게 애정공세를 퍼부었잖아. '오, 에이든! 가르릉, 가르릉. '나는 늙은 파라가 이걸 한 번 만에 끝낼 수 있다고 생각하지 않아요. 그러나 당신과 내가 함께 달아날 수 있다고 확신해요.'라면서 말이야."

"난 그게 파라 너에게 돌아가는 걸 원치 않았어." 캐서린이 부드럽게 말했다. "그래서 도와주려고 한 거야."

"이 멍청아! 네가 그랬어. 넌 나를 곤경에 빠뜨렸고 에이든은 몰아붙였지."

"얘들아, 얘들아!" 헬렌은 택시를 간신히 손짓으로 멈추라고 해서 그들 옆에 세웠다. "그만하고 파티나 즐기자. 어느 클럽에 갈 거야?" 그녀는 운전사에게 기다리라고 손짓했다.

"네가 여기서 싸움을 중재할 적임자는 아닌 것 같아." 쉬나는 담배에 불을 붙였고, 그 담배는 운전자로 하여금 경고의 의미로 유리창에 있는 '금연' 표지판을 두드리게 만들었다.

아만다는 두 친구가 말다툼하는 것을 지켜보았고, 둘이서 몸싸움을 하게 되면 누가 이길지 확신하지 못했다. 아만다는 방금 매들린에게 욕을 한 이후로 아직 무슨 일이 일어나고 있는지 확신할 수 없었다. 아만다는 머리가 빙빙 돌았다. 악몽 같은 저녁이었다. 처음에 제이크와의 말다툼이 있었고, 그 후 밤새 술을 마시고 춤을 출 수 있었지만, 지금은 그것이 완전히 재앙으로 변해버렸다.

캐서린은 자신의 요점을 다시 한번 말했다.

"나보고 어쩌란 거야? 너희 둘 다 감독이야. 난 너희 둘을 똑같은 방식으로 대하고 있어."

"하지만 우린 같지 않아. 에이든은 남성 중심 조직 덕분에 모든 걸 손쉽게 얻었지만, 나는 그것의 반이라도 얻으려면 두 배나 더 열심히 일해야 한다고."

"웃기고 있네." 캐서린이 쏘아붙였다.

"오, 내가?" 파라는 지금 마음이 흔들리고 있었다.

"넌 더 잘 알아야 해. 동료 여성을 들어 올릴 기회가 생기면, 그 기회를 얼른 잡아야 한다고."

"난 네가 그 라이브 에피소드를 여자감독에게 맡겨 달라고 하면 좋겠어. 여자에 의해서 말이야."

"여기서 여자는 바로 캐서린, 당신이야."

"알겠어. 그렇지만 '나'이기 때문이 아니라, 내가 여자이기 때문이야."

"팔콘만에서 여자가 라이브 에피소드 감독을 맡은 적은 없었어."

캐서린은 이것이 마치 그녀의 주장을 증명하는 것처럼 말했다.

"바로 그거야!" 파라가 고함을 질렀다.

"있잖아, 파라! 꾸준히 노력해서 성공한 게 아니었어. 헬렌과 내가 널 위해 싸운 덕분에 처음엔 돈을 많이 버는 배우가 되었고, 그다음엔 쉬나가 경영진을 설득해서 널 집필팀에 넣은 거야. 나만 사람들한테 밥 얻어먹는 게 아니야. 그러니 나한테 거저 얻으려 하지 마. 우리 모두에게서 이미 넌 충분히 얻었잖아. 라이브 공연을 원해? 그럼 싸워 봐. 이 모임에서 너의 인기를 다 써버렸으니까."

그 두 여자는 똑바로 섰다. 아만다는 그들 사이에 끼는 게 좋겠다고 생각했지만, 쉬나가 그 분위기를 지배하는 것처럼 보였고, 고함치는 캐서린에게서 파라를 떼어냈다.

"오, 난 싸울 거야. 내가 얻어내면 넌 후회할 거야, 캣!" 파라가 소리쳤다. 파라는 쉬나를 밀어내고 혼자 택시에 탔다. 문이 쾅 닫혔고 그녀는 가버렸다.

15장

런던 최고급 호텔의 객실에는 마차가 관광객들을 태우는 소리와 TV가 조용히 깜박이는 소리, 보스 스피커에서 흘러나오는 에이미 와인하우스의 목소리가 은은하게 흐르고 있었다. 호텔 방은 밤새 파티를 벌인 흔적이 역력했다. 바닥과 테이블에는 먹지도 않은 룸서비스 음식들이 널브러져 있었고, 검은색 아멕스 카드 옆에는 흡입한 흔적이 있는 코카인 몇 줄과 말려있는 지폐 몇 장, 하얀 알약 몇 개가 보였고 빈 와인, 샴페인, 위스키병들이 얼음 양동이에 거꾸로 담겨 있었다.

손님은 많은 것처럼 보였지만, 이 파티에는 남자와 여자, 두 명만 참석했다. 둘 다 어지러진 침대 위에 꼼짝 않고 누워있었다. 그 둘은 벌거벗고 있었다. 남자는 잠들어 있었고, 여자는 깨어 있었다.

그 여자는 바로 파라였고, 그녀는 몹시 지쳐 보였다.

파라는 먼저 고개를 들고 나서 몸을 일으켜 앉으면서 통증을 무시하려고 했다. 그녀의 파워 슈트는 구석에 구겨져 있었고, 그녀는 속옷을 찾고 있었다. 그녀는 의자 밑바닥에서 속옷을 발견했다. 그녀가 조용히 침대에서 일어나 브래지어를 집으려고 허리를 굽히자 과음과 갈증으로 머리가 지끈거렸다. 콜라 때문에 코가 따갑고, 입술이 트고, 이빨이 아직도 얼얼했다.

파라가 란제리를 입고 있는 동안 에이든 앤더슨이 몸을 휘젓기 시작했다.

파라는 경멸하는 TV 드라마의 파벌과 고질적인 성차별에 대한 모든 것을 대변하는 이 남자를 파라는 잘 살펴보았다.

에이든은 파라가 자신을 응시하고 있다는 걸 알았는지 갑작스레 눈을 번쩍 떴다. "좋은 아침?" 에이든은 마치 이것이 세상에서 가장 정상적인 상황인 것처럼 말했다. 에이든은 일어나 앉아서 신음소리를 두세 번 내더니 뼈마디 소리를 냈다. 그는 방을 힐끗 둘러보았다. 버려진 옷, 술 그리고 마약들의 아수라장, 그리고 속바지와 브래지어 차림의 파라를 보았다. "참 대단했어요."

파라는 간신히 미소를 지었다.

"파라! 당신이 제 문자 메시지를 무시했을 때, 전 당신이 와서 놀 가능성이 없다고 생각했어요. 근데 전화기에 당신 이름이 떴고 전 다시 시작할 수 있을 거라 생각했어요."

'맙소사!' 파라는 생각했다. 파라는 에이든의 짧은 문장과 둥둥거리는 억양을 견딜 수 없었다. 파라는 다른 여자들이 에이든의 그런 점을 좋아한다는 것을 알았지만, 그 고통스러울 정도로 느린 모든 말들을 다 들을 때까지 기다려야 했다. 그건 얼음통에 그녀의 머리를 담그고 싶을 만큼 견디기 힘들었다.

파라는 불안한 마음으로 구겨진 옷이 있는 곳으로 발걸음을 옮겼다.

"내가 대답했을 때 여기서 만나자고 했잖아요. 전 마치. 그래요, 드디어!"

"난 취했어요." 파라가 말했다.

에이든은 건방진 장난꾸러기 휴 그랜트의 보조개 미소를 지으며 "당신은 당신이 뭘 하는지 알고 있었고, 심지어 장비도 가져오라고 했어요." 에이든은 방 주위에 흩어져 있는 마약들을 향해 손짓을 했다.

"당신이 그 로망의 그 여인이군요." 에이든은 파라에게 다시 자기와 함께하자는 듯 침대를 가볍게 쳤다.

파라는 등을 돌려야 했다. 에이든이 자신의 눈으로 진실을 보는 걸 원하지 않았다. 그렇다. 파라가 밤에 여자들과 외출해 있는 동안 에이든이 계획을 실행하려고 파리에서 이 호텔까지 오는 데 만 달러에 이르는 헬리콥터를 예약했을 때, 파라는 정확히 에이든이 무엇을 원하는지 알고 있었다. 파라는 에이든의 비열한 문자 메시지를 무시하거나, 쉬나의 조언에 따라 재판소에 보낼 계획이었지만, 캐서린과의 다툼이 모든 것을 바꿔놓았다. 하지만 이건 계획의 절반에 불과했다. 파라는 여기까지 왔고 이제 끝까지 해내야만 했다.

파라는 지갑을 집어 들고 콜라로 얼룩진 아멕스 카드를 그 안에 쑤셔 넣은 다음, 장신구를 다시 끼기 시작했다.

에이든은 거만한 사자처럼 머리를 흔들며 허공에 펀치를 날렸다.

"당신이 전화해서 달려왔어요." 에이든이 미소를 지으며 파라에게 윙크를 보내자, 파라는 더욱 구역질이 났다. "고마워요, 여기서부터." 라며 그의 가슴을 톡톡 치면서 심장을 가리켰지만, 심장이 있는 왼쪽 가슴이 아니라 틀린 방향을 가리켰다.

시계를 보고 파라는 시간이 거의 다 된 것을 알았다. 파라는 몸을 앞으로 숙여 에이든의 얼굴을 쓰다듬었고, 에이든이 활짝 웃는 것을 보며 화장실 쪽을 향해 손짓을 했다. "전 그냥 양치질이나 할 거예요."

"아침도 준비됐어요." 에이든은 배열된 코카인을 보고 빙긋 웃었다. "같이 먹어요. 그리고 또 다음 싸움을 준비해야죠."

"빨리 하고 싶네요." 파라가 욕실로 가며 말했다.

파라의 뒤에서 에이든은 말린 50달러를 손에 들고 탁자 위로 몸을 구부리고 있었다.

지금이 방을 탈출할 절호의 기회였다. 어젯밤 늦게 방 두 개를 빌렸을 때, 현금으로 계산하였고, 물론 가명으로 예약했었다. 파라는 인접한 발코니가 양쪽 화장실 아래에 있는지 확인했다. 파라는 화장실에 서서 창문을 열었고, 창문을 통해 최대한 조용히 올라갔다. 하이드파크가 내려다보이는 테라스로 미끄러져 들어가자, 신선한 공기에 속이 메스꺼웠지만 그런 걱정을 할 겨를이 없었다.

창문을 닫았을 때 에이든이 방 문을 두드리는 소리가 들렸다. 그녀의 계획은 지금 한창 진행 중이었다.

파라는 체크인할 때 열어두었던 발코니 문을 통해 옆 스위트룸으로 들어가더니 출구로 나가 홀 안을 훔쳐보았다. 파라는 문틈으로 에이든의 방 밖에 있는 호텔 보안 책임자를 보았다. 그 뒤를 이어 헤럴드지의 로스 오웬 편집장과 두 명의 사진기자들이 있었다.

에이든의 스위트룸 안에서 문을 두드리는 소리와 홀에서 들려오는 목소리들이 커지면서 에이든의 우쭐한 모습은 당황스럽고 찡그린 표정으로 바뀌었다.

"아무 일 없으시길 바랍니다. 선생님! 들어가겠습니다."라고 카드가 전자키를 스쳐 지나가자 문이 휙 열렸다.

파라는 즉시 복도를 최대한 빨리 걸어갔다. 그녀가 엘리베이터 버튼을 누르고 있을 때 당황하는 에이든의 목소리가 들렸다.

"당신들이 생각하는 그런 게 아니에요. 들어오지 마세요. 숙녀분이 계십니다."라고 에이든이 항의했지만 때는 이미 늦었다. 카메라 플래시가 빠른 속도로 터지면서 내일자 헤럴드 신문의 1면을 장식할 코카인, 알약 더미, 빈 술병 옆에 서 있는 벌거벗고 분노로 차 있는 눈빛의 에이든이 촬영되고 있었다.

파라는 엘리베이터 문이 열리는 순간, 문 사이로 미끄러져 들어와 시야에서 벗어났다. 파라는 자신이 해냈다는 것을 믿을 수가 없었다. 호텔 밖으로 빠져나와 길을 잃을 만큼 큰 거리의 군중 속으로 걸어가면서, 파라는 일단 마약과 술이 연루된 에이든에게 크리스마스 라이브 에피소드는 고사하고 팔콘만이 에이든에게 쇼에 계속 출연하는 걸 허락할 수 없을 것이라고 확신했다. 그 말은 팔콘만이 그녀를 기다리게 될 것이라는 뜻이었다.

16장

탁 트인 제작 사무실의 온갖 소리들, 전화벨 소리, 의자 긁히는 소리, 저음의 대화는 아이맥스 영화의 입체 음향기를 통해 우레와 같은 수준으로 증폭된 것처럼 아만다의 귓구멍에 울려 퍼졌다. 머리가 욱신거렸다. 옛날 그녀가 제이크와 처음 데이트를 할 때 보았던 영화 '스타워즈'의 클라이맥스 장면 속에 있는 것처럼 느꼈다.

아만다는 자신이 아프고 싶은 건지, 정말로 죽고 싶은 건지 판단할 수가 없었다. 평생 이렇게 심한 숙취는 처음이었다.

밤에는 어수선한 뿌연 안개가 뒤덮였다. 파라가 떠난 후 헬렌은 친구들을 설득하여 수준 낮은 곳에서 저녁 시간을 보내지 말자고 했고, 70년대부터 파리에서 운영되고 있는 클럽인 체즈 라스푸틴으로 친구들을 데리고 갔다. 브리짓 바르도와 세르쥬 갱스부르가 한때 환하게 불이 켜진 디스코 플로어에서 전설적인 댄스배틀을 한 적이 있었는데, 50년 이상 지난 후에도 귀여운 프랑스 소년들이 부르는 말인 '파아

티이를 원한다면 여전히 그곳은 가봐야 할 성지였다. 아만다는 돌아오는 길에 겨우 한 시간 정도 잠을 잤다. 그리고 제이크가 그런 지친 상태의 자신을 보는 걸 좋아한다는 것을 알고 있기 때문에, 새벽 5시쯤 C.I.TV로 바로 가서 샤워를 하고 옷을 갈아입은 후 루시 딘의 실내 세트장에서 몇 시간 더 잤다.

9시 직후 아만다는 세트장을 몰래 빠져나와 엘리베이터를 타고 다시 본 층으로 올라갔다. 갑작스럽게 움직였더니 속이 메스꺼웠다. 계단의 공기를 더 좋아했지만, 5층까지 올라갈 수는 없다는 것을 알았다. 한참의 시간이 흐른 것 같은 순간들이 지나자, 알코올이 섞인 땀방울이 이마에서 뚝뚝 떨어졌고, 엘리베이터는 마침내 그녀의 층에서 크게 요동치며 멈췄다.

복도가 빙글빙글 돌고 있었지만, 아만다는 어떻게든 책상으로 가서 자리에 앉았다. 이른 시간이었지만, 방 안은 이리저리 움직이는 소리와 무전기 소리, 잡담으로 가득했다. 숙취로 괴로운 그녀에게는 모든 것이 너무 시끄러웠다. 아만다는 제이크가 그녀가 있는 곳에 나타나면, 낮잠을 자러 실내 세트장으로 살금살금 내려갈 생각을 하고 있었다. 그날은 야외 촬영 날이어서 아무도 없을 것이었다.

"아만다! 당신 어제 집에 오지 않았지." 아만다의 칸막이 벽에 기댄 제이크의 말투에서 비난이 느껴졌다.

"음, 그랬죠… 하지만 당신이 자고 있어서 아래층에서 자고 일찍 들어왔어요."라고 아만다는 서둘러 말했다. "올리비아는 어땠어요?"

"매들린이 어젯밤에 당신을 봤다고 했어." 제이크가 눈썹을 치켜올리며 말했다.

"오, 세상에!" 아만다는 매들린에게 "엿먹어!"라고 말했던 상황이 다시 눈앞에 어른거렸다.

제이크는 활짝 웃었다. 아만다는 한 번도 비행을 저지른 적이 없었고, 그녀는 제이크가 전세가 역전된 것을 즐기고 있다고 짐작했다.

제이크가 "걱정하지 마."라고 너무 과장되게 말해서 주변 사람들의 시선을 더 끌었다. "내가 다 대비해 놨어. 최근에 당신이 스트레스도 받고 있었고, 여전히 육아와 호르몬 문제도 있었잖아." "아이 일?" 아만다는 그 말을 뇌리에 떠올렸다. 맙소사, 제이크는 정말 비열했다.

"매들린이 널 용서한다고 했어. 정말 괜찮은 여자야." 아만다는 중얼거리며 자신의 책상 위에 놓인 에비앙을 한 모금 마셨다.

"만약 이게 스트레스에 대처하는 당신의 방식이라면, 매들린이 당신을 건너뛰고 나를 승진시킨 것이 정말 옳았어."

아만다는 제이크가 사무실 쪽을 가리키고 있는 것을 보고 화를 내려 했다. 아만다가 가죽 의자 중 하나에 주드 로스코가 앉아 있는 것을 발견할 때까지 아만다의 시선은 제이크의 팔을 천천히 따라갔다.

"난 당신이 여기 밖에서 하는 것보다 개인적인 공간에서 하는 게 낫다고 생각했어." 제이크가 웃으며 말했다.

아만다는 가슴이 철렁 내려앉았다. 여자들끼리 싸운 후에, 파티장의 연한 아지랑이와 신나는 댄스, 클럽의 불빛, 그리고 끝없이 길었던 집으로 돌아오는 여정에서 아만다는 주드 로스코를 해고해야 한다는 사실을 까맣게 잊고 있었다.

이건 정말 아만다 인생에서 최악의 아침이었다.

그녀는 잠자코 의자에서 일어나 제이크의 사무실로 걸어갔다.

"행운을 빌어." 제이크는 아만다의 뒤에서 말했다.

'좋아.' 아만다는 스스로 마음을 단단히 먹었다. '제이크랑 매들린은 내가 못 할 거라고 생각하겠지. 잘 봐.'

정상에 오르기 위해서는 강인해야 했다. 제이크의 침대 옆 테이블에 있던 경영학책들에서 나온 메시지였다. 아만다는 힘들지만 친절하게 할 것이다.

아만다가 제이크의 사무실로 들어갔을 때, 주드는 버라이어티 원고를 읽는 척하다가 고개를 들었다.

"좋은 아침이에요, 아만다! 무슨 일이시죠?" 주드가 지나치게 쾌활한 목소리로 말하자, 아만다는 기분이 더 나빠졌다.

"안녕하세요, 주드!"

아만다는 걸음걸이도, 목소리도 불안했다. "와줘서 고마워요." 아만다는 균형을 잡기 위해 책상 쪽으로 가서 잠시 몸을 기댔다.

"괜찮아요? 안색이 별로 좋아 보이지 않네요."라고 주드는 진심으로 걱정하며 물었다.

주드가 일어나서 아만다에게 다가오려 했지만, 아만다는 주드에게 거기에 그냥 있으라고 손짓했다.

"아니에요. 앉으세요. 전 괜찮아요. 미안해요. 코감기가 좀 있네요." 아만다는 납득할 수 없을 정도로 코를 킁킁거렸다.

"아, 가엾어라. 무슨 안건에 대한 것이든 간에 회의는 다음으로 미루면 돼요. 그럼 도움이 좀 될까요?" 주드의 쾌활한 태도는 뻔뻔스러웠다. 주드 또한 뭔가 잘못되었다는 것을 알고 있었다.

"아니요, 아니요. 지금은 괜찮아요. 하는 게 좋겠어요."라고 아만다는 의도했던 것보다 더 침울하게 말했다.

"주드! 미안하지만."

갑자기 주드는 의자에서 일어나 무릎을 꿇고 아만다의 발치에 앉았다.

"제발, 말하지 말아줘요. 전 그 드라마에 최선을 다했어요. 내 대사를 잊은 적도 없고요. 전 뤼시엥과는 달라요. 대신 그를 해고하세요." 주드는 애원했다.

아만다는 주드가 간절하게 애원하는 모습을 보고 충격을 받았다. 대부분의 배우들은 탁 트인 사무실의 바닥에서 애원하는 것을 보여주기보다는 차라리 죽겠다고 말하지만, 주드는 품위가 없어 보이는 것에 대해 거리낌이 없었다.

"제발, 일어나요." 아만다는 부드럽게 말했다. 머리가 다시 어질어질했다. "당신은 아무 잘못이 없어요. 개인적인 감정 때문도 아니에요. 당신은 훌륭했어요. 하지만 크리스마스 특집은 죽음이 필요해요."

아만다가 그 말을 하자마자 주드의 눈이 휘둥그레졌다. 아만다가 차마 입 밖으로 내지 못했던 말을 주드가 내뱉었다. 그게 뭐든 간에 아만다에게는 지옥의 울부짖음 같았다.

"내가 죽는다고요?" 주드가 소리쳤다.

주드의 목소리는 아만다의 머리 주위에서 구슬들이 딱딱 부딪치는 것처럼 들렸다. 아만다는 진심으로 주드를 불쌍히 여겼다. 드라마 캐릭터를 죽인다는 것은 그 캐릭터를 연기한 배우를 죽이는 것과 같았다. 그들은 직업적인 가족, 대중에 대한 지위, 수입, 시장성을 잃은 것이었다. 그들은 쇼에 복귀할 가능성이 전혀 없다는 것을 의미했다. 심각한 일이었다. 맙소사, 제이크는 정말 이것에 대해 등한시해 왔다. 주드는 절대 조용히 나가지 않을 것이었다.

아만다는 여전히 제이크의 책상 옆을 붙잡고 마음을 차분히 하며 주드를 진정시키려고 애썼다.

"제발, 그만해요, 주드! 이곳에서 일하는 동안 당신은 전문가였어요. 실망하지 마세요. 사람들이 보고 있어요." 아만다는 제이크를 포함한 제작 사무실에서 일하는 사람들이 서 있는 창문 쪽으로 손짓을 했다.

"상관없어요." 주드는 흐느껴 울기 시작했다.

'맙소사, 그가 울고 있다. 부디 내게 힘을.'

아만다는 마지막으로 프로답게 일을 마무리짓기 위해 다시 시도했다. 그러고 나서 그 망할 사무실에서 나와 마음을 추스릴 계획이었다. "이곳에 있는 모든 사람들은 당신이 이 쇼에서 보여준 것에 대해 감사해하고 있지만, 아시다시피 배우가 매년 재계약을 받는다는 보장은 결코 없습니다. 그것이 이 바닥의 법칙이에요. 당신의 마지막 에피소드는 크리스마스 라이브가 될 것입니다."

주드는 여전히 무릎을 꿇고 울먹이고 있었다. 아만다는 제이크의 책상에 있는 휴지를 주드에게 건네주고는 말을 이었다.

"당신에게 때때로 아주 재미있는 역할을 줄 겁니다." 좋은 평을 받게끔 일종의 송별회를 할 수 있도록 최선을 다할 거예요. 언론 보도에도 당신 잘못은 아무것도 없으며, 순전히 이야기 전개상 결정한 것뿐이라는 사실을 분명히 이야기할 거예요." 아만다는 주드의 어깨에 손을 얹었다.

제이크가 문을 쾅 닫았을 때 주드의 사진이 바닥에 떨어졌다는 사실도 알았다. 아만다는 한숨을 쉬며 제이크가 보고 있는 곳을 재미로 힐끗 쳐다보았다.

주드는 코를 풀었고, 뱃고동 소리 같은 그 소리에 아만다는 머리가 깨질 것 같았다. 하지만 아만다는 자랑스러웠다. 정말로 그걸 해낸 거였다. 아만다는 필요한 모든 것을 말했고, 침착하고 공손한 어조를 유지했으며, 애정과 이해의 말로 끝을 맺었다.

만약 일에 얼마나 큰 타격을 받았는지에 대한 점수로 계산한다면, 아만다는 모든 라운드에서 9점과 10점을 받았을 것이라고 생각했다.

"자, 이제 일어나세요."라고 아만다는 주드가 일어설 수 있도록 손을 뻗으며 친절하게 말했다.

주드는 아만다가 예상했던 것보다 무거웠고, 주드가 잡아당기는 무게로 아만다는 머리에 피가 쏠렸다. 아만다는 약간 흔들렸고, 머리가 빙빙 돌았다. 갑자기 그녀가 마신 칵테일, 온갖 비싼 술들이 그녀의 목구멍으로 밀려 나왔다. 아만다가 제이크의 휴지통을 향해 고개를 돌리려고 하기도 전에, 위 속 내용물들을 통제하지 못하고 방금 해고된 주드 로스코에게 전부 토해냈다.

토사물에 범벅이 된 주드는 경악과 충격이 뒤섞인 눈으로 아만다를 바라보다가 방을 뛰쳐나와 사무실 동료들을 지나쳐갔다.

사무실의 나머지 사람들과 마찬가지로 이 모든 유감스러운 사건을 목격한 댄은 즉시 휴게실로 달려가 유리잔과 종이 타월 몇 장을 챙겨 들고 서둘러 제이크의 방으로 들어갔다.

댄이 바닥에 종이를 던져 엉망진창으로 된 것을 덮은 다음 아만다의 떨리는 손에 유리잔을 쥐어주었다. 만일 아만다가 기분 나쁘게 느끼지 않았다면, 덩치 큰 댄이 이런 상황에 있는 아만다를 보는 것에 대해 몹시 수치심을 느꼈을 것이다. 아만다는 애처로울 정도로 고마워했다.

아만다는 메스껍고 귀가 멍해지면서 갑자기 찰싹하는 소리가 나는 것을 들었다. 아픈 머리를 제작실 쪽으로 돌린 아만다는 제이크가 책상 옆에 서서 자신에게 천천히 박수를 치고 있는 것을 볼 수 있었다. 댄이 발뒤꿈치를 돌려 방에서 성큼성큼 나가기 전에 제이크의 눈은 사무실 유리벽이 뚫어질 만큼 댄을 노려보았다.

댄은 재빨리 문을 닫고 그의 근육질 팔로 아만다의 떨리는 어깨를 감싼 다음 창문가에 있는 커다란 안락의자로 그녀를 안내했다. 아만다는 참지 못하고 댄의 목에 얼굴을 묻고 쓰러졌다.

댄은 아만다의 땀에 젖은 머리카락을 쓰다듬으면서 제작 사무실에서 눈이 휘둥그레진 채로 바라보고 있는 제이크의 시선으로부터 그녀를 보호해 주었다. 그 둘은 잠시 동안 그렇게 서 있었다.

아만다는 사무실 사람들이 지켜보는 가운데 댄이 이렇게 위로해선 안 된다는 걸 알았지만, 이번엔 정말 신경도 쓰지 않았다. 마음속 어딘가에서 아만다는 자신이 방금 한 일에 대해 수치심과 혐오감을 느껴야 한다는 것을 알고 있었다. 하지만 댄의 품에서 어젯밤의 술 냄새에 관련해서는 전혀 죄책감을 느끼지 않았다. 아만다는 그저 깊은 안도감만 느낄 뿐이었다.

17장

제작 사무실에서 아만다가 주드 로스코에게 토사물을 토해낸 사건이 일어난 때와 정확히 같은 순간, 더 큰 사건이 팔콘만으로 향하고 있었다. 에이든 앤더슨이 마약혐의로 체포되었다는 소식이 전 세계에 퍼졌다. 전 세계의 신문과 온라인 타블로이드판 신문들은 그의 방에서 발견된 여러 종류의 마약들을 열거하고 있었다. 코카인 10그램, 엑스터시 15알, 자낙스 30알. 이 모든 것이 개인적인 소비를 위한 것이라고 보도되었는데, 에이든은 순식간에 거짓말쟁이 또는 심각한 마약 중독자가 되어버렸다. 어쨌든 보안 요원이 문을 열었을 당시, 에이든이 마약을 하는 사진은 그가 마약 판매 혐의로 체포되었다는 소식과 동시에 프로그램 제작 사무실에 여러 지옥 같은 상황을 야기했다. 이 프로그램을 구매한 세계적인 방송사들은 C.I.TV가 상황을 해결하기 위해 무엇을 하고 있는지 알고 싶어 했다.

설상가상으로 누군가가 아이폰으로 아만다가 토하는 영상을 찍어

온라인에 유출했다. 그녀는 이미 밈(인터넷 커뮤니티나 SNS 등지에서 퍼져나가는 여러 가지 문화의 유행과 파생·모방의 경향)으로 변했고, 어떤 사람들은 이런 복잡한 상황에서 아만다와 관련한 거짓 영상을 만들기도 했다. 여왕 앞에 무릎을 꿇은 채로 여왕의 왕관에 토를 하는 아만다, 교황을 만나서 반지에 입을 맞추려다 토하는 아만다, 메건과 해리 왕자와의 저녁식사 후 그들의 아기에게 구토하는 아만다.

아만다는 너무 수치스러운 상태였지만 파라, 캐서린, 쉬나 그리고 헬렌은 계속 아만다에게 재미있고 힘을 주는 왓츠앱 메시지를 보내주었다. 그녀들은 아만다의 사건이 팔콘만의 파블로 에스코바르(메데인 카르텔의 창립자이자 유일한 지도자로 콜롬비아의 마약왕이자 마약 테러리스트, 코카인의 왕이라고 불리었으며 역사상 가장 부유한 범죄자)에 비하면 아주 가벼운 일이라고 말했다. 핵심을 찌른 것은 헬렌이었다.

"재정부서의 댄이 어떻게 너를 껴안았는지 모두가 이야기하고 있어. 내 목록에 댄이 있었지만, 너에게 먼저 가버렸네. 저 엉덩이는 정말 옷을 확 찢어버리고 싶게 만들어. 숫자 6과 9를 조합하고 싶단 말야."

아만다는 에이든의 위기와 관련된 회의에 들어가려던 참이었다. 아만다는 얼굴을 붉혔고, 혼자라서 기뻤으며, 날카롭게 대응하지 않았다. 아만다는 조금 전 댄과 있었던 일을 처리할 필요가 있었다. 그들이 서로를 좋아하고 있는 것은 명백했지만, 제이크의 사무실에서의 포옹은 뭔가 달랐다. 아만다는 댄이 빛나는 갑옷을 입은 기사라고 상상하는 것을 멈출 수 없었는데, 댄은 아만다가 가장 필요로 할 때 항상 아만다를 구하러 왔다.

한편, 다른 사람들은 여전히 아만다 이야기로 즐거워하고 있었다. 쉬나와 파라는 예측 가능한 에로틱 수학 밈을 찾아보았다.

"제이크보다 훨씬 낫구나!"

6번 회의실에 들어갔을 때 아만다는 정신이 없었지만, 침울해 보이는 매들린과 멍한 표정의 제이크를 보고 곧바로 전문적인 문제해결 태세로 전환했다. 그들의 시선을 피하는 것이 도움이 되었다.

매들린의 지시에 따라 방송국에서는 이미 에이든이 감금되어 있는 경찰서에 변호사를 보내 혐의가 정확히 얼마나 심각한지를 알아냈다. 헬렌이 문으로 뛰어들어왔을 때 세 사람은 에이든의 공식적인 은퇴를 어떻게 다룰지에 대해 논의하기 시작했다.

매들린은 무감각해 보였다. "헬렌 양! 노크라는 말을 들어본 적이 없어요?" 매들린이 숨을 죽이고 헬렌을 경멸하듯이 말했다. 헬렌은 벽에 있는 화이트보드를 향해 손을 흔들었다. "오늘 밤의 에피소드!" 헬렌이 다급하게 말했다.

"그게 뭐지?" 제이크가 물었다. 아만다는 게시판에 있는 제작 번호를 보았다.

"오, 이런!" 아만다가 즉시 그 문제를 이해하며 말했다. 샘이 지니에게 하우스 파티에서 코카인을 마시게 하는 에피소드입니다."

헬렌은 고개를 끄덕였는데, 방금 6인치짜리 힐을 신고 복도를 세 번 연달아 달린 것처럼 가슴이 들썩거렸다. "에이든이 감독이에요." 헬렌이 덧붙였다.

매들린의 고양이 같은 눈이 화이트보드에서 제이크 쪽을 향했다.

"뭐라도 좀 해봐요." 매들린이 단호하게 말했다.

"우리가 오늘 밤에 뭘 내놓으면 되는 거죠?" 제이크가 신경질적으로 말했다.

"아만다! 당신이 말해봐요." 매들린이 아만다에게 쏘아붙였다.

그러나 아만다가 말을 하기도 전에 헬렌이 대답을 했다.

"우리 목록 중에 2인극이 있어요. 다음 주에 방영될 예정이에요."

헬렌이 마치 마른 하늘에 날벼락처럼 이 말을 했지만, 사실은 파라가 가르쳐준 대로 한 것들이 전부 적중하고 있었다. 에이든의 퇴출이 공공연한 사실이 되자마자, 파라는 그들의 사랑하는 방송국이 추가로 피해를 입는 것보다 오히려 에이든의 죽음으로 이득을 볼 수밖에 없다고 말했다. 이제는 오늘 밤 드라마의 문제점을 밝히는 것에 대한 약간의 전략적인 계획만이 필요한 상황이었다.

"맙소사, 그거 정말 훌륭해요." 아만다가 말했다.

"그건 화면상의 단독 스토리이기 때문에 그냥 끼워 넣어도 됩니다."

"그렇게 하세요." 매들린이 말했다.

헬렌은 전화기를 들어 직원들을 소집했고, 아만다는 다른 잠재적인 문제들을 찾기 위해 앞으로 일주일 동안 방영될 에피소드를 살펴보았다. 한편, 제이크는 차 뒷좌석에서 졸고 있는 개처럼 서 있었다.

매들린은 메모를 하며 주의깊게 지켜보았다.

아만다는 계획표를 보다가 고개를 들었다. "일주일 후에 나갈 예정이었던 속편이 있는데 첫 장면을 다시 찍으면 두 에피소드를 연속으로 보여줄 수 있어요. 그럼 파티 씬을 다시 찍을 시간적인 여유도 생기고 마약을 술로도 바꿀 수 있겠네요. 일단 에이든의 이름을 지우기만 하면 우리는 문제없이 스토리 전개를 계속할 수 있습니다."

매들린은 크게 숨을 내쉬었다.

"당신이 알려준 덕택에 궁지에서 벗어나게 되었네요, 헬렌!" 매들린이 말했다. "정말이지 당신은 스타예요." 그리고 매들린은 아만다에게 고개를 돌렸다. "팀에게 가서 알려주도록 하고, 우리가 한 말에 대해서는 아무에게도 누설하지 않도록 하세요. 그리고 다른 누구도 몸이 아프지 않도록 건강에 주의하라고 하세요."

조금 벌겋게 달아오른 아만다는 헬렌과 함께 6번 회의실을 나와 여전히 숙취와 싸우며 문제를 해결하려고 했다. 직원 소집과 드라마 스케줄 등을 빠르게 살펴본 후, 파티 에피소드를 루시 딘과 그녀의 임신한 손녀 에밀리의 가슴 아프지만 낙관적인 내용의 2인극으로 대체하였고, 우연하게도 파라 애덤스에게 각본과 감독을 맡게 되었다.

그러나 예상치 못한 소식이 전해졌다. 경찰은 성 어거스틴에 있는 에이든의 아파트에서 총을 발견했고, 추가 조사가 있을 때까지 에이든을 구금했다. 이것은 완전히 새로운 언론의 추측 보도를 불러왔고, 에이든은 이제 '팔콘만의 악당'이라는 별명을 얻게 되었다. 이 총은 에이든이 소품 부서에서 그가 변태 섹스 동영상 역할극을 하기 위해 훔친 모형이라는 것이 금방 밝혀졌다. 에이든이 만든 여성들과 공동 주연들이 나오는 비디오는 이제 여배우들의 팬들로만 이루어진 성관계 사이트에서 판매되고 있었다. 이 모든 새로운 증거들은 그가 기소되는 데 시간이 걸린다는 것을 의미했다.

파라에게 있어 닥치는 대로 섹스를 하고, 총을 들고 있는 에이든에 대한 상상은 호텔에서의 밤을 끔찍한 추억으로 만들었다. 파라는 곧바로 입맛이 없어져 남은 샐러드를 버리고 신선한 공기를 찾아 밖으로 나갔다.

파라가 사무실에서 나오는 순간, 캐서린도 탈의실에서 나왔다. 파리에서 돌아온 이후로 어떻게든 서로를 피했지만, 지금은 숨을 곳이 없었다. 복도를 건너기까지는 30초 정도 걸리는데, 서로에게 무슨 말을 하려는지 알아내는 데는 시간이 충분했다. 마침내 파라와 캐서린이 마주쳤을 때, 파라가 생각한 최고의 말은 단순히 "이봐!"였다. 파리에서의 논쟁은 여전히 파라의 가슴에 무겁게 자리 잡고 있었다. "야, 너!" 캐서린이 비슷한 어조로 대답했다. "우리 할 얘기가 있는 것 같은데, 무슨 말을 해야 할지 모르겠어."라고 말했다. 파라는 이 어색함을 누그러뜨리기로 했다.

"어젯밤의 에피소드는 정말 훌륭했어." 트위터에서 사람들이 올린 글을 읽었기를 바라." 캐서린은 그 칭찬에 기뻐했다. 캐서린은 많은 메시지를 받았고, 스스로 한 일에 대해 진심으로 자랑스러워했다. 파라가 캐서린 앞에서 격언 같은 것을 말하고 있을 때, 캐서린은 화해의 말을 돌려주기로 했다. "음, 파라! 네가 에피소드 뒤의 실력자였네. 너의 이야기와 네가 맡은 감독."

파라는 캐서린의 얼굴을 들여다보면서 첫 번째 사과는 자신이 해야 한다는 것을 알았다. 캐서린은 항상 도리에 벗어난 행동을 했고 그래서 캐서린을 봐주진 않았지만, 그렇게 할수록 상황이 더 악화될 수밖에 없었다. 이제 에이든은 품위를 잃었고, 파라는 캐서린의 배신을 용서하는 것으로 마음이 기울었다.

"이봐, 지난밤 일은 미안해." 파라가 말했다. "내가 나쁜 년이었어."

캐서린은 안도했다. 그녀는 파라와 아무 말도 안 하는 건 싫었지만, 사과 없이는 앞으로 나아갈 길을 알 수 없었다. 하지만 이제 파라가 사과를 했으니 화답할 수 있었다. "그랬지." 캐서린이 부드럽게 말했다. "하지만 내가 일을 자초했어. 촬영장에서 내가 해야 할 일인데도 널 도와주지 않았어. 솔직히 내 의도는 좋은 뜻이었지만, 내가 완전히 잘못 이해했었어. 미안해."

"결국엔 다 잘된 것 같아." 파라가 살짝 웃으며 말했다.

캐서린도 웃었다. "그런 것 같아." 캐서린은 고개를 갸우뚱하며 한때 스크린에 나왔던 딸이자 오랜 실제 친구였던 파라를 평가했다. "너 요즘 꽤 강해졌구나, 그렇지 않아?"

파라는 순간 그 말이 모욕인지 궁금했지만, 알아차리기 전에 캐서린은 움직이고 있었다. "어서 달려야 해. 어제 파도 소리가 너무 시끄러워서 차라리 립싱크하는 게 나았을 정도였거든. 그래서 오늘 오후 내내 더빙 작업을 할 거야." 캐서린은 걸어가면서 말했다. 캐서린은 돌아보지 않고 전화를 걸었다. "그리고 도움이 될지 모르겠지만, 제이크와 매들린에게 파라 네가 크리스마스 특집을 맡아야 한다고 말했어." 캐서린은 스튜디오 문을 통해 사라졌다.

파라는 함빡 미소를 지으며 그 자리에 계속 서 있었다.

19장

C.I.TV에서는 며칠 동안 급격한 변화가 있었다. '팔콘만'은 에이든의 체포와 배우에게 토한 아만다로 인해 엉망진창으로 시작했지만, 제작진이 매우 빠르고 정중하게 단결하고 극복해서 엄청난 시청률과 칭찬으로 마무리했다. 이 두 단독 에피소드는 시상식 기간에 소문이 났고, 언론은 이제 그들이 가장 좋아하는 주제인 '쌍년파티'로 돌아갔다.

아만다는 구토 증세가 멈추기를 기다리며 고개를 숙이고 있었지만, 지옥 같은 한 주가 끝나자 또 다른 문제가 생겼다.

경찰관이 오전 시간에 제작 사무실 안으로 성큼성큼 들어섰을 때, 아만다는 그들이 에이든에 대해서 더 많은 사람들을 인터뷰하기 위해 온 것이라고 생각해서, 그저 흘끗 쳐다보고는 읽고 있던 대본을 다시 보기 시작했다. 그녀가 알게 된 또 다른 문제는 두 명의 경찰관이 아만다의 책상 앞에 서서 주드 로스코가 그녀를 공식적으로 고소했다는 소식을 전했다는 것이다. 주드는 아만다가 자신에게 구토한 것은 '실질적인 신체 피해'라고 주장하고 있었다.

늙은 아만다는 그 말을 들으며 웃어넘겼다. 아만다는 상의를 벗은 주드를 주인공으로 하는 예측하기 어려운 상해에 대한 자신만의 패러디를 만들 수도 있을 것 같았다. 하지만 올리비아를 제이크에게 맡겼던 일과 파리에 다녀온 후 아만다는 감정적인 스트레스와 수면 부족에 시달렸다. 게다가 제이크와의 상황은 끔찍했다. 제이크의 끔찍할 정도로 느린 박수 이후로 서로를 무시했다. 비록 댄이 아만다를 껴안기 전에 제이크가 방을 나갔지만, 사무실 전체가 그것에 대해 뒷담화를 하고 있었다. 제이크 역시 그것을 확실히 알고 있었고, 그 이후로 매일 밤 아만다는 여분의 침실에서 깨어있는 채로 누워, 올리비아의 콧노래로 위안을 받았다. 그리고 파라와 다른 친구들의 조언이 옳았는지를 깊이 생각하며 마침내 잔인하면서도 멋진 남편과 헤어질 때가 되었는지 고민했다.

그래서 그 여성 경찰관이 "우리는 당신에게 경고합니다, 아만다 킹 씨! 만약 로스코 씨가 고소한다면, 당신은 심문을 받기 위해 경찰서로 와야 할 것입니다."라고 말했을 때, 그녀는 결국 크게 울음을 터뜨렸다. 그녀는 너무 화가 나서 말도 못 하고 앉아서 마스카라를 조심스럽게 바른 후, 집에 가서 올리비아의 아기 냄새를 맡는 대신 자신이 에이든처럼 감방에 갇히게 될 것이라고 상상했다.

다행히도 제작 사무실의 누군가가 헬렌에게 재빨리 알려주는 기지를 발휘했고, 몇 분 안에 헬렌은 거드름을 피우며 주도권을 잡았다.

"경찰관님들!" 헬렌은 단호하게 말했다. "이건 로스코 씨의 쾌 터무니없는 선전용 쇼임이 분명해요." 캐스팅 감독으로서 저는 그분에 대해 잘 알고 있으며, 그가 드라마와 아만다 킹 씨를 난처하게 만들려는 속셈임이 분명합니다. 이는 노골적인 협박이며, 로스코 씨는 킹 여사를 고소하지 않는 대가로 자신을 드라마에서 제명시키는 것에 대해 우리와 거래를 시도하고 있습니다." 헬렌은 두 경찰관에게 상냥하게 웃으며 출구 쪽으로 안내했다. "제게 맡겨주시면 로스코 씨와 상의해서 해결하겠습니다."

아만다가 감방 탱고를 하는 걸 막을 수 있는 사람이 있다면, 그건 헬렌이었다. 경찰관들이 건물 밖으로 나가자마자, 헬렌은 곧장 주드의 탈의실 문 앞으로 가서 재빨리 모퉁이를 돌며 말했다. "전 단지 당신이 어떤 것을 선호하는지 확인하고 싶었어요. 첫 번째는 영웅답게 누군가를 불타는 건물에서 구한 후 크리스마스에 떠나는 것이고, 두 번째는 베이비본과 당신의 여섯 살짜리 조카와 함께 침대에서 발견되는 것이죠."

이 말을 듣자마자, 그리고 대중이 드라마와 실제 삶을 혼동하는 경우가 많다는 것을 알자마자 주드는 탈의실 변기에 토한 후 곧바로 고소를 취하했다. 주드는 그 후 몇 시간을 안색이 창백한 채로 보냈고, 모든 사람들에게 자신이 이 쇼를 얼마나 사랑하는지와 끝까지 프로답게 남겠다고 말했다. 주드는 또한 드라마에 출연한 그의 조카의 실제 엄마에게 전화를 걸어 딸이 아프고, 다음 한 달 동안 일을 할 수 없는 것처럼 꾸며내기 위해 많은 돈을 지불했다. 만약을 위해서 말이다.

경찰관이 방문한 지 몇 시간 만에 캐서린은 아만다가 스튜디오로 향하는 것을 보았다. 날씨는 상쾌하고 하늘은 파랗게 밝아서, 캐서린은 좀처럼 내지 않는 오후 휴무를 고대하고 있었다. 캐서린은 아직 앞으로 몇 시간을 어떻게 보내야 할지 결정하지 못했지만, 아만다를 보고 나서 헬렌이 걱정했던 조금 전의 문자 메시지를 떠올렸다.

"얘!" 캐서린이 불렀다. "혹시 점심때 시간 있어? 조 아저씨의 해산물 식당에서 랍스터 초벌구이를 먹으려 했거든. 그런데 갑자기 몹시 산책하고 싶어질 정도로 날씨가 좋네."

아만다는 망설였다. 그녀에게는 방금 너무 많은 일이 있었고, 불과 몇 분 전에 경찰관들 앞에서 눈물을 흘리며 떨고 있었다.

"아만다! 너와 얘기하고 싶은 게 몇 가지 있어." 캐서린이 재촉했다. "내가 살게."

20분 뒤, 두 사람은 팔콘만에 있는 어부들의 오두막을 지나 절벽 꼭대기에 있는 상점들과 식당들로 향하는 길을 가면서 깊은 대화를 나누기 시작했다. 캐서린은 눈에 띄지 않으려고 돌체 앤 가바나의 선셰이드 모자를 쓰고 있었지만, 캐서린의 최고급 외투와 우아한 댄서의 자세는 자연스럽게 모든 행인들의 고개를 돌리게 했다. 성 어거스틴 섬은 너무 작은 섬이어서, 캐서린이 야구 모자를 쓰고 있었다고 해도 모든 주민이 그녀를 알아볼 수 있었을 것이다. 물론 캐서린은 모자를 쓴 모습을 보이고 싶진 않았을 것이다.

"어떻게 지내, 아만다!" 캐서린은 일부러 걸음을 늦추고 절벽 가까운 길 꼭대기에 있는 벤치에 앉아서 잠시 쉬며 말했다. "파리에 다녀온 이후로 널 거의 본 적이 없었어. 그리고 음…"

"그 구토사건 말하는 거예요?" 아만다가 말했다. 그리고 작게 한숨을 내쉬었다. 캐서린은 고개를 끄덕였다. "응, 그거." 캐서린은 잠시 멈춰 서서 그들 앞에 있는 화단에서 밝은 분홍색 꽃들의 아름다운 배열에 집중했다.

"있잖아, 난 네가 정말 존경스러워. 아만다! 넌 동정심과 진실성을 가지고 우리 드라마를 운영했어. 하지만 최근엔…"

깜짝 놀란 아만다는 20년이 넘는 선배이면서 항상 난공불락처럼 여겨졌던 친구이자 동료에게 시선을 돌렸다. 캐서린은 70살의 나이임에도 곱게 늙었지만, 그곳에서 힘들게 얻은 인생 경험이 많았다. 아만다는 그것을 존경했다.

"솔직하게 말할게. 아만다! 내가 젊었을 때, 팔콘만을 하기 전에는 남자에 관한 면에서는 너와 많이 닮았어. 나는 모든 행동을 용서했고, 스스로 변명하거나 자책하고는 했어."

아만다는 무슨 뜻인지 알고 있었다. 그녀는 자신의 손을 응시했다. 그녀는 매니큐어를 다시 발라야 했다.

"내가 남자 문제를 제외한 다른 모든 일들에 대해 완벽하게 똑똑해지려고 노력했는지는 아무도 모를 거야. 하지만 애인에 대해서는 바보였어. 그것은 항상 내 결점이었어. 남자에 대한 나의 유별난 취향이 있었거든…" 캐서린은 코트에서 삐져나온 실을 뽑았다. "누구에게도 이런 말을 한 적은 없지만, 알다시피 내가 '팔콘만'을 촬영하면서 더블린으로 이사한 이유는 내 삶이 두려웠기 때문이야."

아만다는 숨을 헐떡였다. "맙소사, 캐서린! 저는 몰랐어요."

"나는 친구들이 싸이코 조라고 불렀던 사람과 사귀고 있었어. 단서는 그 이름에 있는데, 그걸 안 건 나뿐이었어. 하지만 내가 그를 사랑하게 되자, 그는 변했어." 캐서린은 이제 조용히 말했다. "나는 절대 이것을 인정하고 싶지 않았어. 왜냐하면 내가 강한 여자라는 것에 자부심을 느꼈기 때문이지. 그런데 사적인 공간에서 그는 나를 때리곤 했어."

아만다는 충격을 감추려고 애썼다. 아만다는 다른 사람이 캐서린을 그런 식으로 대하는 걸 상상할 수 없었다. 동정심을 표현하기도 전에 캐서린은 말을 이었다.

"경찰을 포함한 모든 사람들에게는 명백한 사실이었지만, 나는 매번 그것을 부정했어. 그가 크리스마스 이브에 낯선 사람을 식당 창문 밖으로 밀어서 체포되었을 때에서야 나는 내가 부정해왔던 불행의 고리를 깨는 데 필요한 도움을 받았지. 그는 18개월을 선고받았고, 내가 그의 편이 돼주지 않은 것에 대한 동료들의 비난이 두려워 아일랜드로 도망쳤어."

"정말 안됐군요, 캐서린! 정말 안됐어요."

캐서린은 어색한 미소를 지었다. "그 경험을 통해 많은 것을 배웠고, 매번 자신을 최우선으로 해야 한다는 것을 깨달았어. 개인적으로나 직업적으로. 제이크가 그만큼 나쁘다고 말하는 게 아니라 심리적인 학대, 요즘 젊은 애들은 가스라이팅이라고 하던데, 그게 정말 큰 영향을 줬어. 그러니까 나처럼 눈으로 보이는 멍은 없겠지만, 분명히 마음속의 멍이 있을 거야. 너 자신을 돌봐야 해, 아만다! 너 자신과 올리비아 말이야."

캐서린은 단 한 번의 발레 동작으로 꼬고 있던 발목을 풀고 일어섰다.

"이제 화제를 바꿔서 그 랍스터 초벌구이를 먹어 치우러 가자. 궁금한 게 있는데, 루시 딘이 지난 밤에 매들린이 자랑하던 불꽃처럼 빨간 드레스를 입고 도망칠 수 있을까? 그거 있잖아, 대퇴골까지 길게 잘린 그 드레스 말이야. 루시 딘의 주머니 사정으로는 진짜 샤넬 제품은 못 구한다는 것도 알고 있지만, 정말 그런 장면이라면 나 진짜 잘할 수 있을 것 같아."

20장

쉬나는 런던 중심부에 있는 고급 랭햄 호텔의 야자수가 딸린 넓은 레스토랑에서 가장 좋아하는 테이블에 앉아 두 명의 고객을 기다리고 있었다. 밖에서는 도시가 시끄러운 소리를 내며 치열하게 경쟁하고 있었지만, 호텔 안에서는 전형적인 영국의 분위기를 느낄 수 있었다.

피아니스트 존은 구석에서 영화 음악을 연주하고 있었다. 그는 쉬나가 걸어 들어올 때마다 항상 '제임스 본드'의 테마곡인 '다이아몬드는 영원하다'를 연주했으며, 쉬나는 그 테마곡으로 기분이 좋아졌다. 침착하고 낮은 목소리의 대화들, 식기류들의 딸랑거리는 소리, 도자기에 숟가락을 휘젓는 소리, 이 소리들은 야자수가 딸린 넓은 레스토랑에서 들을 수 있는 유일한 소리들이었다. 왜냐하면 랭햄 호텔에서는 점잖음을 가장 중요하게 여겼고, 모든 야만적인 것들은 가까이 오지 못하게 했다.

대화 소리가 커지기 시작하는 미묘한 신호라도 있다면, 계속 주시하던 웨이터가 최소한의 호들갑과 최고의 효과로 점잖게 손님들을 에스코트할 것이었다. 그래서 쉬나는 이곳에서 식사하는 걸 좋아했다. 차분한 경험을 보장받을 수 있었다. 마치 40대 이상의 여성에게 절대적으로 필요한 온도를 시원하고 완벽하게 맞춰주는 온도 조절기와 사람들의 기분 또한 조절해 주는 일종의 감정 저울이 있는 것 같았다. 랭햄에서는 모두가 평온했다. 이것은 쉬나가 좋아하는 방식이었다.

입구에서의 소란스런 행동들이 쉬나에게 첫 번째 고객이 도착했다는 것을 알려주고 있었다.

쉬나는 리디아 체임버스가 들어오는 것을 지켜보았다. 리디아는 키가 크지 않았지만, 핫핑크의 구찌 하이힐과 몸에 딱 달라붙는 흰색 스텔라 매카트니 정장을 입었고, 평상시처럼 올림머리로 보이기 위해 머리카락을 위로 넘긴 모습이었다. 아마 적어도 치장하는 데 한 시간 이상 걸렸을 텐데, 리디아는 좀 과하게 꾸민 것 같았다.

사람들은 휴대품 보관소 직원인 톰이 리디아의 시중을 드는 것을 보고 돌아섰다. 그들은 서로에게 속삭이며 자신들이 즐겁게 바라보고 있다는 것을 티내지 않으려고 애썼다. 하지만 리디아는 주목받는 것을 꺼리지 않았다. 사실 리디아는 주목받기 위해 살았다. 최고의 삶에 대한 새로운 열정이 리디아를 가득 채우고 있었지만, 그것이 리디아에게 얼마나 중요한지는 대중들에게 보여주지 않으려고 했다. 리디아가 스스로 더 특별하다고 생각하는 환상은 깨질 것이었다. 쳐다보는 눈들을 스쳐 지나가면서 리디아는 전혀 아는 척을 하지 않았으며, 누구와도 시선을 마주치지 않았다. 그녀가 언제 주목받았는지, 또 언제 주목받게 될 건지를 알기 위해서 그들의 얼굴을 볼 필요가 없었다.

리디아도 오랜만에 랭햄을 방문해서, 그녀가 알고 있는 스태프들은 모두 똑같이 그녀를 추켜세우고 있었다.

리디아가 멋진 장소에 자주 드나드는 것을 그만두게 한 건 비용이 아니라 피할 수 없는 질문들이었다. "당신은 지금 무엇을 하고 있나요?"라든지 "언제 다시 스크린에서 당신을 볼 수 있을까요?"와 같이 대답할 가치도 없는 질문들을 받았을 때 얼마나 곤혹스러웠는지 모른다.

그러나 전 세계 언론들이 '팔콘만'의 새 여주인공 후보로 소문난 여배우들의 사진을 게재하고 있는 가운데, 리디아의 얼굴은 최근 몇몇 전 세계 타블로이드 신문의 첫 표지를 포함해 많은 곳에 퍼졌다. 심지어 5만 명이 인스타그램에서 리디아를 팔로우하기도 했다. 그녀가 정말로 인스타그램을 하는 건 아니었다. 리디아의 게이 팬이었던 웨인은 그녀를 위해 그녀의 모든 온라인 자료를 관리했다.

리디아는 웨인에게 비용을 지불할 필요가 없었고, 웨인은 그녀의 디지털 음성을 만드는 일이 그에게는 특권을 누리는 것과 같다고 말했다. 웨인은 리디아가 트위터에서 '큰 인기'라고 흥분해서 리디아에게 전했다. 분명히 좋은 일이었다.

주간 TV 또한 이 쇼가 새로운 스타와 계약하는 것에 대해 최근 관심이 많았기 때문에 리디아의 가장 좋은 영상들을 대거 상영하였다. 다행히 아무도 암소 영상을 보여주지는 않았는데, 아마도 시청 제한을 걸어놓았기 때문이었을 것이다. 그리고 오늘 리디아가 받은 관심들로 미루어 볼 때, 언론에 다시 등장하면서 리디아는 다시 대중들의 의식 속으로 들어간 것 같았다.

멋진 네덜란드인 웨이터 타모가 쉬나의 테이블 쪽으로 걸어가면서, 그도 많은 이들의 입에 오르내리는 질문을 하지 않을 수가 없었다.

"우리가 스크린에서 당신의 아름다운 얼굴을 다시 한번 보게 될 것이라고 들었습니다. 체임버스 씨!" 티모는 요즘 좀처럼 흥분하지 않았던 리디아를 흥분하게 하는 억양으로 말했다.

라디아는 그의 밝은 녹색 눈과 두툼한 입술을 바라보며, 순간적으로 티모에게 기대어 찐한 키스를 하고, 그의 손이 자신의 온몸을 헤집고 다닐 수 있게 하고 싶었다.

예전에는 그런 행동이 용인되었고, 리디아는 그것을 충분히 이용하곤 했다. 리디아는 팬들이 보낸 메일 덕분에, 젊은 남자들이 나이든 여성을 좋아한다는 것을 금방 깨달았다. 그녀에게 온 편지들은 대부분 그녀와 성관계를 원하는 흥분한 20대 남자들로부터 온 것이었다.

리디아는 자위를 하고 싶을 때마다 보기 위해 그들이 보내온 추잡한 편지들을 여전히 쌓아두고 있었다. 리디아에게는 반드시 필요하긴 했지만, 취향과는 거리가 먼 미투 운동 때문에 요즘에는 팬들과 함께 하는 어떤 종류의 성적인 활동도 할 수 없게 되었다.

그래서 리디아는 추파를 던지는 말을 하기로 했다.

"음, 저한테서 들은 말은 아니겠지만, 다음 주 수요일 저녁의 쌍년 파티 생방송을 보도록 해요. 내가 차려입을 옷에 실망하지 않을 겁니다." 리디아는 윙크를 하고 계속 걸었다. 몸을 최대한 씰룩씰룩 움직이면서.

이와는 확실히 대조적으로 스테이시 스톤브룩이 랭햄의 로비에 들어섰을 때, 아무도 그녀를 한때 잡지 표지와 TV 화면을 장식했던 스테이시로 알아보지 못했다. 공공장소에서 항상 쓰던 커다란 넓은 모자 아래로 스테이스는 리디아가 뽐내는 걸음으로 넓은 레스토랑을 통과해 지나가는 것을 보고 기뻐했다. 리디아 덕분에 스테이시는 주목받지 않고 꽉 찬 테이블들을 사이를 지나갈 수 있을 것 같았다.

레스토랑의 가장 안쪽에 도착한 스테이시는 아무도 그녀가 그곳에 있다는 알아채지 못하게 조심하여 쉬나의 테이블로 향했는데, 이것은 스테이시가 좋아하는 방식이었다. 요즘 팬들과의 대화는 항상 두 가지 방법 중 한 가지로 진행되었다. 스테이시의 팬들은 그녀가 드라마 세계에서 물러난 후, 그녀의 배우 생활이 끝장난 것을 조롱하거나, 과거의 일을 지나치게 동정하였다. 두 가지 태도 모두 견디기 힘들었다. 스테이시는 사람들이 그녀를 만나서 기뻐하고 그녀의 작품을 얼마나 사랑하는지 말해주었던 나날들이 그리워했다. 그들은 함께 사진을 찍은 후 사인을 해주고 나면 떠났다. 스테이시에게는 그 정도면 항상 충분했다.

스테이시와 리디아는 같은 과거의 스타였지만, 대처 방식은 크게 달랐다. 스테이시의 의견에 따르면, 리디아는 꽃이 피는 것을 좋아했고 스스로 홍보를 위해 활동한 것에 반해, 스테이시 자신은 대부분의 시간을 아파트 안에 머물며 종종 눈을 마주치지 않고 배달된 음식을 가지러 현관문 주위에 손을 뻗기도 했다. 스테이시는 대중들에게 눈에 띄지 않게 하는 것이 자신의 대중적 인지도에 도움이 되지 않는다는 것을 알고 있었지만, 상처받은 자신감때문에 어쩔 수가 없었다.

쉬나는 레스토랑에서 가장 보기 좋은 위치에서 두 여배우가 자신을 향해 오는 것을 바라보았다.

쉬나는 그 둘의 방식이 모두 마음에 들지 않았다. 리디아는 너무 속살이 비쳐서 싸 보였고, 스테이시는 그야말로 재앙이었다. 쉬나는 유령의 존재를 느꼈다. 쉬나는 스테이시의 촌스러운 바디랭귀지를 살펴보며, 그녀의 스타로서의 힘은 어디에 있었는지 궁금했다. 어처구니가 없었다. 왜냐하면 그녀는 여선히 죽이는 외모를 가지고 있었기 때문이다.

'아니, 이건 절대 안 돼.' 쉬나는 그들 중 한 명에게 너무 많은 것을 걸었다. 쉬나는 다이아몬드가 박힌 칵테일 반지를 손가락 주위에 원을 그리며 만지작거렸다. 분명히 어려운 상황이 될 것 같았다. 어떻게 이 상황을 처리해야 할지 고민했다. 반지를 마지막으로 한 바퀴 돌리면서 쉬나는 목록에 있는 그녀들의 이름을 보면서 친절하게 대하기로 결심했다. 오늘 그들은 쉬나 매퀸의 다른 면을 알게 될 것이었다. 그것은 리디아와 스테이시가 테이블에 다다랐을 때 인사말도 없이 두 명분을 주문해서 불만을 일게 했다는 뜻이었다.

"평소에 늘 먹던 걸로 할게요, 앨리샤!" 그녀가 근처에서 서성거리던 웨이트리스에게 말했다. 쉬나의 눈은 앨리샤의 유연하고 탄탄한 몸매에서 떠나지 않았다. 쉬나와 앨리샤는 몇 달 전 딱 하루 즉흥적인 밤을 함께 보냈던 적이 있었는데, 쉬나는 과연 오늘 그들이 이전에 중단했던 걸 재개할 수 있을지 궁금했다. 하지만 지금은 그럴 때가 아니었다.

쉬나는 다시 집중했고, 앨리샤가 스테이시나 리디아에게 그들이 무엇을 원하는지 묻기도 전에 쉬나가 그들을 두고 말했다. "이분들은 물이면 충분할 거야." 쉬나가 말하고 나서 둘 중 한 명이 말을 꺼내기도 전에 앨리샤를 보냈다.

리디아는 즉시 걱정스러운 눈으로 쉬나를 바라보았다. "물만? 왜? 내가 뚱뚱해 보여? 그럴 리가 없는데. 매일 운동했고 몇 주 동안 탄수화물은 손도 안 댔어." 리디아는 샤론 스톤처럼 느껴졌던 몇 분 전과는 달리 흰색 정장을 입은 자신이 갑자기 뚱뚱하게 느껴졌다.

쉬나는 자리에 똑바로 앉아 있었다. "아니, 정말 멋져 보여. 공교롭게도 말이야."

리디아의 얼굴에 환한 미소가 퍼졌다. "하지만 넌 입은 크네. 그렇지 않아?" 리디아의 입꼬리가 꺾이자, 스테이시는 걱정스럽고 약간 겁에 질린 채 바라보았다. "넌 비밀유지 계약서에 서명했어, 리디아! 팔콘만에 대해 누구에게도 언급하거나 넌지시 말하는 것을 엄격히 금지하고 있지." 숨 막히게 할 정도로 리디아의 목소리를 정확하게 흉내내며 그녀는 "넌 내게서는 듣지 못했지만, '다음 주 수요일 저녁에 쌍년파티가 생중계되는 것을 지켜봐.'라고 말했잖아. 쌍년파티를 이용해서 네덜란드 남자와 섹스하려던 바로 그 순간에 두 사람이 휴대폰으로 널 촬영하는 걸 보지 못했겠지." 쉬나의 말뜻을 깨닫자 리디아의 얼굴이 파랗게 질렸다.

쉬나는 자신의 메시지가 분명하게 전달되고 있어서 기뻐하며 계속 말했다. "온라인에 게시되면 오디션도 보기 전에 C.I.TV의 새로운 스타가 될 승산조차 없을 거야."

리디아는 스테이시가 손가락으로 머리카락 한 가닥을 잡아당기며 만지작거리는 동안 자리를 지켰다.

"그들은 안 그럴 거야, 그렇겠지? 여기선 안 그럴 거야, 설마?" 리디아는 마치 상상의 진주를 움켜쥐듯 목을 움켜잡으며 쉰목소리로 말했다.

쉬나는 대답하지 않았다. 리디아가 이 일의 심각성을 충분히 이해하길 원했다. 대신, 쉬나는 알리샤를 찾아 미모사칵테일이 어디에 있는지 궁금해하며 빤히 쳐다보았다.

쉬나의 침묵이 리디아를 공포에 떨게 했다. 이 일이 필요했고, 마지막 기회가 필요했다. 그래서 리디아의 다음 말은 거의 애원하는 수준이었다. "쉬나! 미안해. 그건 생각 못했어. 어떻게든 도와줘 제발!"

리디아의 애원이 끝나자마자 알리샤는 쉬나의 미모사칵테일을 가져다주기 위해 식탁으로 왔다. 쉬나는 크리스탈 샴페인을 잔에 4분의 3 정도 붓고 신선한 오렌지 주스를 소량 넣어 마무리하며 모든 관심을 칵테일에 쏟았다. 쉬나는 몇 년 전 에드 니콜스의 지옥 같은 손아귀에서 탈출한 이후로 항상 자기 잔에 뭐가 들어있는지 직접 보겠다고 고집했다. 그녀는 감상하듯 한 모금 마시며 앨리샤에게 고맙다는 인사를 하고는 술병을 놓고 가라고 손짓을 했다.

"잔을 더 가져올까요, 매퀸 씨!" 알리샤가 말했다. 그녀의 목소리는 아주 섹시했다."오늘은 안 돼, 알리샤!" 쉬나는 감정을 드러내지 않고 프로 같은 어조로 말했다. 그녀가 자리를 뜨자, 쉬나는 마침내 리디아에게로 몸을 돌렸다.

"다행스럽게도 내가 그걸 발견할 수 있었고, 그 즉시 호텔 경비원한테 연락해서 동영상을 삭제하게 한 거야."

리디아도 그 소식을 듣고 테이블 위에 쓰러질 뻔하며, 인류 최고의 와인인 것처럼 잔을 내려놓았다.

"오, 맙소사." 그녀가 숨가쁘게 말하고 나서 덧붙였다. "고마워, 고마워.”

쉬나는 이제 스테이시에게 주의를 돌렸다. 스테이시는 팔콘만에 대해 아무 말도 하지 않았다는 걸 알고 만족했다. 그녀는 말할 사람이 아무도 없었기 때문이었다. 여유를 가지고 막대 빵 하나를 야금야금 먹기 시작했다.

“그리고 스테이시는…” 쉬나가 말을 시작했다.

리디아는 스테이시가 한 일이 무엇이든 그녀의 실수가 하찮게 보이길 바라며 스테이시를 바라보았다. 그러나 스테이시는 쉬나가 지금 자신에게 말하고 있는 것을 알아채지 못한 채 막대 빵에 집중하고 있었다. 리디아가 스테이시를 쿡 찌르자, 스테이시는 쉬나의 보라색 눈빛을 직접 보기 위해 고개를 들었다.

“여기 오기 전에 자낙스(마약) 먹었어? 거짓말할 생각은 하지도 마.”

“딱 반 알이었어. 내 생각엔.” 스테이시가 조용히 말했다.

리디아도 눈썹을 치켜올리며 쉬나에게 잘 보이려고 했지만, 쉬나가 스테이시에게 더 가까이 다가가자 그녀의 노력은 묵살되었다.

“지금 당장 끊어야 해. 다음 주에 너희들은 수백만 명의 사람들 앞에서 생방송을 하게 될 거야. 그리고 만약 내가 너희들이 아무것도 하지 않는 걸 알게 되면, 자낙스 반 알과 너의 얼굴 대부분을 가리는 바보 같은 모자도 그렇고, 관중들과 더 중요한 방송사도 그걸 알게 될 거라고!”

스테이시는 앉은 자리에서 일어난 다음, 쉬나의 목소리와 일치하도록 목소리를 낮추었다.

“나는 대중 앞에서 긴장을 가라앉히기 위해 복용한 것뿐이야. 알다시피 난 불안하다고. 스튜디오나 세트장에서는 그렇지 않아. 난 멍청하지 않다고, 쉬나! 촬영할 때는 한 알도 안 먹을 거야." 그녀는 자신이 스스로를 옹호했다는 것에 자부심을 느꼈지만, 반발이 있을 것이라고 확신했다.

쉬나는 두 사람을 쳐다보고 나서 미모사칵테일을 한 모금 더 마셨다.

"이제 내 말 잘 들어. 다음 주 수요일에 너희들은 다른 네 명과 함께 공식적으로 발표될 거야. '팔콘만'의 새로운 쌍년이 될 후보들로 말이지. 지금까지는 모두 추측에 불과했지만, 일단 공식화되면 너희가 하는 모든 일은 전 세계 언론에 의해 철저히 조사될 거야. 그리고 요즘은 전문가들만이 피해를 줄 수 있는 것이 아니야. 인터넷을 하는 고객들 모두가 어쩌면 최악의 악몽일 수도 있어. 대중들은 너희의 드레스 크기부터 수술 흉터까지 모든 것에 대해 견해를 제시할 거야."

쉬나가 미모사칵테일을 한 모금 더 마시고 잠시 말을 끊는 동안 혼란스러워하는 스테이시조차도 그녀의 말 한마디 한마디를 기다렸다. 그리고 나서 그날의 가장 중요한 질문을 했다. "그러니까, 너희가 감당할 수 없다고 생각한다면, 지금 당장 알아야겠어. 그럼 그 명단에서 너희를 다른 사람으로 바꿀 수 있어."

리디아는 경쟁에서 탈락할 생각으로 경악했고 곧바로 말했다. "나 정말 잘할 수 있어. 난 오늘 바보 같은 실수를 했지만, 이 역할을 위해 만들어졌고, 그걸 얻어내기로 결심했다고." 그녀는 꼿꼿이 앉아서 스테이시를 완전히 무시했다. 이것은 그녀의 경쟁자의 마음을 자극했다

"나도 그래." 스테이시가 열정적으로 맞받아쳤지만 확신에 차진 않았다. 그녀는 리디아의 열정과 서로 전혀 맞지 않는다는 것을 깨닫고

덧붙였다. "난 자신감에 차서 열심히 일했지만, 배우로서는 널 실망시키지 않을 거야. 나는 정말 이 역할에 적합하고 난 그걸 망치지 않을 거라고."

그들이 도착한 이후 처음으로 쉬나는 미소를 지었고, 마침내 그녀가 찾던 결심을 듣게 되었다.

"그 말을 들으니 기쁘네. 왜냐하면 내가 너희들에게 말하지 않은 것이 있기 때문이야. 내가 너희들한테 물어본 진짜 이유는 내가 알고 있는 작은 비밀을 너희들과 나누기 위해서야."

그들의 두 눈이 모두 빛났다. 쉬나는 그들이 마음 졸이게 하는 걸 좋아했고, 드디어 그녀는 그들의 콧대를 꺾었다. 그녀는 알리샤에게 여분의 잔을 가져오라고 신호를 보냈다.

"다음 주 쌍년파티 라이브 쇼에서 공개 발표되겠지만, 누가 이길지는 너희 둘에게 달려 있어."

알리샤가 도착해 샴페인으로 잔을 채웠고, 그들 둘은 쉬나를 바라보며 폭탄 선언에 집중했다.

"너희들 중 한 명." 그녀가 말했다. "그리고 나는 정말로 어느 쪽이 '팔콘만'의 새로운 쌍년으로 뽑힐지 모르겠어. 그러니 7분의 1 확률 대신에 두 사람 사이에 반반씩의 확률로 가자는 거지."

"어떻게 그렇게 될 수가 있어? 공개 투표잖아?" 리디아는 또 다른 실수를 피하기 위해 목소리를 낮추려고 최선을 다해 물었다.

하지만 리디아는 크게 흥분해 폭발할 지경이었다.

쉬나는 고개를 끄덕이고 나서 수술로 조각한 코를 두드렸다.

"공개투표가 있지만 나를 믿어봐. 난 알아. 균형을 맞추기 위해 뒤에서 끈을 당길거야." 쉬나는 헬렌 골드가 오랜 우정을 배신하고 허니 헌트를 끌어들여 자신의 잘 짜여진 계획을 방해했다고 말할 생각은 없었다. "다른 여배우들은 크게 영향이 없어, 공개 투표도, 그래서 너희 둘 중에 한명이 될거라고 생각해."

"우리들 중 한명?" 스테이시가 떨리는 목소리로 물었다.

"너희들에게 달려있어."

리디아와 스테이시는 눈짓을 주고받으며 지금 완전히 생각지도 못했던 게임중이라는 것을 깨달았다.

"하지만 이 소식으로 절대 너희들이 느슨해져서는 안돼. 오히려 정반대야. 너희 둘다 결말이 나기까지 얼마 남지 않았으니, 싸움은 그어느 때보다도 치열해. 너희를 여기까지 오게 하기 위해 난 할 수 있는 모든 걸 다 했어. 나머지는 너희한테 달렸어. 라이브 쇼에서 너희는 할 수 있는 최고의 쌍년의 모습을 보여주어야 해. 너희는 다른 사람들의 시선을 훔치고 시청자들을 너희편으로 만들어야 해."

쉬나는 마지막 부분이 중요했기 때문에 이 부분을 정말 강조했다. 그들은 여전히 다른 사람들보다 앞서야 했다. 그렇지 않으면 시청자 투표에서 절대 뽑히지 않을 것이었다.

"그날 밤 둘 중 가장 높은 지지율을 얻은 사람이 이길 거야."

쉬나는 샴페인을 가득 채운 잔을 그들에게 건네주는 것을 끝으로 말을 마쳤다.

스테이시가 손을 들어 한 모금 마시자 손이 살짝 떨렸다. 스테이시는 다시 사랑받고, 그녀를 원하며 존경받는 곳으로 돌아갈 수 있다는 것을 알게되었다. 비록 스테이시가 자신을 사랑하지 못하더라도 관객들은 스테이시의 공허함을 채워줄 것이었다. 더 이상 잠으로 나날을 보낼 필요가 없었다. 스테이시에게는 다시 목표와 직업이 생길 것이다. 자낙스와 샴페인이 스테이시의 머릿속에서 섞였지만, 오늘은 자낙스 반 알과 알코올도 스테이시를 졸리게 만들지 못할 것이었다. 몇 년 동안 머릿속에서 윙윙거렸던 가장 흥미로운 소식은 아니었지만 말이다.

스테이시는 오랜만에 처음으로 진짜 미소를 짓고 있는 자신을 발견했다.

리디아도 손을 약간 떨었다. 하지만 리디아는 긴장하지 않았다. 리디아가 크리스탈 샴페인을 홀짝이며 상상하자, 강렬한 감정이 흘러 들어왔다. 더 이상 엉터리 오디션도, 촌스러운 직업도, 동정어린 표정도 없었다. 리디아는 대성공의 시기로 돌아갈 것이었다. 이 역할은 리디아를 스타로 만들어 준 어떤 멋진 역할보다 더 나은 삶의 한 부분이 될 것이었다.

리디아가 이겨야 할 유일한 여자는 옆에 앉은 마약중독자였다. 그 파이는 리디아 것이었고, 리디아는 한 입 한 입 게걸스럽게 먹을 것이었다. 리디아 마음속에는 한 점의 의심도 없었다. 스테이시는 토스트를 집은 후 가방에 넣었다.

"자, 숙녀 여러분. 이 멋진 소식을 축하하기 전에 한 가지 더 추가하고 싶어." 쉬나가 눈을 반짝이며 말했다. "내가 너희 둘 모두를 대표하기 때문에, 나는 더러운 속임수를 원하지 않아. 너희는 너희 자신뿐만 아니라 매퀸 에이전시를 대표하고 있다는 것을 기억해 줘."

두 사람 모두 고개를 끄덕였다.

"분명히 너흰 다른 경쟁자들보다 앞서고 있어. 나는 그들의 대리인이 아니기 때문에 솔직히 상관 안 해. 하지만 지금 여기서 둘이 악수하고 정정당당하게 싸우는 걸 보고 싶어. 그리고 누가 이기든 상대방의 행운을 빌어주고 공개적으로 도와줄 줄 것을 약속해."

스테이시와 리디아는 천천히 얼굴을 마주보았다. 리디아가 스테이시에게 악수를 청했고 둘은 악수를 했다.

"당연히, 그렇게 할 거야." 그들은 일제히 거짓말을 했다.

쉬나는 그들에게 잔을 들라고 손짓을 하면서 미소를 지었다.

"건배!"라고 말하며, 리디아와 스테이시가 잔을 너무 세게 부딪혀서 깨질 것 같다고 생각했다.

21장

오늘 아침의 회의는 에이든 앤더슨이 체포된 후 크리스마스 라이브 쇼의 감독을 누가 할 것인지에 관한 것이었다. '쌍년파티'가 다가오면서 매들린은 새 감독을 정하고 언론 보도를 하고 싶어했다.

내부적으로 누가 그 역할을 맡을 것인지에 대해 많은 추측이 있었다. 또 누가 상을 받을지 알아내려고 모두가 기다리고 있었다.

제이크는 6번 회의실 문을 등지고 앉아 간식 카트에서 꺼낸 두 번째 덴마크 페이스트리를 먹어 치우느라 댄과 아만다가 아주 다정하게 함께 들어가는 걸 알아차리지 못했다. 그들은 지각을 했다.

이것을 본 헬렌이 장난스럽게 댄에게 윙크를 했다. 예상대로 댄은 얼굴이 빨개졌다.

"좋아요. 이제 모두가 모였으니 이 쇼를 다시 정상 궤도로 올려놓읍시다." 회의실 테이블의 맨 앞에 앉아있던 매들린이 말했다. 매들린은 댄과 아만다에게 눈살을 찌푸렸다. 그들은 제이크와 함께 마지막 세

자리를 채웠다.

아만다로서는 지각이 눈에 띄이는 일인게 분명했다. 아만다는 겨우 몇 분 늦었지만, 그녀로서는 처음 있는 일이었고. 정말로 그녀답지 못한 행동이었다. 아만다는 오는 길에 댄과 대화하느라 정신이 없었으며, 둘 다 시간 가는 줄도 몰랐다. 아만다는 제이크가 셔츠에 묻은 페이스트리 가루를 털고 있는 것을 보고는 그가 평소보다 더 발끈할 것이라는 사실을 알았지만 제이크의 눈길을 끌려고 하지도 않았다. 아만다는 즉시 각 좌석 앞에 놓여 있는 줄거리 서류를 훑어보느라 바빴다.

매들린이 말을 이어갔다. "에이든이 받게 될 혐의에 대한 세부 사항은 곧 확정될 거라고 들었습니다. 이사회는 에이든의 계약 해지에 대해 신속한 결정을 내리고 싶어 하지만, 더 많은 정보가 나올 때까지 기다리는 게 우리가 법적으로 더 유리한 고지를 선점하는 데 도움이 될 것이라고 생각합니다. 에이든은 아직 공식적으로 기소되거나 보석으로 풀려나지 않았기 때문에 공표하기가 어렵습니다."

아만다는 평소 마주하던 매들린보다 더 업무적이고 목소리가 활기차 보인다고 생각했다. 그것은 효율적인 방법이었고 모두를 편안하게 해주었다.

"에이든의 변호인단에서." 매들린이 말을 이었다. "C.I.TV의 누군가가 증인 진술을 할 의향이 있는지 물었습니다. 그리고 저는 여러분이 그렇게 하기를 원한다면, 우리가 막지 않을 것이라는 사실을 여러분 모두가 알아주기를 바랍니다."

"그게 도움이 된다면 제가 에이든을 어떻게 생각하는지 경찰에 기쁘게 말할게요." 헬렌이 끼어들며 짓궂은 미소를 지었다.

"전 매들린 씨의 말에 동의해요." 아만다가 헬렌의 의견을 무시하며 말했다.

"에이든은 분명 돌발 행동을 할 가능성이 있습니다. 하지만 에이든 은 수년간 이 쇼에서 정말 믿음직스러운 감독이었으며, 우리 모두가 알다시피, 타블로이드 신문들은 이야기를 꾸며내길 좋아합니다. 그러 니 이참에 실제로 기소가 어떻게 되는지 지켜보다가 거기서부터 출발 합시다."

"제가 보기엔 매우 공정하고 합리적인 것 같아요." 댄이 말했다. "그 리고 에이든을 위한 보석금을 내야 한다면 한 시간 안에 낼 수 있습니 다." 댄이 아만다를 향해 고개를 끄덕였다.

헬렌은 아만다와 댄이 드디어 일을 훌륭히 해낼 것이라는 기대를 갖고, 실실 웃었다. 그러나 제이크는 항상 별로 원하지 않는 곳에 나 타나 아만다를 펀드는 방해꾼, 재정부서 댄을 향해 얼굴을 찌푸렸다.

제이크는 다시 평정심을 되찾고 누가 책임자인지 매들린에게 보여 주기로 결심했다. "그건 정말 말도 안 되는 것 같습니다." 제이크는 아 만다가 있는 쪽으로 고함을 질렀다. "저는 에이든에게 그의 직장 생활 동안 가장 큰 기회를 주었습니다." 제이크는 과장되게 손짓을 하며 말 했다. "라이브 방송을 감독하게 해줬는데, 이게 그가 제게 보답하는 방식인가요? 우리 쇼를 위험에 빠뜨리면서 말이죠. 게다가 우리 소품 부서의 복제 총을 가지고 뭘 하고 있었을까요? 그래서 마약 거래와 함 께 도둑질까지 추가했습니다.

이제 방의 나머지 사람들이 제이크에게 큰 관심을 보이자, 제이크는 일어서서 다른 사람들로부터 물러났다. "내일까지 기다려 봐야 무슨 소용이 있죠?" 그가 말했다. "피해는 이미 입었습니다. 제 입장에서는 말이죠, 그들이 에이든을 감옥으로 보내 고아원의 곰인형처럼 시간을 보내게 하는게 좋을 것 같은데요."

그 테이블에 있는 사람들 전체가 놀라는 표정이었다. 심지어 보톡스에 대한 애정으로 얼굴 표정이 별로 없는 헬렌도 그랬다. 모두가 제이크와 에이든이 오랜 친구였다는 것을 알고 있었다.

"인정을 좀 베풀어요, 제이크!" 아만다가 말했다. "에이든이 이전에 법을 위반한 적이 있는 것 같지는 않아요. 그리고 당신들은 수십 년 전으로 거슬러 올라갈 만큼 오래된 사이고, 에이든은 당신이 인정한 최고의 인재였잖아요."

"글쎄. 에이든이 내 뒤를 잇지는 못할 거야." 제이크가 쏘아붙였다.

"당신, 재혼할 생각이에요?" 아만다는 순식간에 반박했다. 그리고 방에 누가 있었는지를 기억하고 제이크의 말이 실제로 무엇을 의미하는지 깨달은 아만다는 눈을 따끔거리게 하는 눈물을 무시한 채 재빨리 서류뭉치에 집중했다.

제이크는 아만다의 대답에 대해 어떤 생각도 하지 못한 채 승리감에 취해 방을 떠났다.

"파라 아담스가 크리스마스 생방송을 감독할 것이고, 에이든 앤더슨은 더 이상 스튜디오나 세트장에서 일하지 못할 것입니다. 에이든의 팔콘만에서의 삶은 끝났습니다."

제이크가 문을 쾅 닫으며 나가는 모습을 모두가 잠자코 지켜보았다.

매들린은 가만히 앉아서 모든 것을 관찰했다.

제 3 부

22장

'팔콘만' 편집실은 이곳에서 드물게 차분하고 정신을 집중할 수 있
는 장소였다. 어두운 조명, 방음 기능 그리고 창문이 없기 때문에, 편
집자는 몇 시간 동안 몰두하여 제대로 편집된 에피소드가 나올 때까
지 완전하게 차분함을 누릴 수 있었다. 편집자의 의자는 편하면서도
딱딱해서 등을 받쳐 주었지만, 그렇게 단단하지는 않아 잠시만 앉아
있어도 몸 여기저기가 아팠다.

감독들은 대략적인 시나리오가 준비되면 편집실에 들어와 전 세계
에 방영되도록 에피소드를 능숙하게 마지막으로 편집했다. 그러고 나
서 드라마의 최신 버전을 얻기를 갈망하는 수백만 명의 팬들에게 전
달했다. 파라는 9번 편집실에 있었다. 파라는 다른 편집실보다 큰 9
번 편집실을 가장 좋아했는데, 편집자가 의자에 앉아 있는 동안 파라
가 화면을 보면서 누울 수 있는 소파가 있었기 때문이다.

그들은 뤼시앵의 최근 씬들을 어떻게 편집할지 궁리하고 있었다.

뤼시앵은 이 씬에서 대본의 아주 날카로운 대화들을 그만의 방식으로 애드리브했다. 그러나 지금 들어보니 자동차 충돌 굉음 같은 것을 말로 바꾼 것처럼 들렸다. 파라가 좌천된 것의 유일한 장점은 위층에서 열리는 에이든의 거취를 결정하기 위한 회의에 참석하지 않아도 된다는 것이었다.

에이든이 체포된 이후 파라는 냉정하게 행동했다. 에이든이 경찰서에서 전화를 걸었을 때 파라는 비난을 예상했으며, 모든 아는 바를 부정하고, 들었던 모든 말들이 두려워 화장실에 숨어 있었다고 말할 준비가 되어 있었다. 하지만 에이든은 파라에게 안부를 물었다. 그게 파라를 더 기분 나쁘게 했다. 에이든은 통화내용이 녹음될 경우를 대비해 조심스럽게 암호로 말했고, 뒤죽박죽인 대화를 통해 에이든은 파라의 이름을 확실히 밝히지 않았다.

파라는 여전히 에이든이 그렇게 친절하게 대해줬다는 것을 믿을 수 없었다. 파라가 에이든을 잘못 판단했을 수도 있지만, 야한 문자나 에이든이 출시한 가짜 총을 섹스 장난감으로 사용한 장면이 나오는 비디오를 떠올릴 때마다 파라는 죄책감을 한쪽으로 밀어 놓을 수 있었다. 그러나 에이든이 감옥에 갈 것이라는 예상이 파라의 마음을 무겁게 짓누르고 있었다. 그 일은 절대 파라가 의도했던 것이 아니었다. 파라는 스튜디오 주변에서 에이든을 옹호했고, 다만 에이든의 선택을 비난했지만, 파라가 보기에 감옥은 '약간 선 넘은 것'에 불과한 에이든의 잘못에 너무 심한 처벌이라고 생각했다.

파라는 크리스마스 특집을 감독하고 맡고 싶은지 물어올 때마다 "저에게 요청한다면 저도 하고 싶은 생각이 있지만, 지금은 단지 현재의 문제에 집중하고 있습니다."라고 말했다. 하지만 사적인 공간에서 파라는 시계를 보고 있었다. 파라는 에이든이 체포된 순간부터 매들린의 일거수일투족에 온 신경을 모으고 있었다. 매들린이 너무 태연하게 굴어서 죽을 지경이었다. 파라는 매들린의 사무실로 돌진해 필사적으로 자신이 할 수 있다는 것을 입증해 보이고 싶었다. 하지만 안 되었다. 파라는 바람을 꾹 눌렀다. 기다리고 있던 게임을 해야만 했다. 파라는 팬들의 댓글들과 그녀의 2인극이 에미상 후보가 된 이야기와 함께 매들린의 결정이 훨씬 더 길어질 것이라고는 상상하지 못했다.

문이 갑자기 열리고 어두운 실내에 빛이 가득 찼을 때, 파라는 뤼시앵의 대사가 잘 안 들리던 장면을 교정하기 위해 파도가 부서지는 컷 어웨이 숏(장면과 다른 장소에서 일어나는 제2의 사건을 겹치게 묘사하는 장면) 중 하나를 선택하고 있었다.

파라가 문 앞에 "방해하지 마세요."라는 표지판을 붙여놓았을 때는 누구든 방해하면 화를 내고 비난했지만, 오늘은 제이크가 온 것을 눈치챘다.

제이크는 중요한 회의를 마치고 바로 온 것이 틀림없었다.

"지금 당장 내 사무실로 와." 제이크가 말하고 나서 미소를 지었다.

"실망하지 않을 거야."

파라는 비명을 지르고 싶었다.

23장

6번 회의실로 돌아오니 그곳엔 헬렌, 아만다, 매들린이 남아 있었다. 그들은 테이블 상석에 일렬로 앉아 있었고 아무도 말을 하지 않았다.

아만다는 제이크의 극적인 퇴실 후 무슨 말을 해야 할지 생각하며 매들린을 바라보았다. 매들린은 아만다가 이야기 하기를 기다렸고, 헬렌도 알고 있었다. 그래서 헬렌 역시 조용히 있었다.

갈매기들은 운동장에서 싸움이 일어날까 궁금해하는 호기심 어린 아이들처럼 머리 위를 빙빙 돌고 있었다. 매들린이 먼저 침묵을 깼다. "제이크가 집에서도 저래요?"

아만다는 쇼에 관한 중요한 회의 중에 매들린이 개인사를 질문하는 것을 보고 놀랐다. 정말 당황스러웠다. 아만다는 한숨을 쉬었다. "음…네, 맞아요. 요즘 들어 더 많이 그래요. 그래서 제가 클로드의 레스토랑에서 당신에게 제멋대로 군 거예요."

헬렌은 테이블에서 몇 인치 떨어진 곳으로 살며시 의자를 밀어서 한가운데로 자리를 옮겼다.

"그 허튼 소리는 잊어버리죠." 매들린은 그들이 그녀를 처음 만났을 때보다 훨씬 더 합리적인 어조로 반박했다.

헬렌은 의자를 뒤로 조금 더 옮겼다.

"저는 당신이 말하는 그 '허튼 소리'에 대한 이유가 있어요." 아만다는 날이 선 목소리로 말을 이어갔다."

"이제 당신이 고마워하겠죠." 아만다는 눈살을 찌푸리며 매들린의 얼굴을 바라보았다. "당신은 저를 고려하지 않고 제이크를 승진시켰어요. 이제는 당신이 잘못된 결정을 한 걸 깨달았으면 좋겠어요. 보셨듯이, 저희는 매우 다른 자질을 가지고 있어요. 제이크는 위기에 침착하지 않다고 알려져 있고, 출연진과 작가들을 다루는 데 있어 눈치 없고 이기적인 것으로 유명해요." 아만다는 제이크의 끔찍한 재혼 발언 이후, 이제 제이크를 위해 더 이상 변명하지 않을 것이었다.

매들린은 자신의 결정에 대한 아만다의 반론에 눈에 띌 정도로 자세를 고쳐 앉았다. "당신은 출산 휴가 중이었어요." 매들린이 쌀쌀맞게 말했다. "타이밍이 안 좋았을 뿐이에요. 어느 여성도 알고 있듯이, 모든 것을 가질 수 있다고 말하는 사람은 거짓말쟁이죠." 매들린은 공격을 앞둔 방울뱀처럼 차갑고 매서운 눈으로 아만다를 바라보았다. 그 눈빛은 아만다를 얼어붙게 했다.

헬렌은 더 이상 참을 수 없었다. "제이크는 항상 악몽이었어요. 여기 있는 모든 사람들은 아만다가 재능이 있다는 것을 알고 있습니다."

다시 침묵이 흘렀다.

매들린은 몸을 돌려 그녀 앞의 물병에 들어있는 물을 잔에 부었다.

매들린은 천천히 한 모금 마시고 나서 그들을 둘러보았다.

"전 투자자들에게 이익을 줄 수 있게 해주는 사람과 함께 가겠습니다. 아시다시피 거의 대부분이 남자죠. 잘못되었거나 혹은 아니거나 그들은 건물에 있지도 않은 여성을 절대 지지하지 않을 것입니다."

매들린이 그녀의 물잔을 다시 채울 때 아만다와 헬렌의 시선이 매들린을 향했다.

"저는 앞으로 1~2년 동안 많은 전투를 치르게 될 것입니다." 매들린이 마치 최남단 지역의 억양으로 말을 하여 테네시 윌리엄스의 말투처럼 들렸다.

"저는 이사회가 저를 두고 싸우지 않게 할 책임자가 필요했습니다."

"내가 보기에 매들린 당신이 조종할 수 있는 누군가를 원한 것 같군요." 아만다가 무뚝뚝하게 대꾸했다.

매들린은 곧바로 우울한 쓴웃음을 지었는데, 아만다에게 그녀의 말이 옳다는 것을 확인시켜 주는 것 같았다. 아만다의 머릿속에는 성차별적인 시스템과 그 모든 불공정함에 분노하는 파라의 모습이 떠올랐다. 아만다는 한숨을 쉬었다. 매들린이 방송국을 소유한 이상 팔콘만에서 가장 화가 난 사람은 파라인 것이 틀림없어 보였다.

"제이크 대신 당신이 책임자였다면." 매들린이 도발적으로 말했다.

"에이든 앤더슨 문제는 어떻게 처리했을 것 같은가요?"

아만다는 신중하게 어휘를 골랐다. 그 질문은 그저 가정이겠지만, 아만다는 매들린에게 자신의 말들이 개인적인 견해가 아니라는 것을 전하고 싶었다. 전문적인 대답이 필요했다. 아만다는 팔콘만을 사랑했고, 자신의 자존심이나 우정이 드라마를 위한 옳은 일을 판단하는

데 영향을 미치지 않도록 주의했다. 아만다가 다음에 말한 것은 적어도 그녀가 마땅히 해야 할 일을 한다면, 정확하게 무슨 일을 하고 있는지 이해하고 있다는 것을 증명해 주었다. "개인적으로 오늘 에이든을 해고하려는 제이크의 계획에 동의하지 않습니다. 회의 시작 때 지적하신 것처럼, 내일 진짜 기소가 될지는 아무도 모릅니다. 이건 그냥 언론의 과장된 이야기일 수도 있어요. 단지 마약을 복용만 하고 판매하지 않았다면 그것만으로 연예계에서의 생명이 끝나는 경우는 드뭅니다."

아만다는 자신의 말이 옳다는 것을 확인하기 위해 헬렌을 바라보았다.

"에이든은 코카인 중독자일까요? 그렇습니다. 그러나 '코카인' 판매자는 아닙니다." 헬렌이 말했다.

매들린은 잠자코 듣고만 있었다.

"그렇다면 우리는 에이든의 마약 중독을 돕지 않고서는 그를 쇼에서 내쫓을 수 없어요. 공정하게 말하자면, 지금까지 그가 작품에 영향을 끼친 점이 없습니다. 지금까지는요." 아만다는 매들린에게 시선을 고정했다. "결국 가장 중요한 점은 우린 에이든을 보호해야 할 의무가 있는데, 제이크는 그걸 깨려고 한다는 거예요."

"임신부가 번거롭다고 생각하는 이사회가 걱정된다면 일이 커질 때까지 한번 기다려보세요. 제이크가 의도한 방식으로 에이든이 해고된 다음 파라로 교체되고, 그런 후에 에이든이 경찰에 의해 기소되지 않는다면, 당신에게 정말로 큰 문제가 생길 겁니다."

아만다는 이 말들을 잠시 동안 보류했다. 에이든을 위해 옳은 일을 하고, 에이든을 팔콘만의 책임 프로듀서로서 옹호하는 것은 그녀의 친구 파라에게는 나쁜 일을 한다는 것을 의미했다. 이건 정당한 이유로 틀렸다.

"여러모로." 아만다는 진심을 담아 말을 이었다. "에이든의 실패는 우리의 실패입니다. 연예계는 제가 아는 가장 이상한 세상이에요. 허황된 상상 속에서 산다는 것은 사람들의 마음에 상처를 줄 수 있습니다. 모든 사람이 그것을 감당할 만큼 강한 것은 아닙니다."

매들린은 물을 한 모금 더 마셨다

"아만다의 말이 맞습니다. TV에서 아무 상처 없이 나오는 사람은 없으며, 불행히도 일부 상처받지 않은 사람들은 주목받지 못합니다. 파리에서 우리와 함께했었고, 한때 스캔들에 연루되었던 쉬나 매퀸을 기억하시죠?" 헬렌이 이어 말했다.

"기억합니다." 매들린이 말했다.

"쉬나가 출연했던 '세컨드 찬스'는 쉬나가 어떠한 혐의도 받지 않았음에도 불구하고 그녀를 해고했습니다."

"쉬나는 방송국의 좋은 본보기가 되기는 힘들었습니다." 매들린이 끼어들었다. "저는 많은 드라마에 출연하는 톱스타들이 마약과 술에 빠져 망하는 것을 감내해야 한다고 생각하지 않습니다. 또한 쉬나는 결국 에드 니콜스 스캔들로부터 꽤 잘 빠져나온 것 같습니다. 그래서 나는 쉬나가 우리 문제와 어떤 관련이 있는지도 잘 모르겠습니다."

"중요한 건." 아만다가 말했다. "그 후에 쉬나는 그녀를 보호하는 의무를 어겼다는 이유로 방송국을 고소했다는 겁니다." 아만다는 헬렌을 바라보았다. 헬렌이 고개를 끄덕였다. "모든 악평들을 들추는 것은 엄청 위험했지만, 쉬나가 세 번째 혹은 네 번째 일통을 저지른 이후 우리에게 상기시켰듯이, 매퀸 에이전시가 사용하고 있는 그 멋진 빌딩은 어떻게든 대가를 치러야 했습니다. 쉬나는 '세컨드 찬스' 제작사를 자신을 제대로 보호하지 않았다고 법정에 세웠습니다. 쉬나의 보상 수표에 0이 엄청나게 많았습니다. 그리고 얼마 지나지 않아 '세컨드 찬스'는 폐지되었습니다".

"맞습니다." 아만다가 말했다. "쉬나는 방송국에서 부정적인 관심을 끌었지만, 제대로 일을 했다면 실제로 자신에게 유리한 결과를 낳을 수 있었을 겁니다."

매들린은 대화가 돈에 관한 이야기로 바뀐 이후 꼼짝도 하지 않았다.

아만다가 말을 이었다. "내일 만약 우리가 에이든이 마약 복용과 소지 외에 다른 어떤 혐의도 받지 않을 것이라는 사실을 알게 된다면, 우리는 에이든을 피해자처럼 대할 수 있고, 에이든이 다시 정상으로 돌아오도록 필요한 도움을 공개적으로 제공할 수 있습니다. 우리는 에이든의 복귀를 다른 사람들에게 그 길을 따르지 말라는 경고로 사용할 거예요. 언론은 크게 주목할 것이고, 우리는 보호해 주고 신경 써 주는 방송국으로 인식될 것입니다. 우리의 사회적 책임감이 있는 태도에 대해 칭찬받을 것입니다. 그리고 우린 에이든이 계속 라이브 에피소드를 하게 할 거고, 그렇게 하면 세간에 이목을 끌 수 있을 겁니다. 윈윈 전략이죠."

가엾은 파라만 빼고 아만다는 생각했다. 아만다에게 있어 양쪽 모두 손해였다. 이것이 옳은 결정임에도 불구하고 아만다는 친구에게 이 사실을 알려야 한다는 생각에 속이 뒤집혔다. 아만다는 시간이 좀 지난 후에 말할 것이다. 아만다는 자기 자신에게 물 한 잔을 따른 다음 헬렌을 위해 또 한 잔을 따랐다. 헬렌은 다시 자리에 앉으며 고개를 끄덕였다.

두 여자는 매들린이 아만다의 말을 어떻게 생각하는 건지 전혀 알 수 없어 매들린을 빤히 바라보기만 하였다.

24장

    파라가 들어올 수 있도록 제이크가 사무실 문을 열었을 때, 제이크는 그녀에게서 아주 좋은 이국적인 향기를 맡았다. 그들은 보통 회의실에 있는 커다란 테이블을 사이에 두고 떨어져 있었고, 또한 제이크가 업무 전반을 평가했기 때문에 파라가 얼마나 좋은 향을 풍기는지 알아차릴 기회는 거의 없었다.

    파라가 책상 위로 몸을 숙이자, 창문으로 들어온 햇살이 그녀의 하얀 드레스를 선명하게 비췄다. 갑자기 제이크의 몸이 반응했고, 그는 필사적으로 다른 곳에 집중하려고 애를 썼다. 파라가 제발 제이크의 몸에 딱 달라붙는 청바지 아래로 힘을 주고 있는 불룩한 부분을 알아채지 못하기를 기도했다. 한 번도 그렇게 파라를 바라본 적이 없었지만, 지금은 성기가 터질 것만 같았다. 제이크는 일 얘기가 발기된 성기를 풀어줄 것이라 기대하며 가죽 의자 중 하나로 재빨리 이동했다. 제이크는 파라와 좀 떨어져 있으려 하였다.

"우선 가장 중요한 것은." 제이크가 앉아서 불편하게 다리를 꼬며 말했다. "나는 당신을 최고의 작가이자 감독으로 생각한다는 거야. 헛소리가 아니라 진짜로 말이야."

파라는 자신이 제이크에게 미치는 영향을 매우 잘 알고 있었다. 파라는 일부러 제이크와 창문 사이에 자리를 잡고 일부러 이 드레스를 입었다. 오늘은 라이브 에피소드 선택을 위한 중요한 날이었고, 승리의 날로 만들고 싶었다. 파라는 갈망했던 일을 제이크에게서 받을 뿐만 아니라 제이크의 마음까지 방해하길 원했다. 파라의 옷차림과 속옷을 입지 않기로 한 결정이 확실히 효과가 있었다.

"고마워요." 파라가 말했다. 파라는 제이크의 '헛소리'가 정확히 이것이라고 확신했다. 파라는 너무 오랫동안 그 말을 갈망해 왔고, 무엇이 제이크와 자신에게 이 상황의 동기가 되었는지 더 이상 신경 쓰지 않았다.

"에이든에 대한 모든 사실이 알려지기 전에, 난 이미 파라 당신이 우리의 라이브 에피소드를 감독하는 것에 대해 매들린과 언쟁을 했었다는 것을 알아주었으면 해."라고 말한 제이크는 가죽 시트의 안전함 덕분에 겨우 평정심을 되찾았다.

파라는 정말로 그것에 당황했다. '사실일 리가 없잖아, 안 그래?' 파라는 제이크 옆에 있는 의자로 걸어가 제이크가 말을 이어 갈 때 그 의자 팔걸이에 걸터앉았다.

"매들린이 에이든을 원한 이유는 서류상으로는 다른 누구보다 많은 에피소드를 감독했기 때문이야. 그래서 가장 경험이 많은 사람이지. 하지만 난 처음부터 파라 당신을 위해 싸웠어. 난 매들린에게 당신이 특별하다고 말했어. 사람들은 캐서린이 이 쇼의 심장부라고 말하지. 근데 나는 당신이 그 심장의 피라고 말해. 당신은 팔콘만에 산소와 에너지를 주입하지. 파라! 당신은 우리 모두를 더 나은 사람이 되도록 이끌어주잖아. 이제 크리스마스 라이브가 당신의 것이 되어 기뻐. 당신은 정말 그럴 자격이 있어."

파라는 제이크의 사무실에 매우 확고한 계획을 세우고 왔다. 그녀가 라이브 에피소드를 감독할 것을 확인받고, 옷차림으로 제이크를 애타게 하며, 제이크가 갈망하여도 자신에게 가까이 오지 못할 것이라는 사실을 알면, 실망하여 밖으로 나갈 것이라는 계획이었다. 하지만 파라는 제이크의 칭찬에 얼굴이 붉어지는 자신을 발견했다.

"그건 제게 큰 의미가 있어요, 제이크!" 파라가 제이크의 어깨에 손을 얹으며 말했다.

자신의 신중한 계획 덕분에, 파라는 제이크와 함께 자신을 라이브의 감독 자리에 앉힐 수 있다고 확신했다. 마침내 그 결정이 세상에 공개되어, 기뻐 날뛰며 뛰어오를 생각에 머리가 빙글빙글 돌았다. 여기까지 오기 위해 파라가 겪은 모든 것은 가치가 있었다.

파라의 몸이 흥분하더니 갑자기 모든 현실감각을 잃었다. 파라는 제이크에게 키스하고 싶은 충동조차 의식하지 못했지만, 어쨌든 키스하게 되어 기뻤다. 제이크의 혀가 부드럽게 파라의 혀에 닿았다, 제이크의 혀는 머뭇거리며 더 들어가기를 원했지만 초대받기를 기다렸다. 파라는 입술로 혀를 입속으로 끌어당겼는데, 갑자기 이건 키스가 아니라 전희에 가까웠다. 특히 그들의 손이 서로의 몸을 어루만지는 방식으로 말이다.

'내가 지금 무엇을 하고 있는 거지?' 마침내 파라의 뇌가 그 생각을 차버렸고, 파라는 제이크의 바지를 찢고 있었다. 이미 너무 늦었다. 파라의 몸은 참을 수 없었고, 제이크가 앉아있는 가죽 의자에서 그의 딱딱한 성기 위로 올라타는 걸 멈출 수가 없었다. 파라가 드레스를 머리 위로 벗어던지고 완벽한 가슴을 풀어헤치자, 그것은 굶주린 제이크의 입속으로 곧장 들어갔다. 제이크는 전자식 블라인드가 닫히도록 손뼉을 쳐 비밀스러운 섹스를 가렸다.

25장

　팔콘만에서 수백 마일 떨어진 곳에서는 또 다른 여성이 한 호색한과 함께 황급히 옷을 벗고 있었다. 허니 헌터는 런던 최고의 예약 전용 부티크에서 아침 내내 의상들을 입었다 벗었다 하며 '쌍년파티'에 어울리는 완벽한 스타일을 찾고자 했다. 그곳은 겉보기에는 뭔가 특별한 게 없어 보였다. 회색으로 칠해진 창문으로 빛이 들어왔지만 눈이 부셔서 잘 안 보였고, 심지어 무슨 가게인지 알아볼 표지판조차 없었다. 단지 첼시 지역의 유명한 킹스 로드에서 77이라 적힌 숫자만 발견할 수 있었다. 자니의 옷 가게에 대해 중요한 사실은 만약 당신이 그 존재를 몰랐다면, 거기서 쇼핑할 사람이 진작에 아니었다는 것을 뜻한다.

　내부는 완전히 삭막했다. 친구나 애인이 앉아서 기다릴 의자도 없었고, 단지 모든 옷들이 보이지 않는 광활한 빈 공간뿐이었다. 옷들을 고를 수도, 어떤 옷들이 이용 가능한지 알 수도 없었다.

대신, 자니는 쇼핑객에게 어떤 옷을 원하는지 설명해 달라고 부탁했고, 그러고 나서 많은 하얀 문들 중 하나의 뒤로 사라졌다. 몇 분 후 그녀는 두 명의 조용한 조수들과 함께 다시 나타났는데, 그 조수들은 쇼핑객이 무엇을 어떻게 설명하든 마법처럼 그것에 근접한 최고급 여성복을 골라 들고 왔다.

허니에게 당면한 문제는 그녀의 상상력이 꽤 실제적이서 거의 2시간 동안 옷을 입어봤고, 지금은 시간이 부족하다는 것이었다. 자니의 옷 가게는 한 번에 한 명의 고객만 건물에 들어올 수 있었기 때문에 한 사람당 90분만 시간을 할애했다. 이것은 궁극의 프라이버시를 보장했다. 조수 중 한 명이 레일 위에 놓인 마지막 옷의 지퍼를 말없이 올리자, 허니는 고개를 돌려 자신의 모습을 바라보며 미소를 지었다. "바로 이거예요!" 허니가 소리치며 조수를 안았지만, 조수는 허니를 안지 않았다. 허니가 찾던 걸 마침내 발견한 건 행운이었다. 바로 그 순간, 자니가 탈의실 문 앞에 나타나 두 조수가 나가도록 손가락으로 딸각 소리를 냈다. 이것은 허니가 가게에서 시간을 잘 보냈다는 걸 의미했다.

허니 자신도 그렇게 생각했지만, 발렌티노의 튤가운을 입은 허니는 멋져 보였다. 에메랄드빛 얇은 천이 제2의 피부처럼 몸에 달라붙어 있었고, 드레스의 상의는 그녀의 볼륨감 있는 몸매를 사랑스럽게 잡아주었다. 허니는 미키가 볼 수 있도록 탈의실 문을 열었다.

"멋지지 않아?" 허니가 말하고는 빙글빙글 돌았다.

출판사업가이면서 유명인 전기의 제작자이자 현재 허니의 세심한 대리인인 미키 테일러는 싱긋 웃었다. "와, 자기야! 파티에서 그걸 입고 있으면 밤새 카메라가 당신 옆을 떠나지 않을 거야. 옷이 거의 당신만큼 아름다워."라고 말하며 미키는 특유의 엄지손가락을 치켜올렸다.

허니는 미키의 홍조를 좋아했다. 허니는 드레스를 너무 많이 입어서 옷 보는 눈이 없어질까 봐 걱정했다.

허니가 주저하는 걸 감지한 듯, 미키는 더욱 칭찬했다. "틀림없어, 바로 그 옷이야." 그가 소리쳤다. "하지만 이제부터 당신은 너무 바쁠 거고, 그래서 우리는 아마 당분간 쇼핑하러 올 기회가 없을 거야. 당신이 좋아하는 다른 제품들도 다 사가는 게 어때?"

허니는 크리스마스 날 이름이 적힌 선물더미를 보는 어린 소녀처럼 환하게 웃었다. "진심이야?" 허니가 미키를 내려다보며 말했다. 정확히 계산을 안 해 봐도 허니는 미키보다 10cm는 더 커보였다.

"당연하지. 당신이 '팔콘만'의 새로운 여주인공이 된 것을 기념하기 위해 우리가 사진을 찍으려면 나머지 옷들도 필요할 거야."라고 미키는 윙크하며 말했다. 미키는 허니에게 아주 친절하게 대했고, 허니는 미키를 껴안고 싶어 했지만, 허니는 꽉 끼는 이 드레스를 입고 그렇게 낮게 구부릴 수 없었다. 그래서 대신 허니는 몇 년 동안 그녀를 돌봐 온 것처럼 보이는 미키의 통통한 뺨을 쓰다듬어 주었다. 허니가 여전히 재능이 있고 또 한 번의 전성기를 누릴 자격이 있다고 믿는 유일한 남자였다.

"당신이 확신한다면 그렇게." 허니는 빙그레 웃었다.

"물론이지, 자기야! 들어봐. 당신이 여기 있을 거라고 친구에게 이야기했는데, 밖에 와 있어. 스냅 사진을 찍고 싶어 할 거야. 처음 입어본 드레스, 그 짧은 빨간 드레스를 입고 밖으로 나가면 돼. 신문들은 항상 확 튀는 색깔을 좋아해. 그리고 쇼에서 당신이 입을 옷 정보는 새어 나가진 않을 거야. 가서 당신이 누군지 보여주고 택시를 호텔로 불러. 호텔 뒤에서 사진을 많이 찍으면 그게 크게 보도될 거야. 난 정산한 뒤에 거기서 당신을 만날게."

허니는 선반 위의 빨간 드레스를 쳐다보았다. 쌍년파티에는 맞지 않았지만, 그녀가 그것을 입으면 연예인 페이지에 잘 어울릴 것이라고 한 미키의 말은 정확했다.

"미키! 누가 당신에게 다이아몬드라고 말한 적 있어?"

"자기가 바로 다이아몬드야. 당신을 다시 주목받도록 돕기 위해 내가 쓰는 모든 돈은 큰돈이 되어 돌아올 거야. 당신 책이 판매되면 베스트셀러 목록에서 1위, 그리고 드라마 속 쌍년 목록에서도 1위가 될 거야. 그리고 그건 우리 모두에게 윈윈을 의미하지."

미키는 손가락을 비비면서 웃다가 허니의 뺨에 키스를 해주었는데, 그것은 분명 플라토닉 사랑이었고, 거의 부모의 관심으로 허니를 격려해 주고 허니가 옷을 갈아입도록 했다.

일단 빨간 드레스를 입은 허니는 보관하고 있던 다른 옷들과 샤넬 슈트를 챙기고 나서, 머리를 손질하고 화장을 고치기 위해 거울을 보았다. 허니는 미키가 자신을 돌보게 한 것이 얼마나 행운인지 곰곰이 생각하면서 가게를 나갔다.

출입구를 넘어섰을 때, 그녀는 백 개의 카메라 플래시가 터지는 느낌에 눈이 보이지 않았다. 밖에는 파파라치들도 있었지만, 미키가 말한 것처럼 '몇 명'만이 아니었다. 그녀의 후광으로 비치는 시야를 통해 봐도 그들은 20명 이상이었다. 환호성이 들리고, 문 꼭대기 위의 불빛이 깜박거리기 시작했을 때, 그녀를 알아본 사람들에게 인사를 하려던 참이었다. 젠장, 허니는 생각했다. '내가 태그를 아직 안 떼고 나왔구나.' 인도에 서 있는 동안 두 명의 덩치 큰 경비원이 뛰쳐나와 그녀의 양팔을 잡았을 때, 허니는 막 돌아가려고 하던 참이었다.

"손님! 다시 가게로 돌아가셔야 되겠습니다." 두 경비원 중 덩치가 더 큰 경비원이 억지로 가게 쪽으로 안내하며 말했다.

허니는 카메라가 더욱 정신없이 찍히는 소리를 들었고, 몇몇 행인들 역시 허니를 촬영하기 위해 아이폰을 들고 거리로 몰려나왔다.

"당신들이 생각하는 그런 거 아닙니다." 허니는 사진작가들 쪽으로 고개를 돌려서 그녀를 촬영하는 팬들도 들을 수 있도록 큰 소리로 항의했다. "매니저가 안에 있어요. 그가 돈을 지불할 거예요. 아마 착각하신 거겠죠,"라고 그녀는 77번 문으로 다시 휩쓸려 들어가기 전에 가까스로 말했다. 하지만 아무도 듣고 있지 않았다. 예전처럼 피해는 이미 가해졌다.

26장

아만다와 제이크의 결혼생활이 마침내 언제 파탄 나게 될 것인지에 대해서 팔콘만 사람들은 비공식적으로 내기를 하였다. 쉬나는 생방송 이후가 될 것이라고 했고, 캐서린은 그렇게 오래 가지 않을 것이라고 말했으며, 헬렌은 쉬나와 의견이 같았다. 제이크 먼로의 사무실에 돌아왔을 때, 파라는 자신이 캐서린에게 승리를 안겨줬을지도 모른다는 생각이 떠올랐다.

지금 파라의 머릿속에서는 험악한 욕들이 반복되면서, 이 내기에 대한 생각들이 같이 떠올랐다.

파라는 제이크가 옷 입는 것을 보면서 자신이 한 짓을 믿을 수가 없었다. 그랬다. 아만다의 결혼생활은 매우 불행했고, 가능한 한 빨리 벗어나고 싶어 했지만, 파라는 여전히 그녀의 가장 친한 친구 중 한 명의 남편, 그리고 그보다 더 나쁜 것은 자신이 진정으로 경멸하는 한 남자와 섹스를 했다는 것이었다.

파라는 제이크의 사무실 중앙에 누워 그가 작업용 소파에서 끌어내린 쿠션 위에서 균형을 잡고 있었다. 파라는 이보다 더 비참한 기분을 느낄 수 있을지 정말 몰랐다. 그것은 단순히 여자들만의 룰을 깨는 것만이 아니었다. 놀랍게도 파라는 한 번도 해 본 적이 없는 일이었다. 파라가 끔찍하게 느낀 주된 이유는 이제 C.I.TV의 모든 사람들이 그녀가 라이브콘서트 때문에 제이크와 섹스를 했다고 생각할 것이기 때문이었다. 파라가 제이크의 사무실에서 나와 크리스마스 에피소드를 한다고 발표하면, 그들은 파라가 그걸 위해 무릎을 꿇었다고 생각할 것이다. 특히 둘이 함께 목격된 걸 고려해 본다면 말이다.

에이든을 쓰러뜨리려고 했던 파라의 모든 교묘한 계획은 이제 수준 이하의 섹스로 인해 사라져버렸다. 그리고 그게 전부였다. 제이크는 오르가즘을 일으키는 엉덩이를 이용해서 동그란 원을 그리는 몇 가지 흥미로운 동작을 선보였지만, 그것이 유일한 스킬임을 알아차렸다. 또한 파라는 그것이 약간 지루할 정도로 반복적이라고 느꼈다. 파라가 자신의 스킬에 그다지 감명받지 않았다는 것을 감지한 제이크는 스킬을 바꾸려고 시도했고, 파라를 때리기 시작했다. 파라는 거친 것을 좋아하는 사람은 아니었지만, 이 안 좋은 상황이 빨리 끝나기를 바랐고, 그래서 파라는 열광하는 것처럼 보이게 했다. 하지만 그것은 분명 실수였다. 왜냐하면 제이크가 파라의 엉덩이에 가한 다음 일격은 정말 아팠을 뿐만 아니라 소리가 너무 커서 사무실 전체가 다 들었을 것이라고 확신했기 때문이었다.

그녀가 맞았다.

제이크의 사무실 밖에서 라라 콜린스는 팔콘만에서의 마지막 현장

실습을 하고 있었다. 대부분의 시간 동안 그녀는 사람들의 업무 스케줄을 방해하는 것 같아서 머뭇거리고 있었다. 그리고 주로 주변을 어슬렁거리며 분위기에 젖는 것을 좋아했다. 사람들은 목적을 가지고 서둘렀고, 그들 중 몇몇은 라라보다 몇 살밖에 나이가 많지 않았다. 라라는 모든 사람들이 자신의 일에 얼마나 자신 있어 하고 만족하는지에 대해 감탄했다. 대부분의 제작진들은 친절했고, 라라는 많은 것을 배웠다. 하지만 라라가 보냈던 시간의 하이라이트는 의심할 여지 없이 루시 딘의 부엌에서 파라와 나눈 대화였다.

라라는 지시대로 제작 일정표를 복사하고 있었는데, 크고 세게 때리는 듯한 소리가 들렸다. 제이크 먼로의 사무실에 있는 전자식 블라인드가 소음에 반응하여 자동으로 열림과 동시에 라라는 그 소리가 어디서 왔는지 보기 위해 고개를 들었다.

호기심에 찬 라라는 복사기에서 고개를 들어 사무실을 들여다보았다. 몇 초 후, 라라는 벌거벗은 채 제이크 먼로를 뒤에 두고 네 발로 엎드린 파라의 모습을 보고 있다는 것을 깨달았다.

라라와 파라의 눈이 마주쳤다. 그들의 얼굴에는 경악한 모습이 역력했다. 그리고 라라가 이해할 수 없을 정도로 파라는 이유 없이 박수를 치기 시작했다.

제이크의 사무실 유리창 뒤에서 파라는 미친 듯이 손뼉을 치며 자동식 블라인드를 닫으려 했다.

"음, 난 내가 잘하는 줄 알았는데…" 제이크는 반쯤 삽입하며 웃었지만, 파라는 그에게서 몸을 떼고 바닥을 굴러 책상 뒤로 숨으려 했다.

"블라인드 쳐요!" 파라가 당황해서 목소리를 높이며 책상 밑에서 말했다.

그러자 제이크는 고개를 들어 복사기 옆에 있는 분홍색 머리의 아이가 그들을 쳐다보고 있는 걸 보았다. 제이크는 직장에서 십 대에게 자신의 몸을 노출시키고 있다는 사실을 깨닫자 극심한 공포에 휩싸였다. 제이크 역시 낮은 자세로 바닥을 굴렀고, 책상으로 기어가 수동 컨트롤러를 집어서 블라인드를 순식간에 닫았다.

파라는 울고 싶었다. 파라는 스스로를 실망시켰을 뿐만 아니라, 자신을 롤모델이라고 불렀던 십 대 소녀에게 큰 실망을 안겨주었다. '남성의 세계에서 강한 여성으로 살아남아 미래 세대를 위한 길을 열어준다'는 것은 끝장이 났다. 라라 같은 소녀에게 주는 메시지로 상관과 섹스하는 것 이상 해로운 메시지는 없을 것이었다. 그리고 친구 아만다는… 파라는 대체 무슨 생각을 했던 것일까?

파라는 갑자기 직장과는 어울리지 않아 보이는 드레스를 잡아당겨 입고, 제이크가 바지를 홱 잡아당기고 있을 때 문으로 걸어갔다.

"이건 실수였어." 문손잡이에 손을 뻗으면서 파라가 말했다. 그리고 그녀가 문을 열었을 때 라라가 복사기 쪽에 있지 않기를 기도했다.

27장

에이든 앤더슨은 5일 전 체포된 곳에서 불과 몇 분 거리에 있는 감방에서 고통스러워하고 있었다. 그 오래된 경찰서는 하이드파크 한복판에 있는 떠들썩한 곳이었지만, 대부분의 런던 시민들도 알지 못하는 장소였다. 그러나 관광객들은 이 모든 것을 알고 있었으며, 1902년 처음 범죄자들을 가두기 시작한 앤 여왕 스타일의 건물을 그들은 셀카봉을 들고 찍으며 밖에서 포즈를 취하고 있었다. 그곳은 여전히 고풍스런 가로등들이 있었고, 특히 야간에 더 분위기가 있어 보였는데, '잭 더 리퍼'에 등장하는 거리의 느낌이 났다.

수감 첫날, 고된 인터뷰 중에서도 여전히 술에서 깨어나지 못했으며, 에이든은 분노했다. 둘째 날 에이든은 인터뷰를 거절했고, 셋째 날에는 말다툼을 하려 했다. 아무것도 효과가 없었다. 에이든은 밤낮을 가리지 않고 금속 컵으로 감방의 철문을 쾅쾅 치면서 교도관보다 높은 누군가와 면담을 요구했다.

에이든의 변호사는 에이든이 체포된 상황은 심각하지만, 아직 기소되지 않았다는 사실을 강조했다. 그리고 변호사를 제외하고는 아무도 에이든을 찾아오지 않았다. 에이든은 이것을 마음에 새기며 이를 악물고 분노를 정중함으로 바꿨다. 다음 심문 내내 그는 모든 마약을 오락 삼아 했으며, 개인적으로 선택을 잘 못 한 것이지만 범죄자는 아니라고 주장했다.

5일째 되던 날 낯선 목소리가 깊은 잠에 든 그를 깨웠다. 에이든은 자신이 돌처럼 단단한 매트리스에 얼마나 빨리 적응했는지 놀라웠고, 만약 풀려난다면 자신의 집 매트리스를 이것과 비슷한 스타일로 바꾸기로 결정했다.

"앤더슨 씨!" 경찰서 경사가 창살에 쾅 소리를 낸 후 "따라오시죠."라고 하며 문을 열었다.

에이든은 천천히 침대에서 몸을 일으켰다. 그의 변호사는 에이든에게 곧 이런 일이 있을 것이라고 경고했었다. 경찰이 누군가를 붙잡아 둘 수 있는 시간에는 제한이 있었고, 5일이 최대였다. 그 후엔 기소하거나 풀어주었다. 호텔 방에서 에이든을 체포한 것으로 봐서는 후자가 되는 데에는 작은 기적이 필요했다.

변호사의 말이 귓가를 맴돌았고, 영화 '그린마일'의 이미지가 떠올랐다. 에이든은 경찰서 복도를 따라 긴 통로 끝에 있는 문으로 가는 도중, 그 누구와도 눈을 마주치지 않으려고 애썼다. 경찰관은 문을 밀어서 열었고 다시 안내실로 나갔다. 그 방에는 헬렌 골드가 서 있었다.

"여기서 뭐하고 있어요?" 에이든은 충격과 실망을 감추지 못하고 말했다. 에이든은 헬렌이 그와의 계약을 직접 파기할 공식적인 자격으

로 이곳에 있다고 추정했다. 이는 에이든이 기소될 것이라는 확실한
조짐이었다.

헬렌은 경멸하는 눈빛으로 에이든을 훑어보았다. 헬렌은 에이든의
공포심을 보는 것을 즐기며 대답에 뜸을 들였다.

"집에 데려다주러 왔어요." 헬렌은 책상 위에 있는 봉투 쪽을 향하
여 고개를 끄덕였다. "짐 챙겨서 가시죠."

헬렌의 말이 끝나자, 에이든의 입이 만화에 나오는 것처럼 크게 벌
어졌다. "뭐라고요?" 헬렌이 농담한 게 아니란 걸 확인하려고 경찰관
을 쳐다보며 말했다.

경찰관은 침착하게 고개를 끄덕였다. "그 말은 제가… 제가 자유인
가요? 헬렌은 눈을 가늘게 떴다. "그렇기도 하고 아니기도 하죠." 에이
든은 다시 고통스러워 보였다. 헬렌은 그의 불편함을 음미하며 다시
한번 말을 멈췄다. "무슨 뜻이죠?" "우리 변호사들이 당신의 유죄에 대
해 협상하기로 했어요." 헬렌은 이제 진지한 어조로 말했다. "그러니
감금 대신, 솔직히 말하자면, 당신이 해야 할 의무적인 공개 사과 일
정이 있을 거예요." 헬렌은 경찰서를 힐끗 둘러보며 말했다.

헬렌은 감탄하는 여러 시선들이 자신의 몸에 고정되어 있는 것과
허리를 정말로 강조하는 흰 바지와 높이가 낮은 캐미솔, 핫핑크의 끌
로에 블레이저를 입은 자신이 완벽함을 과시하고 있다는 것을 알고
있었다. 헬렌은 책상 뒤에 있는 강인한 외모의 중년 경위가 자신을 원
한다는 것을 감지할 수 있었고, 그에 대한 반응으로 자신의 몸에서도
욕정이 갑자기 솟아나는 것이 놀라웠다. 헬렌은 자기 또래의 남자들
을 두 번 쳐다보는 일이 거의 없었지만, 그들 사이에는 분명 조용하지

만 서로 끌리는 바가 있었다. 헬렌은 그의 배지에 적힌 이름을 메모했고, 나중에 SNS에서 그를 찾아볼 계획이었다.

"그러니까, 당신은 활발하게 사회복귀 활동을 할 것이고, 매주 C.I.TV가 인정한 치료사를 만나게 될 겁니다. 그리고 당신은 2년 동안 젊은 범죄자들의 영화제작 계획에 자원봉사를 하게 될 예정입니다. 당신의 나쁜 버릇들을 그들에게 옮기지 않기를 바랍니다." 헬렌은 에이든에게서 눈을 돌려, 자신이 그를 원한 만큼 그도 자신을 원한다는 것을 이제 확실히 알게 된 그 경위와 눈을 마주쳤다.

여전히 놀란 표정의 에이든은 집중해서 듣고 있지는 않았다. 에이든이 정말로 주목한 건 '자유'라는 단어뿐이었다. 그리고 자신이 해고되지 않았다는 그 말 덕분에 다른 어떤 조건이든 간에 그에겐 굉장히 좋은 소식이었다.

헬렌은 출구 문 쪽으로 손짓을 했고, 에이든이 그녀의 앞을 지나쳤을 때 그 섹시한 경위가 온라인으로 연락하기를 마냥 기다릴 것이 아니라 그가 그녀를 찾을 방법을 알고 있는지 확인하기로 했다.

"경위님…" 헬렌이 책상 쪽으로 몸을 돌리며 말했다. 경위은 일어섰고, 조각 같은 얼굴에 빛이 났다.

"여기 제 명함이에요." 헬렌은 그것을 카운터 위에 올려놓았다. "앤더슨 씨의 퇴소와 관련하여 우리가 해야 할 다른 일이 있다면, 그를 잘 돌봐준 것에 대한 보답 혹은 제가 도울 수 있는 다른 일이 있다면 저에게 직접 알려주시기 바랍니다." 헬렌은 아주 작은 미소로 말을 마쳤고, 그것으로 왜 그녀의 세부사항이 적혀 있는 명함을 넘겨주었는지를 명확히 알 수 있게 했다.

그리고 헬렌은 꾸물거리는 에이든을 지나쳐 문들을 열어젖히고는 그 사이로 그를 밀었다. 에이든은 바로 과장된 행동으로 이마에 손을 꼭 가져다 대며 눈부신 햇빛을 피하려 눈을 가렸다.

밖에 나오자 헬렌은 찢어지는 목소리로 말했다. "내 말 잘 들어, 이 개자식아. 당신을 이 난장판에서 구해주기 위해 많은 부탁이 있었어. 난 당신을 거기서 썩게 내버려 두려고 했는데, 고위 간부들이 당신에게 다시 기회를 주기로 했으니, 그 기회를 당신이 날려 먹지 않도록 해."

"제이크가 날 실망시키지 않을 줄 알았어." 에이든은 너무 안심한 나머지 헬렌의 말투에 대해 아무 상관하지 않았다.

"당신 정말 바보야. 그렇지 않아?" 헬렌이 웃었다. "이건 제이크가 한 게 아니야." 헬렌은 웃으며 에이든에게 몸을 기울였다. "제이크는 당신을 해고하기를 원했어!"

헬렌은 에이든의 표정에서 이 폭로로 정말로 상처받았다는 것을 알 수 있었지만, 헬렌은 신경 쓰지 않았다. 왜냐하면 원래 파라가 맡았어야 할 그 쇼를 에이든이 담당할 예정이었기에, 그것 때문에 파라가 마음 아파할 것이고, 헬렌이 할 수 있는 최소한의 것은 제이크와 에이든의 로맨스를 망치는 것이었다.

에이든은 여전히 태양으로부터 눈을 가린 채 혼란스러워하며 눈을 가늘게 뜨고 헬렌을 보았다. 제이크는 그의 가장 친한 친구이자, 그가 알고 있는 유일한 방송국 동료였다. "그럼 누가 날 도와준 거야?"

"오, 곧 알게 될 거야." 헬렌이 말했다. 그리고 그 오래된 경찰서 밖에서 셀카를 찍는 수다쟁이 관광객들 사이에 있는 에이든을 앞질러 가며 자신이 부른 택시를 향해 걸어갔다.

28장

다음 날 오후 댄의 사무실에서 열린 회의는 빈틈없이 진행되었다. 비록 아만다와 댄 사이의 끌림은 부정할 수 없었지만, 아만다는 모든 일들을 프로답게 처리하기로 결심했다. 물론 그것이 쉬운 일은 아니었다. 댄이 그녀를 제이크의 사무실에서 잡아준 이후로 아만다는 끊임없이 댄에 대한 환상을 가져왔다. 제이크가 아무리 잘못을 했어도, 여전히 아만다의 남편이었기 때문에 죄책감을 느꼈다. 그러나 아만다가 가능한 자주 댄과 함께 있을 핑곗거리를 찾는 것을 그만두게 할 만큼의 큰 죄책감은 아니었다. 아만다는 최근 유혹에 굴복하지 않기 위해 댄의 사무실에 들러 차를 마시는 습관이 생겼다.

그날 오후, 제이크가 열린 문 앞에 나타났을 때, 아만다와 댄은 '쌍년파티'의 진짜 지뢰밭인 야외 세트장과 라이브 팬객들의 보험에 대해 의논하고 있었다.

"이거 뭐 놀랍지도 않군!"이라고 제이크는 무미건조하게 말했다. 제이크는 원 그래프를 열심히 연구하기보다는 책상 위에서 사랑을 나누는 모습을 포착한 것에 더 가까운 표정으로 그들을 바라보았다.

댄은 재빨리 아만다의 체면을 살려 그들이 일하고 있다고 설명하려고 했지만, 제이크는 관심이 없었다. "그런 얘긴 그만해. 난 단지 내 아내랑 충분히 즐기라고 말하려고 들렀을 뿐이야, 친구!" 아만다는 충격으로 제이크를 쳐다보았지만, 제이크는 아직 말을 끝내지 않았다.

제이크는 마지막으로 한마디를 쏘아붙이기 위해, 또 확실하게 얼굴을 마주하려고 방 안으로 한 걸음 들어왔다.

"아, 그래. 지금 여기 C.I.TV에서 성적으로 서로 비긴 상황이군." 제이크가 피식 웃었다. "그 참견하기 좋아하는 코딱지만 한 인턴이 말했을지도 모르지만, 난 지금 파라와 섹스하는 사이야. 그리고 말해두겠는데, 누가 유리한 상황인지 난 알고 있지."

제이크는 웃으며 발뒤꿈치를 돌려 밖으로 걸어 나갔다.

아만다는 공포와 불신 속에 서 있었다. 아만다는 제이크의 말을 제대로 들었는지 의심스러웠다. 이것은 제이크에게도 최악의 수준이었다. 하지만 그랬다. 제이크의 얼굴에 그 의기양양한 비웃음은 그가 진실을 말할 때 사용하던 것이었다. 어떻게 파라가 그럴 수 있지?

댄은 아만다를 위로하려 했지만, 아만다는 가슴이 쿵쾅거려서 눈물을 흘리고 건물을 빠져나와 비틀거리며 집으로 돌아왔다. 그리고 침실에 틀어박혀 최근에 들은 그 폭로를 떠올리며 청회색의 바다를 바라보고 앉아있었다. 제이크의 불륜에 대해서 아만다는 거의 아무 느낌이 없었다. 그도 그럴 것이, 예전에도 여러 번 바람을 피웠기 때문이다. 이게 결정타였을까? 그럴지도 모른다. 그러나 정말 상처가 되는 건 파라의 배신이었다. 파라는 여성 연대에 대해 이야기 했었고, 제이크의 헛소리를 참아서는 안된다고 말했었다. 알고 보니 파라는 빌어먹을 친구였다.

아만다는 해가 질 때까지 그곳에 앉아서 문자메시지와 전화를 모두 무시했다. 아만다는 파라의 아파트로 가서 진실을 파헤칠 생각을 했다. 예전 스타일로 말이다. 하지만 그건 아만다답지 않았다. 아만다는 계획을 세웠다. 아만다는 불행에 빠지기 보다는 필요한 기쁨을 가질 것이었다. 친구의 아파트를 습격하는 대신 올리비아를 위해 베이비시터를 준비하고, 해변의 다른 끝으로 출발했다. 집을 나서기 전에 핸드폰을 꺼내서 댄에게 문자를 보냈다.

팔콘만 맨 끝의 작은 야자수 숲 밑에 있는 숨겨진 오두막집은 아만다가 가장 좋아하는 장소였다. 그곳은 구식의 해변 오두막이었는데 침대, 안락의자, 칵테일 캐비닛이 있을 만큼 컸고, 입구 쪽에는 작고 귀여운 갑판이, 옆에는 샤워실이 있었다. 아만다는 허름한 스타일로 꾸몄는데, 헬렌은 "너무 자연인 같은데, 얘!"라고 말했다. 하지만 아늑한 보헤미안 스타일이었고, 아만다의 것이었다.

아만다는 등유 랜턴의 불꽃을 조절하고 와인 잔을 다시 채운 뒤 선실 앞 갑판에 꼼짝 않고 앉아 어두운 저녁 하늘을 바라보았다. 제이크와의 결전이 끝난 지 족히 4시간이 지났고, 아만다는 의외로 평온함을 느끼고 있었다. 날씨는 쌀쌀해졌고 일기예보에 비가 올 거라 했지만, 아만다는 담요를 어깨에 둘러메고 편안해했다.

먹물 빛깔의 검은 어둠을 뚫고 아만다 쪽으로 한 사람의 형체가 천천히 다가오고 있었다. 댄이 성큼성큼 모래를 건너고, 바위를 피하고,

댄의 발이 보이면서 두 사람 사이의 거리를 좁혀 올 때, 아만다는 댄의 잘생긴 모습이 점점 또렷해지는 광경을 즐기며 계속 바라보았다.

아만다는 일어서서 담요를 갑판으로 떨어뜨리고, 맨살에 차가운 바닷바람을 즐겼다. 아만다의 광택이 나는 검은색 캐미솔의 기분 좋은 부드러움 아래로 그녀의 젖꼭지는 딱딱해졌고, 사타구니는 기대감에 찌릿하게 저렸다. 아만다가 오두막 계단을 뛰어내려 댄의 품으로 안길 때 그녀의 가슴은 유혹하듯 움직였다. 댄은 아만다를 들어올려 깊숙이 키스를 한 다음, 오두막 문턱을 넘어 침대로 데려갔다.

서로의 몸을 몹시 흥분한 상태로 더듬고, 마침내 피부와 피부가 닿은 채로 혀들이 빙글빙글 돌면서 손끝을 어루만지고, 헐떡거리는 신음소리가 주위를 가득 메우기 시작했을 때까지 그들은 단 한마디도 하지 않았다. 램프가 깜박거리더니 꺼졌다. 아만다는 눈을 감고 어둠에 굴복해 그를 더 깊숙이 끌어당겼다. "계속해 줘." 아만다는 댄의 귀에 대고 속삭이더니 깊이 키스했다. 아만다는 댄의 등을 타고 흘러내리는 땀방울을 느끼며 두 손을 댄의 멋지고 단단한 엉덩이에 올려놓고 더 세게 밀었다. 폭죽 상자처럼 아만다는 속을 환하게 비추는 리듬을 유지하기 위해 열의를 기울였다. 그들의 호흡은 거칠었고, 억제할 수 없는 흥분으로 헐떡거리며 일제히 절정으로 치달았다.

아만다는 오두막 셔터를 열어두었고, 달빛이 밀려들어와 댄의 강한 광대뼈와 희끗희끗한 수염을 비췄다. 아만다가 댄의 이두박근을 따라 손끝을 움직이자 댄의 눈이 반짝였고 잔주름이 잡혔다. 그들은 서로 웃고 있었다. 다른 언어는 필요 없었다. 아만다는 마지막으로 자신의 몸이 언제 그렇게 살아있다고 느꼈었는지, 아니면 그렇게 원했었는지를 기억하지 못했다.

아만다는 댄에게 다시 한번 열정적으로 키스했고, 순간 아만다는 여전히 자기 안에 있던 그의 성기가 딱딱해지는 것을 느꼈다. 그들은 또다시 맹렬히 사랑하기 시작했다. 아만다는 댄을 원하는 만큼 다른 남자를 육체적으로 원한 적이 없었다. 아만다는 과거에 멋진 섹스를 했었다. 심지어 옛날에 제이크도 침대에서 꽤 잘했지만, 지금은 차원이 달랐다. 마치 그들의 신체 부위가 서로 맞도록 디자인된 것처럼 아만다의 질은 그녀가 원했던 것처럼 댄을 원하는 것 같았다.

아만다의 연분홍색 매니큐어를 칠한 손톱이 그의 단단한 팔뚝을 한 번 더 파고들었고, 댄은 아만다를 베개 더미에 밀어붙이고 나서 그녀의 다리를 더 넓게 벌리는 것으로 응수했다. 댄은 리듬을 강화하면서 동시에 아만다의 풍만한 가슴을 입으로 들어올린 다음, 아만다가 스스로 젖 짜는 유방이라 여겼던 가슴에서 100만 마일은 떨어져 있는 것처럼 느끼도록 아만다의 젖꼭지를 핥았다. 아만다는 다시 절정에 가까워졌다.

댄이 아만다의 목을 물고 혀가 아만다의 귀를 향해 달려들었을 때, 절정이 다시 찾아왔다. 더 많은 불꽃, 더 많은 별, 더 많은 모든 것! 아만다의 촉촉함이 댄을 휩쓸자 황홀한 비명을 질렀다.

댄은 아만다가 절정에 이른다고 느끼자마자 다시 풀어주었다. 이제 그들은 몸을 부르르 떨었고 다리에는 힘이 없었다. 그리고는 서로를 감싸 안으며 웃고, 숨소리를 내며 부드럽게 포옹하고 미소 지었다. 마침내 우려하던 폭풍이 다가오자, 비는 선실 창문을 향해 세차게 퍼붓기 시작했다. 아만다는 댄의 탄력 있는 가슴에 머리를 얹고 누워 그의 편안한 심장 박동 소리를 들었다. 빗소리가 조화롭게 어우러지고, 두꺼운 이불이 그들의 몸을 보호하는 가운데, 아만다는 지난 몇 년 동안 느꼈던 것 중 가장 행복했다.

29장

그날은 라이브 쌍년파티의 날이었다. 팔콘만의 바다는 낮잠을 자는 것처럼 고요했고, 밤은 다가왔다.

황금빛 해변 양쪽에 커다란 보도 블럭이 놓여졌고, 거대한 스튜디오 조명들이 임시 비계에 매달려 있었다. 음향 기술자들이 스피커를 조작하고 있는 동안 쇼의 유명한 주제곡이 부드럽게 연주되고 있었다. 현장 감독들은 촬영장 곳곳을 돌아다니며 오늘 밤 라이브 비하인드 특집에 대비하기 위해 필사적으로 서두르고 있었다. 가짜 야자수로 위장한 히터가 여기저기 흩어져 있었지만, 11월 중순의 날씨는 평소와 달리 따뜻했고, 지금까지는 난방이 필요할 것 같지 않았다. 이벤트에 대한 들뜬 분위기가 확연했다. 같은 시간대의 국제 뉴스 방송국들이 C.I.TV 미디어 영역에 장비를 설치하여 방송 중에 라이브 연결을 진행할 준비를 마쳤고, 다른 방송사의 기자들은 나중에 자체 방송을 위해 온종일 영상을 수집했다. 좀처럼 볼 수 없었던 방송국 임원들이 보기 힘든 인터뷰를 하고 있었다. 평소 세트장에서 가장 기분이 안 좋아 보이던 주차 요원과 경비원들조차도 모든 관계자들이 도착하는 것을 지켜보며 기분 좋은 웃음을 지었다.

소셜미디어에서는 떠도는 소문들을 서로 공유하고, 저녁의 계획들을 설명하는 팬들로 떠들썩했다. 게이 팬들로 구성된 팔콘만의 충성스러운 지지자들은 자신들이 가장 좋아하는 술집에서 밤에 쇼를 시청할 수 있도록 준비했으며, 트위터 계정들은 여장 남자들의 업데이트로 바빴다. 그들 중 다수가 신인 여배우상을 놓고 경쟁할 여배우 7명을 찾는 동안, 그들은 루시 딘으로 임시 분장한 후 칵테일을 마시고 있었다.

전 세계가 팔콘만에 대해 이야기할 뿐만 아니라 다시 보는 것 같았다. 루시 딘과 에밀리의 2인극과 팔콘만의 시청률과 지지율이 10년 만에 최고치를 기록한 이후로 높은 조회수를 유지했다. 다른 나라 사람들은 7명의 여배우를 보기 위해 밤을 새우거나 회사를 결근한다는 뉴스도 있었다.

쌍년파티는 모든 뉴스, 채팅 쇼 그리고 신문에 실렸고, 드라마와 그 드라마의 배우들, 그리고 쌍년파티에 관한 해시태그가 사상 최고치를 기록했다. 핵심 관중이 온라인 세대가 아니었던 이 최고의 쇼는 사상 처음으로 디지털 물결로 일렁이고 있었다. #팔콘만쌍년파티는 1위를 기록했다.

세트장에서 그리 멀지 않은 해변가 아파트에서 캐서린 벨은 샤워실에서 나와 물기를 뚝뚝 떨어뜨렸으나 기분은 매우 상쾌했다. 제작사는 모든 사람이 파티를 준비할 수 있도록 이른 아침에 '촬영 종료'라고 외쳤고, 캐서린은 이 시간을 매우 생산적으로 사용했다.

캐서린은 제일 먼저 그녀가 좋아하는 전신 미용사 자킨타에게 전화를 해서 가장 값비싼 치료법인 줄기세포 안면 치료를 받았다. 2천 달러면 싸지는 않지만, 이런 특별한 날에 캐서린은 주저하지 않았다. 자킨타가 그녀의 유명한 얼굴 전체에 작은 구멍을 뚫어 윤곽 안으로 물약을 깊숙이 스며들게 하는 봉을 작동시켰다. 그리고 캐서린은 그녀의 세포가 이 영양분을 공급받고 천연 콜라겐을 생성하는 모습을 상상했다. 마흔이 넘은 어떤 여성에게도 이 젊음의 영약이 유니콘만큼 희귀했고, 캐서린에게도 이 라이브 쇼에 가장 잘 어울리는 외모로 꾸며주는 것 치고는 가격이 그렇게 비싸지 않았다. 캐서린은 스튜디오에서 조명에 대한 결정권이 있었고, 편집실에 들어가 마음에 들지 않는 사진을 없앨 수도 있었지만, 오늘 밤은 통제 불능의 상태가 될 것이기 때문에 그녀는 위험을 감수하지는 않았다.

시술을 마친 후 거울을 건네받았을 때 캐서린과 자킨타는 그녀가 얼마나 매끈하고 젊어 보이며 촉촉한지 알아채고 미소를 지었다. 하지만 캐서린은 거기서 멈추지 않았다. 그녀의 다음 방문지는 프랑스 최고 혈액학자 파스칼 보리우 박사의 호텔 스위트룸이었다. 캐서린은 엄청난 비용을 들여 아주 특별한 수혈을 위해 비행기를 타고 날아왔다.

보리우 박사는 부유하고, 유명한 사람들 사이에서 소수만 아는 사람이었다. 소문에 의하면, 보라우 박사가 나이를 먹지 않는 아이콘인 티나 터너를 관리했다고 한다. 티나는 매년 피를 제거하고 피를 재생시킬 것을 독려한다고 공개적으로 말했다. 티나가 알리지 않은 것은 그녀 역시 '수혈 클럽'의 회원이었는지 여부였는데, 유명한 여성들 그리고 몇몇 남성들로 이루어진 그 회원들은 상태가 아주 좋은 십 대들의 피를 많이 수혈받았다. 이 혈액에는 많은 산소와 젊음, 그리고 희망으로 가득 차 있었다. 이 혈액은 기부금을 많이 받은 모델들로부터 나온 것으로, '미용업'이라는 용어에 새로운 의미를 부여했다.

아주 완벽히 고요한 바다가 내려다보이는 발코니에서 벌거벗은 몸을 바람으로 건조시키면서 캐서린은 20년은 젊어 보였을 뿐만 아니라 그렇게 느껴지기도 했다. 캐서린은 크리스탈 컵에 샴페인을 따르면서 새로운 여주인공이 필사적으로 대중들에게 인상을 남기고 싶어 자신의 세트장으로 오고 있을지도 모른다는 생각에 잠겼다. 하지만 그녀가 자신의 왕관을 빼앗을 수는 없다고 생각했다.

캐서린은 잔을 들고 바다를 향해 조용히 건배를 했다.

팔콘만의 다른 곳에서 아만다도 파티를 위해 갈 준비를 하고 있었다. 아만다는 그녀의 가정집 복도에 서 있었는데, 거울 앞에서 최종 점검을 했고, 실제로 그녀가 본 자기 자신의 모습에 놀랄 정도로 기뻤다. 아만다는 임신한 후부터 자신에 대해 좋지 않게 느꼈고, 제이크가 말한 '아기 밴 몸'에 대한 험담이 자신감에도 영향을 끼쳤다. 댄이 나타난 이후 아만다는 다시 예전처럼 다시 스스로의 외모가 마음에 들지 않았다.

아만다의 모습은 출산 전 모습 그대로였지만, 모유수유 덕분에 그녀의 가슴은 상당히 풍만해졌다. 아만다는 어깨가 드러나는 사파이어 색상의 끌로에 바르도 드레스가 V자로 파여서, 가슴부분이 삐져나오는 것을 개의치 않았다. 아만다는 여성스러웠고 감탄이 나올 정도였으며, 다소 섹시하게 느껴졌다.

현관문이 휙 열리고 제이크가 검은 양복에 넥타이를 맨 채 짜증 날 정도로 잘생긴 모습으로 나타나자, 아만다 스스로 좀처럼 하지 않았던 자화자찬의 순간도 끝나버렸다. 제이크는 선물 가방처럼 보이는 것을 들고 있었고, 뭔가에 대해 걱정하는 것 같았다.

아, 아만다는 생각했다. 또 시작이군. 제이크는 아만다가 왜 참석할 수 없는지에 대해서 어떤 이유를 말하려는 것임이 틀림없었다. 그들은 여전히 매일 서로 앙숙 관계였고, 여전히 다른 침실에서 잠을 잤지만, 그들은 쌍년파티에서 공동 전선을 펼치기로 합의했다.

"베이비시터를 취소해야 했어." 제이크는 말하고 나서 반응을 기다렸다.

아만다가 아무 반응도 하지 않자, 그는 할 수 없이 계속 말했다.

"베이비시터가 하루 종일 아팠던 모양인데, 보아하니 여전히 올 계획인 거 같더군. 근데 우린 아픈 시터가 올리비아에게 무엇이든 주는 걸 원하지 않을 것이니, 집에 있으면서 몸조리하라고 했어." 제이크가 웃었다.

젠장, 아만다는 생각했다. 딸의 건강을 그렇게 이용한 것은 현명한 전략이었고, 베이비시터가 실제로 회복하지 못했기 때문에 불가피한 이 상황에 대해 마음을 굳게 먹고 있었다. 올리비아를 돌볼 다른 사람이 없어서 집에 있어야 했다. 아만다는 그 건에 대해 제이크와 싸울 힘조차 없었다. 아만다는 신고 있던 살색의 누드 스텔라 매카트니 뾰족구두 한쪽을 벗었다. 그리고 아만다가 열심히 노력해서 준비한 그

파티가 그리울 것이라는 사실을 받아들였다. 아만다가 다른 한쪽 구두를 벗으려고 할 때 제이크는 무릎을 꿇은 후 한 손으로 벗어 논 구두를 집어 들고 아만다의 맨발에 그의 다른 손을 올려놓았다.

"뭐 하는 거예요?" 아만다가 완전히 혼란스러워하며 물었다.

"염려하지 마." 제이크는 아만다의 구두를 다시 신겨준 후 일어서서 들고 갈 가방을 움켜쥐며 말했다. "신데렐라는 여전히 무도회에 갈 거야." 제이크는 윙크를 하고 가방에서 포대기를 꺼냈다.

아만다는 거의 할 말을 잃었지만, 결국 간신히 "진심이에요?"라고 말했다.

"물론!" 제이크는 웃었다. "우린 가족끼리 갈 거야."

아만다는 가슴이 두근거렸다. 아만다 앞에는 그녀와 결혼했던 남자인 늙은 제이크가 서 있었다. 제이크는 제단에서 "내가 할게."라고 말한 그 남자였고, 아만다가 남은 인생을 전적으로 함께 보내야 할 그 남자였다. 아만다가 그의 추잡한 험담과 파라와의 관계에 대해 과민 반응을 보였던가? 아만다는 댄과 조심스럽게 헤어지고, 성공적인 결혼생활을 위해 제이크와 함께 지내며 그녀의 남은 모든 것을 바쳐야 하는 것일까?

아만다가 반응을 구상하고 있을 때, 제이크의 다음 말이 아만다를 정신차리게 했다.

"내 말은 내가 세트장에 올리비아를 데려간다면 말할 것도 없고, 내가 도착했을 때 받을 신문 헤드라인과 사진을 상상해 봐. 아기를 가슴팍에 묶은 아빠? 관객들은 그거에 열광할 거야. 매우 선구적인 남자라고 말이지. 칼폴(감기약)이 좀 있던가? 올리비아에게 약을 먹이고 싶어. 그래야 정신이 혼미해져서 자겠지. 우리 아이가 우는 모습을 카메라에 담고 싶진 않아."

그리고 제이크는 자고 있는 올리비아를 데리고 와서 약을 먹이기 위해 계단을 뛰어 올라갔다.

30장

헬렌은 푹신하게 안을 채워 넣은 봉투 뭉치가 머리에 떨어졌을 때, 마침 두 번째 오르가즘을 느끼기 직전이었다. 숨이 가쁜 채로 가까이 다가간 그녀는 그것들을 후려치고 나서 에이든이 갇혀 있던 경찰서에서 데려온 잘생긴 경위를 끌어당겼다.

"계속해 줘." 헬렌은 신음하듯 말하고 나서 그에게 열렬히 키스했다. 헬렌은 그의 두껍고 단단한 허벅지에 손톱을 찔러 넣었고, 그가 점점 더 빠르게 그녀의 안으로 들어오자, 헬렌은 다리를 더 벌렸다.

"당신이 가버리면 좋겠어요. 어때? 거의 다 갔어?" 그는 헬렌의 목을 혀로 핥았고, 손가락 사이로 헬렌의 젖꼭지를 꼬집으며 속삭였다.

"네." 헬렌이 황홀해서 신음소리를 내더니 그에게 다시 키스를 했다. 헬렌의 혀가 그의 입 속으로 빠르게 들어가자, 그는 동물 같은 신음소리를 내뱉었고, 마지막 한 번의 삽입으로 그의 씨앗이 그녀에게로 흘러 들어갔다. 헬렌은 자신의 오르가즘으로 그를 흠뻑 적셨고,

깜짝 놀랄 정도로 강렬해서 조용히 있으려고 입술을 깨물어야 했다. 그들이 있는 6제곱피트의 벽장을 지나가는 어느 누구도 알아서는 안 되었다. 헬렌은 평정심을 유지하는 것에 익숙해서 성적으로 잘 맞는 것이 어떤 것인지 잊고 있었다. 그리고 헬렌은 그걸 좋아했다.

헬렌은 보통 때 같으면 벽장 안에서 섹스하다가 들켰겠지만, 헬렌은 멋지고 방음 처리된 사무실이 있었고, 헬렌은 그걸 짓궂은 방법으로 이용했다. 매튜 러틀랜드는 자신을 맷이라고 불러달라고 했는데, 맷이 라이브 쌍년파티를 몇 시간 앞두고 예고도 없이 나타났을 때, 헬렌은 맷의 신호를 잘못 읽을 때를 대비하여 섹스로 곧바로 이어지지 않도록 조심했다. 헬렌은 아닐 거라고 확신했지만, 주드 시나리오 이후 팔 콘만의 너무 긴장된 상황으로 인해, 헬렌이 걱정하는 마지막 상황은 경위로부터 부적절한 행동을 했다고 비난받는 일이었다.

쇼를 위해 옷을 갈아입기 전, 헬렌은 맷에게 사무실을 둘러보게 했고, 그들이 3층에 도착했을 때 아무도 보이지 않는 가운데 맷은 바로 섹스에 돌입했다. 맷은 깊은 키스와 함께 헬렌을 넘어뜨렸고, 가장 가까운 공간을 찾아 헤맨 후, 손으로 헬렌을 거의 기절시켰다. 캐서린 벨의 요구사항으로 준비된 문구류와 출연진 사진 더미가 팬들에게 게시될 준비를 하며 줄지어 늘어선 채로 벽에 기대어 쌓여있는 벽장은 세상에서 가장 안락한 곳은 아니었지만, 이곳에서 무릎이 떨리는 오르가즘을 벌써 세 번이나 느꼈다. 헬렌은 나이가 아주 많은 여성이라는 인식에 익숙했고, 그로 인해 헬렌은 책임자가 되었다. 하지만 이 남자는 헬렌보다 더 젊을 수 없었고, 헬렌은 맷의 경험과 권위에 자신이 얼마나 흥분했는지 놀랐다.

"우리가 만난 날 당신이 날 원한다는 걸 알았어요." 맷은 헬렌에게 정열적으로 키스하기 전에 말했다.

맷의 두꺼운 성기가 헬렌을 너무 강하게 펌프질해서 그녀의 질에서 소리가 날 지경이었다. 헬렌은 수백 명의 남자를 겪으면서 러틀랜드 경위만큼 육체적으로 남자를 즐긴 적이 없었다.

맷이 헬렌을 네 번째 오르가즘에 달하게 할 정도로 계속하자, 헬렌은 역할 전환이 되어야 한다고 결정했다. 만약 이것으로 평정심을 잃게 된다면, 헬렌은 이것을 더 자주 했을 것이라고 생각하며, 연분홍색 매니큐어로 칠한 손톱으로 맷의 단단한 팔뚝을 한 번 더 파고들었다. 맷은 헬렌을 선반 위로 밀어 올려서 다리를 더 넓게 벌리게 했다.

헬렌은 CCTV가 없어서 다행이라고 생각했다. 맷은 헬렌의 숨겨진 성감대인 목과 귀를 핥는 것과 동시에 속도를 높였다. 평소라면 얼마나 그걸 좋아하는지 모른다고 하며 더 해달라고 요구했겠지만, 이 남자는 자기 방식대로 일을 하고 있었고, 헬렌은 이런 그가 아주 마음에 들었다.

헬렌은 땀에 흠뻑 젖은 채 누워있었고, 맷의 가슴에 머리를 얹은 채로 정말 일어나기가싫었다. 시간이 있었더라면, 다리를 벌리고 맷에게 올라탄 채로 5번째 오르가즘을 느낄 때까지 했을 것이다. 하지만 헬렌은 쌍년파티에 온 손님들을 환영할 준비를 하려면 빨리 움직여야 한다는 것을 깨달았다.

헬렌이 일어서기 시작하자, 맷의 팔이 헬렌의 다리를 잡고 다시 그의 안으로 끌어당겼다. "이번이 끝은 아니겠죠?" 맷이 말했다. 맷의 녹색 눈동자가 헬렌을 욕망으로 바라보며 이마의 주름이 부드럽게 파였다.

헬렌은 일생에 단 한 번뿐인 일이 아니기를 간절히 바랐다. 헬렌은 이 특별한 남자때문에 저녁식사와 꽃, 팔콘만에서 벌거벗은 채로 수영하는 상상을 하게 되었다. 하지만 헬렌이 대답하기도 전에, 문자가 왔다는 알람이 울렸고, 성관계 후의 감정은 공황 상태로 바뀌었다.

"이런, 세트장에서 절 찾고 있어요." 헬렌이 벌떡 일어나 옷을 잡아당기며 말했다. "당신은 여기서 기다렸다가 내가 나가고 나서 10분 후에 나가세요." 헬렌이 맷에게 손님용 출입증을 건네며 말했다.

헬렌이 출구 쪽으로 성큼성큼 걸어가자, 맷이 헬렌에게 다시 소리쳤다. "당신은 내 질문에 대답을 안 했어요." 맷이 눈썹을 치켜올리며 말했다.

'이런, 자기 자신에 확신을 가져요.'라고 헬렌은 갑자기 얼굴을 붉히면서 생각했다.

"연락할게요."라는 말은 헬렌이 벽장 밖으로 뛰쳐나오면서 할 수 있는 유일한 것이었다. 그 생각이 머릿속을 맴돌았다. 오르가즘을 네 번이나 느껴서 그런 것일까, 아니면 진지하게 저녁을 같이 먹자고 할 생각일까? 헬렌은 샤워를 하고, 화장을 하고, 옷을 입을 시간이 30분 정도밖에 없었기 때문에 생각을 접어두고 해야 할 일에 집중했다.

31장

스테이시 스톤브룩은 팔콘만 세트장에서 가장 가까운 호텔인 더그로브 호텔에서 저녁에 고른 드레스의 지퍼를 올리고 있었는데, 로즈골드색의 도나텔라 베르사체 드레스는 하늘하늘하면서도 멋스러웠고, 스테이시의 지금 기분을 그대로 드러내 주었다. 자낙스(마약)를 더이상 복용하지 말라는 쉬나의 지시에도 불구하고, 스테이시는 체크인할 때 참을 수 없을 정도로 불안하여 한 알을 먹었다.

스테이시가 왜 그곳에 왔는지 잘 알고 있는 호텔 카운터 직원은 스테이시에게 방 열쇠를 건네줄 때 속삭였다. "오늘 밤 행운을 빌어요. 당신이 우승했으면 좋겠어요, 스톤브룩 씨!" 스테이시는 감동받았고, 팁을 후하게 주며 감사를 표현했다. 하지만 일단 방에 들어가자, 두려운 감정이 갑자기 밀려오면서 동시에 두려움이 엄습해 왔다.

'나는 지금 이 쇼를 해낼 만큼 과거에 정말 잘 해내었던가?' 자신을 의심하게 만드는 머릿속의 목소리는 평소보다 더 컸다. '넌 한물갔어,

스테이시! 그들이 그랬잖아. 아무도 너한테 감명받지 않을 거야. 그들은 비웃었어.'

그녀는 소형 냉장고를 열고 커다란 보드카 토닉을 만들더니 마법의 알약에 손을 뻗어 또 한 알 떨어뜨렸다.

자낙스(마약)는 10분 만에 효과가 나타났고, 그 목소리들은 제인 위들린의 '러시아워'의 사운드 트랙으로 대체되어 그녀의 아이폰에서 크게 재생되었다.

스테이시는 제인의 가사를 저녁 동안 좌우명으로 삼아 노래를 부르며 방 안에서 이리저리 춤을 추었다.

마침내 두 잔의 보드카 토닉을 더 마신 후, 스테이시는 질문에 대답할 준비가 되었고, 낯선 사람들에게 소중히 여겨질 자신이 있었으며, 다시 한번 클로즈업될 준비를 마쳤다.

스튜디오에서 스테이시를 데리러 보낸 차에 탔을 때, 스테이시는 마치 호텔 카운터 직원이 그녀를 바라본 것처럼 자신을 보기 시작했다. 스테이시는 스타였다. 오늘은 스테이시의 시간이 될 것이었다. 매퀸의 하이힐을 신고 비틀거리며 엘리베이터로 가는 동안 스테이시는 공중을 걷고 있다는 느낌을 지울 수 없었다.

파라는 완전히 기분이 엉망이었다. 스튜디오에서 5분 거리에 있는 팔콘만의 출연진과 제작진 대부분이 거주하는 아파트에서 파라는 화장실에서 무릎을 꿇고 숨을 헐떡이고 있었다.

파라는 아이팟에서 울리는 미시 엘리엇의 '워크 잇'을 듣는 동안 우스꽝스러운 제임스 본드의 새하얀 턱시도를 입고 거울에 비춰보고 있었는데, 파라의 반짝이는 피부와 탄력 있는 실루엣이 더 빛이 났다. 그때 휴대폰에서 메시지가 울렸다. 파라는 휴대폰을 집어들고 아만다의 문자를 보았다.

"공연 시작하기 전에 할 얘기가 있어."

갑자기 욕지기가 느껴져 배 속의 모든 것이 올라올 것 같았다. 하루 종일 아무것도 먹지 않았다. 저녁에 있을 쇼를 위해서였다. 식중독은 아니었다. 완벽하게 화장을 한 얼굴을 변기 위에 걸치면서 파라는 문자를 훑었다. 적어도 세 번의 키스 표시와 이모티콘을 자주 쓰던 아만다와는 다르게 키스 표시도 없었다.

파라는 확실히 알아차렸다.

파라는 다시 헛구역질을 하며 빈속에서 담즙을 게워낸 후 입을 닦고 마루에서 일어나 다시 휴게실로 걸어갔다.

"빌어먹을." 파라는 큰 소리로 말하고 나서 옆에 내려놓았던 샴페인을 마시며 다시 한번 전신 거울에 비친 자신의 모습을 바라보았다. 이번에는 '제임스 본드' 영화에 등장했던 악당이 노려보고 있었다.

리디아 체임버스의 스튜디오 운전기사가 성 아그네스 호텔에서 누구를 데려가야 하는지 들었을 때, 그는 그 이름을 구글로 검색해야만 했다. 그녀는 스물다섯 살이었고, 그는 그녀에 대해 들어본 적이 없었다. 그는 인터넷에 올려있는 사진을 훑어보고 그녀의 위키백과 항목을 휙휙 넘겨본 후, 어렸을 때 엄마가 보던 드라마에 등장했던 그녀를 어렴풋이 기억했다. 하지만 그가 그 썬팅이 된 차를 호텔 입구까지 몰고 가서 큰 야자수 아래에서 선 채로 전화하는 리디아를 보았을 때, 그녀는 그가 기억하는 모습과 전혀 달랐다. 그가 그곳에 있다는 것을 알리기 위해 전조등을 켰지만, 빛은 리디아의 옷을 뚫고 지나갔다. 리디아의 옷은 거의 입은 것 같지 않은 완전히 하얀 드레스였고, 아슬아슬하게 드레스 한쪽이 갈라져 있어서 아주 멋지고 탄력 있는 다리가 드러났다. 젠장! 그는 생각했다. 그는 리디아가 몇 살인지 전혀 몰랐지만, 리디아는 매우 섹시했다. 그는 얼마 전 코로나19가 발생한 이후로 고객을 위해 차 문을 열어주던 습관을 버렸지만, 오늘 밤은 예외로 할 예정이었다.

운전기사가 열어놓은 차 문을 향해 걸어오던 리디아는 황금색 힐이 바스락거리는 소리를 내자, 한동안 경험하지 못했던 다리 사이의 떨림이 느껴졌다. 폐경 후인데다가 호르몬 대체 요법에도 불구하고 아주 상황이 좋은 때에도 리디아는 성적 욕구로 인해 위태위태했다. 하지만 오늘 밤, 젊은 운전기사의 근육질 체격과 삭발한 머리, 그리고 목덜미에 조금씩 보이는 문신이 리디아의 허벅지 사이의 그곳을 요동치게 했다.

리디아는 그 야수 같은 기사에게 가까이 다가서자마자, 반응하는 자신의 몸을 이해할 수 없었다. 데이트할 때 그녀는 항상 젊은 주드 같은 외모를 좋아했지만, 이 운전기사는 '브레이킹 배드' 에피소드나 심지어 범인 확인을 위해 줄지어 세운 피의자 역할에도 어울리지 않을 것 같았다. 하지만 그에게는 총알처럼 단단하고 꼿꼿한 그녀의 젖꼭지를 떨리게 하는 최면술과 같은 무언가가 있었다. 또한 이 드레스는 그 모든 것을 보여줄 것이었다. 리디아는 그에게 다가서면서 자신이 터무니없다고 스스로에게 말했다. 그는 분명히 리디아의 나이의 반도 안 되었고, 그녀에게 관심조차 없을 것이었다. 그래서 리디아는 그의 시선을 피하며 말없이 뒷좌석으로 미끄러지듯 들어갔다.

그를 지나칠 때, 그 운전기사는 가까이 있는 리디아가 흠잡을 데 없이 보인다는 걸 알아차렸다. 리디아에게서 또한 좋은 향기가 풍겼다. 리디아가 차에 오르자 흥분시키는 기운이 그를 휘감았다. 그는 리디아가 드레스 안에 속바지를 입지 않았다고 확신할 수 있었는데, 이 생각으로 그의 성기가 벌떡 일어났고, 그의 연회색 정장 바지를 밀어붙이기 시작했다. 문이 아직 활짝 열려 있었기 때문에, '고맙다'는 말을 하려던 리디아가 알아차렸다.

그들의 눈이 마주치고, 그들 사이의 성적인 끌림이 타오를 때 잠시 동안 둘은 한마디 말도 없었고 움직이지도 않았다.

깜짝 놀란 리디아는 한쪽 다리를 길게 뻗으며 차 안으로 몸을 밀어넣고 황금색 힐을 문에 기대었다. 리디아가 그렇게 하면서 보여준 그 모습으로 운전기사는 리디아가 그 드레스 아래로는 완전히 벌거벗었다는 것을 알게 되었다.

어쩌면 리디아는 불과 몇 시간 떨어진 곳에서부터 전 세계 수백만 명이 그녀의 복귀하는 모습을 보러 왔다는 사실, 그녀가 주목받고 있다는 것, 혹은 며칠 전에 두 배로 늘려 복용한 호르몬 때문에, 지금 리디아의 몸이 살아나서 배고픔을 느끼며, 흥분하게 된 것인지도 모른다. 리디아는 이 운전기사를 원했다. 그것도 지금 당장, 거의 제정신이 아닌 상태에서 리디아는 자신이 젊은 남자에게 애교어린 소리를 내는 걸 알아챘다. 그것은 리디아가 한때 유명한 커피 광고 시리즈에서 사용했던 것과 같은 목소리였다. 리디아의 광고 마지막 장면은 남자가 리디아와 성관계를 하려고 수줍게 문을 닫기 전에 시시덕거리는 장면이었다.

"절 위한 건가요?" 리디아가 신발을 그의 사타구니 위로 옮기고 발가락 끝으로 그의 불룩한 부분을 찌르면서 말했다.

운전기사는 리디아의 눈을 똑바로 쳐다보았다. "그건 당신이 만일…" 그가 말을 시작했다.

그가 말을 끝내기도 전에, 리디아는 몸을 앞으로 숙이고 그의 바지 지퍼를 미끄러지듯 내렸다. 매니큐어를 칠한 리디아의 손이 그의 부드럽지만 강철처럼 딱딱하고 고동치는 살덩이를 움켜쥔 후 리디아는 다른 손으로는 마지막 단추를 풀고 그의 바지를 슬쩍 내렸다. 리디아의 앞에서 흔들고 있는 그것은 아마도 리디아가 본 것 중 가장 큰 성기였다. 리디아는 그를 차 안으로 끌어들이고 나서 드레스를 한쪽으로 옮기고 다리를 벌렸다. 그의 축축하게 젖은 성기 끝이 리디아에게 들어가기 시작하고, 그의 입이 리디아의 밝은 분홍색 젖꼭지를 굶주린 듯이 빨아대었고, 리디아는 황홀함에 숨을 헐떡였다. 그가 리디아 안으로 완전히 들어가자 리디아는 간신히 힐 뒤꿈치를 이용해 차 문을 당겨서 닫았다.

매들린 케인은 팔콘만 세트장 위 펜트하우스에서 벌거벗은 채 바닥에서 천장까지 거울로 된 벽 앞에 서 있었다. 매들린은 자기 자신을 보는 것을 좋아했고, 그녀의 깨끗한 몸 구석구석을 천천히 훑어보았다. 몇 분간 더 자신의 모습을 감상한 후, 그녀는 휴대폰을 들고 채드에게 전화를 걸었다. 채드는 호주 출장 중이어서 시차 때문에 음성사서함으로 넘어갈 것을 알고 있었다.

"자기야!" 그녀가 가장 부드럽고 섹시한 억양으로 말했다. "난 단지 내가 당신을 얼마나 사랑하는지 말하고 싶었어." 매들린은 수화기를 통해 매혹적인 숨을 쉬었다. "당신에게 줄 작은 선물을 준비하려고 해, 여보! 당신이 좋아했으면 좋겠어."

화장대 위에 폰을 올려놓은 매들린은 빨간 비단 가운을 걸친 모습으로 정확하게 세 방향의 거울이 보이게끔 비스듬히 놓은 뒤 카메라 앱에서 녹화버튼을 눌렀다.

그들이 떨어져 있을 때마다 채드가 잊고 있던 것을 상기시켜주는 섹시하고 작은 무언가로 그를 놀라게 하는 것이 매들린의 습관이었다. 오늘 저녁 매들린은 그들이 처음 만났을 때 채드를 위해 해보였던 장면을 다시 연출하기로 했다.

매들린과 채드가 루이지애나에 있는 길거리 시장에서 눈을 마주친 순간부터, 매들린은 채드가 운명의 남자임을 느꼈다. 어렸을 때 매들린은 그리스 신화에 빠져 있었는데, 만약 남자가 신을 닮았다면 그것은 바로 채드였을 것이다. 채드는 키가 크고 강인한 외모, 금발 곱슬머리에 잘생긴 데다, 눈은 녹갈색이었으며 후광이 보였다. 매들린은 채드와 같은 사람을 본 적이 없었다.

그 끌림은 상호 간에 일어났다. 윤리적 교역를 통해 수백만 달러를 벌어들인 독실한 남부 지방 침례교도의 아들인 채드는 미국에서 가장 인기 있는 총각 중 한 명이었다. 그런데 그런 채드가 매들린의 슈퍼모델 같은 몸매와 키, 고양이상 외모를 보는 순간 첫눈에 반했다.

채드는 그곳에서 점심을 먹자고 매들린을 초대했지만, 그들은 끝내 식전주조차 같이 마시지 못했다. 그들은 가장 가까운 5성급 호텔을 예약했고, 엘리베이터에서 내린 후로는 옷을 벗은 채 72시간 동안 스위트룸에만 있었다.

그들이 보냈던 그 황홀한 첫날에 발견했던 많은 유쾌한 것들 중 하나는 서로가 자위하는 걸 보는 것이 얼마나 서로를 흥분시키는 일인지를 알게 된 것이었다. 그 후 15년 동안 결혼 생활을 하면서도 싫증이 나지 않았다. 매들린이 오르가즘에 달하는 것을 볼 때마다 채드는 열광했고, 채드의 불가피하고 긴급하며 광적인 반응 때문에 매들린도 젖었다.

매들린은 화장대에 앉아 자신의 오른쪽 가슴을 드러내기 위해 가운을 벗은 후, 기교있게 매니큐어를 칠한 왼손을 그 주위에 오므리고 젖꼭지를 애무하기 시작했다. 흥분에 겨워 목을 아치모양으로 구부린 그녀는 도발적으로 카메라를 향해 입술을 불룩 내밀더니 손가락 두 개를 입에 넣고 촉촉하게 한 다음, 다리 사이로 손을 내렸다.

32장

팔콘만 절벽, 매우 가파른 낭떠러지에 수천 개의 반짝이는 별이 수를 놓았고, 별들은 다이아몬드처럼 반짝였다. TV와 자연의 마법 같은 만남이었고, 결과는 매우 웅장하고 아름다웠다. '쌍년파티'는 루시 딘의 악명 높은 해변 술집 '더 코브'를 중심으로 진행되었다.

편평한 마루가 U자형 산책로의 모래 위에 놓여져 섬 안의 섬을 만들었고, 탑 곳곳에 거미줄처럼 카메라가 설치되었다. 세트장 위의 맑은 하늘에는 언론용 드론이 높이 떠 있었다.

로스 오웬은 그 파티에 초대받은 최초의 언론인 중 한 명이었다. 최근 이 쇼에 대해 긍정적인 보도를 많이 한 것에 대한 보상이었다. 로스는 도착하자마자 그에게 권하는 샴페인을 거절했다. 파티를 좋아하는 그를 술에 취하게 하는 것이 모두 방송사 계획의 일부라는 사실을 알아챘기 때문이다. 로스는 아무것도 놓치지 않기로 마음을 단단히 먹었다. 로스는 TV 쇼의 출연진과 제작진을 인터뷰하고, 아침에 헤럴드지에 투고하기 위해 모든 걸 기록했다.

본 무대의 금박으로 장식된 단상에는 제이크 먼로가 마이크를 손에 들고 쇼를 시작할 준비를 하고 있었고, 제이크의 가슴에는 잠든 올리비아가 있었다. 제이크는 매들린이 직접 사회를 맡아달라고 했을 때 깜짝 놀랐었다. 제이크는 매들린이 수줍음이 많지 않아 최소한 공동사회를 원할 것이라고 생각했지만, 제이크 단독으로 사회를 보게 되었고, 제이크는 주도권을 잡는 것을 즐겼다.

스튜디오 무대 감독이 5초 남았다고 손짓하면서 카운트다운을 시작하자, 촬영 감독들은 그곳에 꽉 들어찬 청중들에게, 좌석으로 이어지는 길고 검은 전선에 걸려 넘어지지 않도록 주의를 주었다. 크레인이 머리 위에서 빙빙 돌며 전체 샷 사진을 찍기 시작하자, 카메라 크레인 보조원이 달려와 사람들을 이동하게 했다.

'방송 중'이라는 표지판이 빨간색으로 반짝였고, 팔콘만의 주제곡 첫 몇 소절이 울려 퍼졌다. 제이크는 1번 카메라를 바라보며 말하기 시작했다.

"안녕하십니까? 팔콘만에 오신 걸 환영합니다. 저는 제이크 먼로입니다. 그리고 이 아이는 제 사랑스러운 딸 올리비아입니다." 제이크는 품에 있는 올리비아를 향해 손짓을 했고, 관중들은 "아!"라고 탄성을 질렀다. 제이크는 두 팔을 벌리고 활짝 웃으며 덧붙였다. "또 이것은 저의 또 다른 사랑, 팔콘만입니다. 그런데 이 사랑스런 팔콘만은 전혀 안 졸린 듯하네요."

제이크의 귀여운 농담에 박수와 웃음이 터져 나왔다.

"오늘 밤 독점 방송을 통해 지금까지 본 적이 없는 사람들과 장소들을 소개하고, 우리 드라마에 새로운 쌍년이 될 최종 후보 7명의 여배우를 발표하겠습니다."

이번에는 늑대 휘파람 소리와 더 큰 박수가 울려 퍼졌다.

"파티를 시작하면서 옛 추억을 더듬어 봅시다. 39년 동안 팔콘만이 얼마나 생생하고 멋지게 걸어왔는지 다 함께 보시죠."

카메라 크레인이 팔콘만을 빙빙 돌자 모두가 샴페인을 높이 들었다.

"건배!" 제이크는 생중계 모니터가 몽타주로 바뀌자 미소를 지었고, 이어 방송이 나갔다. 그는 재빨리 단상에서 내려와 잔심부름꾼에게 올리비아의 베이비 캐리어 끈을 벗기라는 신호를 보냈다. 올리비아를 잔심부름꾼의 품에 맡긴 제이크는 로스에게 걸어가 하이파이브를 했다.

사운드 데스크 뒤에서 제이크를 지켜보던 아만다는 들고 있던 샴페인을 들이킨 후 웨이터가 지나가자 샴페인 잔 두 개를 더 집어 들더니 모두 마셨다. "오, 정말 멋진 공연이야." 아만다는 숨을 죽이고 조용히 말했다.

청중 사이로 피즈 두 잔을 든 댄이 아만다 쪽으로 다가가는 것이 보였다. 댄은 아만다가 원래 알던 따분한 회계사가 아니었다. 아만다의 시선은 댄의 탄력있는 가슴에서 머물렀고, 댄의 멋진 근육은 꼭 맞는 셔츠 아래로 선명하게 드러났다. 댄을 보는 것만으로도 아만다는 마음이 크게 떨렸고, 이런 떨림을 전에는 한 번도 느껴본 적이 없었다.

댄이 다가와 사운드 데스크 뒤에서 쇼를 보고 있던 아만다의 곁에 섰다. 많은 청중들 사이에서 함께 동영상을 보는 동안, 댄은 왼손으로 교묘하게 아만다를 감싸 안았고, 아만다의 드레스 부드러운 옷감 사이로 엉덩이를 쥐고 애무하기 시작했다. 댄의 손가락이 아만다의 허벅지 뒤쪽으로 슬금슬금 내려가서 옷자락을 쥐어뜯기 시작하자, 아만다는 온 신경 끝이 곤두서 전율했다. 댄은 손가락 끝으로 스타킹을 팬티라인 위의 살까지 천천히 끌어올렸고, 아만다는 평상심을 유지하기 위해 최선을 다해 천천히 심호흡을 하였다.

그러나 아만다는 안으로 녹아내리고 있었다. 댄의 손가락은 부드럽고 끈질기게, 그래서 아만다가 마침내 더 이상 버틸 수 없을 때까지 탐색하고 빙글빙글 돌며 놀려댔다. 아만다는 오르가즘을 느끼면서 사운드 데스크를 움켜쥐었고, 입술을 깨물며 최대한 조용히 숨을 헐떡였다. 모든 감각이 고조되었고, 아만다의 입에서 환희가 뿜어져 나왔다. 댄은 아만다 뒤에 서서 아만다를 압박했다. 댄의 성기는 딱딱하게 한껏 부풀었지만, 샴페인 잔을 여전히 손에 들고 있었다. 댄과 아만다는 단지 쇼를 보고 있는 척하고 있을 뿐이었다.

파라는 군중들 사이에서 댄과 아만다의 모습을 언뜻 보았다. 스크린에는 곧 익사하는 루시 딘의 딸이 등장했고, 그녀의 마지막 씬인 35세 때의 장면이 송출되고 있었다. 그것은 정말 가슴 아픈 장면이었고, 댄은 아만다에게 잔을 들고 "브라보!"라고 외쳤다. 아만다는 희미한 미소를 겨우 지었다.

아만다는 파라에게 아직 댄과의 사건들을 이야기하지 않았고, 이제는 너무 늦어버렸다. 그것을 자책하기 전에 아만다는 댄의 뜨거운 숨결을 귀에서 느꼈다,

"더 이상 견디기가 힘들어요. 이제 좀 진정시켜야겠어요."

댄이 중얼거렸다. 맙소사, 댄의 목소리조차 아만다의 가슴을 타오

르게 했다. "당신과 가까이 있는 것만으로도 나는 터질 것 같아요." 댄이 속삭이듯 말하며 아만다의 몸을 부드럽게 눌렀다.

댄의 입술이 목덜미에 살짝 닿자 아만다는 댄과 함께 몰래 달아나고 싶었다. 댄을 느끼고 싶었고, 그의 냄새를 맡고 싶었다. 그러나 이 와중에 아만다가 사라질 수 있는 방법은 없었다.

아만다는 몸의 울림에 굴복하지 않기 위해 다시 한쪽으로 물러났다.

"나중에 봐요." 댄이 발기한 사실을 숨기려고 사람들 속으로 사라지자 아만다는 쓴웃음을 지었다. 아만다는 목에서부터 살금살금 올라오는 홍조가 얼굴에 나타나지 않기를 바랐다.

몽타주(영화나 사진 편집 구성의 한 방법. 따로따로 촬영한 화면을 적절하게 떼어붙여서 하나의 긴밀하고도 새로운 장면이나 내용으로 만드는 일)가 끝나자 올리비아 없이 제이크가 단상으로 돌아왔다. 이번에는 로스를 뒤에 데리고 나타났다. '방송 중'이라는 표시등이 다시 빨간색으로 켜졌다.

"정말 대단하지 않습니까?" 제이크가 말하기 시작했다. "지난 40년 동안 우리 드라마는 대단한 여정을 거쳤습니다. 그리고 이건 단지 시작일 뿐이었습니다. 오늘 밤 쇼가 진행되는 동안, 40주년 기념으로 저희는 현재 출연진과 담소를 나눌 뿐만 아니라 성공을 위해 경쟁하는 여성들을 만날 것입니다. 그리고 우리 드라마가 12월로 마흔 살이 된 것을 축하하기 위해, 오늘 밤 팔콘만 크리스마스 에피소드는 완전히 생방송으로 진행될 것임을 공표합니다."

함성과 환호성이 이어졌고, 파라도 매우 큰 함성을 질렀다. 제이크가 한 말을 듣고 이 쇼가 엄청난 순간이라는 것을 느꼈을 때 파라의 가슴은 흥분으로 터질 것 같았다. 파라는 아만다에게 자신이 저지른 끔찍한 실수를 사죄하고 용서받기를 기도했지만, 지금은 단지 영광의 순간을 즐기겠다고 마음먹었다. 파라는 이 모든 것을 누릴 만큼 충분히 노력했다.

"특별한 에피소드에는 특별한 감독이 필요한 법이죠." 제이크가 말을 이었다.

파라는 '바로 이거야!'라고 생각했다. 그리고 제이크가 파라의 이름을 부를 때 카메라가 그녀를 잘 비출 수 있도록 자리를 잡고 있었고, 파라는 무대 쪽으로 성큼성큼 걸어가기 시작했다.

"그리고 크리스마스에 저희를 이끌어주기로 선택된 감독은 여러분들도 잘 알고 계신 분입니다. 사실, 지난주 여기 있는 로스 씨 덕분에 너무 잘 알려져 있죠."

로스는 우쭐해 보였다. 파라는 혼란에 휩싸였다.

"하지만 팔콘만에서 우리 캐릭터들의 삶을 증명해 주는 한 가지가 있다면, 두 번째 기회가 꼭 필요하다는 것입니다."

파라의 등줄기에 냉기가 엄습했다.

"우리가 이 쇼에서 하는 모든 이야기에는 그들의 마음속에 한 가지 원칙이 있습니다." 제이크는 계속 말했다. "가끔 나쁜 짓을 하는 착한 사람들에 대한 이야기입니다. 우린 세상이 알아주길 원해요. 만약 당신이 미안해하고 기꺼이 변화하려고 한다면, 당신 역시 두 번째 기회를 얻을 수 있다는 걸 말이죠. 그래서 저희의 특별한 크리스마스 라이브 에피소드의 감독은 다름 아닌 팔콘만의 1등 감독인 에이든 앤더슨입니다."

청중들은 앤더슨의 이름에 환호했고, 그들이 반으로 갈라지자 에이든이 스포라이트를 받으며 제이크와 함께 단상에 올랐다. 카메라는 박수갈채 속에서 포옹하는 그 두 남자를 클로즈업했다.

에이든이 제이크로부터 마이크를 받아 말을 하려고 준비할 때, 파라는 그 자리에서 꼼짝도 할 수가 없었다. 파라는 웨이터가 나르는 쟁반에서 샴페인 병을 통째로 낚아채 꿀꺽꿀꺽 마셨다.

"고맙습니다." 에이든은 최대한 휴 그랜트를 흉내내며 '나는 창녀와 함께 잡혀 들어가긴 했지만, 여전히 멋진 사람이에요.'라는 어조로 말했다. "힘든 한 주였죠."

로스는 두 손을 들었다. "죄송합니다, 여러분!" 그가 명확하게 말했다.

청중들은 수백 명 앞에서 칭찬이 아닌 누군가의 경력의 끝을 의미하는 이 세 남자들을 보고 웃었다. 에이든은 잠깐 멈추어 어조를 바꾼 다음, 오스카상을 향해 움직였다.

"하지만 진심이었습니다." 에이든이 계속 말했다. "그것은 제가 필요로 했던 주의를 촉구하는 사건이었어요. 아주 나쁜 선택을 했지만, 전 좋은 사람이고 C.I.TV와 멋진 팬들의 성원에 힘입어 또 다른 기회가 주어졌어요. 제가 정말 아끼는 저의 일뿐만 아니라 삶에서도요. 제가 오늘 아침 첫 번째 마약중독자 자조모임에 참석했는데, 이제 필요한 도움을 받고 있다고 말할 수 있게 되어 저 자신이 정말 자랑스럽습니다."

제이크가 에이든의 손을 잡고 남자답게 정중하게 악수하자 또 한 번의 큰 박수가 울려 퍼졌다. 마치 그들이 복싱링에 있고 제이크가 승리를 선언하는 것 같이 보였다.

파라는 시선을 돌렸다. 파라는 이것을 단 1초도 더 참을 수 없었다. 객석 뒤편 VIP 단상에 있는 매들린 케인을 발견하고 파라는 그녀를 향해 다가갔다. 파라는 순식간에 그 앞에 섰고, 손에는 술병을 들고 있었다.

"이건 말도 안 돼!" 파라는 두 계단을 오르면서 소리쳤고, 크리스탈로 장식된 캣슈트를 입은 매들린이 완전히 침착한 모습으로 파라와 만났다.

"그래도 TV에는 잘 나오잖아. 그게 오늘 밤에 가장 중요한 점이야." 매들린은 에이든이 여전히 이야기하고 있는 무대에서 눈을 떼지 않은 채 냉정하게 대답했다.

"젊은 범죄자들과 선거권을 박탈당한 젊은이들에게 영화 제작 기술을 가르치게 되었다고 발표하게 되어 자랑스럽습니다. 그리고 그들 중 한 명은 새로운 감독 제도의 일환으로 이곳 팔콘만에 배치되었습니다. 구원의 기회를 주셔서 진심으로 감사의 말씀 드립니다."

에이든이 연설을 마치자, 제이크는 그의 등을 토닥거렸다. 사람들이 환호성을 질렀고, 제이크는 마이크를 다시 잡았다.

"자, 이제 곧 광고 후에 몇몇 쌍년들을 만날 수 있을 겁니다."

카메라의 빨간불이 꺼지자 파라는 매들린에게 빠짝 다가섰고, 매들린은 파라가 지금 얼마나 가까이 와 있는지 알아차리고는 파라를 향해 고개를 돌렸다. 매들린은 파라의 손에 든 술병 쪽으로 시선을 옮겼다.

"정말 에이든의 헛소리를 믿어?" 파라는 한 모금 더 들이키기 전에 침을 뱉었다. "내가 믿는지 아닌지가 중요한 게 아니라, 우리가 에이든에게 기회를 줬기 때문에 이 쇼가 성공하느냐 마느냐가 중요한 거야. 네가 그 소식을 듣고 충격을 받은 것을 보고 놀랐어."라고 매들린은 입가에 반쯤 미소를 띠며 말했다. "너와 아만다가 아주 가까운 사이이니까, 아만다가 너에게 말했으리라 생각했거든? 에이든의 구원과 이 공개적인 속죄가 아만다의 아이디어였지.

파라는 갑자기 배를 걷어차인 것처럼 숨이 막혔다. 그리고 나서 파라는 문자메시지를 기억했다. 아만다가 파라에게 말하려고 했던 것이 그 문자메시지의 내용이었던 것일까?

매들린은 파라의 팔을 만졌다. "제이크가 크리스마스 라이브 공연을 맡겼을 때는 진심이었다는 걸 알아줬으면 해. 에이든은 제이크에게 있어 죽은 사람이나 마찬가지야. 그러나 아만다가 쉬나 매퀸의 법정 소송에 대한 것과 우리가 좋아하든 싫어하든 에이든을 도와줘야 할 의무가 있다는 것을 상기시켜 주었어."

파라는 매들린의 말을 듣고 휘청거리며 뒤로 물러섰다. 매들린은 그것을 자꾸 들먹이려는 것 같았다. "나도 확신할 수 없었지만, 헬렌골드가 아만다를 지원했을 때, 이 방법이 최선이라고 확신했지."

파라는 그녀가 듣고 있는 말을 믿을 수가 없었다. 처음엔 아만다와 지금은 헬렌, 두 사람에게 모두 말할 배짱이 없었다. 파라는 이제 거의 비어버린 병에서 한 모금을 더 마셨다.

"그러니 에이든이 다시 망칠지는 두고 봐야 알겠지만, 지금은 TV 역사상 최고의 순간이야." 매들린은 음료 테이블에서 빈 샴페인 잔을 집어 들어 파라에게 건네주었다. "이걸 사용해 줘. 많은 사람들이 이곳에 불성실한 직원이 가득 차 있다고 생각하면 안 되잖아."

제이크가 다시 단상에 올라서자 매들린은 다른 곳으로 걸어갔다.

33장

"다시 돌아온 걸 환영합니다!" 무대에서 제이크가 우렁차게 말했다. "이제 여러분에게 팔콘만의 쌍년을 위한 첫 번째 도전자를 소개하겠습니다. 허니 헌터 양입니다."

보드워크 맨 끝에서 반짝이는 커튼이 열리고 청중들이 열광하며 쇼의 주제곡이 다시 시작되자, 완벽한 몸매의 허니가 어슬렁거리며 걸어 나왔다. 허니는 아주 멋져 보였다. 허니는 영웅이 된 것 같다고 느꼈으며, 드론이 주위를 빙빙 돌며 그녀를 촬영할 때는 손을 흔들며 크고 따뜻한 미소를 지어 보였다.

청중들은 다시 환호했고, 로스 오웬은 현재 자신의 인터뷰 장소에 앉아서 허니를 기다렸는데, 그것은 제이크가 에이든에 대한 생각을 180도 바꾸기로 합의했을 때, 로스가 제이크와 맺은 거래의 일부였다.

"오, 허니! 에이든 사건 이후로 팔콘만은 지금이 가장 좋은 때야. 당신은 꽤 혼자 긴 시간을 보냈잖아." 로스는 카메라를 보고 우스꽝스런 표정을 지으며 그들이 생방송으로 진행하고 있는 점을 과시하기 위해 말했다.

"난 이제 팔콘만이 드라마인지, 범죄 시리즈물인지 궁금해지기 시작했어!" 로스는 웃고 나서 마이크를 자기 맞은편 의자에 앉아있는 허니를 향해 가리켰다.

"모두가 이미 알고 있듯이, 로스 씨!" 허니는 부드러운 목소리로 이야기를 시작했다. "저는 그 작은 사건에 대해 결백했습니다." 로스가 눈살을 찌푸렸다.

"그러나 저는 죄가 있습니다." 허니는 계속 말했다 "이 쇼를 이어받기에 적합한 여성이라는 죄 말입니다."

허니는 빨간불이 켜져 있는 세 대의 카메라 중 한 대를 찾아 몸을 돌렸다. 그 한 대를 바라보고 이야기하면서 허니는 자신이 집에 있는 시청자들을 직접 보고 있다는 것을 느꼈다.

"팔콘만 청중 여러분! 제가 여러분의 쌍년입니다. 그러니 이 죄인에게 투표하셔서 저를 승자로 만들어 주세요." 그리고 나서 허니는 최고의 미소를 지으며 윙크로 마무리했다.

스튜디오의 청중들과 집에 있는 수백만 명의 팬들은 우레와 같은 박수갈채와 함께 환호성을 질렀다.

캐서린은 아만다와 함께 발코니에서 아래의 상황을 관찰하고 있었다. 허니는 오스카상 수상을 포함한 그녀의 경력이 스크린에 나오는 동안 팬들과 셀카를 찍고 있었다.

"오스카상 수여식을 보여주는 건 현명한 판단이야."라고 캐서린은 말했다. 아만다는 고개를 끄덕였다.

"좋아 보여. 허니가 우승할 가능성이 높다고 생각해." 캐서린은 술을 홀짝홀짝 마셨다.

"허니가 우승하면 허니와 같이 일하게 되는데, 괜찮겠어?"

캐서린은 어깨를 으쓱했다. "난 프로야, 애. 나는 누구라도 같이 일할 수 있어. 너랑도 말이지."

아만다는 그 비꼬는 듯한 말에 당황했다. 하지만 아만다가 캐서린에게 자신의 문제가 무엇인지 묻기도 전에 매들린이 다가오는 것을 알아차렸다.

캐서린은 매들린이 들을 수 있도록 목소리의 볼륨을 높였다. "이 재앙 같은 상황에서 에이든 앤더슨을 도와준 건 너의 잘못이야."

"왜?" 아만다는 진심으로 놀랐다. 아만다는 캐서린이 에이든에 대해 특별한 의견이 있다는 것을 몰랐다.

"난 두 번째 기회를 주는 것에는 찬성하지만, 마약에 관해서는 안된다고 봐. 사람들도 두 번째 기회를 주기를 원하지만, 그러지 않잖아. 마약에 연루되었을 때 필요한 것은 짧고 날카로우며 고통스러운 충격을 주는 거야."

매들린은 그들에게 다가와 샴페인이 든 새 잔을 집어 들며 눈을 가늘게 뜨고 그들을 향해 잔을 들었다.

아만다는 매들린의 메이크업에 매료되었다. 고양이털처럼 곱슬거리는 새까만 속눈썹 연장에 아이라이너를 덧발랐고, 반짝이는 에메랄드빛 아이섀도는 그녀의 홍채와 완벽하게 조화를 이루었다. 매들린은 매우 아름다웠다.

"개인적인 경험이 있는 것 같네요, 캐서린!" 매들린이 말했다. "쉬나에 대해 말하는 건가요?" "아니요. 쉬나가 더 이상 스포라이트를 받지 않게 된 것이 그녀의 목숨을 구했다고 당신에게 처음으로 말했지만, 그게 다예요."

아만다는 캐서린이 그만하길 바라며 날카로운 시선으로 캐서린을 바라봤지만, 매들린은 잔을 들고 계속 말하라는 손짓을 했다.

"우리도 수년 전에 비슷한 상황이 있었죠. 제 아들을 연기한 어린 소년이었는데."

"캘빈 버틀러 말인가요?" 매들린이 말했다.

아만다와 캐서린 모두 매들린이 오랫동안 잊혀진 출연자의 이름을 알고 있다는 사실에 놀랐다.

"네." 캐서린이 고개를 끄덕였다. "젊은 캘빈은 여기저기 돌아다니며 마약에 중독되었고 엉망진창으로 살았죠. 쉬나처럼 말이에요."

매들린은 주의 깊게 듣고 있었다. 매들린는 술을 홀짝이는 것을 멈추고 캐서린에게 모든 주의를 기울였다. 그것이 아만다를 불안하게 했다. 분명히 캐서린은 아만다에게 또 다른 강타를 보낼 준비를 하고 있었다.

그들 아래의 무대에서는 다음 여배우가 무대 위를 활보하였고, 카메라가 돌아가며 촬영하는 동안 로스와 재치 있는 말을 주고받았다.

"캘빈은 마음씨 착한 아이였어요." 캐서린이 말을 이었다. "그러나 그 명성을 감당할 수 없었죠. 캘빈의 부모님은 그가 어렸을 때 돌아가셨고, 그 해에 바로 보호 시설로 보내졌어요. 캘빈이 연극 학교에서 장학금을 타게 되어 팔콘만의 눈에 띄었지만, 결국 아무에게도 돌봄을 받지 못하자 엇나가기 시작했죠. 정말 보기 힘들 정도로 가슴 아픈 일이었어요. 저는 제 방식대로 엄마 노릇을 하려고 했지만, 캘빈에게는 힘든 사랑이었던 것 같아요. 모든 사람이 연기에 적합한 것은 아니에요. TV는 사람을 죽일 수도 있어요.”

“당신은 잘 해낸 거 같은데요.” 매들린이 무미건조하게 대답했다.

캐서린은 고개를 끄덕였다. “맞아요. 왜냐하면 저는 이 드라마를 위해 만들어졌고, 상대적으로 늦은 나이에 왔기 때문이에요. 하지만 다른 사람들은 그렇게 강건하지 않아요. 모든 부정적인 언론과 가차 없는 검토들을 견뎌내기 위해서는 마음을 단단히 먹어야죠. 세상의 눈이 계속 나를 바라본다는 압박감은 사람들을 불안하게 하고, 결국 모든 사람들이 다 알아챌 정도로 불안이 커져요. 대처 방법을 잘 모르는 사람들은 그 구멍을 뭔가로 메우려고 하죠. 어떤 배우들은 출연진, 제작진, 상대방이 누군지에 관계없이 끝없이 섹스를 해요. 몇몇은 다른 길로 가기도 하고요. 몸매 관리, 마라톤, 달리기, 스스로 탈진해 버리거나 종교를 찾기도 하죠. 그리고 일부는 마약에 의존하죠.” 캐서린은 잔을 들어 아래 군중 속에서 허니와 시시덕거리고 있는 에이든을 가리켰다. “하지만 전 캘빈이 결국 그렇게 되는 걸 원치 않았어요.” 캐서린이 얼굴을 찌푸리며 말했다. “전 그저 캘빈이 방송 업계에서 떠나야 한다고 생각했을 뿐이에요. 캘빈은 너무 어리고 연약해서 이 방송 쪽 생활이 그를 죽일 수도 있다고 확신했어요. 쉬나가 거의 죽을 뻔했듯이, 캘빈도 죽게 될 거라고요. 그리고 이제, 이 두 번째 기회 덕분에 에이든 앤더슨도 같은 길을 걸어갈 겁니다. 두 분에게 제가 장담하죠.”

아만다는 이것에 대해 생각하는 시간을 가졌다. 에이든에게 계속

할 수 있는 두 번째 기회를 주는 것으로 사형 집행에 서명을 한 것일까?

"제가 어린 캘빈의 목숨을 구했어요." 캐서린은 자신감에 차서 말했고, 매들린이 갑자기 고개를 들었다.

"어떻게요?" 매들린은 정성스럽게 그린 눈썹을 구부리며 물었다. "제가 캘빈을 그 드라마에서 쫓아냈어요."

매들린은 거칠게 숨을 들이마셨고, 아만다는 혼자 미소를 지었다.

매들린이 마침내 팔콘만 최고의 적수를 만난 것일까?

"그건 캘빈을 위한 것이었어요." 캐서린이 이제 멈추지 않고 말을 이었다. "무슨 일이 일어날 건지, 결국 어떻게 될지 알 수 있었고, 제가 뭔가를 해야 한다는 걸 알았죠. 쉬나처럼 아직 타블로이드판 신문 곳곳에 실리지 않았기에, 캘빈이 얼마나 엉망진창인 상황인지 세상이 알기 전에 캘빈을 구할 시간이 있었어요. 프로듀서한테 가서 캘빈이 떠나거나 제가 떠나야 한다고 말했어요. 그 후로 다시는 캘빈의 소식을 듣지 못했는데, 그것이 캘빈을 구했다는 것이었죠. 캘빈은 다른 쇼에도 가지 않았고, 언론에 의해 갈기갈기 찢기지도 않았고, 다시는 TV 업계에서 일하지도 않았어요. 그건 캘빈이 떠났다는 뜻이에요. 캘빈이 유명해서가 아니라 그의 모습 그대로를 사랑해 주는 누군가를 만났을 겁니다. 캘빈은 분명 가정을 이루고 평범한 삶을 살았을 거예요. 그게 바로 에이든 앤더슨 같은 사람들을 돕는 방법이죠. 그들을 죽일 수 있는 것들을 제거함으로써요. 아무도 캘빈에 대해 다시 듣지 못했다는 사실은 쉬나가 그 살아있는 증거입니다. 당신이 여기서 한 일은 에이든을 그의 악마 같은 성격과 함께 원래대로 돌려놓은 것뿐이에요."

매들린은 캐서린을 오랫동안 뚫어지게 바라보았다.

"그건 오래전 일이에요, 캐서린! 이 문제를 도와주는 것이 가능하다는 생각이 있기 전이죠." 아만다는 마침내 죽음과 같은 침묵을 깨뜨리며 말했다. "에이든은 마약중독자 자조모임에 가서 어린 범죄자들을 돕고 있어요. 에이든은 상황을 바꾸기로 결심했고, 나는 에이든이 해낼 것이라 믿어요."

캐서린은 잔을 홀짝거리다가 눈을 크게 떴다.

"한 시간 전에 화장 부스에서 코카인을 흡입하는 걸 봤는데, 그는 아닐 거야."

캐서린은 논쟁에서 이겼다는 걸 알고 걸어 나가기 전에 말했다. 아만다는 깜짝 놀라 침묵했다. 아만다는 무시무시하게 음침한 표정을 짓고 있는 매들린을 바라보았다. "어떻게 할까요?" 아만다가 말했지만, 매들린은 이미 걸어 나가고 있었다.

스테이시는 메이크업 보조와 잔심부름꾼들에 둘러싸여 자신의 입장 차례를 기다리며 화면을 지켜보고 있었다. 스테이시는 이미 허니와 다른 두 명의 오디션 참가자가 기자 회견에서 에어 허그(직접 접촉하는 포옹이 아니라 공중에서 서로 포옹하는 시늉을 하는 것)와 지지를 받는 걸 보았다. 두 명의 쌍년 후보들이 더 발표되었고, 그들이 좀 더 나아 보였지만, 허니와 같은 수준은 볼 수 없었다. 지금까지는 분명히 허니가 스테이시의 유일한 경쟁자였다.

립스틱을 바르고 머리를 정돈한 후 스테이시는 다시 한번 리디아를 찾아 주위를 살폈다. 쉬나는 두 사람이 마지막 후보가 될 수 있도록 추가 방송시간을 주겠다고 계획했지만, 아직 리디아를 보지 못했고 이상하다고 느꼈다. 이렇게 중요한 일에 늦는 건 리디아답지 않았다. 스테이시는 무대 뒤의 공간을 다시 한번 훑어보았고, 갑자기 기분이 들떴다. 허니와 대등한 수준의 리디아가 없다면, 그건 스테이스가 하기 나름이었다. 스테이시는 기분이 아주 많이 좋아졌다. 클러치 백에 손을 넣어 또 다른 자낙스(마약)를 찾았고, 자낙스를 삼키기 위해 샴페인에 손을 뻗었다.

팔콘만 세트장 뒤쪽 물가에서 헬렌이 클립보드를 손에 들고 서 있었다. 헬렌은 여유롭게 해냈다. 헬렌은 어깨가 드러나는 선홍색의 스텔라 매카트니 드레스를 입고 있었는데, 눈이 부실 정도로 아름다워서, 마치 누군가가 하늘에서 태양을 뽑아 헬렌의 완벽한 몸에 맞는 옷감으로 바꿔 둔 것 같았다. 헬렌의 구릿빛 피부는 그 옷 안에서 더 아름답게 빛이 났고, 보드워크 위의 희미한 조명에 반사되어 문자 그대로 빛나고 있는 것처럼 보였다. 그러나 그녀가 빛나는 이유는 사람들이 상상하는 그 이유 때문만은 아니었다.

생방송의 광기는 헬렌 주변 곳곳에 있었다. 지금 현재가 가장 중요했다. 다음 순간은 없었다. 헬렌은 모든 것이 쉬나의 계획대로 진행되도록 하기 위해 열심히 노력했다. 카메라 시간을 분배하고, 경쟁자들보다 2분 더 많은 시간을 할애할 수 있도록 광고 시간 중 어느 한쪽에 쉬나의 여배우들을 배치하게끔 순서를 조정했다. 헬렌은 스테이시는 봤지만, 리디아는 보지 못했다. 쉬나는 전화를 받지 않았다. 의심할 여지 없이 매들린이 행사에 참석하는 대리인들을 금지시킨 것에 틀림없었다. 이것은 짐작한 헬렌은 크게 분노했다. 자동차 회사로부터 리디아의 휴대폰 번호를 알아낸 후, 리디아의 운전기사와 통화 연결이 되었다. 운전기사는 길이 막혀서 늦었다고 하면서 지금 막 리디아가 스튜디오 앞에 내렸다고 말했다.

평소대로 한다면 생방송 막바지에 재능을 보여주기 위해 운전기사를 닦달했겠지만, 사실 헬렌은 행사가 거의 끝나가고 곧 방송이 종료된다는 것에 감사할 따름이었다. 러틀랜드 경위와 사무실 벽장에서 섹스를 하는 동안, 헬렌은 일터에서 술을 마시는 것은 꿈도 꾸지 않았다. 헬렌은 엔딩 크레딧이 올라가는 순간 손님용 텐트를 치고 싶었다.

헬렌은 맷이 문자메시지에 무엇이라고 답장을 했는지 골똘히 생각하고 있었다. 헬렌의 앞으로 커다란 그림자가 보였고, 고개를 들어보니 술에 취한 주드 로스코가 헬렌을 향해 비틀비틀 걸어오고 있었다.

"여기서 뭐 하고 있는 거야?"라고 말하며 경비원을 찾았지만, 자신이 아무도 없는 보드워크 맨 끝에 있다는 것을 알아차렸다.

"나 왔어." 주드가 중얼거렸다. "당신은 두 얼굴을 가진 데다, 협박하기 좋아하는 더러운 계집이고 내 인생을 망쳤어. 그리고 나는 오늘 밤 온 세상에 그것을 알릴 거야." 그러고 나서 주드는 세트장 방향으로 비틀거리며 걸어갔다.

"젠장!" 진심으로 당황한 헬렌이 숨죽이고 욕을 퍼부으며 주드를 뒤쫓기 시작했다.

단상에서 내려다본 제이크는 오늘 밤의 쇼가 얼마나 성공적인지 믿을 수가 없었다. 에이든의 고백은 큰 파장을 일으켰고, 몽타주 영상은 이미 전 세계로 트위터를 통해 퍼져나가고 있었으며, 그들이 지금까지 소개한 5명의 후보들은 모두 청중들에게 큰 호응을 얻었다.

허니 헌터가 분명히 선두였다. 다른 몇몇은 섹시하거나 분위기가 좋았지만, 그들은 허니만큼 깜짝 놀랄 만한 요소를 가지고 있지 않았다. 제이크가 목록을 확인해 보니 스테이시 스톤브룩이 다음 차례라고 되어 있었다. 제이크는 무대 뒤에서 스테이시의 섹시함에 놀라기는 했지만, 스테이시는 허니만큼 화려하지 않았다. 제이크는 이어폰을 통해 마침내 리디아 체임버스가 세트장에 도착했다는 걸 들었고, 만일 리디아 체임버스가 아무도 예상치 못한 무언가를 가지고 있지 않다면 오스카상을 받았던 허니가 팔콘만의 새로운 쌍년이 될 것이었다.

제이크는 캐서린 벨이 더 이상 예전과 같은 팔콘만의 벨이 아니라는 사실을 알게 될 것이라는 생각에 빙그레 웃었다. 캐서린과 허니는 14년이란 나이 차가 났다. 캐서린은 제이크가 젊었을 적 봤을 때만큼 여전히 놀라울 정도로 생기가 넘쳐 보였지만, 만일 허니가 캐서린을 "어머니!"라고 부른다면 캐서린은 철조망으로 만든 스무디를 삼키는 느낌일 것이라고 제이크는 생각했다.

헬렌이 보이지 않는 것이 이상했다. 헬렌은 리디아나 스테이시 중 한 명을 원한다는 것을 확실히 밝혔고, 쇼가 끝나갈 무렵, 리디아와 스테이시에 대한 스케줄도 공지되었었다. 하지만 헬렌은 마지막까지 그들을 아껴둠으로써 쇼의 좋은 결말을 보장한다고 주장했다. 헬렌은 그들이 제 할 일을 하고 자신이 옳다는 것을 증명하기로 약속했기 때문에 헬렌은 어떻게든 진행을 해야 했다.

스튜디오 무대 감독이 다시 방송하기 위해 조용히 카운트다운을 시작했고, 제이크는 마이크를 잡으며 스테이시의 이름을 말했다.

스테이시는 보드워크 위에 올라서서 로스의 인터뷰 장소로 향하다가 몸을 비틀거렸다. 스테이시가 드레스 자락에 걸려 넘어진 것처럼 보였고, 스테이시가 몸을 똑바로 세우려고 흔들자 관중들은 웃으며 박수를 쳤다. 스테이시가 난간을 잡으려고 손을 뻗었으나 놓쳤고, 스테이시가 멈추기도 전에 가장자리를 굴러서 관중석으로 떨어졌다.

사람들 사이로 요란하게 가쁜 숨소리가 파문처럼 번졌다. 로스는 무대 가장자리로 달려갔고, 카메라는 헝클어진 스테이시를 클로즈업 했는데, 그녀는 모래 위에 대자로 누워있었고, 그녀의 드레스는 옆으로 찢어져 있었다. 당황한 제이크는 로스에게 달려가며 스테이시의 몸이 그녀의 자존심처럼 심하게 다치지 않기를 기도했다. 하지만 제이크가 그 자리에 도착하기도 전에, 스테이시가 휘청거리며 일어서서 청중들에게 손을 흔들고 있었다

전혀 괜찮아 보이진 않았지만, 스테이시는 "전 괜찮아요!"라고 말했다.

제이크가 주도권을 잡았다. "자, 스테이시 스톤브룩입니다, 여러분!" 그가 말했다.

모두들 당황한 표정을 지었고, 뒤쪽 좌석의 방송용 이어폰을 낀 직원들은 당황하며 제이크에게 4분 안에 리디아에게 전화를 해야 한다고 말했다. 스테이시가 부축을 받자 카메라가 스테이시를 쫓아갔다.

제이크는 다시 한번 마이크를 입술에 갖다 댔다. "신사 숙녀 여러분! 오늘의 마지막 도전자를 맞이할 시간입니다. 여러분들도 이미 알고 있고 수년간 TV에 등장하며 사랑받았었죠. 하지만 과연 팔콘만의 새로운 최고의 쌍년으로 선택될까요? 한번 알아봅시다. 리디아 체임버스 양입니다."

리디아는 빛나는 세트장으로 입장했다. 보드워크를 따라 천천히 뽐내면서 걸으며 아래쪽의 팬들에게 몸을 숙였다. 그리고는 머라이어 캐리 스타일로 팬들의 손을 만지며 정말 화려하게 입장했다. 이런 행동을 한 사람은 리디아뿐이었기 때문에 청중들은 더 열광했다.

제이크는 감명을 받았다. 리디아에게는 남들과는 뭔가 다른 점이 있었다. 아마도 헬렌은 그 무언가를 알고 있었을 것이다.

리디아는 속이 비칠 정도로 얇은 드레스를 입고 있었는데, 그녀의 다리와 다른 모든 것들이 완벽한 백만 달러짜리 입장이었다. 마지막 손을 만지고 청중들에게 감사의 손짓을 한 뒤 리디아도 로스의 맞은 편에 자리를 잡았다. 리디아는 본능적으로 다리를 꼬았는데, 하마터면 카메라에 속살이 모두 드러날 뻔했다. 샴페인 한 잔을 잡고, 리디아는 구경하는 대중들에게 잔을 들어 올렸다.

"이제 최고의 쌍년 후보들이 다 모였으니 파티를 시작합시다!"라고 리디아가 소리쳤다.

청중들은 열광했다. 그들은 함성을 지르며 1분 동안 내내 환호와 박수를 보냈다.

무대 뒤에서 헬렌은 필사적으로 주드를 설득하려고 했지만, 주드는 아무런 반응이 없었다. 다행히 주드는 너무 취해서 세트장 쪽이 아닌 곳으로 가고 있었고, 적어도 헬렌과 주드는 카메라에서 멀리 떨어져 있었다. 그러다 헬렌은 주드가 모래 구멍에 발을 딛고 앞으로 넘어지자 갑자기 그가 가엾게 느껴졌다.

"주드!" 헬렌이 주드를 부축하기 위해 손을 내밀며 부드럽게 말했다.

주드는 그 손을 뿌리쳤다. "당신 도움 따윈 필요 없어."

"위층에 가서 이야기할 수 있어요. 다른 드라마에서 역할을 찾도록 해보겠어요. 당신이 화가 났다는 것을 알고 내가 당신에게 말했어야 했지만, 솔직히 몰랐어요."라고 말한 헬렌은 주드의 팔을 잡아당기며 그를 진정시키기 위해 할 수 있는 모든 말, 비록 거짓말일지라도 필사적으로 생각해냈다. 그들은 얼굴을 서로 마주 보았고, 주드는 위스키 냄새를 잔뜩 풍겼다.

"진짜 그렇게 해줄 거예요?" 주드는 허망해 보이는 얼굴에 절실한 희망의 빛을 띠며 말했다.

"네, 여부가 있겠나요." 헬렌은 다시 거짓말을 하며 주드를 데리고 출구로 향했고, 경비원들이 주드를 보낼 수 있는 장소로 더 가까이 갔다.

"그래요?" 주드는 갑자기 멈춰서 술에 취한 채로 헬렌을 응시했다.

"네, 정말이에요. 매들린 방송국의 또 다른 드라마에서 당신에게 대박날 만한 건을 찾아 드릴게요."라고 말하며 헬렌은 시계를 내려다보았고, 주드와 눈을 마주치지는 않았다. 5분밖에 남지 않았다. 헬렌은 생방송이 끝날 때까지 주드를 카메라로부터 멀어지게 하기 위해 무슨 짓이든 해야 했다.

주드는 술에 취해 있었지만, 헬렌이 시계를 확인하는 것을 알아차렸고, 또한 헬렌이 무엇을 하고 있는지 곧바로 눈치챘다.

"또 거짓말을 하는군요." 주드가 화를 냈다.

주드는 주머니에서 담배 한 갑을 꺼내 입에 담배를 물고 지포 라이터를 꺼냈다. 그가 불을 붙이려고 하자 불꽃이 바닷바람에 깜박거렸다.

주드가 불꽃을 바람으로부터 가리기 위해 위해 몸을 돌렸을 때, 그는 불꽃놀이 상자를 발견했다.

"폭발시켜 주지, 이 망할 년아." 헬렌이 그만하라고 소리치자 주드는 으르렁거렸고, 상자 쪽으로 비틀거리며 가서 지포라이터에 불을 붙였다.

파티장 아래에서는 사람들이 샴페인 병을 흔들며 공중으로 흩뿌리고 있었다. 음악이 파티장 전체에 울려 퍼졌다. 모두가 춤을 추고 소리를 질렀다. 분위기는 열광적이었다.

두 명의 의료진 옆에서 망연자실한 표정으로 있던 스테이시는 전망대에서 리디아와 허니가 모래밭에서 댄스 배틀을 하는 모습을 지켜볼수밖에 없었다. 스테이시는 다친 건 아니었지만, 끝장이 난 것이었다. 스테이시는 수백만 명의 사람들 앞에서 망신을 당했을 뿐만 아니라, 리디아에게 우승을 넘겨주게 되었다. 스테이시의 추락 동영상이 입소문이 나면 수십억 명이 볼 것임이 틀림없었다.

단상에서 제이크는 마이크를 들고 오토큐를 보며 고별사를 읽을 준비를 했다. 제이크는 자신감에 가득 차 있었다. 그날 밤은 대성공이었다. 스크린에 있는 단어들을 훑어보던 그는 파라가 해변 세트장에서 아만다에게 급히 가는 걸 목격했다. 제이크는 그것을 밤새도록 기다렸다. 제이크는 빨간불이 한 번 더 켜지고 쇼의 작별인사를 시작할 때, 그들이 카메라에 잡히지 않기를 바랄 뿐이었다.

이를 악물고 눈을 부릅뜨며 파라는 아만다에게 곧장 다가갔다.

인터뷰 업무를 마치고 파티를 즐기고 있던 로스는 무언가가 벌어지고 있다는 것을 알아채고 헤럴드사의 라이브 피드 웹 카메라 팀에게 그들을 향하도록 손짓했다.

파라는 제정신이 아닌 채로 아만다를 잡아먹을 듯했다. "어떻게 나한테 이럴 수가 있어! 그리고 내 뒤통수를 쳐? 그 라이브 에피소드는 내 공연이었어. 제이크가 나한테 준 거라고."라고 파라가 소리쳤다

파라가 너무 가까이에 있어서 아만다는 파라의 침이 자신의 뺨에 튀는 것을 느꼈다. "내 남편이 너한테 준 건 그게 다가 아니었지, 그렇지?" 아만다가 쏘아붙였다.

파라는 아만다가 자신과 제이크에 대해 알고 있다는 사실에 소스라치게 놀라며 뒤로 물러섰다.

"아, 그랬군, 제이크가 나한테 말하고 싶어 안달이 났더라고."

파라가 적절한 대답을 생각하고 있을 때, 파티장에서 헬렌 골드가 나타나 눈에 보이는 사람들을 향해 외쳤다.

"여기서 빨리 벗어나야 해요!" 헬렌이 소리를 질렀다. "그가 …를 터뜨릴 거라고요."

헬렌의 문장 뒷부분은 귀가 찢어질 듯한 폭발소리와 갑자기 공중으로 폭죽이 터지는 바람에 들리지 않았다. 그 소음에 놀란 제이크는 퇴장 연설을 계속하려고 했지만 할 수 없었고, 속으로 화가 났다. 90초 뒤에 있을 쇼의 마지막을 위한 것이었고, 제이크는 아래를 내려다보면서 손님들이 안전방벽을 넘지 않은 것을 보았다. 그날 일찍부터 제이크가 견뎌내야 했던 매우 지루한 건강과 안전 회의를 통해 제이크는 파티를 끝낼 무렵, 화려한 불꽃놀이를 안전하게 관람할 수 있도록 모든 사람들을 위험 구역으로부터 이동시키려는 의도를 알고 있었다. 그러나 제이크는 그들이 왜 지금 터뜨리는지 이해할 수 없었다.

헬렌이 가능한 한 많은 사람들을 방벽으로 밀어냈을 때, 폭발은 계속 일어나고 있었다. 전쟁터 같은 소리가 났다. 이제서야 뭔가 매우 잘못되었다는 것을 알아챈 사람들은 하늘에 날아오르는 로켓들이 쏟아지는 것을 피하기 위해 달아나기 시작했다. 화려한 팔콘만의 해안이라기보다는 라이언 일병 구하기의 한 장면 같았다.

헬렌은 캐서린을 향해 달려가 팔을 잡고 거대한 로켓이 스피커를 박살 내기 전에 간신히 캐서린을 끌어냈다. 헬렌은 때마침 고개를 들어 보드워크 위에서 소리치는 팬들의 무리 사이로 댄을 보았지만, 연기와 혼돈 속에서 댄의 행방을 놓쳐버렸다. 아만다와 파라는 어디에도 보이지 않았다.

장식된 해변가 곳곳에서 폭발이 일어났고, 길 시작 부분의 반짝이는 커튼이 화염에 휩싸였다. 이어폰을 통해 제이크는 무대에서 내려와 즉시 건물 안으로 들어가라는 지시를 받았다. 기상천외하게도 몽타주 스크린에서 제목이 굴러떨어지면서 쇼의 주제곡이 스피커에서 요란하게 나오기 시작했다. 사방으로 더 많은 폭죽이 터지고 무대가 계속 타오르자 사람들은 목숨을 걸고 바다로 뛰어들고 있었다.

쇼의 마지막 부분을 위해 내부 뒤쪽 좌석으로 돌아온 매들린은 파노라마 창문을 통해 그 난리통을 차분히 지켜보고 있었다. 제이크가 공포에 질려 쏜살같이 달려가고 있을 때, 매들린은 제이크의 발걸음을 막았다.

"오늘 밤 이 모든 드라마가 끝난 후, 청중들은 우리의 40주년 기념 에피소드에서 주드 로스코의 죽음보다 훨씬 더 큰 무언가를 원할 거예요." 매들린은 여전히 아래쪽의 혼란에 초점을 맞추고 있었다.

제이크는 뒤늦게 '아차' 하며 매들린의 말을 제대로 들었는지 의심스러웠다. 왜 매들린은 소리를 지르거나, 왔다갔다하거나, 땀도 흘리지 않을까? 창문을 통해서 본 광경은 마치 세상에 종말이 온 것처럼 보였다. 제이크는 갑자기 이것이 매들린이 의도적으로 제이크에게 숨긴 특이한 홍보 행사인지 궁금해졌다.

"당신이 이것을 계획할 수는 없었겠지만, 이건 확실히 성공적이군요." 매들린은 마치 제이크의 생각을 읽고 그의 호기심을 바로잡듯이 말했다.

상황을 제대로 파악한 제이크는 숨을 크게 들이쉬며 마음을 가라앉혔다. 그리고 루시 딘의 악명 높은 해변가의 가장자리를 집어삼키려는 듯한 불길을 잡기 위해 애쓰는 수십 명의 소방관들을 바라보다가, 언제나처럼 평정심을 유지한 채 감정을 드러내지 않는 모습으로 서 있는 매들린을 쳐다보았다. 만약 매들린이 이 혼란에 겁먹지 않았다면, 더 중요한 것은 매들린이 그 원인이 무엇인지에 대해 제이크를 비난하지 않을 것이며, 제이크는 매들린의 마음을 바꿀 필요가 없었다.

"음. 알겠습니다." 제이크가 중얼거렸다. "그러니까, 40번째…" 그들이 아래에서 불길이 치솟는 동안 일상적인 사업을 논의하고 있다는 것은 비현실적이었다. "제가 팀에게 …에 대한 아이디어를 좀 만들어보도록 지시할까요?"

매들린이 제이크를 향해 돌아섰을 때, 매들린의 아름다운 눈에 불꽃놀이 빛이 반사되어 번쩍였다.

"필요 없어요. 저는 무엇을 해야 할지 이미 결정했어요,"라고 매들린은 입가에 미소를 띠며 말했다. "루시 딘이 대신 죽을 겁니다. 그러니 내일, 이 난장판의 배후가 무엇이든 해결한 후에, 팀과 캐서린 벨에게 우리가 크리스마스에 라이브로 캐서린이 죽는 장면들을 촬영할 것이라고 알려주길 바라요."

34장

다음 날 아침이 되자, 쌍년파티 화재의 모든 증거가 사라졌다.

세트장 도장공들은 팔콘만의 그을린 모퉁이를 손봤고, 청소팀은 밤새 세트장을 해체한 후 해안선까지 이어지는 팔콘만 주변에 어지럽혀진 불꽃놀이의 잔해들을 모두 치웠다. 해변의 모래조차도 갈퀴로 긁어모았다. 파도가 정박해 있는 나무 뗏목 옆을 살살 밀어내는 '쿵' 소리를 제외하고 팔콘만은 다시 한번 조용하고 목가적인 예전 모습으로 돌아갔다.

6번 회의실에 모여있는 작가, 프로듀서, 임원들과 부서장들의 상태는 팔콘만보다 훨씬 처참했다. 그러나 벽을 따라 펼쳐져 있는 대형스크린에서 방영되고 있는 다양한 모닝 토크쇼를 보면서, 지난 밤 선택의 순간을 이야기하며 여전히 웅성거리고 있었다. 그들 모두가 팔콘만에 대해 얘기하고 있었다. 캔디는 다른 화면에 열려 있는 대화형 중심 통계자료를 위아래로 움직이고 있었다. 어젯밤 쇼는 여전히 세계적으로 흥행 중이었다. 7명의 여배우 모두 자신만의 해시태그와 밈을 가지고 있었지만, 슬프게도 스테이시 스톤브룩이 보드워크에서 굴러떨어진 일이 가장 많이 이야기되었다.

그들이 여러 각도에서 느린 동작으로 재연되고 있는 스테이시의 추락 영상을 보고 있을 때, 회의실 문이 확 열리며 제이크와 매들린이 걸어 들어왔다. 캔디가 일어서서 박수를 치기 시작했고, 팀 전체가, 심지어 헬렌도 일어나서 박수를 쳤다.

헬렌의 박수는 이번만큼은 비꼬는 의미가 아니었다. 어젯밤은 대성공을 거두었고, 심지어 바보짓만 하던 얼간이들도 팔콘만의 계획대로 움직여 주었다. 주된 역할 외에 쇼의 언론 담당자들도 좋은 결과를 얻었는데, 헬렌은 아첨을 좋아하는 로스 오웬을 그럴듯한 말로 잘 구슬려 그녀의 임무를 쉽게 완수했다. 폭죽이 터지는 동안 로스를 손님용 텐트에 가두고 샴페인을 권한 후, 헬렌은 불이 팔콘만을 넘겨받는 것에 대한 비유로, 화재 또한 의도적으로 연출되었다는 짧고 멋진 말로 상황을 모면했다. 모든 것이 완전히 헛소리였지만, 로스가 그 소식을 즉시 헤럴드사의 웹사이트에 올리면 헬렌이 그 보답으로 그와 섹스를 하겠다고 약속하자 그것을 찰떡같이 믿었다. 주드 로스코로 인한 낭패에 대한 일종의 헬렌의 속죄였다. 다행히 헬렌과 그 밤을 보낸 이후로 로스는 그 무대 때문에 너무 화가 나서 아무것도 할 수 없었는데, 그건 정말 다행스러운 일이었다. 헤럴드사의 뉴스는 한 시간 안에 모든 통신사에 의해 베껴졌고 헬렌의 일은 끝났다. 적어도 헬렌은 그렇게 생각했다.

미소를 지으며 제이크는 허리에 팔을 얹은 모습으로 허리를 구부려

인사를 했다. "고마워요. 정말 고마워요."라고 제이크는 엘비스 흉내를 내며 말했다.

매들린은 여전히 무표정하게 바라보았고, 제이크는 재빨리 자신의 위치를 기억하고 똑바로 일어서서 한 걸음 뒤로 물러섰다. 그리고 그는 이제 회의실을 마주 보고 있었다.

"모두들 축하해요." 매들린이 말했다. "모두가 보시다시피." 매들린은 TV 스크린 앞으로 깔끔하게 매니큐어를 칠한 손을 흔들며 말을 이었다. "어젯밤에 우리는 원하는 모든 것을 이뤘어요."

헬렌은 작은 안도의 한숨을 내쉬었고, 매들린이 헬렌 쪽으로 몸을 돌리자 한숨은 곧 목구멍에 걸렸다. "물론 타이밍이 좋지 않았던 불꽃놀이 사건도 있었습니다."라고 매들린이 말했다.

제이크와 매들린은 주드가 바로 그들이 벌이고 있는 논쟁의 원인 제공자이며, 의심할 여지 없이 헬렌과 관련이 있다는 듯 오랫동안 헬렌에게 시선을 주었다. 매들린은 헬렌의 기분이 나빠진 것을 알아채고 다른 직원들에게로 시선을 돌렸고, 제이크 역시 마치 매들린의 그림자인 것처럼 똑같이 따라 했다.

"하지만 온 세상이 우리에 대해 이야기하고 있어요." 매들린은 거의 소리를 지르듯 기쁜 목소리로 분명하게 말했다. "사실, 어젯밤 쌍년 파티를 뒤이은 에피소드는 18년 동안 가장 많이 시청되었던 에피소드였습니다. 그 말은, 즉 두 쇼의 청중을 합친 결과, 다시 우리가 세계 1위의 드라마가 되었다는 겁니다!"

여전히 자리에서 당혹해하는 헬렌을 제외하고 회의실은 환호성으로 가득 찼다.

제이크가 끼어들었다 "우리가 노리던 모든 것이 효과가 있었습니다. 우리는 사람들에게 다시 의미 있는 존재가 되었습니다. 그리고 무엇보다도 시청자들은 크리스마스 에피소드를 매우 기대하고 있다고 말했습니다."

"하지만 하룻밤 사이에 부활하지는 못합니다." 매들린은 좀 더 심각하게 말했다. "크리스마스 에피소드를 라이브로 내보낸다는 약속을 반드시 이행해야 해요. 그리고 주드 로스코는 그저 청중들의 기대에 부응하기 위해 희생할 만큼 중요한 캐릭터가 아닙니다. 그의 죽음이 아무리 훌륭한 연기라 할지라도 우리에게 필요한 정서적 깊이가 기대만큼 깊지는 못할 것입니다."

헬렌의 피가 그녀의 정맥에서 얼어붙었다. 헬렌은 다음에 무슨 말을 할지 알 것 같았고, 그것은 끔찍했다.

"우리는 시청자가 훨씬 깊이 애도할 만한 캐릭터로 결정해야 합니다." 매들린은 헬렌을 한 번 더 쏘아보면서 실실 웃으며 말했다.

사람들은 웅성거리기 시작했다. 이것은 큰 뉴스였다. 매들린은 잠시 사람들이 떠들도록 가만히 내버려 두었고, 긴장감은 더욱 고조되었다. 헬렌은 끔찍한 일이 일어날 것을 감지했을 때 항상 그랬던 것처럼 손목에 찬 카르띠에 시계를 빙빙 돌렸다.

"그러니까 크리스마스 날, 우리 쇼의 새로운 스타를 소개할 때 우리 드라마에서 가장 사랑받았던 캐릭터 중 한 명이 죽게 될 것입니다."

실내에서 웅성거리는 소리가 점점 커졌고, 제이크는 불꽃놀이 중에 불길 속으로 던져 넣을 누군가를 선택한 10대처럼 히죽거렸다.

"가장 중심적인 캐릭터 중 하나를 죽이면 새로운 캐릭터가 드라마에 자리 잡을 뿐만 아니라 새로운 무엇인가를 드라마 스토리에 시도해 볼 수 있어 팔콘만에 활력을 불어넣을 것입니다." 매들린은 말을 마치고 한참을 가만히 있었다. "40주년 특집으로 루시 딘과 작별을 고할 것입니다."

연이은 가쁜 숨소리가 회의실에 메아리쳤다.

헬렌은 그 말이 귀에 들어오자 시계줄을 탁 쳤다. 매들린은 40년 동안 충성을 다해 온, 이 쇼의 가장 인기 있는 여배우를 죽일 것이라고 말했다. 크리스마스 날에 라이브로 말이다. 그것은 상상할 수도 없는 일이었다. 냉정하고 잔인하지만, 천재적인 발상이었다.

이 아이디어는 캐서린을 슬프게 할 것이다.

회의실이 안정되고 난 후, 제이크는 활짝 웃으며 말했다. "그러니까 이제 우리의 일은 새로운 스타가 루시 딘을 어떻게 죽여야 하는지를 계획하는 것입니다."

"기록 보관소를 뒤져봤어요." 매들린이 말했다. "새로운 쌍년은 루시가 10대 시절 버렸던 아이의 연기를 맡게 될 겁니다. 이 실종된 딸은 루시의 뒷이야기에 나와 있어요. 우리에게 일할 충분한 원동력이 될 겁니다. 가장 중요한 것은, 저는 이제껏 TV에서 볼 수 없었던 새로운 연기를 원한다는 거예요. 저는 작품성을 원하기 때문에 자동차 사고나 화재에 대해 제게 말하지 마세요. 팔콘만에만 있는 걸 원해요. 다른 곳에서는 절대 일어나지 않는 일, 서사시 같은 걸로 말이에요."

헬렌은 매우 공정한 게임을 할 때는 머리를 낮추어서 위험을 피해야 한다는 것을 알고 있었다. 하지만 헬렌은 너무 오랫동안 캐스팅 감독으로서 침묵했고, 그 회의실에 모여있는 사람들은 물론 어젯밤 이후로 전 세계 수백만 명의 사람들도 궁금해할 것에 대해 적어도 의문을 품어야 한다고 생각했다. "그렇다면, 어떤 여배우가 좋을까요? 작가들이 글을 쓰려면 그녀가 누구인지 알아야 해요."

캔디가 끼어들 기회를 잡았다. "트위터 여론조사에서는 리디아 체임버스가 다른 사람들보다 훨씬 우위에 있습니다."라고 캔디가 의기양양하게 말했다.

적어도 이 끔찍한 일 가운데 한 가지 긍정적인 점이라서 헬렌은 미소를 지었다. 헬렌은 바로 쉬나에게 전화할 것이었다.

매들린은 고개를 저었다. "허니 헌터가 우리의 새로운 스타입니다." 매들린은 시청자들이 어떻게 투표를 했든 간에 결정이 내려졌다는 입장을 분명하게 밝히는 어조로 말했다. "오스카상 수상자를 팔콘만의 새로운 주연으로 계약하는 것은 미국 배급에 매우 좋은 일입니다. 게다가 그녀는 영국인이기 때문에 유럽에서도 인기가 좋을 것입니다. 이건 겸경사입니다."

캔디는 얼굴이 빨개져서 말을 더듬기 시작했다. TV 업계에서 일하는 사람치고 특이하게도 캔디는 욕하는 것만큼 부정직한 것을 싫어했다. "하지만 청중들은 리디아에게 더 많은 표를 주었습니다."

말이 채 끝나기도 전에 매들린은 이를 반짝였고, 미소를 지으며 끼어들었다. "그건 그냥 트위터 여론조사일 뿐이에요." 매들린이 목소리에 힘을 실어 말했다. 회의실에 있는 모든 사람들은 매들린이 거짓말을 하고 있다는 것을 알았지만, 아무도 이것을 바로잡지 못했다. "전반적인 투표는 이미 허니에게 기울었고, 투표를 한 달 동안 진행하는 건 좋은 생각이지만, 지난밤 이후로 우리는 투표가 필요하지 않았어요.

리디아 체임버스가 지난밤에 최상의 컨디션이었다는 것에는 동의하지만, 우리는 이미 허니에게 이 역할을 제안했고, 그녀가 수락했습니다."

회의실에 있는 사람들이 헬렌을 바라보았는데, 헬렌은 캐스팅 책임자로서 이 공개적인 폭로에 굴욕감을 느끼고 있었다. 패배한 것처럼 보이지 않기 위해 필사적으로 헬렌은 미소를 지으며 존경을 표했다.

"제가 당신에게 이렇게 멋진 최종 후보 리스트를 줄 수 있어서 정말 기뻐요." 헬렌이 바닥에 떨어진 시계를 줍기 위해 허리를 굽히기 전에 할 수 있는 일은 오직 그것뿐이었다.

매들린은 헬렌의 말을 무시하고 떠났고, 제이크는 매들린을 따라갔다. 매들린이 문 앞에 다다랐을 때 뒤로 돌아섰다.

"저는 오늘 안으로 그 쌍년이 루시 딘을 왜, 그리고 어떻게 죽였는지 알고 싶어요. 제이크를 통해 그 줄거리를 보내주세요."

35장

파라도, 아만다도 응급실에 가고 싶어 하지 않았지만, C.I.TV 보험 팀은 계속 고집했다. 사람들이 폭죽을 피하려고 몰려들었을 때, 파라와 아만다는 작은 자상과 찰과상을 입었고, 사람들이 줄을 서기 시작하자 그들은 거친 나무 데크에 부딪쳤다.

세인트 조지 병원은 세트장에서 5km 정도 거리에 있는 작은 병원이었다. 파라와 아만다가 도착하자마자, 수간호사 존스는 뇌진탕으로 진행될 수도 있어 그들 둘 모두 하룻밤을 병원에서 머물러야 한다고 말했다. 존스는 그들을 함께 작은 병실의 인접한 침대에 배정했다.

아만다는 그곳에 온 이후로 둘 사이의 어색한 침묵을 마침내 깨기로 마음 먹었다. 그들 중 한 명은 대범한 사람이 되어야 했고, 아만다는 자신이 하는 편이 낫겠다고 결정했다.

"굉장한 밤이었지." 아만다가 말했다.

"맞아. 정말 그랬지."

파라가 대답했다.

"내가 에이든에 대해 말했어야 했어." 아만다가 말을 시작했다.

"세상에, 아만다! 빌어먹을, 나한테 말했어야 했어. 애초에 내 편이 되어 줬어야지. 도대체 우리가 친구로 지낸 지 얼마나 됐어?" 아만다는 끼어들려고 했지만 파라는 여지를 주지 않았다. "그 많은 경쟁자들을 물리치고 내가 여기까지 오기 위해 얼마나 열심히 노력했는지 알잖아. 그 빌어먹을 핵심세력으로 들어가는 게 얼마나 힘들었던지. 넌 내 2인극을 좋아했어. 다른 사람들도 그랬고. 내가 크리스마스 라이브 에피소드를 멋지게 해냈을 거야. 너도 알잖아. 모두가 그걸 알아. 하지만 아니 이런, 그 빌어먹을 에이든 앤더슨이 두 번째 기회를 얻었어. 젠장!"

파라는 분노로 몸을 떨었고, 좌절의 눈물이 그녀의 얼굴을 타고 흘러내리면서 계속 말할 수가 없었다.

아만다는 친구가 화가 난 것을 보고 침을 꿀꺽 삼키며 고개를 끄덕였다. 그녀는 심호흡을 하고 말했다. "나도 다 알아. 파라 네가 에이든과 맞서게 된 건 정말 유감이야. 하지만 우리가 그에게 두 번째 기회를 준 건 미안하지 않아. 개인적인 감정은 없었어. 난 이 쇼에 무엇이 최선인가에 대해서만 생각했고, 내가 했던 것이 방송에 가장 잘 반영된다고 믿었어."

아만다는 한숨을 쉬며 고개를 저었다.

"하지만 캐서린이 어젯밤 세트장에서 에이든이 마약을 복용하는 것을 봤다고 말한 후, 나는 내가 잘못된 판단을 내렸다는 것을 알았어. 좋은 의도로 한 건데도 말이지. 내가 너한테 가서 내 입장을 설명하고, 네가 불평할 시간을 줬어야 했어. 그 점에 대해서는 정말 미안해."

파라는 차마 친구의 눈을 똑바로 볼 수가 없었다. 하지만 아만다의 목소리에서 진실함이 느껴졌다. 또한 파라는 제이크와의 일 이후로 도덕적으로 우위에 있을 수 없었다. 파라는 그저 고개를 끄덕거리면서 병원 담요에 나 있는 구멍을 계속 만지작거렸다.

아만다는 그것을 받아들였고, 그들은 다시 침묵했지만, 파라는 다음에 무슨 말이 나올지 알고 있었다.

"나는 네가 제이크에게 감사 인사를 하지 않았으면 하고 바랐어."

파라는 흘끗 쳐다보았고, 아만다는 파라에게서 시선을 떼지 않았다. 파라는 너무 부끄러워 견딜 수가 없었다. 친구를 실망시켰다는 것에 깊은 실패감을 느꼈다. "고맙다는 인사가 아니야." 파라가 조용히 말했다. 파라가 분명히 해야 할 것이 있다면, 바로 이것이었다. "그런 일이 왜 일어났는지도 모르겠어. 난 그저 라이브 에피소드를 하게 되어서 너무 흥분됐었거든."

"네 속바지가 떨어져 나갈 만큼 흥분됐어?" 아만다가 말을 잘랐다.

파라는 다른 침대에 있는 환자들을 힐끗 둘러보았다. 이렇게 좁은 공간에서 그들은 귀를 기울여 들을 수밖에 없었다. "미안해." 파라가 말했다. "내가 왜 그랬는지 나도 모르겠어. 내가 제이크를 얼마나 싫어하는지 알잖아! 정말 이번 한 번뿐이었다고 맹세할 수 있어. 내가 저지른 실수 중 가장 큰 실수였고, 몇 분 만에 끝났어."

"새로운 게 없어." 아만다가 말했다.

파라는 그 밝은 목소리 톤에 주목했다. "심지어 나는 그때도 내가 엄청난 일을 저질렀다는 걸 알고 있었어." 파라는 친구의 손을 잡으려고 손을 뻗었다. "진심으로, 정말 진심으로 미안하다는 말 외에 달리 무슨 말을 해야 할지 모르겠어."

아만다는 파라를 잘 알고 있었다. 파라의 진심 어린 사과를 받아들이기로 결심했다.

아만다는 파라의 손을 잡았다. "며칠 전에 내가 제이크를 떠나기로 결정한 것이 너에게 다행인 거지."

"정말이야?"

"응. 나랑 제이크의 관계는 끝났어. 날짜를 되짚어보면 내가 제이크와 끝난 후에 일어난 일인 척할 수 있을 거 같아."

파라는 한숨을 쉬었다. "고마워."

"아직 제이크에게 말하지 않았어. 그러니 혼자만 알고 있어."

아만다가 말을 이었다. "먼저 내 재정 문제를 좀 해결해야겠어. 너도 제이크가 얼마나 까다로운 놈인지 알잖아. 나랑 올리비아한테 신경도 안 썼지만, 제이크를 버리는 순간 재산 전부를 숨기고 직장에서 내 삶을 지옥으로 만들 것이 분명하니까 미리 대비하고 싶어. 그리고 댄은 내게 너무 잘해 주었고, 나에게 삶이 어떤 것인지 다시 생각하게 해 줬어."

"그렇다면, 상황이 그 방향으로 흘러가고 있네." 파라는 웃었다. 그녀들은 뭔가를 의심하고 있었지만, 팔콘만에서 일어난 모든 일들로 밤에 외출할 시간이 없었고, 지금이 그 얘기를 하기에 가장 좋은 시간이었다.

아만다는 갑자기 목소리를 낮춰 더 조용하게 말했고, 비밀로 하려 했다.

"오, 파라! 댄은 정말 특별해. 며칠 전에…" 아만다가 말을 꺼내기 시작하자, 병실 문이 열리고 의사 그랜트가 들어 왔다

"안녕하십니까, 아가씨들." 그랜트는 그가 읽고 있는 의료 기록에 눈을 고정한 채 말했다.

"저희 괜찮을까요?" 아만다가 그랜트를 올려다보며 물었다.

"그래요, 이제 가도 됩니다. 전혀 걱정할 것 없어요."

"아주 좋네요." 파라가 말했다. 그리고 두 여자 모두 침대에서 일어나 소지품을 챙기기 시작했다.

"TV에서 당신들을 봤어요." 의사 그랜트가 웃으며 말했다. "대단한 파티더군요."

파라와 아만다는 대답하기가 너무 부끄러워서 가방을 들고 그랜트를 따라 문까지 나왔다. 의사 그랜트는 파라에게 기울이며 목소리를 낮추어 말했다. "흥을 깨기는 싫지만, 아이한테 술은 좋지 않아요."

36장

스테이시가 랭햄 호텔의 웅장한 로비에 들어서면서 바랐던 것은 아무도 그녀를 알아보지 못한 채 쉬나가 있는 은밀한 구석 부스로 가는 것이었다. 그러나 스테이시가 발렌티노 모자와 스카프로 얼굴 대부분을 감췄지만, 다수의 시선이 그녀를 향했다. 다행히도 랭햄 호텔의 고객들은 대단한 부유층들로, 그들이 너무 화려했기 때문에 지난주 쌍년파티에서 본 스테이시와 지금 본 스테이시가 같은 사람이라고 받아들이긴 힘들었고, 그래서 실제 스테이시를 알아보는 사람은 없었다.

스테이시는 거의 십몇 킬로미터를 걸어 쉬나의 테이블에 도착한 느낌이었다. 리디아도 이미 그곳에 있었고, 스테이시와 달리 충분히 관심을 끌 만한 진한 핑크색의 에스카다 바지 정장을 입고 있었다.

리디아는 앉으면서 스테이시에게 입맞춤을 보냈다.

"너 그 이후로 기분이 어때. 음, 알잖아…" 리디아는 얼굴을 찡그리며 스테이시가 보드워크에서 떨어지는 모습을 흉내 냈다.

쉬나는 손을 뻗어 스테이시의 손을 쓰다듬었다. "와줘서 고마워." 스테이시가 리디아의 무언극으로 기분이 상했을 때, 위로하는 어조로 쉬나가 말했다. "일이 계획대로 되지 않았다는 건 알고 있어." 쉬나는 계속해서 얼음통에서 크리스탈 샴페인 병을 꺼내어 잔을 채웠다. "하지만 내가 두 사람을 얼마나 자랑스러워하는지 알아줬으면 해." 쉬나는 잔을 들고 건배를 제안했다.

그러나 리디아는 스테이시의 엄청 부끄러운 실수와 함께 자신이 '쌍년파티'에 성공적으로 출연했던 것만으로는 만족할 수 없었고, 그것만으로 리디아는 크게 기쁘지 않았다. "바로 본론으로 들어가자, 쉬나! 그리고 나서 우승자를 위해 건배하자." 리디아가 웃으며 말했다. "우리 이미 성공했어." 리디아는 쌍년파티에서 분명 자신이 이겼다고 확신하며 동정하는 듯 스테이시의 팔을 만졌다. "그래서 우리 중 누가 우승했지?" 리디아가 기대감에 잔을 들며 물었다.

쉬나는 그 둘 모두를 바라보았고, 그들이 기다리는 동안 쉬나는 잔에 있는 술을 마셨다.

스테이시는 그녀의 눈을 반쯤 가린 모자 밑에 숨어있었다. 자낙스를 많이 복용했을지도 모른다. 하지만 갑자기 스테이시는 알게 되었다. "팔콘만에서 우리 둘 다 원하지 않는 거지, 그렇지?" 그녀가 말했다.

리디아는 쉬나의 대답을 재촉하며 눈을 부릅떴다. 이건 사업이고 쉬나는 계속해야 했다.

방 안에는 날카로운 은빛 칼이 접시에 부딪히는 소리뿐이었다. 마침내 유명한 랭햄 호텔의 고요함이 리디아의 욕설에 의해 터져버렸다. "씨발 진짜 뭔데?" 리디아가 소리쳤다.

제3부

"그날 밤에 내가 죽여주게 멋졌다는 것 말고도 내가 여론조사에서 앞섰다는 것도 아는데, 게다가 네가 우리 중 한 명이 캐스팅되는 것이 확실하다고 했잖아."

"그랬지." 쉬나가 말했다. "투표에서 모두 앞섰지. 하지만 매들린이 모든 방송망을 제어해서 모든 것을 무시해버렸어."

"누가 우승했냐고?" 리디아는 분노로 얼굴이 붉어져 소리쳤다. 근처 테이블에서 식사하던 손님들이 돌아보았다.

"허니 헌터야." 쉬나가 조용히 말했다.

"한 달 동안 선거 캠페인을 할 거고, 청중들이 투표할 시간도 아주 많잖아!" 리디아가 침을 뱉었다.

"맞아." 스테이시가 끼어들었다. "이건 비도덕적인 짓이야."

"맞아. 그렇지만 슬프게도 이건 TV야." 쉬나가 잔을 다시 채우며 말했다. 쉬나는 이 회의가 나쁘게 끝날 것임을 알고 있었다. 그러나 보통 사람들 앞에선 두 잔 정도 마셨던 쉬나였지만, 이 속도로 술 한 병을 다 마실 필요가 있었다. "그리고 난 선의로 너희들에게 그 약속을 했어." 쉬나가 노트를 잡으려고 팔을 뻗으며 말을 이었다. "하지만 긍정적으로 생각해보면, 너희가 그렇게 알려지는 것이 오히려 너희 둘에게 좋은 것일 수도 있어."

쉬나가 노트를 넘기려고 할 때, 두 여자 모두 쉬나를 쳐다보았다.

"리디아! 내가 너를 위해 유명 패션 브랜드와 좋은 거래를 했어." 리디아는 희망으로 가득 찬 눈빛으로 쉬나를 쳐다보았다.

"50대 이상의 스타일을 위한 가이드를 해주는 카탈로그 회사야. 돈이 얼마나 될지는 확신할 수는 없어. 그리고 스테이시! 많은 코미디쇼에서 네가 게스트로 출연하기를 원해."

리디아는 너무나 화가 났다. "너 씨발 그거 진짜야? 우리가 이용당하고 헌 옷처럼 버려진 후, 이 개자식들은 우리를 속여넘기려 하고 있어."라고 리디아는 씩씩거렸다. 그러나 지난번처럼 사람들이 그녀를 지켜보고 있으며, 심지어 녹음하려 했다는 것을 깨달은 리디아는 '쉿' 소리를 내며 멈추었다. 리디아가 원하지 않는 가장 나쁜 일은 허니 헌터가 리디아의 이 상황을 아는 것이었다.

쉬나는 끝까지 해내려 했다. "날 믿어준다면 팔콘만에서 벌어들인 돈보다 '쌍년 파티'에서 더 많은 돈을 너희 각자를 위해 뽑아낼 거야." 쉬나는 과장된 몸짓으로 노트를 허공에 대고 흔들었다. "난 적어도 2년 동안은 너희 둘 다 바쁘게 해줄 수 있는 일정이 있어. 그리고 그건 시작일 뿐이야."

스테이시는 쌍년파티에서 모습이 완전히 망가졌을지 모르지만, 리디아는 쇼를 장악했고, 쉬나는 여전히 자신이 한 약속을 지키지 못한 것에 대해 심한 죄책감을 느꼈다. 눈앞에서 꿈이 산산조각 나는 것을 지켜보는 것은 끔찍한 일이었다. 이건 모두 그 쌍년 중의 쌍년 매들린 케인 덕분이었다. 쉬나는 매들린이 무엇을 꾸미고 있었는지 정말 궁금했다. 쉬나는 매들린의 행동이 전혀 이해되지 않았다. 쉬나는 이런 방송국 관리자를 전혀 알지 못했다. 그러나 매들린은 그들 모두를 알고 있었다.

"바로 그거야." 리디아가 씁쓸하게 말했다.

"슬프게도 팔콘만을 위해선 그렇지." 쉬나가 한 번 더 분명하게 확인했다. "결정은 내려졌지만, 너희들이 새로운 경력을 쌓기를 원한다면,

난 여전히 모든 매스컴을 이용할 수 있는 여력이 있어."

"게스트로 출연해서 만든 경력으로 사람들의 놀림거리가 되라고?
고맙지만 난 됐어." 스테이시가 말했다.

"그리고 네가 말한 그 망할 50대 이상의 카탈로그 회사 그냥 네가
가져." 리디아가 푹신한 의자에 털썩 주저앉으며 말했다. 현실은 안정
되고 있었다. "그 망할 오디션 때문에 내가 너에게 전화했던 그날, 내
가 말했잖아. 나는 오직 연기만 하고 싶다고."

"나도 그래." 스테이시는 리디아에게 더 가까운 자리로 옮겼고, 그래
서 이제 확실히 2대 1 구도가 되었다.

이것은 쉬나가 원했던 회의 진행 방식이 아니었다. 쉬나는 지금 진
행되고 있는 회의 방식을 좋아하지 않았다.

"얘들아, 얘들아… 무슨 말인지 알겠어."라고 쉬나는 최고의 협상
가 같은 목소리로 말했다. "너희가 화를 내는 것은 당연해. 잠시 시간
을 갖고 이 소식을 좀 들어봐." 쉬나는 웨이터에게 계산서를 가져오라
는 신호를 보냈다. 상황이 더 악화되기 전에 빠져나올 필요가 있었다.
"며칠 후에 다시 모이자."

하지만 그들은 듣고 있지 않았다. 그들은 서로 이야기하고 있었고,
너무 조용히 말하다 보니 쉬나는 그들이 하는 말을 알아듣지 못했다.
쉬나가 몸을 더 가까이 기울이자, 그들이 쉬나에게로 돌아섰다.

리디아는 얼음처럼 차가운 에메랄드빛 눈을 반짝이며 말했다. "우
린 여기서 끝난 것 같아."

"무슨 뜻이야?" 쉬나의 목소리가 갑자기 작아지며 물었다.

스테이시의 눈은 차갑거나 매섭지는 않지만, 리디아의 눈처럼 단

호했다. "쉬나! 넌 지난 몇 년간 우리에게 잘해줬고 난 그것에 감사하지만, 우린 더 이상 네가 필요 없을 것 같아."

정말 끔찍한 일이 일어나고 있었다. 쉬나가 나쁜 소식을 가지고 왔다는 건 확실했다. 하지만 과거에는 더 나쁜 소식도 전달했었다. 쉬나는 지난 24시간 동안 그녀가 마련할 수 있는 모든 종류의 보상으로 그들의 다이어리를 채웠다. 팔콘만은 그들을 거절했을지 모르지만, 그녀 쉬나 매퀸은 그들을 위해 최선을 다했다. 그녀의 목구멍에서 분노가 치밀었다.

"잠깐만 기다려봐. 내 생각에 너희는…"

쉬나는 말을 끝내지 못했다. 리디아와 스테이시는 일제히 일어나 그들의 소지품을 챙긴 후 출구로 향하기 시작했다. 그리고 나서 리디아는 몇 걸음 걷고 나서 뒤로 돌아 가능한 한 큰 소리로, 그곳에 있는 사람들이 들을 수 있도록 크게 말했다. "혹시나 오해할까 봐 그러는 건데, 넌 해고야."

37장

　런던 최상류층 전용 나이츠브릿지 안의 세계에서 가장 유명한 백화점 중 하나인 해러즈 내부에서 미키 테일러가 대기 행렬을 지켜보고 있었다. 미키가 기억할 수 있는 그 어떤 책 사인회의 대기 줄보다 훨씬 길게, 건물 주변과 계단 3층까지 뻗어 있었다. 미키의 머릿속에서 끊임없이 돈을 세는 기계음이 들렸고, 미키의 얼굴에는 미소가 가득했다.

　허니 헌터의 회고록은 예약판매로 100만 권 이상의 책이 팔려 베스트셀러 1위에 올랐다. 미키가 처음 서점에 홍보했을 때, 대부분의 서점들은 최소량만 주문하기로 하고 콧방귀를 뀌었다. 하지만 지금 허니의 얼굴은 그가 지나가는 모든 서점의 창문마다 도배되어 있었다.

　허니가 '쌍년파티'에 출연한 후 팔콘만의 새로운 주인공으로 지명되었고, 로스 오웬의 헤럴드사와의 지속 거래로, 허니의 삶은 매일 타블로이드지 일면 기사로 연일 보도되면서 세계적으로 알려지게 되었다. 허니는 다시 한번 세계적인 대스타가 되었다. 그리고 이 모든 것은 미키가 혼자 진행한 교묘한 게임 덕분이었다. 미키의 늙은 아버지는 그를 자랑스러워 하셨을 것이다. 미키는 낡고 오래된 고물차를 포르쉐로 바꿨다.

허니는 몇 시간 동안 있었던 사인 테이블 뒤에서 앞에 길게 늘어진 대기 줄을 보았고, 허니 역시 미키처럼 미소를 멈출 수가 없었다. 허니가 꿈을 꾸고 있는 것일까? 천상의 연기, 차트 1위, 그리고 허니가 한 모든 서명과 함께 더 많은 팬들이 허니에게 쌍년 콘테스트에서 그녀를 우승시키기 위해 투표했다고 말했다. 허니는 진심으로 사랑받고 있다고 느꼈다.

사실 모든 타블로이드지에서 과거에 크게 다뤄졌던 허니의 에피소드를 보는 것은 꽤 재미있었다. 허니의 이야기 중 많은 부분이 마치 다른 사람의 삶처럼 느껴졌다. 너무 많은 세부 사항들이 20대와 30대 초반까지 그녀를 에워싸고 알코올 중독의 실안개 속으로 사라졌었다. 35세 나이에 결혼에 실패한 뒤, 출연하는 드라마들에만 전념하였고, 미국에서 가장 인기 있는 드라마 중 한 편인 〈좋은 아내〉에 출연했을때, 허니가 훌륭하게 연기를 해내면서 모두를, 심지어 허니 자신까지도 놀라게 했다. 비평가들은 허니를 좋아했다. 다시 한번 허니가 임산부인 공동 여자 주연의 남편과 바람을 피우다 들통이 나고, 허니에 대한 악평이 헤드라인으로 장식하기 전까지는 말이다.

허니의 책을 팔기 위해 세계 각국의 신문에 다시 등장한 그 남자의 사진을 보며 허니는 대체 그에게서 무엇을 보았는지 상상도 할 수 없었다. 하지만 그때와 지금은 시대도, 허니 자신도 달랐다. 허니는 그 역할로 최우수 신인상을 수상하기도 했는데, 20년 동안 연기를 해온 것을 생각하면 오히려 아이러니했다. 그러나 좋지 않은 기사로 인해 제작진이 허니와 재계약을 하지 않았기 때문에 신인상으로는 허니를 위기에서 구할 순 없었다.

좋은 언론 평가를 되찾고 싶었던 허니는 벌거벗은 포즈로 〈플레이보이〉 표지 사진을 촬영했다. 허니는 여전히 그 사진을 좋아했다. 최고 중의 최고였다. 한 해 동안 가장 많이 팔린 크리스마스 호였는데, 남편들이 가족과 함께 집에 틀어박혀 있었기 때문에, 아마도 남편들 대부분이 조용한 곳에서 스트레스를 풀기 위해 복사본을 숨겨두었을 것이다. 허니 자신도 그렇게 생각했지만, 그 안에 있는 사진들은 놀라웠다. 처음엔 벌거벗은 모습으로 스위스 알프스산맥을 가로질러 스키를 탔고, 그 후엔 60캐럿짜리 에메랄드 귀걸이를 한 채 모피코트 단추를 열고 눈 속에서 뒹굴었는데, 영하의 추위로 젖꼭지가 립스틱처럼 빨갰다. 표지를 위해 허니는 커다란 빨간 리본으로 선물 포장되었고, 나비 매듭의 가장자리가 그녀의 가슴에 닿았다. 휴 헤프너는 그걸 너무 좋아해서 자기 사무실에 액자로 걸어두기도 했다.

90년대 후반에도 〈플레이보이〉는 여전히 큰 성공을 거두었고, 50만 달러의 수수료를 받은 허니는 많은 돈을 투자하고 스위스에 집도 갖게 되었다. 그것은 그녀의 최고의 순간 중 하나였다. 지금까지는.

미키가 파파라치를 떠올리고 있을 때, 허니는 쓰기는커녕 발음조차 하기 힘든 이름의 괴짜 소녀의 책에 서명을 하고 있었다. 웨이터가 샴페인 한 병과 잔 두 개를 들고 그들 뒤를 바짝 따라오고 있었다.

"미키! 성공을 축하하는 즉석 사진을 한 번 찍어요."

미키는 웨이터에게 잔에 샴페인을 따라 허니에게 건네주라는 손짓을 하며 말했다. "이곳의 모든 대기행렬을 담을 수 있도록 넓게 사진을 찍도록 해." 사진 기자가 사진을 찍자 미키가 말했다.

"미키! 내가 술 안 마시는 거 알잖아요." 허니가 술잔을 노려보며 말했다.

"사진을 찍을 수 있도록 입술에 갖다 대기만 해요." 미키가 말했다. "사진에 약간 활기찬 장면이 나와야 될 정도로 축하할 일이잖아요. 게다가 아무도 당신을 아프게 하지 못할 거예요."

미키가 사진을 찍기 위해 샴페인 잔를 들어 자세를 취하자, 코밑에서 거품이 튀는 것을 느낄 수 있었고, 향을 맡을 수 있었다. 오, 냄새가 너무 좋았다. 허니는 그것을 매우 마시고 싶었다.

여전히 포즈를 취하면서, 이번에는 괴짜 소녀와 함께 사진을 찍을 때, 허니의 머리는 아주 바삐 굴러가고 있었다. 오랫동안 냉정하게 지켜온 허니의 내적 자아, 착한 마음은 술을 마셔서는 안 된다고 말했다. 하지만 허니는 만약 단 한 잔만 마셔야 한다면, 지금이 바로 그때라고 판단했다. 허니는 잔을 입까지 들어 단숨에 들이 켰고, 웨이터에게 다시 잔을 따르라고 손짓했다.

38장

제이크는 사무실 창문을 통해 해변 술집 세트장에서 주드 로스코와 마주하는 루시 딘의 모습을 촬영하고 있는 캐서린 벨을 지켜보고 있었다. 제이크는 캐서린이 10년은 젊어 보이는 모습으로 쌍년파티에 나타났을 때, 더 많은 일을 해낼 거라고 생각했다.

잠시 동안 제이크는 죄책감을 느꼈다. 70세의 나이에도 완전하게 아름다운 캐서린이 해고당하는 것 때문이 아니라, 이미 2주 전에 매들린이 제이크에게 그들이 드라마 속 루시 딘을 죽이기로 결정한 것을 공식적으로 캐서린에게 전하도록 지시했지만, 제이크가 여전히 말을 하지 않기 때문이었다.

그리고 캐서린이 하늘하늘한 드레스를 입은 채 세트장을 돌아다니는 것을 보고, 제이크는 캐서린이 늙은 여자 역할에 적당하다는 것을 인정해야만 했다. 캐서린은 연기를 잘해왔고 이제 70대가 되었다. 잠깐 동안 제이크는 양심의 가책을 느꼈다. 매들린이 루시 딘을 죽이라고 말한 지 벌써 몇 주가 지났고, 캐서린은 아직까지 공식적으로 아무 말을 듣지 못했다는 것을 제이크는 알고 있었다. 제이크는 이제 그것을 말할 생각이었다. 헬렌은 캐서린의 대리인에게조차 말하기를 거부했는데, 제이크는 프로답지 않은 행동이라고 생각했다. 며칠 동안 제이크는 캐서린의 탈의실에 내려가서 말하려고 했지만, 여전히 그러지 못하고 있었다.

아만다는 제작 사무실에 있는 자리에서 사무실 유리창에 비친 제이크의 모습을 보았고, 그의 불안함이 그녀에게까지 흘러 들어오는 것 같았다. 아만다는 요즘 짜증 나는 그와 같은 방에 있지 않았다. 아만다는 쨍쨍 내리쬐는 태양에 잠시 눈이 멀어서 함께 살았던 제이크를 쳐다볼 필요가 없었다. 제이크는 눈치채지 못했지만, 5일 전에 아만다는 그녀의 짐을 챙겨 올리비아와 함께 해변가에 있는 주택으로 이사를 했다. 어쨌든 그들은 몇 달 동안 각자 다른 방에 있었다. 올리비아는 아만다와 함께 있었고, 제이크는 사무실에서 자주 잤다. 제이크가 아만다의 부재를 알아채지 못한 동안, 아만다는 새로운 삶을 위해 공동계좌에서 돈을 빼내 유리한 출발을 준비할 수 있게 되었다.

갑자기 아만다는 자기 책상 주변에 제이크가 있는 것을 알아차렸다.

"난 지금 허니 헌터를 만나러 갈 거야." 제이크가 말했다.

"그리고 나에게 그 이유를 말하려고요?" 아만다가 고개를 들지 않고 대답했다.

"내가 없는 동안 캐서린에게 우리가 그녀와 계약을 해지한다고 전해줘."

제이크는 마치 아만다에게 고양이 먹이를 주라고 부탁하는 것처럼 너무 무심코 그 말을 해서, 아만다가 그의 말을 완전히 이해하는 데는 몇 초가 걸렸다. 아만다가 목소리를 다시 내려는 순간 제이크는 문까지 반쯤 가 있었다.

"당신은 내가 진심으로 그걸 하기를 기대하는 건 아니겠죠?"

다른 책상에 있던 직원들은 또 다른 장미 전쟁이 벌어지려 하는 것을 지켜보고 있었다.

"내가 너한테 네 일을 하라고 하는 게 뭐가 심각해?" 제이크는 목소리를 높이며 말했다.

격분한 아만다가 제이크를 마주보기 위해 일어섰다. "캐서린은 제 친구예요." 아만다가 말했다. "당신에겐 아무 의미도 없을지 모르지만, 저에겐 있어요." 지금까지 정말 참을 만큼 참았다. "전 제이크 당신과 같지 않아요."

캐서린에게 일어날 일에 대한 참혹함이 충분히 이해되자, 아만다는 지금 분노로 떨고 있었다. 아만다는 의자 머리받이를 쥐어서 제이크를 내려치고 싶은 걸 참았다. "캐서린에게 정중하게 말하는 게 당신 일이에요, 제이크! 당신이 이곳의 총책임자라면, 그 빌어먹을 매들린 케인이 생각하는 총책임자인 당신이 우리를 미래로 이끌어 줄 자질이 있을 거예요." 아만다는 사무실을 향해 미친 듯이 손짓을 했고, 목소리를 한껏 크게 냈다. 마치 볼링장에 나란히 서있는 촌뜨기들처럼 넋이 나간 얼굴들이 아만다에게서 황급히 시선을 돌렸다. "또 저에게 당신의 더러운 일을 부탁하는 건가요?"

제이크가 대답하기도 전에 아만다는 다시 말을 이어 나갔다.

"캐서린이 저항할까 봐 두려운 건가요? 그런 건가요. 총책임자님?"

아만다는 지금 제이크의 뺨을 때릴 수 있을 정도로 가까이 있었지만, 어떻게든 자제하고 있었다.

"캐서린이 팔콘만에서 일한 많은 세월을 무시하고, 당신은 캐서린을 해고하려는 매들린의 뻔뻔하고 모욕적이며 터무니없는 결정을 받아들였을 뿐만 아니라, 40년 동안 드라마에 대한 캐서린의 일이 이제 끝났다고 다른 누군가에게 말하라고 할 정도로, 빌어먹을 정도로 더러운 오만함을 가지고 있어요. 내가 아는 바로는, 그래서 매들린이 당신에게 그렇게 하라고 지시한 거예요."

지금까지 아만다의 멘탈 붕괴에 반응하지 않던 제이크는 아만다가 매들린과 그의 뒷담화를 했다는 사실을 알고 놀란 표정을 지었다.

아만다는 숨을 쉬었다. 눈물이 그녀의 뺨을 타고 흘러내리고 있었다. 아만다는 이제 더 이상 돌아오지 못할 지경에 이르렀고, 더 이상 자신이 말하는 것을 통제할 수 없었다. 진실의 냄비가 마침내 엎질러지고 있었다.

"당신과 매들린 덕분에 팔콘만은 더 이상 내가 뼈빠지게 열심히 일했던 드라마 같지가 않아. 내가 좋아하는 프로그램이자 내가 일하는 보람을 느끼게 했던 프로그램인데, 이젠 더 이상 아니란 말이야! 당신들 둘이서 망치고 있어. 그리고 난 도대체 왜 그러는지 이해할 수가 없어."

아만다가 흐느낌을 삼키는 것을 기회 삼아 제이크가 말했다.

"그건 너와 캐서린이 좋은 친구이기 때문이야."라고 제이크는 신랄하게 말했다.

"그리고 분명 네가 캐서린을 많이 아끼니까." 제이크는 눈물이 가득

한 아만다의 얼굴과 들썩거리는 가슴을 무시하듯 손을 휙휙 움직였다. "네가 하는 게 확실히 더 나을 거야."

제이크는 모든 사람들이 그의 말을 들었는지 확인하기 위해 사무실을 둘러본 다음, "당연히 그럴 것이라고 생각했어." 하며 추가로 말을 덧붙였다.

"개소리하지 마! 난 하지 않을 거야." 아만다가 소리쳤다.

제이크는 움찔하며 고개를 휙 돌려 아만다의 얼굴을 정면으로 바라보았다. 이건 예상치 못한 데다가 당황스러운 일이었다. 제이크는 팀 전체 앞에서 아만다가 하는 행동을 그냥 넘어가게 놔둘 수는 없었다. 근처를 맴돌던 캔디는 아만다의 큰 욕설에 기절할 것 같았다. 아만다가 그의 와이프이든 아니든 간에 제이크는 단호히 해야 했다.

"내가 시키는 대로 하든지, 책상을 치우든지 선택해." 제이크가 소리 질렀다.

사무실에 있던 사람들은 숨을 죽였다. 제이크도 포함해서.

아만다와 제이크가 서로 눈을 부릅뜨고 서 있을 때 긴 침묵이 흘렀다.

아만다의 심장은 마구 뛰었고 머릿속에 생각했던 말을 내뱉기 위해 정신을 쏟고 있다가 갑자기 완전히 평온해진 느낌이 들었다. 이 결정은 전적으로 옳은 결정이었다. 팔콘만은 그녀의 삶이었지만, 더 이상은 아니었다. 이제 끝났다.

"좋아요." 그녀가 노트북을 가방에 집어넣고 액자에 담긴 사진 몇 장을 집으며 말했다.

"난 공식적으로 그만두겠어요." 아만다가 말했다. "난 당신을 떠날 거고, 이 드라마를 그만두겠어요. 그러니 당신의 그 더러운 일을 직접 하세요. 짐을 싸서 집을 떠날 때보다 여기를 떠나는 게 훨씬 빠를 거 같네요."

"뭐라고?" 제이크가 말을 더듬었다.

"월요일에 올리비아와 함께 이사했고, 놀랍게도 일주일이 다 되어가는 데도 눈치채지 못했군요!" 아만다는 쓴웃음을 지어 보였다.

제이크는 이번만은 놀라서 침묵에 잠겼다.

의자를 밀어 넣고 서랍 열쇠를 책상 위에 던진 후, 아만다는 다시 한번 제이크에게 몸을 기울였다. "올리비아에게 접근하지 못할까 봐 걱정할지 모르겠지만, 파라의 블루베리로 그 공허함을 메울 수 있을 거예요."

"파라…?" 제이크가 완전히 혼란스러워하며 물었다.

"그래요, 당신이 모르는 다른 아이가 있어요." 제이크는 너무 많은 정보로 마비되었다. 폭발할 것 같았다. 캔디가 책상에 몸을 기대자 가장 가까이에 있던 사람들은 아만다와 제이크를 위해 공간을 넓혔다.

"월요일에 제 변호사한테 연락이 올 겁니다. 난 이혼할 거예요."

그리고 아만다는 제이크를 밀치고 나갔다. 아만다가 사랑하지 않는 남자와 그동안 해왔던 드라마에서 떠난 것이다.

39장

　팔콘만의 내부 세트장 위쪽에 있는 스튜디오 갠트리에서 파라와 헬렌이 제이크와 아만다와의 사이가 틀어지기 전, 제이크가 사무실에서 보곤 했던 캐서린과 주드의 영화 속 그 반전 장면을 보고 있었다. 캐서린이 바람에 날린 머리를 손보고 있을 때 직원들은 바쁘게 돌아다녔다. 헬렌의 휴대폰에 문자메시지가 울렸다. 그것은 아만다가 보낸 것이었다.

　지금은 자세히 말할 수 없지만, 네게 주의를 주려고 메시지 보냈어. 나는 일을 그만두고 방송국을 나갔어. 누군가 캐서린에게 그녀에 대한 소문을 이야기해 주기 전에 그녀의 배역에 무슨 일이 일어나고 있는지 말해줘야 해. 그러니 다른 사람보다 먼저 캐서린에게 가줘. 곧 전화할게. 아만다로부터 xxx

"빌어먹을." 헬렌이 그것을 읽고 파라에게 보여주며 말했다.

파라도 아만다가 보낸 메시지 소리가 났다. 그녀와 헬렌이 함께 그 것을 읽었다.

미안해, 제작 사무실에서 제이크와 싸웠어. 나 일 그만뒀어. 나중에 자세 히 얘기할게. 그리고 그에게 아기에 대해 얘기를 해버렸는데, 너에게 조 심하라고 말하고 싶었어. 그리고 사과할게. 고의가 아니라 갑자기 일어 난 일이었어. 나중에 전화할게. 아만다로부터 xxx

두 사람 모두 잠시 동안 이 두 가지 폭탄선언에 대해 말을 하지 않 았다.

"그게 사실이야?" 헬렌이 조심스럽게 물었다.

"아만다가 제이크에게 말하지 않길 바랐는데. 나 이미 아기 지웠어." 파라는 단호히 말했다.

"가혹하게 들리겠지만, 1분 30초의 실수 때문에 제이크와 영원히 연 결되는 건 생각만 해도 끔직해서, 다른 선택이 없었어."

헬렌이 고개를 끄덕였다. 헬렌의 표정은 아무 판단도 담고 있지 않 았다. "아만다가 가버렸다니 믿을 수가 없어." 파라가 말했다. "난 아만 다가 자랑스러워." 헬렌이 대답했다. "아만다는 제이크와 매들린이 그 녀를 대했던 방식보다 더 나은 대접을 받을 자격이 있어. 그리고 그 괴물이 너에게 뭘 줬는지 모르겠지만, 난 세부적인 사항도 알고 싶지 않아." 파라는 그 사건을 다시 떠올려야 한다는 생각에 공포에 질린 눈을 번뜩였다. "만약 그것이 아만다가 마침내 그 괴물과의 관계를 끊는 데 도움이 되었다면, 넌 아만다의 부탁을 들어준 거야."

두 사람 모두 뤼시앵의 낙마 장소 맞은편에서 새로운 장면을 찍기 위해 준비하고 있는 캐서린에게 시선을 돌렸다.

"맞아, 그 폭탄 선언을 들은 다른 누군가가 말하기 전에 캐서린에게 먼저 전하는 것이 좋겠어." 파라가 말했다. 파라는 우울한 표정으로 고개를 저었다. 팔콘만의 상황은 갑자기 매우 다르게 보였다.

"오늘 위기에 처할 거라는 예감이 들어." 헬렌이 말했다. "내일 그들이 세트장을 다시 지을 것이고, 매들린은 질문을 하기 시작하겠지. 캐서린에게 할 그 말은 경영진으로서 제이크가 할 일이었어. 너도 알잖아." 헬렌은 왜 자신이 캐서린에게 직접 경고를 하지 않았는지 설명할 필요가 있다고 생각하며 얼굴을 찡그렸다. "하지만 오늘 아침 캐서린이 여전히 모르고 있다는 걸 알았고, 그래서 쉬나에게 오늘 세트장으로 오라는 메시지를 보냈어."

파라는 핸드폰을 꺼내서 전화를 걸기 시작했다. "쉬나! 얼마나 멀리 있어? 좋아, 세트장으로 바로 가도록 해. 직접 만나서 말하고 싶었지만, 오는 길에 전화로 알려야 할 것 같았어."

파라는 캐서린의 모든 세계가 무너질 것을 알고 있는 채로 캐서린에게서 눈을 떼지 않았다.

팔콘만 스튜디오에 있는 매들린의 사무실 문은 잠겨 있었다. 매들린과 채드는 한쪽 벽을 모두 차지하고 있는 커다란 소파에서 사랑을 나누고 있었다. 그들은 측위 상태였고, 채드는 의심할 여지 없이 뒤쪽에 위치해 있었다. 채드의 인상적인 근육질의 체격으로 인해 매들린의 조각상 같은 몸이 작아 보였다. 매들린이 좋아서 신음소리를 낼 때마다 채드는 매들린의 목에 키스했다.

채드는 "당신이 너무 보고 싶었어."라고 말했다. 그리고는 매들린의 몸을 홱 뒤집어서 매들린이 그의 위에 올라타게 했다. 매들린을 바짝 당겨 깊은 키스를 했고 매들린은 등줄기에 전율을 느꼈다. 채드는 매들린 안으로 다시 들어가면서 한 손으로 매들린의 엉덩이를 밀어넣고 다른 손 엄지손가락으로 부드럽고 리드미컬하게 그녀의 클리토리스를 애무했다.

매들린은 잠시 후 절정에 이르자 신음을 내뱉었다. 매들린의 오르가즘을 보자 채드는 흥분해서 더욱 세게 그녀의 안으로 오갔다. 두 사람 모두 땀으로 범벅된 채 피부와 피부가 맞닿은 상태로 꼭 껴안았다.

매들린은 채드의 굵은 목에 얼굴을 묻고 그의 남자다운 향기를 들이마셨다. "사랑해." 다시 한번 채드에게 키스하면서 매들린이 말했다. "내가 당신을 얼마나 사랑하는지 다 보여주지도 못할 거 같아."

"사랑해." 채드가 대답하고 나서 그녀를 꼭 끌어당겼고, 그들의 몸이 하나가 되는 듯했다.

"오, 당신은 작은 선물을 통해서 이미 내게 보여준 것 같아, 내 사랑." 채드가 속삭였다. "섹시한 선물이었어." 채드가 숨을 몰아쉬며 매들린을 한 번 더 꼭 껴안았다. "그건 많은 외로운 밤 동안 나를 즐겁게 해주었어."

채드는 매들린을 가볍게 들었고 다시 한번 그녀 안으로 들어갔다.

쉬나 매퀸은 내부 스튜디오 세트장의 **빨간색** 이중문을 열어젖힌 후 빨간 '녹화' 불빛을 필사적으로 가리키고 있는 제작 보조원을 옆으로 밀쳤다. 쉬나는 너무 화가 나서 스튜디오 에티켓에 신경도 쓰지 않았다.

검은 가죽옷과 스파이크힐 부츠를 신은 쉬나는 에이든을 지나 루시 딘이 있는 세트장으로 뛰어가 캐서린에게 다가갔다.

"씨발 뭐야?" 감독을 하던 에이든이 소리쳤다. "컷!"

"쉬나! 뭐 하는 거야?" 캐서린은 쉬나가 프로답지 않게 행동하자, 깜짝 놀라 숨을 헐떡였다.

"당장 이 세트장에서 나가줬으면 해!" 쉬나가 캐서린의 팔을 잡고 출구 쪽으로 데려가며 말했다.

에이든은 자리에서 일어나 그들을 향해 급하게 가고 있었다. "도대체 무슨 일인지 누가 좀 말해 줄래요?" 에이든이 고함을 질렀다.

캐서린은 놀라서 쉬나에게 고개를 돌렸다. "무슨 일이야?" 쉬나는 에이든에게 그가 더 가까이 온다면, 아주 불쾌한 일을 당하게 될 것이라는 눈빛을 보냈다. 그리고 쉬나는 한 손을 위로 들어올렸다.

"제 고객이 파업하고 있어요. 우리가 매들린 케인과 합의할 때까지 팔콘만의 대화는 단 한 줄도 촬영하지 않을 거예요." 쉬나는 계속 캐서린을 거의 질질 끌 듯하면서 사람들로 꽉 찬 스튜디오를 지나갔다.

주드 로스코는 그들의 뒤를 쫓았고, 출구를 막으며 그들의 앞에 섰다. "괜찮아 캣?" 주드가 가능한 한 거칠고 영웅적으로 보이려고 애쓰며 말했다. 주드는 쉬나 매퀸이 업계 최고의 대리인이라는 것을 알고 있었다. 주드는 쉬나 매퀸과 여러 번 미팅을 시도했지만, 답변조차 받지 못했다. 그래서 주드는 그 기회를 붙잡아 쉬나 매퀸의 관심을 끌려고 했다.

쉬나는 어쩔 수 없이 멈춰야 했다.

캐서린은 그 틈에 말했다. "쉬나! 무슨 일이야?" 쉬나가 눈에 띄게 창백해진 채 걱정스러운 목소리로 말했다.

"복도에서 말해줄게." 쉬나가 주드를 밀치고 지나가려고 하면서 대답했다.

캐서린은 움직이지 않았다. "아니, 지금 말해줘." 캐서린이 단호하게 말했다.

주드는 쉬나를 보고 미소를 지었지만, 쉬나는 얼굴을 찌푸리고 나서 캐서린에게로 시선을 돌렸다.

"어떻게 이 재능없는 멍청이가 해고되지 않았는지 궁금하지 않았어?" 쉬나가 주드를 가리키며 말했다.

주드는 재능이 없다는 그 주장으로부터 자신을 변호하려고 했지만, 쉬나의 격분에 찬 눈을 보고는 생각을 바꿔서 그들이 가는 길을 막지 않고 비켜주었다.

쉬나는 캐서린을 데리고 문 쪽으로 계속 향했다.

"듣자 하니 크리스마스 날 주드 캐릭터의 퇴장이 충분히 극적이지 않을 것 같다고 결정되었나 봐. 그래서 그들은 더 인기 있고, 여기에 더 오래 있던 사람을 선택했어."

캐서린의 얼굴에서 핏기가 싹 가셨다. 복도로 나오자 캐서린은 쉬나의 팔을 움켜쥐고 엘리베이터로 향했다.

"그리고 내가 너에게 말할 수 있도록, 그들은 나에게 말할 배짱도 없었을 뿐만 아니라." 쉬나는 말했다. "이 주변의 모든 사람들은 이미 알고 있었어. 가자." 쉬나는 엘리베이터 버튼을 눌렀다.

캐서린의 가슴은 무서울 정도로 뛰고 있었다. 캐서린은 헐떡거리기 시작했다. 쉬나는 무슨 일인지 살폈고, 엘리베이터가 위쪽으로 휘청거리자 캐서린에게 어깨동무를 했다.

그들이 매들린이 있는 층에 도착하기 전부터 캐서린은 흐느껴 울기 시작했다. 캐서린의 몸은 떨렸고, 밀렵꾼의 덫에 걸린 동물이 내는 짧은 비명소리라고밖에 표현할 길이 없었다.

쉬나는 캐서린을 끌어당겨 꼭 껴안았다. "괜찮을 거야. 내가 네 복수를 해줄게. 그리고 우리는 그 개자식들에게 대가를 치르게 할 거야"라고 쉬나가 말했다. 매들린 케인의 사무실 맞은편에서 엘리베이터 문이 '땡' 소리를 내며 열렸다.

런던 중심부의 사보이 호텔에 있는 허니 헌터의 펜트하우스 방으로 가면서 제이크는 지난 몇 시간 동안의 스트레스를 풀려고 했다. 제이크는 자신이 완전히 타격을 입지 않았다고 생각했지만, 아만다가 자신을 떠나면서 딸인 올리비아를 데려간 것과 함께 파라가 임신했다는 사실을 알게 되자, 제이크는 마치 이것이 팔콘만 드라마의 일화처럼 느껴졌다.

아만다가 사무실 사람들 앞에서 알린 건 자존심을 상하게 했지만, 만약 제이크가 완전하게 진실했다면, 올리비아와 친분을 맺지 못했을 것이다. 모든 체외 수정과 유산 때문에 제이크는 자신이 아빠가 된다고 믿는 것에 조심스러웠다. 제이크가 어렸을 때 아버지는 무서웠고, 다정하고 정상적인 아버지는 어떻게 행동해야 하는지 몰랐다. 그래서 파라가 그의 아기를 유산했다고 문자를 보냈을 때, 제이크는 사실 안 도했다.

하루 동안의 모든 미친 생각을 머릿속에서 떨쳐버리려는 듯 고개를 흔들며 제이크는 허니의 스위트룸 벨을 눌렀다.

제이크는 새로운 스타에게 좋은 인상을 남기고 싶어 했고, 허니는 제이크가 하루 동안 엉망인 상태로 보냈다는 걸 알지 못했기 때문에, 제이크는 다시 축하 분위기로 돌아가려고 했다. 결국 이것은 두 사람 모두에게 중요한 순간이었다.

1분 정도 기다린 후에 문이 열렸다. 허리에 느슨하게 묶은 순백의 실크 가운을 입은 채 눈에 띄게 취한 허니가 나타났다. 허니는 제이크를 껴안기 위해 팔을 내밀었다.

"안녕하세요, 보스!" 허니는 피식 웃으며 제이크를 자기 가슴 쪽으로 끌어당겼다.

제이크는 가슴팍에서 허니의 젖가슴을 느낄 수 있었다. 제이크는 허니가 금방이라도 쓰러질 것 같다고 생각했지만, 허니는 그 자리에 가만히 서서 제이크의 목에 대고 숨을 쉬었다. 제이크는 허니에게서 알코올 냄새를 맡고 놀랐다. 그도 그럴 것이 허니에 대한 기사가 매일 등장하는 타블로이드지에 따르면, 허니가 오랫동안 술을 마시지 않았다고 되어 있었기 때문이다.

"그 많은 여자들 중에서 당신이 날 선택해 줘서 정말 고마워요." 허니의 입술이 제이크의 귀에 닿은 채로 허니는 술에 취해 불분명하게 말했다. 허니는 뒤로 물러서서 제이크를 마주 보았다. "정말로 내가 얼마나 고마워하는지 보여줄게요."

허니는 몸을 흔들며 가운을 벗어 던졌고, 이제 황금색 힐을 신은 모습과는 완전히 다른 벌거벗은 몸매가 드러났다.

제이크는 잠시 멈춰 섰다. 제이크는 여배우와는 섹스해 본 적이 없었다. 경영진과 직원들과는 해보았지만, 스타와는 해보지 않았던 것이다. 그건 그만의 불문율이었다. 제이크가 허니를 바라보고 서 있을 때, 허니는 자신의 완벽한 가슴에 손을 대고 젖꼭지를 쥐었다. 그리고 제이크는 문을 닫고 허니가 그의 옷을 찢게 했다.

쉬나는 화가 나서 노크도 하지 않고 매들린 케인의 사무실 문손잡이를 돌려보았지만 잠겨 있었다. 쉬나는 안에서 음악이 흘러나오는 것을 들을 수 있었고, 그래서 쉬나는 손가락 마디로 세게 문을 두들겼고, 그 소리는 긴 복도를 메아리쳤다.

안에서는 매들린과 채드가 벌거벗은 채 소파에 비스듬히 앉아 손을 잡고 바다를 바라보고 있었다.

"무시해. 곧 가겠지."라고 매들린이 속삭였다. 매들린은 남편과 함께 있는 이 행복한 순간을 방해받고 싶지 않았다. "우리가 지금 함께 있는 것보다 더 중요한 건 없어."

채드는 미소를 지으며 고개를 부드럽게 저었다. "당신은 정말 다정해, 자기. 하지만 매우 다급하게 들리네." 채드는 바로 앉아서 그의 옷에 손을 뻗었다.

매들린은 채드에게 다정하게 키스하고 한숨을 쉬며 브래지어를 찾기 시작했다.

매들린은 대답을 서두르지 않았지만, 노크 소리가 점점 커지자 드레스를 매만지고 머리를 점검하며 준비를 했다.

쉬나는 잠긴 문이 열리는 소리를 듣자마자 손잡이를 밀치고 문을 힘껏 크게 열었다. 매들린이 비키지 않았으면 문에 부딪힐 뻔했다. 채드는 셔츠 단추를 아직 일부만 채운 채 매들린의 곁을 지키기 위해 빠르게 달려 나왔다.

"도대체 이게 뭐 하는 짓이야?" 매들린이 고함을 질렀다.

쉬나는 자신의 뒤에서 낙담한 표정을 짓고 서있던 캐서린 벨을 끌면서 매들린을 밀치고 지나갔다. "도대체 당신이 무엇을 하고 있다고 생각하는지 그게 문제야." 쉬나는 조금 전에 케인 부부가 완벽한 순간을 즐기고 있던 소파에 캐서린을 앉히면서 말을 내뱉었다. 쉬나는 매들린과 채드를 마주보기 위해 휙 돌았다.

채드가 앞으로 나섰다. "제 아내에게 그런 식으로 말하지 마세요." 채드가 말을 시작했지만, 매들린은 채드를 막기 위해 잔물결 치는 이두박근에 손을 얹었다.

"괜찮아, 여보. 나는 이게 뭔지 알고 있고 해결할 수 있어." 매들린은 채드에게 감사의 미소를 지어 보였다. "보트에 가 있는 게 어때? 일이 해결되면 나도 같이 저녁 먹도록 할게."

"확실해?" 채드가 매들린의 곁을 떠나기 싫다는 표정을 지으며 말했다. 그리고 채드는 왼쪽 눈썹을 동그랗게 구부린 채로 그를 바라보던 쉬나에게로 시선을 돌렸다. 쉬나는 채드가 분명히 서둘러 옷을 입었다는 사실을 놓치지 않았다.

"응, 확실해." 매들린은 아기 고양이의 목소리처럼 아양을 떨듯 말했다. 또한 매들린은 내면에 있는 어른 고양이의 목소리를 쉬나를 위해 아껴두었다.

그의 재킷과 휴대전화를 잡은 채드는 바다를 응시하고 있는 캐서린을 훑어보았다. "벨 씨." 채드가 정중하게 말했다. 채드는 쉬나를 다시 한번 경고의 눈빛으로 쏘아보더니 방을 나갔다.

쉬나가 욕설을 하기 시작하자, 보톡스를 맞은 듯한 이마에 땀이 맺혔다

"40년 동안 캐서린은 이 드라마에 헌신했어요."라고 말하며 쉬나는 캐서린을 가리켰다. 하지만 캐서린은 그들을 외면하며 어느 순간에 이 모든 것이 끔찍한 악몽이라는 것을 알게 되기를 바랐다.

"엄밀히 따지면 39년이지만, 계속해 보세요." 매들린이 피식 웃으며 말했고, 그것이 쉬나를 더욱 격분시켰다.

"40년 가까이 한 번도 지각하거나, 준비가 제대로 되지 않거나, 프로답지 못한 적이 없었어요. 캐서린은 이 쇼에 모든 것을 바쳤고, 성공을 거두는 데 많은 도움을 주었어요."

"한때는 그랬죠." 매들린이 책상으로 가 자리에 앉으면서 쉬나의 말을 수정했다. "네, 그렇습니다. 당신의 고객은 이 쇼의 역사 속에서 시청자의 관심을 받아왔지만, 그 시대는 이제 끝났습니다. 최근에 상승세를 타게 된 것이 벨 씨의 공이라고 할 수는 없습니다. 그건, 당신도 알게 될 거예요, 저 혼자만의 책임이라는 걸요."

쉬나는 좌절하지 않고 한 걸음 더 다가갔다. "임신 5개월 만에 아기를 유산했을 때, 캐서린은 팔콘만의 촬영 일정에 지장을 주지 않기 위해 다음 날 출근했습니다. 또한 캐서린은 부모님을 각각 몇 달 간격으로 잃었지만, 결코 슬퍼할 틈을 내지도 않았습니다. 캐서린은 수십 년

동안 자신의 인생에서 이 드라마를 최우선으로 해왔으며 단 한 번도 불평한 적이 없습니다."

매들린이 또 끼어들었다. "글쎄, 한 번은 캐서린이 없애버리고 싶어 했던 공동 주연에 관한 일이 있었지요." 두번째로 쉬나의 말에 반발했다.

쉬나가 자신에 대해 말하는 것을 듣던 캐서린이 돌아섰다. "제가 당신에게 말했던 걸 왜곡하시는군요. 전 캘빈 버틀러를 돕기 위해 그렇게 한 거라고요."

매들린은 눈을 부라렸다. "쓸데없는 구별이시네요." 매들린이 피식 웃으며 말했다.

캘빈의 이름이 언급되자 쉬나는 당황했다. 흡입했던 코카인이 급히 뇌로 보내지던 것처럼, 수십 년 전의 기억이 뇌리에 밀려들었다. 그녀와 캘빈을 벌거벗은 나이든 남자들로 가득 찬 침실까지 데려다준 뒤 문을 잠갔던 에드 니콜스와 수많은 추억들…

"출연자를 해고하라는 요구는 당신이 그리려는 이 천사 같은 그림과는 다소 상충되는 것 같아요, 쉬나!" 매들린은 창밖으로 절벽 꼭대기를 가로질러 질주하는 야생마를 바라보며 냉정하게 말했다.

매들린이 과거를 무신경하게 들먹이자 쉬나는 잠시 말문이 막혔고, 캐서린이 목소리를 내기 시작했다. 캐서린은 일어서서 쉬나를 옹호하기 위해 다가왔다.

"그 얘기는 좋은 의도였다고 말했잖아요." 캐서린이 조용히 말했다. "제 의도를 오해하지 마세요." 캐서린은 지친 듯이 고개를 저었다. "저는 제 캐릭터가 이 드라마를 이끌 때 내린 이 결정을 이해할 수 없습니다. 시청자들과 함께 저의 역사를 가지고 있지 않은 다른 것들이 더 중요한 게 확실해요? 루시 딘은 팔콘만의 심장이에요."

"그리고 모든 심장은 결국 박동을 멈추죠, 캐서린! 사실이든 허구든 그것은 세상의 이치입니다."라고 매들린은 냉담하게 훑어보면서 말했다. "그리고 방송국은 당신의 오랜 근무에 감사하지만, 이번 결정은 우리 드라마를 위한 것이에요. 우리 모두가 알다시피, 아무리 인기 있는 캐릭터라도 드라마는 배우에 의해서 결정되어요. 그래서 만약 그저 당신이 하고 싶은 말을 다 한 거라면." 매들린은 미소를 지었다. "남편이 절 기다리고 있어서요."

쉬나와 캐서린은 서로를 쳐다보았고, 둘 다 매들린의 냉정함에 충격을 받았다. 하지만 몇 년 동안 많은 권력자들을 제압했던 쉬나는 아직 끝나지 않았다.

"팔콘만이 진심으로 캐서린에게 고마워했다면," 쉬나가 말했다. "당신들 중 한 명이 캐서린에게 직접 말했을 거예요. 캐서린의 대리인인 나조차도 공식적인 전화를 받지 않았는데, 이는 프로답지 못할 뿐만 아니라 사실상 캐서린과의 계약을 위반한 것입니다."

매들린은 캐서린 쪽으로 몸을 기울였다. "그것에 대해 C.I.TV를 대표해서 공식적으로 사과하고 싶습니다." 이 말은 매들린의 진심처럼 들렸다.

"당신이 이곳에 들이닥치기 전까진 당신이 소식을 듣지 못했다는 걸 몰랐습니다. 몇 주 전에 제이크에게 개인적으로 말하라고 지시했어요." 매들린이 쉬나를 향해 시선을 던지며 말했다. "제가 그를 탓할 테니 안심하세요."

"일단 제가 알게 된 사실들은 제쳐두고." 캐서린은 상황을 수습하기 위해 필사적으로 노력하며 "적어도 왜 제가 나가도록 선택되었는지 말해 줄 순 없나요?"라고 말했다.

"당신의 죽음이 중요하니까요." 매들린이 노려보며 말했다.

캐서린은 다리를 휘청거리더니 소파의 뒷부분을 움켜쥐고 몸을 가누었다.

"당신이 루시 딘을 죽인다고요?" 캐서린은 감정이 북받친 목소리로 말을 더듬었다.

캐서린의 안전망 하나가 극적으로 잘렸다. 캐서린은 방송국이 다시 인수되기까진 오래 걸리지 않을 것이라며 스스로에게 확신시키려고 애썼다. 그러고 나서 드라마 업계에선 늘 그랬듯이, 새로운 소유주가 나타나서 캐서린의 캐릭터를 되살려 주리라 믿었다.

하지만 루시 딘이 지금 살해당한다면, 이건 정말 끝장이었다.

매들린은 물을 한 모금 마시기 위해 손을 뻗은 다음, 캐서린이 있는 방향으로 화장지 한 통을 슬쩍 밀었다. "루시 딘의 사망 소식에 대한 당신의 반응은 전 세계 청중들에게 얼마나 깊은 영향을 줄지와 비교해 보면 바다 위의 잔물결에 불과합니다. 그때 당시 당신이 그랬던 것처럼, 일억 명에 이르는 시청자의 가슴이 찢어질 것이고, 이는 우리가 올바른 결정을 내렸다는 절대적인 증거가 됩니다. 당신에게 있어선 고통스럽지만, 다른 캐릭터의 죽음은 우리에게 필요한 수준의 시청률만큼 올려줄 수가 없어요. 이건 팔콘만을 위한 올바른 선택이며, 쉬나 당신도 이 드라마가 항상 우선이어야 한다는 걸 이해해야 합니다."

쉬나와 캐서린 모두 아무런 대꾸도 하지 못했다.

"저기…" 매들린이 책상 너머로 몸을 기대더니 캐서린의 손을 잡아 그녀를 놀라게 했다. "이 드라마의 시청자로서 저도 루시 딘이 제 가족이라 생각합니다. 그리고 우리 모두 알다시피, 이것이 훌륭한 드라마의 신호입니다. 사람들은 평생 알고 지내던 사람이 죽었을 때처럼 당신을 위해 슬퍼할 거예요. 이러한 감정을 가지고 있는 시청자야말로 성공적인 드라마의 핵심이에요. 우리 시청자들의 투자와 계속 시청하고 싶어 하는 욕구 말이죠."

캐서린은 어쩔 수 없었다. 캐서린의 눈에 작은 눈물이 났다. 매들린의 열정적인 연설은 캐서린을 감동시켰지만, 무엇보다도 캐서린은 자신이 정말 많은 것을 쏟아부었던 루시 딘이라는 인물이 종말에 다다랐다는 사실에 충격을 받았다.

"이해합니다."라고 말한 캐서린은 쉬나에게 고개를 돌려 자신의 오랜 친구이자 대리인에게 감사를 표하며 고개를 끄덕였다.

"그러면." 쉬나가 말했다. "그동안 형편없이 처리되었지만, 이제 우리는 당신의 이유를 들었으니, 어떤 대치 상황도 생기지 않을 거예요. 캐서린은 언제나 그래왔듯이 완벽한 프로로 남을 것입니다. 캐서린은 그녀가 가진 모든 것을 당신에게 줄 거예요."

"고마워요." 매들린이 말했다. "크리스마스 날에 역대 최다 시청자를 확보하게 되면, 당신의 죽음은 TV 역사에 남을 것이에요."

"루시는 어떻게 죽게 될까요?" 캐서린이 물었다.

"지금은 아직 말씀드릴 수 없습니다. 더 자세한 사항은 아직 작업 중이라서요. 하지만 그건 당신이라는 여성에 걸맞는 퇴장이 될 것입니다. 전 세계 시청자들은 당신의 팔콘만 마지막 회차를 잊지 못할 것입니다. 약속하죠."

매들린이 입증하기 위해 새끼손가락을 들자, 쉬나의 뇌에서 더 어둡고 뒤죽박죽된 기억들이 번뜩이기 시작했다.

40장

제이크는 런던 호텔에서 약 수백 마일 떨어진 해변가 주택으로 가기 위해 운전을 하고 있었다. 이 해변가 주택은 C.I.T.V가 임대한 개인 해변에 있었고, 팔콘만 세트장에서 불과 몇 마일 떨어지지 않았다. 제이크의 옆자리에는 허니 헌터가 기절한 듯 깊이 잠에 빠져있었다. 차가 성 어거스틴 항구를 향해 영국 남부의 탁 트인 도로를 질주하는 동안, 제이크는 허니를 바라보며 도착한 후 그녀와 두 번째 섹스를 할 수 있기를 바랐다.

섹스 파트너로서 오스카상 수상자라는 타이틀은 둘째치고라도, 허니는 제이크에게 인생 최고의 섹스를 선물했다. 정말 놀라웠다. 제이크는 미소를 지으며 끔찍했던 하루가 매우 환상적으로 끝날 수 있다는 것이 놀랍다고 중얼거렸다.

허니는 홍보촬영 등의 이벤트를 위해 팔콘만에 가까운 해변가 집에 틀어박혀 있어야 했는데, 제이크는 어제처럼 잘 흘러가면 허니와 더 많은 섹스를 할 수 있을 것 같았다.

제이크의 핸드폰 알람이 울리자 허니가 팔을 저었다. 헤드폰을 쓴 제이크는 제작팀이 사용하는 전화 회의 어플에 로그인했다.

아만다가 갑자기 떠난 탓에, 적절한 후임자를 찾을 때까지 제이크는 캔디와 더스틴을 연기 책임 프로듀서로 공동 승진시킬 수밖에 없었다. 멍청한 캔디가 회의를 진행한다고 생각하니 제이크는 짜증이 나기 시작했다. 캔디와 더스틴은 한 번도 괜찮은 아이디어를 낸 적이 없었다. 아만다가 까다롭기는 했지만, 그녀에게는 적어도 일을 망치진 않을 거라는 믿음이 있었다.

파라 역시 회의에 참석했는데, 낙태라는 폭탄선언 이후 서로 보지 못했던 것을 생각하면 좀 이상한 느낌이었지만, 전체 소속 작가들이 로그인하여 참석 중이었으므로 파라와 그 얘기를 꺼낼 방법이 없었다. 자신의 이름을 밝히지 않고 별도로 로그인하여 들어온 매들린이 몰래 엿듣고 있었다. 매들린은 문자메시지를 통해 제이크와 동시에 대화하고 있었으며, 제이크에게 아무도 그녀가 여기 있다는 걸 몰랐으면 좋겠다고 분명히 했다.

"이제 모두 모였으니 시작하도록 합시다. 루시 딘의 크리스마스 날 죽음에 대해 어떤 연기를 할 건지 생각해보셨나요?" 제이크가 말을 시작했다.

허니는 제이크 옆에서 깨어난 후, 어디에 있는 건지 혼란스러운 표정을 지었다. 제이크는 허니를 곁눈질로 쳐다보고 입술에 손가락을 대 허니와 함께 있다는 것을 아무도 듣지 못하게 했다. 허니는 어깨를 으쓱하며 작고 검은 병을 찾기 위해 가방을 뒤졌다. 그리곤 그것을 꺼내 입으로 들어 올렸다. 오! 이런. 제이크는 허니가 아주 섹시해 보였다. 제이크는 허니 옆에서 전화 회의에 참석하고 있었다. 시청자들은 곧 허니를 사랑하게 될 것이었다.

"지금까지 만든 목록입니다." 파라가 주목을 끌며 말을 시작했다.

"상위 5번째까지 말해보세요." 제이크가 끼어들었다.

제이크의 목소리만 들어도 파라는 낙태가 옳은 결정이었다고 확신할 수 있었다. 파라는 제이크의 사무실에서 있었던 끔찍한 만남을 잊어버린다면, 자존감을 다시 찾을 수 있을 것 같았다. 목청을 가다듬은 파라는 프로답게 행동할 준비를 했다. 파라는 이미 제이크가 그 목록에 대해 어떻게 생각할지 예측하고 있었다. 파라도 같은 생각을 했기 때문이다. 캔디와 더스틴은 스토리 회의에서 정말 엉망이었고, 그 결과를 파라가 전달하려고 하는 참이었다.

"먼저, 팔콘만에서 폭발이 일어나는 것이 있습니다." 파라가 말을 시작했다. "그리고 루시가 다른 사람들을 풀어주는 대가로 그녀 자신을 인질로 내세우며 일어나는 경찰과의 총격전이 있습니다. 루시는 경찰의 십자포화를 맞을 겁니다." 파라는 제이크의 귀에서 김이 나오는 것을 상상하고 있었다. 그래서 파라는 마지막 세 개를 재빨리 말했다. "아니면 루시가 새 남자친구와 싸우다가 우연히 죽는 방법도 있습니다. 루시 모르게 그 남자친구가 술집을 저당 잡혔고, 그 사실을 알게 된 루시와 싸우게 되는 겁니다. 아니면 도망치던 무장 강도가 해변 술집 안으로 비틀거리며 들어왔는데, 강도의 총에 맞거나 또는…"

제이크가 끼어들었다. "거기까지." 그는 말하기 전에 최소한 10초간의 여유를 두었다. "자, 한번 확실히 짚고 넘어갑시다. 포위하고 공격하는 것과 무장강도 사건은 거의 비슷한 데다가 둘 다 죽임을 당하는 거네요. 가정폭력은 지금 '하트랜즈'에서 이미 다루고 있어, 크게 인기를 끌지는 못할 겁니다. 그러면 술집에서의 폭발이 남게 되는데, 지난해 루시가 살아남았을 때도 우리가 써먹었던 방법이잖아요."

캔디가 끼어들었다. "그 폭발은 크리스마스 이브에 루시가 해고한 것에 대한 보복으로 새로 온 여자 바텐더가 일으킨 화재로 발생한 겁니다."

파라는 명단을 보았다. 캔디는 회의 때 이런 제안을 하지 않았다, 교활한 년. 캔디는 확실히 파라가 생각했던 것만큼 멍청하지는 않았다. 사실 나쁘지 않은 아이디어였다.

하지만 제이크는 파라와 똑같이 느끼지 않았다.

"이런 쓸모없는 아이디어를 내다니, 내가 당신들 전부 해고할 거예요." 제이크가 버럭 소리를 질렀다.

매들린이 문자메시지로 대화에 끼어들었다.

제이크, 주목하세요! 진정하고 이 말을 전해줘요.

매들린은 제이크에게 자신만만하게 그 계획이 무엇이인지에 대한 메시지들을 덧붙여 보냈다.

"생방송까지 4주도 채 남지 않았습니다…" 제이크는 최대한 차분히 말을 시작하더니, 매들린이 쓴 내용을 한 글자 한 글자씩 읽었다. "다른 드라마에서는 할 수 없는 연기를 원합니다. 팔콘만이라고 외칠 만한 걸 원합니다. 전 세계 사람들이 우리를 지켜볼 거고, 최고 시청률을 자랑하는 프로그램 중 일부가 우리 해변이나 바다를 배경으로 촬영되고 있습니다. 그래서 저는 유명하면서도 팔콘만에서 죽게 되는 한 여성을 원합니다. 모두가 들으면 팔콘만이라는 이름을 연상하게 할 정도의 여성을 말입니다."

그가 말을 마치자, 마치 여왕이 국민에게 보내는 크리스마스 메시지를 읽는 것 같은 기분이 들었다.

"좋아요." 파라가 말했다. "아주 명확하네요. 감사합니다." 파라도 진심이었다. 제이크의 입에는 평소와 같은 거품이 하나도 없었다. 그가 계속 이런 상태라면 파라도 같이 일할 수 있을 것 같았다.

"보트 사고는 어때요?" 캔디가 시도해 보았다. "안 돼요!" 매들린이 문자를 보냈다. 그러자 제이크가 캔디의 아이디어를 거부했다. "더 큰 게 필요합니다." 제이크가 말했다. "익사는요?" 파라가 물었다.

매들린이 문자를 보냈고, 제이크는 매들린의 문자를 다시 읽었다.

"자연이 그녀를 죽이길 원해요. 그러나 반드시 개인적인 감정이 들어가야 합니다." 제이크는 문자를 읽는 것을 멈추고 바꾸어 말하려고 하였다. 하지만 문제는 매들린의 메시지를 충분히 빠르게 자신만의 방식으로 바꿔 말할 수가 없었다.

파라는 도대체 제이크에게 무슨 일이 생겼는지 궁금했다. "그래서 루시가 자연에 의해 제거되길 원한다는 건가요?" 파라가 물었다.

제이크가 자신만의 대답을 하기도 전에, 매들린의 다음 메시지가 도착했다. 그는 제대로 이해했는지 확인하기 위해 그것을 두 번 읽어야 했다. 제이크는 정말로 그 메시지를 큰 소리로 말하고 싶지 않았다.

"음?" 파라가 재촉했다.

매들린이 또 문자를 보냈다.

지금 말해요.

제이크는 자신도 모르게 지시받은 대로 했다. "네. 상어에 의해 죽게 되는 거죠." 제이크가 말했다. 전화 회의에 웃음이 터져 나왔고, 허니는 휘둥그레진 눈으로 제이크를 응시했다.

하지만 매들린은 동요하지 않았다.

그들을 납득시키세요. 그렇게 하길 원합니다. 우리가 하는 일입니다.

"진지하게 이야기하는 겁니다." 제이크가 말했다.

"좋아요!" 파라가 웃었다.

"농담이 아닙니다." 제이크가 쏘아붙였다.

"상어는 따뜻한 물에 살지 않나요?" 캔디가 머뭇거리면서 말했다.

"이 부근의 바닷물은 너무 차가워요. 우리는 수온을 조절할 수 있는 탱크를 지을 수 있어요. 더스틴이 제이크에게 감동을 주길 기대하며 대화에 끼어들었다.

"그건 컴퓨터 그래픽 이미지로 대체될 겁니다, 더스틴!" 제이크는 대화의 주도권을 되찾으려고 애쓰며 말했다. "그리고 온도 문제는 어떻게든 해결할 겁니다. 모든 그레타 툰베리의 기후 문제가 우리를 도와줄 거예요. 우린 그걸 환경 탓으로 돌릴 것입니다." 제이크는 이제야 자기 생각 같은 말을 했다고 느꼈고, 그런 생각을 해낸 스스로가 자랑스러워 미소 지었다.

"자, 제이크!" 파라가 따졌다. "당신이 진심일 리가 없어요. 만약 아만다가 여기 있었다면…"

매들린의 마지막 문자가 왔다.

닥치고 당장 실행하라고 하세요.

제이크는 가슴이 철렁 내려앉았다. 사실, 제이크는 겨울에 상어가 공격하는 것이 터무니없다고 생각했지만, 이미 아내와 아이를 잃었고 직장까지 잃고 싶지는 않았다. 제이크가 다시 한번 생각해본다면, 상어는 꽤 좋은 의견으로 보일 것이었다. 결국 드라마는 항상 실제 상황에 대한 것은 아니기 때문이다. 제이크는 매들린의 생각을 쫓아가려고 머릿속으로 계속해서 상어 아이디어를 정당화하였다.

"맞아요, 아만다는 여기 없어요. 파라! 내가 책임자니까 루시 딘은 크리스마스 날 생방송으로 상어에게 먹힐 것이고, 시청자들은 앞으로 수십 년 동안 그것에 대해 이야기할 것입니다."

"별로 좋은 방법 같지는 않은데요." 파라는 딱 잘라 대답했다.

"결정은 내려졌고, 내일 우리는 새로운 배우를 그 장면과 어떻게 연관시킬지에 대해 이야기할 것입니다." 제이크는 전화 회의를 마무리했다.

C.I.TV 제작 사무실로 돌아온 팀원들은 침묵 속에 캔디와 더스틴을 바라보았다.

파라는 의자에서 일어났다. "음, 저는 에이든이 이것을 감독하게 되어 기쁩니다."라고 파라가 말했다. 그리고 파라는 진심이었다.

41장

팔콘만 스튜디오에서 30킬로미터 정도 떨어진 해변. 유리벽으로 둘러싸인 넓은 일광욕실의 지붕 아래 달린 해먹에서 올리비아는 엄마 품에 안겨 자고 있었다. 부드러운 바람이 베란다 문을 지나 가볍게 불어왔고, 아만다는 자신이 얼마나 편안하고 행복한지 잠시 생각해보게 되었다.

일광욕실은 절벽 꼭대기 카페에 새로 추가된 형태로, 지친 엄마와 아기가 간단한 간식들을 먹은 후 파도소리를 들으며 쉴 수 있게 만들어졌다. 직장을 그만두고 제이크를 떠난 이후로 그녀는 매일 이 카페를 찾아왔는데, 이곳은 아만다의 안식처가 되었다. 그곳에서 아만다는 다리로 해먹을 부드럽게 흔들었고, 올리비아는 작은 코를 홀쩍이며 아만다가 가장 좋아하는 소리를 냈다. 그렇지만 아만다는 이런 행복이 오래 지속될 수 없다는 것을 알고 있었다.

아만다가 예상했던 대로, 제이크는 그들의 돈에 수상한 행동을 하고 있었다. 아만다의 법률팀은 아만다가 돈을 절대 손에 넣지 못하도록 제이크가 이미 해외 계좌로 자금을 빼돌리고 있다고 의심했다.

"전 돈은 신경 안 써요. 그냥 벗어나고 싶어요."라고 아만다는 변호사에게 말했다. 그녀는 대가를 치르더라도 제이크에게서 자유로워지기를 간절히 바랐다.

"지금은 그렇게 말하지만, 올리비아를 생각해봐요."

"전 이미 마음을 먹었어요." 아만다는 결심했었다. 아만다는 제이크와 헤어지기를 원했고, 이룰 방법을 생각해 냈다. "위자료를 받지 않는 대신 양육권만 가지고 그냥 떠나겠다고 전해주세요. 올리비아는 주말과 휴일에만 볼 수 있게 할 거예요. 제이크가 원할지는 모르겠지만요."라고 아만다는 말했다.

아만다는 제이크와의 공동 계좌에서 빼낸 돈으로 아만다가 좋아하는 항구 근처에 작은 규모의 휴가용 별장을 단기 임대했다. 아만다는 곧 일을 구할 수 있을 거라고 생각했다. 아만다는 그녀가 했던 일에서 유능했고, 할 수 있는 몇 가지 일을 이미 조사해 두었다.

하지만 팔콘만에서 멀리 떨어져 있는 것은 원하지 않았다. 아만다는 이 드라마에 수십 년을 쏟아부었고, 매일 일하는 모든 시간마다 누가 어디서 무엇을 할지 정확히 예상할 수 있었다. 아만다는 캐서린이 촬영하는 마지막 주 동안 어떻게 지냈는지 궁금했고, 헬렌과 파라가 그리웠다. 메신저 업데이트로는 부족했다. 아만다의 일부분은 여전히 팔콘만에 있었고, 라이브 에피소드를 위한 아이디어를 생각하고 돕기를 바랐지만, 아만다의 마음 한 곳은 악몽 같은 매들린과 괴물 같은 제이크로부터 멀리 있는 것이 기뻤다.

아만다는 핸드폰에서 알람이 울렸을 때, 댄과 자신이 얼마나 잘 어울리는지 생각하고 있었다. 아만다가 핸드폰을 무음모드로 설정하는 걸 잊었지만, 다행히 올리비아가 깨진 않았다. 아만다는 조심스럽게 뒷주머니에 손을 넣었다.

제가 오늘 밤 우리 셋을 위해 요리를 해볼까요? 한 명에게는 당근 죽, 그리고 두 명에게는 소고기 갈비찜, 어때요?

아만다의 얼굴에 웃음이 퍼졌다. 아만다와 댄은 정신적으로 연결되어 있는 것 같았다. 아만다가 미래에 대해 불안해하거나 힘든 투쟁을 마주해야 할 때면, 댄은 아만다가 혼자가 아니라는 것을 확신할 수 있도록 아만다와 올리비아를 생각하며 함께 있어 주었다.

아만다는 댄과 사랑에 빠졌다는 걸 알았지만, 그 감정을 억누르려 하고 있었다. 아만다는 스스로 원했으면서도, 다시 누군가에게 자신의 마음을 줄 수 있을지 확신할 수 없었다.

아만다가 댄에게 문자를 보내려고 했을 때, 발신번호 표시가 제한된 전화벨이 울렸고, 아만다는 놀랐지만 조심스럽게 전화를 받았다.

"아만다?" 아만다가 도저히 누군지 감을 잡을 수 없는 우아하고 친근한 목소리가 들렸다. "하트랜즈의 루시아 브래디입니다."

아만다는 꼿꼿하게 앉아있었지만, 올리비아를 가슴에 안고 있는 것을 생각하여 침착함을 유지하려고 애를 쓰는 중이었다. 루시아 브래디는 팔콘만의 최대 라이벌인 하트랜즈 제작사 그레이스톤 프로덕션의 CEO였다. 몇 년 전 루시아는 아만다를 끌어들이기 위해 6개월을 보냈다. 아만다 또한 그 유혹에 빠졌다. 팔콘만은 한창 시청률이 하락하고 있었고, 늙은 소유주들은 자신들을 제외한 모든 사람들을 유독성 먼지 취급을 하며 비난을 퍼부었다. 아만다는 공동 책임 프로듀서로 계속 있으면서 모든 것을 위해 싸우는 것보다 단독 책임자가 되는 것이 좋았다. 아만다는 임신한 상태였다. 마침내 아만다가 임신 12주를 지나 위험한 시기를 넘겼을 때, 제이크는 아만다에게 어떠한 경솔하고 인생을 바꾸는 결정도 내리지 말라고 설득했다. 하지만 아만다가 출산휴가를 보내는 동안 제이크가 직장 상사가 되었다는 걸 알았더라면, 아만다는 의심의 여지 없이 떠났을 것이다.

"이제 당신은 공식적으로 자유로운 몸이군요." 루시아가 말했다. "우리가 중단했던 부분에서 다시 시작하면 어떨까요?"

10분 후 아만다 킹은 그레이스톤 프로덕션의 프로그래밍 감독으로 즉시 임명되었다. 하트랜즈를 경영하는 것이 그녀의 최우선 역할이었다. 아만다의 새로운 삶이 정말로 시작되었다.

하트랜즈는 수백 마일 떨어진 영국 시골에 설치된 드라마 세트장이었다. 아만다는 바다를 바라보았다. 그리고 몇 년 전 희망에 가득 차 그곳에 도착했을 때, 아만다의 마음을 사로잡았던 경이로운 만들이 숨겨두었던 절벽과 반짝이는 물을 마음에 담았다. 아만다는 이 아름다운 섬이 그리울 것이다. 아만다의 돌아가신 어머니는 항상 '새 출발보다 더 좋은 것은 없다.'고 말했고, 지금 이 순간이 그때인 것 같았다.

아만다는 댄의 메시지를 다시 한번 훑어보고 댄에게 팔콘만을 떠난다는 것을 어떻게 말해야 할지를 생각했다.

42장

제이크는 러닝머신에서 한 시간을 뛰고 나서 근육을 풀고 상쾌한 바닷물에 몸을 담가 몸을 식힌 후 다시 제작 사무실로 돌아왔다. 구름이 낮게 깔렸고, 비가 올 기미가 보였으며, 곧 밤이 찾아올 것 같은 모습이었다. 대부분의 사람들은 사랑하는 사람이 있는 집으로 돌아갔다. 남은 사람들은 드라마를 개인 생활보다 우선시하는 진정한 전문가이거나, 제이크가 그들에게 일과시간 후에도 남아 있으라고 지시해서 남은 사람들이었다.

상영실로 가면서 제이크는 허니를 잊으려고 했다. 허니가 성 어거스틴으로 이사온 이후 그들은 매일 섹스를 했지만, 허니는 제이크를 밤새 머무르게 하지 않았고 항상 술에 취한 것처럼 보였다. 제이크는 그 모든 것이 맘에 들지 않았다. 허니가 수년간 술을 마시지 않고 지냈다는 것은 잘 알려져 있었지만, 허니는 자신에게 문제가 있다는 것을 부인했으며, 제이크의 걱정을 그가 경험했던 최고의 구강성교로 대충

무마하려 했다. 하지만 제이크는 허니의 성적인 매력에서 벗어나자마자, 허니가 너무 연약해서 앞으로의 일정을 감당하지 못할지도 모른다는 마음이 들기 시작했다. 허니는 도자기 인형같이 산산조각이 날 것 같았다.

제이크는 허니가 라이브 에피소드를 잘 처리할 것이라 확신했고, 허니의 등장이 큰 파장을 일으킬 것이라고 생각했지만, 그 후에는… 제이크는 허니가 그들의 스튜디오 시스템에 얼마나 오래 버틸지, 아니면 대중의 눈 밖에 날지 알 수 없었다. 허니의 모든 움직임은 언론에 의해 추적될 것이고, 허니의 모든 말들은 면밀히 조사될 것이며, 허니의 모든 만남은 촬영될 것이었다.

솔직히 제이크는 허니가 기다리는 것을 잘 견디지 못한다는 것을 알았다. 제이크는 허니가 스스로를 변화시킬 시간을 갖기를 바랐다.

매들린은 제이크의 마음을 읽은 것 같았다. "우리 허니는 어때요?" 제이크가 상영실로 들어서자 매들린이 물었다. 그 상영실은 미니 영화관 같았고, 방음 처리가 되어 있었으며, 약 20명이 앉을 수 있는 좌석이 있었다.

화면은 영화관의 절반 크기였지만 해상도는 최고였다. 최고급 스피커가 사방에서 소리를 냈다. 제이크는 이곳을 사랑했다. 제이크는 에이든과 심야 파티에 이곳을 자주 이용했는데, 술에 취해 포르노를 보기도 하고, 라이브 쇼를 하기 위해 호위대를 고용하기도 했다.

"허니는 빨리 시작하고 싶어 안달입니다." 제이크가 말했다. 제이크는 솔직하지 못했다. 그의 스타일이 아니었다.

매들린은 오렌지색의 옆구리가 갈라진 홀터넥 드레스를 입고 볼륨

있는 몸매를 강조했다. 제이크는 매들린을 살피고 있는 자신을 발견했다. 매들린이 침대에선 얼마나 사나운 동물로 변할까 상상하던 중 매들린과 눈이 마주쳤고, 매들린은 제이크를 비난할 기세로 한쪽 눈썹을 치켜올렸다.

"그런데 당신의 아내가 지금 우리 TV의 경쟁자들을 위해 일하고 있다고 들었어요." 매들린은 분명 기분 나쁜 말투로 말했다.

"아만다는 더 이상 내 아내가 되지 못할 거예요."라고 말하며 제이크는 잭다니엘과 콜라를 따랐고, 매들린은 향을 맡고 좋아했다.

"아만드가 하트랜즈에서 우리에게 피해를 줄 리 없다고 생각하는 건가요? 우리의 모든 계획은 크리스마스에 1위를 되찾는 것이며, 아만다는 우리가 무엇을 계획했는지 정확히 알고 있어요." 매들린의 말투는 아만다가 떠난 것이 제이크 탓이라고 말하는 듯했다.

"아만다에게는 우리가 라이브 공연을 하기 전까지 3주밖에 남지 않아요. 그 시간 동안 아만다가 할 수 있는 일은 아무것도 없을 겁니다."

매들린이 눈썹을 다시 치켜올렸다. "당신 말이 맞길 바라요."

캔디, 더스틴, 파라, 헬렌 그리고 작가들이 모두 상영실에 자리를 잡자, 뒤편 믹싱데스크 옆 컴퓨터 그래픽 이미지 기술팀이 들뜬 표정을 지었다. 에이든이 나타나 제이크와 매들린 옆에 자리를 잡았고, 충성스럽게 인사했다.

"이제 모두 모였으니." 매들린이 에이든의 늦은 도착을 지적하듯 말했다. "시작할까요?"

제이크는 분명 멋지게 보일 것이라는 기대감과 자신감에 차서 컴퓨터 그래픽 이미지팀을 바라보았다. "여러분, 죠스에 대한 팔콘만의 해결책을 보여주세요."

파란색과 녹색의 매혹적인 지구가 스크린을 가득 채우고 그들을 깊은 물속으로 던지면서 불빛이 희미해졌다. 카메라가 보여주는 빛나는 물고기 떼와 무지개 색깔의 낯선 해초들은 평화롭고 아름다웠다. 첼로를 가로지르는 활이 소리를 내듯, 적막함을 뚫는 불길한 소리와 함께 웅장한 상어가 보였다. 상어의 주름진 회색 피부와 섬뜩하게 날카로운 이빨이 보였다. 청중들은 모두 숨을 죽이고 침을 삼켰다. 상어는 물살을 가르며 만을 더욱 빠르게 빙빙 돌며 점점 더 가까이 다가오더니 팔콘만 옆 선착장을 향했다.

우와, 제이크는 생각했다, 이건 진짜 먹힐 것 같았다. 불이 켜지자 상영실 안에서는 박수가 터져 나왔다. 컴퓨터 그래픽 이미지팀은 인사를 했고, 에이든은 늑대 휘파람을 불었다. 제이크는 그의 팀이 해낸 일이 자랑스러워 크게 웃었다. 그런데 한 사람이 박수를 치지 않았다. 매들린이었다.

"에구머니나." 캔디가 제정신이 아닌 듯 말했다. "너무 진짜 같아서 무서워요!"

다른 사람들은 매들린이 끼어들었을 때까지는 그 말에 동의하려고 했다.

"전 안 무섭네요." 매들린이 분위기에 찬물을 끼얹으며 차갑게 말했다. "가짜잖아요."

파라와 마찬가지로, 헬렌은 그것이 얼마나 인상적이었는지에 놀랐고, 말을 꺼냈다.

"음, 가짜네요. 그렇지 않나요? 하지만 그게 멋지지 않다는 뜻은 아니에요. 쥬라기 공원이 컴퓨터 그래픽 이미지라는 건 누구나 알고 있지만 아무도 가짜라고 하지 않죠?"

"어느 장면이 가짜처럼 보이는지 말씀해 주시면요." 기술팀 중 한 명이 끼어들었다. "제가 고칠게요, 케인 씨!"

"가짜처럼 보이는 게 아니라 가짜라는 걸 알고 있기 때문에 무섭지 않은 거예요."

헬렌은 겁 없이 협상하는 사람이었고, 그녀와 여러 번 섹스했었던 기술 전문가를 돕고 싶어 했다. "그건 컴퓨터 그래픽 이미지가 할 수 있는 최대한의 현실적인 기법이에요." 그가 헬렌에게 미소를 짓자 헬렌이 말했다.

"하지만 우리가 이번 크리스마스 최고의 드라마가 될 만큼 충분히 현실적이지는 않습니다."라고 매들린은 무시하듯 말했다. 매들린은 기술팀에게 최고의 미소를 지어 보였다. "당신들의 뛰어난 작품을 얕보는 것이 아니라 컴퓨터 그래픽 이미지이기 때문입니다. 이는 루시 딘이 실제로 위험에 처해 있지 않다는 것을 의미하며, 위험은 시청률을 위해 우리에게 필요한 요소입니다."

"그래서 무슨 말을 하고 싶은 거죠?" 제이크가 이 상황을 이해하려고 애쓰며 물었다. "그래서 진짜 상어를 쓰겠다는 건가요?"

"그거 좋은 생각이에요, 제이크!" 매들린이 제이크의 손을 쓰다듬으며 말했다.

파라는 제이크를 화나게 하는 법을 알고 있었다.

파라는 공격에 들어가기 위해 말을 꺼냈다.

"그래서 따뜻한 물에서 사는 상어를 어떻게 찬물에 넣을 건가요?"

"글쎄요…" 제이크가 말을 꺼냈지만, 에이든은 늦게 도착한 후에 다시금 매들린에게서 좋은 인상을 얻기 위해 먼저 말을 꺼냈다.

"우리가 투명한 탱크를 하나 만들어 상어가 살 수 있는 온도로 물을 데워서 팔콘 만 안에 설치하는 겁니다. 상어는 보드워크까지 헤엄쳐 올라갈 것이기 때문에 시청자들에게는 진짜가 될 것이고요."

매들린은 미소를 띠며 에이든을 향해 돌아섰다. "보세요, 헬렌! 마음만 먹으면 뭐든 가능하답니다."

헬렌은 입술을 꾹 깨물었다.

제이크는 평소와 다르게, 그것이 명백한 예측 불가능성을 지닌 데다가 생방송 촬영임을 감안한다면 실제 상어는 완전히 재앙이 될 수 있다는 사실에 공포를 느꼈다. "그래서 정말 살아있는 상어를 원하는 거예요?" 제이크는 매들린이 웃으며 '웃기지 마.'라고 말하길 바랐다. 그래서 충분히 믿을 수 있는 컴퓨터 그래픽 이미지로 돌아가길 기대했다.

"그래요, 당신이 상상을 실현했으면 해요, 제이크!" 매들린이 진심을 담아 말했다.

"그리고 크리스마스 날에 진짜로 살아있는 상어가 분명 시청자들을 불러 모을 것이라고 생각해요."

제이크의 머리가 혼란스러웠다. 컴퓨터 그래픽 이미지는 훌륭했다. 도대체 왜 진짜 상어를 원하는 걸까?

제이크의 불안을 알아챈 매들린은 말을 이었다. "저는 스턴트 연기 전문가가 아닙니다."라고 매들린이 전에 말했던 것보다 훨씬 더 남동부 지역 말투로 말했다, "저는 우리 제작팀이 탱크 안에 탱크를 만들 수 있을 것이라고 생각했어요. 보호할 수 있도록 튼튼하게 만든 안쪽 탱크에서는 캐서린이 수영하고, 바깥쪽 탱크에서는 상어가 돌아다닐 수 있도록 말이에요. 우리의 두 '동물'들은 마치 같은 물에서 수영하는 것처럼 보이겠지만, 당연히 캐서린은 안전할 것입니다."

'동물?' 파라는 질색을 하며 고개를 저었다. 도대체 매들린이 캐서린을 동물이라고 한 것은 무슨 의미일까? 에이든이 흥분해서 손가락을 찰싹이며 그녀를 추켜세웠다.

"완벽해요! 제 동료가 〈샐로우〉를 감독했는데, 진짜 상어를 등장시켰어요. 누가 그들의 탱크를 만들었는지 알아볼게요. 캐서린이 해야 하는 일은 안쪽 탱크에 확실히 뛰어드는 것입니다. 그 후 상어가 그녀에게 다가올 것이고, 그럼 정말 멋질 겁니다."

"어떻게 캐서린이 속이 다 비치면서 결국 보이지 않는 그 공간으로 뛰어들 수 있다는 거죠?" 파라가 물었다. 이것은 파라가 참석한 것 중 가장 정신 나간 회의였는데, 방금은 제작팀에 항의하는 말을 던진 것이었다.

"아, 그건 괜찮을 겁니다." 에이든이 말했다. "스턴트맨들이 알아서 할 거예요."

제이크는 그 아이디어에 열을 올리고 있었다. "살아있는 상어가 캐서린과 함께 물속으로… 그러니까 우리는 다른 드라마에서는 할 수 없는 엄청난 장관에 대해 이야기하고 있습니다. 우리가 1위를 하는 건 이미 정해진 것이나 마찬가지죠. 어떻게 보지 않을 수 있겠습니까?"라고 말하면서, 제이크는 지금 결정한 것은 결국 멋진 아이디어였다고 생각했다.

매들린은 웃었다.

헬렌은 비명을 지르고 싶었다.

"이제 결정되었군요. 이것이 우리의 새로운 계획입니다. 크리스마스 날에 진짜 상어 말입니다."라고 제이크가 일어서며 말했다.

매들린도 일어섰다. "기자들에게 말하세요. 이것이 그들을 완전히 미치게 할 거예요."

"그들은 오히려 우리가 미쳤다고 생각할 겁니다." 파라는 못마땅해 하며 헬렌에게 야유했다.

43장

크리스마스 라이브 에피소드를 앞두고 제이크는 새롭고 흥미로운 계획을 홍보하기 위해 여러 차례 토크 쇼에 출연했다. 제이크는 시청자들이 가장 사랑하는 캐릭터 중 한 명과 슬픈 작별을 하게 될 것이라고 발표했지만, 새로운 악당의 정체는 비밀로 했다. 리디아 체임버스가 트위터에 부정적인 글을 업로드하여 많은 시청자들이 허니 헌터가 이 역할을 맡았다는 것을 알 수 있게 되었지만, 허니는 긍정도 부정도 하지 않았다. 제이크가 팔콘만에 실제 상어가 등장할 것이라고 밝히자, 인터넷 여론은 열광했다. 언론도 마찬가지였다. 취재진은 상어가 수족관에서 팔콘만에 있는 전용 탱크까지 운반되는 장면을 찍기 위해 파견되었으며, 이틀 내내 많은 사람들이 이 상어에 대해 이야기하는 영상이 CNN에도 방영되었다.

아만다는 팔콘만을 무너뜨릴 준비를 하고 있었는데, 제이크와 상어를 헤드라인에서 몰아내기 위해 하트랜즈의 새로운 수장으로서 첫 인터뷰를 했다.

아만다는 기자회견에서, 이러한 터무니없는 계획 때문에 그녀가 가장 큰 경쟁자인 하트랜즈에 합류하게 되었고, 시청자들이 가장 좋아하는 캐릭터 중 하나를 죽이려는 팔콘만의 계획은 그들이 완전히 진퇴양난에 빠져있다는 것을 드러내는 것이라며 팔콘만을 조롱했다. 그러나 크리스마스 날에 생방송을 하는 것은 용감한 시도이며, 시청자들이 끊임없이 변화하는 새로운 엔터테인먼트를 즐길 수 있도록 하는 점은 인정했다. 그런 점을 고려하여 아만다는 하트랜즈가 동일 시간대에 똑같이 생방송을 하여 라이벌과 당당히 겨루기로 결정했다고 밝혔다. "우리 쇼에는 상어는 없을 겁니다." 아만다는 카메라 렌즈를 내려보며 웃었다. "심지어 가장 차가운 심장마저 녹일 수 있는, 절대 놓칠 수 없는 드라마로 상대하겠습니다." 아만다는 단어들을 신중하게 골랐다. 그 순간, 언론 전쟁이 시작됐다.

'두 방송사가 가장 인기 있는 드라마로 전면전을 시작하다.'라는 헤드라인으로 장식되었다.

'팔콘만 대 하트랜즈 중 어떤 것을 볼 것인가?'라는 트위터 해시태그가 세계적인 유행이 되며 각 방송사에 많은 사람들이 몰렸다. 심지어 같은 가정 내에서조차 사람들이 논쟁하였는데, 두 프로그램 모두 생방송으로 진행되기 때문에 둘 중 하나를 고를 수밖에 없었다. 모두가 그것에 대해 이야기하고 있었다.

아만다는 절묘하면서도 훌륭하게 일을 수행했다. 며칠 동안의 준비만으로는 팔콘만의 스턴트 연기나 쌍년 찾기와 같은 것들과 경쟁할 수 없었지만, 라이브 에피소드에 편승하여 팔콘만이 나올 때마다 하트랜즈가 언급될 것임을 확신했다. 아만다는 제이크가 씩씩대며 화를 낼 것을 알고 있었다.

44장

드디어 크리스마스 이브 오후가 되었다. 출연진과 제작진은 24시간 안에 생방송과 관련된 모든 것을 마무리해야 했다. 많은 사람들이 상어 스턴트 연기의 현란한 리허설을 보기 위해 팔콘만으로 모여들었다. 조명과 특수효과를 제대로 맞추려면 내일 생방송 시간과 같은 시간대에 촬영하는 것이 중요했다. 오후는 춥고 우울했다. 하늘은 흐리고 살을 에는 듯한 찬 바람이 바닷물 위로 불고 있었다. 촬영 중간중간에 출연자들은 담요와 코트를 덮고 있었고, 일부는 온수병까지 안고 있었다. 세트장 뒤에는 상어 탱크 제작과 상어 운송을 촬영하러 온 새로운 촬영진도 대기하고 있었다. 사람들 사이의 긴장과 그 안에 있는 기대가 눈에 보이는 듯했다. 이 에피소드 전체가 스턴트 연기의 성공에 흥망이 달렸다.

수년 동안 캐서린 벨은 많은 포식자들과 카메라를 공유했다. 키스 장면에서 약간 몸을 더듬는 것이 적절하다고 생각한 배우들, 역촬영

기법으로 신발을 벗기고 캐서린이 아래를 내려다보게 해서 이중 턱을 만들어냈던 여배우들, 캐서린이 샤워를 하는 동안 프로듀서들을 탈의실에 들여보내, 캐서린을 보게 했던 그들을 흔쾌히 용서할 수 있었다. 그러나 실제로 상어와 연기하는 것은 이번이 처음이었다.

팔콘만은 출입제한 구역이 되었고, 부표에 펄럭이는 깃발들이 열이 가해진 탱크를 에워쌌다. 상어가 우리 안에서 이리저리 헤엄치는 모습을 수중 카메라가 찍고 있었다. 정말 등골이 오싹한 광경이었다. 상어의 눈은 검었고 무표정했으며, 살점을 갈가리 찢을 듯한 이빨들이 턱 사이로 보였다. 캐서린은 상어를 보면서 구역질이 났다. 카메라가 더 오래 돌면 돌수록 상어가 더욱 화를 내는 것 같았다. 암컷 상어라는 사실이 이상하게도 더욱 사악한 존재라는 느낌을 주었다.

세트장에는 거의 오지 않았지만, 캐서린과 함께 있고 싶었던 쉬나는 루시 딘의 술집 밖에 특별히 지어진 갑판에 서 있었다. 캐서린은 지금 쉬나의 초미의 관심사였다. 스테이시와 리디아 사건 이후로 쉬나는 다시 힘차고 역동적인 기분으로 돌아왔고, 전설적인 강렬한 에너지로 가득 찼다. 상황이 어려울 때마다 쉬나의 어깨 패드는 항상 위로 올라가 있었다.

"몸은 좀 어때?" 쉬나가 캐서린에게 물었지만, 캐서린은 늘 그렇듯이 차가우면서도 조용했다.

"이런 일이 실제 일어나고 있다는 것이 여전히 충격적이야." 캐서린이 대답했다. "내 인생 40년 동안 이 드라마에 출연했는데, 이런 식으로 끝나야 한다니. 입을 크게 벌린 죠스에 의해 루시가 죽는다니!"

"저거!" 캐서린은 떨리는 손으로 모니터의 방향을 가리켰다.

쉬나는 울 것 같아 보이는 캐서린을 팔로 감싸 안았다. "그들에게 부질없이 눈물을 보이지 마. 우리가 이걸 싫어하는 만큼, 이 드라마는 역사상 가장 많이 시청된 드라마 에피소드로 기록될 것이고, 그 누구도 너에게서 그걸 빼앗아 갈 수 없을 거야."

"그게 아니면 앞으로 수십 년 동안 사람들이 나를 비웃을 것이고, 리디아는 마침내 소에게 밟혀 죽은 영상을 대신할 영상을 찾았다고 기뻐할 거야. 그것도 별로였지만, 이건 더 안 좋아."

쉬나는 동의할 수밖에 없었지만, 또한 캐서린과 그 감정을 함께 나눌 방법이 없었다. 그 불쌍한 여자는 무너져 내릴 것이다. 그래서 쉬나는 잠자코 있었다.

"이건 내 유산이 될 거야." 캐서린이 말을 이었다. "다음에 무엇을 하든지, 나는 영원히 상어에 대한 질문을 받게 될 거라고."

쉬나는 그녀를 바라보며 양어깨에 손을 얹었다. "그런 일이 일어나게 두진 않을 거야. 왜 그런지 알아?" 캐서린은 희망을 갈망하며 그녀를 올려다보았다.

"넌 세계 최고의 드라마 배우이고, 다름 아닌 이 드라마에서 하차하게 될 거야. 사람들이 너의 팔콘만 경력을 돌이켜 보게 되면, 그들은 단지 종편만이 아니라 40년의 추억을 간직하게 될 거라고. 그리고 넌 아직 끝나지 않았어. 너의 최고의 역할은 여전히 남았다고."

캐서린은 자신의 나이를 고려해 볼 때, 쉬나의 말 마지막 부분에 대해서는 확신하지 못했지만, 쉬나의 노력에 감사했다. 두 여자는 껴안았다. 그리고 캐서린은 자신의 자리로 걸어가 추위 속에 서서 허니의 대역이 캐서린을 세게 때려서 어둡고 으스스한 바닷속으로 떨어지길 기다렸다. 캐서린은 허니 헌터가 기술상의 상영을 중요하게 여기지 않는 걸 보고 허니가 별 볼 일 없는 사람일 것이라고 생각했다. 잠시 지평선을 바라보던 캐서린은 빙글빙글 도는 상어를 내려다보며 떨면서 중얼거렸다. '허니에게 열두 달만 주자. 최대한.'

"괜찮아요, 캣?" 그들이 상황을 지켜보기 위해 설치한 캠프 안의 잘 꾸며진 장소에서 에이든이 소리쳤다. 평소에는 내부 스튜디오 무전기를 사용했지만, 이번 에피소드는 모든 것이 달랐다.

"캐서린은 괜찮아요." 쉬나가 사이드라인에서 딱딱거렸다. "우리 모두 당신을 기다리고 있어요."

에이든은 조금도 당황하지 않고 쉬나에게 매력적인 미소를 지어 보였다.

"좋아요, 이제 얼마 안 남았어요."

캐서린은 에이든이 오늘은 유달리 대충대충 한다고 생각했다. 직원들이 캐서린에게 에이든이 밤새 파티를 했다고 말했다. 캐서린은 에이든의 탈의실 거울 위에 코카인이 있다는 것을 들었다. 캐서린은 에이든을 다시 살펴보았다. 캐서린은 적어도 자신이 더 이상 에이든과 같은 쓰레기와 어울리지 않아도 된다는 것에 안도하며 필사적으로 평정심을 유지하려고 노력했다. 이 모든 부정적인 것들이 캐서린을 무기력하게 만들었다.

바다에서 불어오는 차가운 바람은 캐서린의 마음까지 얼게 했다. 캐서린은 이런 추위도 그리워하지 않을 것이다. 이 모든 게 끝나면, 캐서린은 자신만을 위한 시간을 갖겠다고 결심했다. 캐서린은 항상 세계 여행이 가고 싶었는데, 남아시아와 뉴질랜드를 방문하고, 남아프리카의 사파리도 둘러보고 싶었다. 캐서린은 서둘러 일 하지 않아도 될 만큼 충분한 돈도 가지고 있었다.

생방송이 끝날 때마다 캐서린은 쉬나에게 당분간 정신없는 연기에서 발을 떼고 싶다고 말하곤 했다. 그 가능성이 캐서린을 설레게 했다. 어쩌면 캐서린이 다시 사랑에 빠질지도 모를 일이었다.

"캣?" 에이든이 캐서린의 생각에 끼어들어 소리쳤다. "곧 준비되는 대로…"

"전 준비됐어요." 캐서린이 말했다. 재빨리 의상팀이 와서 캐서린에게서 따뜻한 파카 코트를 가져갔고, 캐서린은 얇은 크리스마스 파티 드레스 차림이 되었다.

"좋아요, 그럼 시작하도록 하죠. 여러분, 정위치해 주세요. 상어 공격에 대한 총연습입니다."

캐서린이 아침에 스턴트우먼을 소개받았을 때, 캐서린은 오늘 어떤 일이 일어날 것인지 예상을 할 수 있었다. 캐서린이 부탁받은 일을 이해하는 데는 수 분이 걸렸다. "제가 정말 상어가 있는 물속으로 뛰어들기를 바라나요?" 캐서린은 진심으로 충격을 받았다.

전에는 아무도 캐서린에게 이런 말을 한 적이 없었다. 캐서린은 뉴스를 보고서 컴퓨터 그래픽이 아닌 진짜 상어가 등장한다는 것을 알았다. 자신이 곧 떠날 것이기 때문에, 팔콘만에 있는 어느 누구도 캐서린에게 신경을 쓰지 않지만, 어쨌든 부두 위에 서 있을 사람은 캐서린 자신이고, 그 장면 이후에는 루시처럼 차려입은 스턴트우먼이 연기하는 바다 장면으로 전환될 것이라고 생각했다.

쉬나는 즉시 제이크와 싸우러 달려갔다.

"캐서린은 안쪽 탱크로 떨어질 것이고, 캐서린은 완전히 안전할 거예요." 제이크는 마치 캐서린의 건강과 안전에 대한 의문이 성가시고 하찮은 문제인 것처럼 대꾸했다.

"설마요." 쉬나가 쏘아붙였다.

"제작진들한테 말해보세요." 제이크가 말했다. "뭔가 잘못되면 그들은 수백만 달러를 요구하며 고소를 할 거예요."

캐서린은 에이든이 말한 탱크를 찾기 위해 머리끝에서 발끝까지 떨면서 물을 바라보았다. 그녀의 당혹감을 감지한 스턴트우먼이 그것을 가리키며 캐서린에게 알려주었다. 캐서린은 그 가장자리를 볼 수 있었다.

제이크는 검은색 푸파 재킷을 걸치고 비니 모자를 쓴 모습으로 캐서린이 서 있는 만을 따라 걸어갔다. "이것이 부담스런 부탁이라는 것을 알지만, 이 촬영이 그만한 가치가 있을 것이라고 약속합니다."라고 제이크는 캐서린의 마음을 위로해 주기 위해 말했다. "카메라가 저 아래 탱크에 내장되어 있습니다. 비록 보호 유리벽이 당신과 상어 사이에 있지만, 스크린에서는 놀라울 정도로 진짜처럼 보일 것입니다, 약속드리죠."

캐서린은 제이크의 말을 들었다. 그러나 제이크의 약속은 전혀 믿을 수가 없었다.

"물속에서 어떻게 행동해야 하죠?"

"행동할 필요 없어요. 당신은 진심으로 무서워하게 될 겁니다. 우린 당신에게 덤벼드는 그 상어와 그 공포를 카메라에 담을 겁니다."

캐서린은 갑자기 매우 긴장했다. "제가 이걸 잘할 수 있을지 모르겠어요." 캐서린이 조용히 말했다.

제이크는 스턴트우먼을 불렀다.

"캐서린 벨!" 얼굴 가득 프로다운 미소를 띤 스턴트우먼이 말했다. "당신은 완벽하게 안전해요. 이제 저를 보세요." 그녀는 부두 끝으로 걸어갔다. "이곳이 갑판 위의 당신 자리입니다. 알아보기 아주 쉬울 거예요. 척 보면 바로 알 수 있습니다." 그녀는 에이든에게로 돌아섰다. "카메라를 작동시켜 주세요. 그럼 제가 캐서린에게 보여줄게요."

에이든은 공중에 손짓을 했고, 사람들은 맡은 일들을 시작했다.

스턴트우먼이 완전한 자신감을 내뿜으며 캐서린을 바라보고 서 있었다. "당신이 그 자리에 다다르면 점프하지 말고 그냥 떨어지세요. 그 탱크는 오차 범위가 매우 넓어서 제가 보여주는 대로만 떨어지면 괜찮을 겁니다. 약속하죠. 따뜻한 수영장에 뛰어드는 것과 같아요. 이제 절 봐주세요." 그 겁 없는 젊은 여자가 팔을 내밀었다. 마지막 태양 빛이 회색 구름을 뚫기 위해 최선을 다하고 있었고, 작은 햇빛 반점들이 파도가 일렁이는 바다에서 튕겨 나왔다. 캐서린의 얼굴에서 눈을 떼지 않은 채 스턴트우먼이 몸의 긴장을 푼 뒤 상어 지느러미가 근처에 맴돌 때 물속으로 떨어졌다.

캐서린은 쉬나가 보고 있는 모니터로 달려갔다. 스턴트우먼이 물속으로 떨어지자 모두가 스크린에 시선을 고정한 채 스턴트우먼을 추적했다. 그 소리에, 거대한 상어는 즉시 방향을 바꾸었다. 그들 모두 상어가 한 바퀴 도는 것을 보았다. 캐서린은 깜짝 놀랐다. 스턴트우먼이 물장구를 치며 허우적거렸고, 상어는 그녀에게로 급히 다가갔다.

상어가 그녀를 향해 질주하자, 캐서린은 자신이 숨을 죽이고 있다는 것을 깨달았다.

"빌어먹을, 너무 빠르잖아." 그들이 살인마를 상대하고 있다는 것을 이제야 깨달은 듯 제이크가 속삭였다.

"그러네요." 에이든이 동의했다. "그래도 정말 멋져요."

그 상어는 스턴트우먼을 노려보고 있었다. 차갑고 반짝이는 눈은 깜빡이지 않았고, 입은 벌어졌으며 악몽 같은 이빨이 카메라에 가득 보였다. 몇 피트만 더 가면… 죽음이 눈앞에 있었다.

"3번 카메라 꺼주세요." 에이든이 소리쳤다. 갑자기 보호용 탱크 안에서 캐서린은 공격의 흉포함을 볼 수 있었고, 스턴트우먼이 비명을 두 번 지르는 장면과 가짜 피가 그녀의 의상에서 나오는 장면을 클로즈업하여 사이 사이에 배치했다. 그것은 정말로 역겨울 정도로 진짜 같았다.

캐서린은 두 번째 모니터로, 상어가 계속해서 보이지 않는 유리 탱크에 몸을 부딪치는 것을 공포에 휩싸인 표정으로 지켜보았다. 스턴트우먼이 비명을 지르자, 그녀를 에워싸고 있던 탱크가 마구 흔들렸다.

"컷!" 에이든이 소리쳤다.

스턴트우먼이 다시 보드워크에 오르자, 스튜디오 전체가 박수를 보냈다.

"알겠죠, 캐서린?" 쉬나가 쳐다보자 제이크가 소리쳤다.

캐서린은 에이든과 그녀를 지켜보고 있는 다른 많은 직원들을 힐끗 쳐다보았다. 갑자기 캐서린은 그 마지막 장면을 견딜 수가 없었다. "미안하지만 못하겠어요."라는 말이 캐서린이 유일하게 할 수 있는 말이었다. 눈물이 흘러내리기 시작하자, 캐서린은 물가에서 도망쳐 스튜디오를 향해 보드워크를 뛰어 올라갔다.

"씨발, 도대체 어디로 가는 거야?" 제이크는 캐서린을 쫓아가고 있는 쉬나에게 소리쳤다.

45장

탈의실에서 울고 있는 캐서린을 쉬느는 끌어안았고, 파라와 헬렌이 그 옆에 서 있었다. 그들 모두 캐서린을 사랑으로 감싸 안고 있었다.

반짝이는 화환과 크리스마스 카드가 아름다웠지만, 이 모임에 유쾌한 것이 전혀 없다는 사실이 가슴 아팠다.

"심호흡 한번 해봐." 헬렌이 말했지만, 캐서린은 계속 흐느꼈다.

그녀들은 하릴없이 서로를 바라보았다. 친구가 그렇게 심란해하는 것을 보니 마음이 아팠다. 파라는 아만다가 여기 있었으면 하고 바랐다. 아만다라면 어떻게 해야 할지 알았을 것이다.

노크도 없이 탈의실 문이 열리며 붉은색 모피 코트를 입은 매들린 케인이 들어왔다. 그녀들 모두가 복도에서 군중들이 매들린의 뒤에 모여있는 것을 볼 수 있었지만, 매들린은 그들이 뚫어지게 쳐다보자 문을 닫았다.

"문제가 생겼다는 말을 들었을 때, 제가 직접 오는 것이 최선이라고 생각했습니다."라고 매들린이 말했다. 캐서린의 상황을 완전히 무시한 채 사소한 문제 하나가 있다는 듯한 어조였다.

그녀는 파라와 헬렌을 위압적으로 훑어보았다. "내가 알아서 할게요." 매들린이 말했다. "그러니 자리로 돌아가 주세요." 매들린은 오만하게 문 쪽으로 손짓을 했지만, 파라와 헬렌은 꿈쩍도 하지 않았다.

매들린은 그들의 반항에 눈썹을 찌푸리더니, 쉬나에게로 시선을 돌렸다.

"매퀸 씨! 잘 아시겠지만, 기술상의 촬영을 위해서 당신의 고객이 필요합니다. 그러니 이것이 무엇이든 간에…" 매들린은 여전히 흐느끼는 캐서린 쪽으로 거드름을 피우며 손을 흔들었다. "좋게 해결해서 일을 진행시킬 수 있게 해주세요."

파라는 이제 목소리를 낼 때가 되었다고 생각했다. "존경심을 가지세요! 캐서린이 무너지기 직전인 거 안 보여요? 캐서린은 지금 자신을 거의 극한으로 몰아붙이고 있어요. 이건 해도 해도 너무 하잖아요."

매들린은 차갑게 그녀를 바라보았다. "아니요, 너무한 정도는 아니에요, 사실." 매들린이 느릿느릿 말했다. "여기서 울지만 않았다면 지금쯤 끝났을 거예요."

"매들린!" 헬렌이 끼어들었다. "캐서린에 대해서 그런 식으로 말하면 안 돼요. 지금 매우 화가 나 있다고요."

"저도 그래요." 매들린이 쏘아붙였다. "제게는 아주 많은 직원들과 상어 한 마리와 야생동물 전문가가 있고, 그 모두에 대해 초과근무 수당을 지불하고 있죠. 그리고 그들이 리허설을 위해 밖에서 기다리고 있지만, 벨 씨의 행동 덕분에 내일 수백만 명이 관람할 우리의 라이브쇼가 아직 준비되지 않았습니다."

헬렌, 파라, 쉬나는 서로의 얼굴을 보며 무엇을 해야 할지 생각하고 있었다.

"당신은 아주 중요한 순간에 직면해 있어요. 캐서린!" 매들린이 계속했다. "그러니까 우리 모두 집에 갈 수 있도록 이 일을 끝내도록 하죠." 매들린은 손톱 색깔이 올바른지 아닌지가 궁금하다는 듯 무심코 손톱을 살펴보기 시작했다.

"이것 보세요." 파라는 캐서린에게 가까이 다가가며 말했다. "캐서린이 지금 이 지경까지 온 것은 상어라는 정신 나간 아이디어뿐만이 아니라 당신들이 형편없이 대했기 때문입니다."

매들린은 마치 머리 주변을 빙빙 도는 성가신 파리처럼 파라를 힐끗 쳐다보았지만, 파라는 말을 이었다.

"캐서린은 연이어 놀랄 만한 상황을 많이 겪었지만, 계속 잘해왔고, 지금은… 음, 확실히 모든 것들이 그녀를 어렵게 만들고 있어요. 캐서린은 항상 전문성을 몸으로 증명했고, 이렇게 심한 정신적 충격을 받지 않았다면 결코 직원들을 기다리게 하지 않았을 것입니다."

캐서린은 파라의 진실된 말을 듣고 더 크게 흐느꼈다.

파라는 "아만다가 아직 여기 있었다면 이런 일은 일어나지 않았을 거예요. 아만다는 일을 제대로 했을 것이라고요."라고 말했다. 제이크를 비꼴 수 있다면 어떤 기회든 이용할 가치가 있었다.

"아만다가 당신들 모두를 떠났다는 것을 잊지 마세요." 매들린이 비웃었다. 매들린은 잠시 동안 더 이곳에 있을 것이라고 생각한 듯 코트를 벗었다.

캐서린은 똑바로 앉았다. "아만다가 날 해고하지 않았기 때문이죠." 캐서린이 눈을 두드리며 울음을 그친 뒤, 이것이 얼마나 끔찍한 일인가를 생각하며 말했다. 이 방식은 분명 자신의 인생을 통째로 바친 드라마를 위해 캐서린이 보내고 싶어 하는 24시간이 아니었다.

"하지만 아만다는 떠났습니다." 매들린이 들들 볶았다 "그리고 아만다는 우리의 경쟁자에게로 갔고, 그들은 우리 드라마를 이기는 것을 목표로 하고 있습니다. 아만다가 해고하지 못했던 친애하는 친구 캐서린! 하지만 내일, 아만다는 지금 당신의 이별 에피소드와 정면승부를 하게 되어 매우 기뻐하고 있어요. 우리는 모두 당신을 위한 멋진 배웅을 열심히 준비하고 있습니다. 저에게 묻는다면 그건 좀 웃긴 우정이에요."

매들린이 창가로 걸어갈 때, 불이 환하게 켜진 상어 탱크가 만 전체를 빛나게 했다. 반사된 빛은 그녀의 건강하고 관능적인 몸을 비추며 아슬아슬한 엉덩이와 날씬한 몸을 강조했고, 흘러내리는 드레스를 통해 가슴 부분의 볼륨감을 볼 수 있게 했다. 쉬나는 지금 자신이 매들린의 몸에 대해 생각하고 있다는 걸 믿을 수 없었지만, 쉬나는 매들린에게 뭔가 끌렸다. 쉬나가 매들린을 좋아하는 것일까? 쉬나는 궁금했다. 아니다, 이건 끌림이 아니었다. 매들린은 쉬나가 좋아하는 타입이 아니었다. 하지만 쉬나의 머리를 흔들게 만드는 뭔가가 있었다.

매들린은 자신이 세심히 살펴지고 있다는 것을 모른 채 말을 계속했다. "저는 파라와 헬렌, 당신들이 불쌍한 모임에 합류해서 실망했어요." 매들린은 돌아서지도 않고 말했다. "당신들은 제가 나가고자 하는 방향이 마음에 안 든다는 걸 확실히 밝힌 셈이군요. 제 미래에 동참할 수 없다면 내일 캐서린과 함께 드라마를 떠나도 좋습니다."

매들린은 그들을 마주 보기 위해 몸을 홱 돌렸다.

잠시 동안 아무도 말을 하지 않았다. 캐서린은 자신의 상황이 친구들의 일자리까지 위험에 빠뜨리고 있다는 것을 알아채고 눈물을 닦으며 일어설 준비를 하기 시작했다. 파라는 가만히 있으라는 표정을 지었다.

매들린은 헬렌과 파라가 도무지 무슨 생각을 하는지 가늠할 수 없는 시선으로 바라보며 미동도 없이 머물렀다.

매들린이 엄포를 놓은 것일까? 파라는 팔콘만을 떠나는 생각에 몸을 떨었다. 캐서린처럼 그녀도 평생을 여기 있었다. 하지만 지금은 상황이 많이 달라졌다. 드라마는 파라의 삶을 뒤흔들고 있었다. 만약 매들린이 인수하지 않았다면 파라는 에이든을 함정에 빠뜨리고, 제이크와 섹스를 함으로써 아만다를 배신하는 끔찍한 일을 겪지 않았을 것이다. 드라마의 독이 쉬나를 변화시키고 있었다. 좋은 쪽은 아니었다. 쉬나는 심호흡을 하고 중대한 결정을 내렸다. 확실히 팔콘만에서 쉬나의 시간은 끝이 났다.

"사실, 저는 캐서린의 마지막 회차가 끝난 후에 떠나려고 했어요. 그게 맞는 것 같았거든요." 쉬나는 헬렌에게 무언가를 말하라고 재촉하며 눈을 부릅떴다. 하지만 헬렌은 조용히 있었다.

매들린이 웃었다. "좋아요, 계속해 봐요. 하지만 당신이 다른 곳에서 일을 구하려고 할 때, 당신이 나가라는 요청을 받았다고 그들에게 알려줄 것입니다."

파라는 매들린을 응시했다. 매들린은 완전히 미친년이었다. 하지만 매들린은 거기서 끝내지 않았다. 매들린은 이제 파라를 지나 헬렌에게 시선을 고정했다.

"당신은 머무를 거면, 미스 골드 씨! 할 일을 하시고 배우들을 세트장으로 모셔다 주세요." 매들린이 헬렌을 노려보며 말했다.

헬렌의 머리가 혼란스러웠다. 팔콘만을 좋아했고, 다른 사람들처럼 이곳에 오래 있었다. 하지만 파라의 말이 맞았다. 떠날 시간이 된 것이다. "전 그렇게 하지 않을 거예요, 파라와 함께 떠날 거니까." 헬렌이 스스로 놀라며 말했다.

"이거 참 손해군요!" 매들린이 깔깔대고 웃었다. "추천해 줄 테니 제게 와주세요. 우리가 상대해야 했던 배우들을 이용해 당신이 일으킨 사건들이 얼마나 많았는지 기꺼이 알려드리겠습니다. 제가 헤럴드사에 이야기할 때쯤, 그리고 주드가 그 신문 앞면에 얼마나 당신이 그에게 성폭력을 가했는지 말할 때쯤이면, 당신은 여성 와인스타인(하비 와인스타인, 미국 할리우드 영화 제작자로서 2017년 뉴욕타임즈에 의해 지난 30년간 저질러온 성추행 전력이 드러나 할리우드 여배우들로 하여금 미투(#Me Too) 운동을 촉발시키는 장본인)이 될 거예요. 넷플릭스에 당신에 대한 시리즈도 만들 수 있을 것 같아요. 이제 알 것 같네요. 살아남은 헬렌 씨!" 매들린이 이제는 제대로 웃고 있었다.

헬렌은 깜짝 놀랐다. 캐서린은 더 이상 참지 못하고 의자에서 일어나 매들린을 마주 보았다. 캐서린은 자신만의 생각에 잠긴 것처럼 보이는 쉬나에게 시선을 휙 돌렸다. "쉬나! 뭐라고 말 좀 해봐." 캐서린이 애원했다.

매들린이 피식 웃었다. "쉬나가 할 수 있는 말은 아무것도 없어요.

이건 제 드라마이고 제 방송국이에요. 여기 있는 모두가 제 소유라고요." 캐서린이 쏘아붙였다. "난 안 찍을 겁니다! 출연진과 제작진들을 실망시켜서 미안하지만, 당신은 정말 추악한 여자예요. 전 이제 떠날 거고, 돌아오지 않을 겁니다. 당신의 그 터무니없는 죠스 에피소드에 행운을 빌어요. 저는 거기 없을 테니까요." 캐서린은 거울을 확인하고 화장 자국을 닦아낸 다음, 다시 한번 쉬나를 힐끗 쳐다보았다. 쉬나가 자신의 말을 따라해 주기를 바랐다. 하지만 쉬나는 여전히 다른 데에 정신이 팔린 것 같았다.

"오, 그래요?" 매들린이 침착하게 말했다.

"네, 그렇습니다." 캐서린이 매들린의 남부지방의 비음 섞인 목소리를 흉내 내며 말했다.

"음, 사랑하는 캐서린 씨! 그나저나 저는 당신과 뒤에 마약을 숨긴 것처럼 보이는 맛이 간 당신의 대리인에게 충고하고 싶군요." 매들린은 쉬나를 이리저리 살피듯 응시했다. "당신의 계약서를 한번 확인해 보세요. 그러면 내일 방송에 출연하지 않을 경우, 해당 에피소드가 촬영되지 않은 것뿐만 아니라 전 세계적인 수입의 손실로 인해 당신에게 비용과 손해에 대한 법적 책임이 있다는 것을 알게 될 것입니다. 이 조항은 또한 라이브 에피소드 제작 전에도 적용되며, 이 모든 비용이 엄청나게 많이 나올 겁니다. 매들린은 창밖의 상어 탱크를 향해 손짓을 했다. 그리고 우리가 쏟아부은 광고 비용 전체를 포함한 모든 연쇄적인 결과물들까지 말입니다."

캐서린은 창백해졌다.

"그리고 헬렌! 이전 캐스팅 책임자의 역할로 볼 때, 당신은 캐서린 벨에게 이 단계에서 계약을 어기는 것이 캐서린이 팔콘만에서 39년 동안 번 것보다 더 많은 비용이 들 것이라는 사실을 확인할 수 있을 것입니다."

캐서린은 헬렌을 불안하게 쳐다보며 매들린이 단지 헬렌의 신경을 건드리고 있다는 확신을 얻으려 하고 있었다.

하지만 헬렌의 눈은 매들린이 지어낸 말이 아니라는 걸 확인시켜 주었다. "정말 죄송해요." 헬렌이 말했다. "캐서린의 계약은 캐서린이 책임져야 한다는 매들린의 말이 옳아요." 헬렌은 친구를 궁지에 몰아넣은 것이 부끄러워 캐서린과 눈을 거의 마주칠 수 없었다.

캐서린은 뒤뚱거리다가 다시 앉았다. 캐서린은 주먹으로 배를 얻어맞은 기분이었다. 캐서린은 쉬나가 말에 끼어들기를 바라며 뚫어지게 쳐다보았지만, 쉬나는 역시 아무 말도 하지 않았다.

"쌍년." 파라가 야유했다.

매들린은 그 말을 칭찬으로 받아들인 듯 고개를 끄덕였다. 그리고 커다란 빨간 코트를 입고 거울에 비친 화장을 손보며 말했다. "10분 후에 탱크에서 뵙겠습니다, 캐서린 벨!" 매들린은 탈의실 문으로 성큼성큼 걸어가더니 몸을 돌렸다. "오, 이제 일이 해결되는군요, 우리가 하트랜즈를 만든 방송국을 포함해서 세 개의 다른 방송국을 인수할 거라는 걸 여러분께 말씀드리는 게 낫겠네요."

파라, 헬렌, 캐서린 모두 무슨 일이 벌어질지 알고 있었다. 쉬나는 여전히 자신만의 세계에 있었다.

"오늘 밤의 이 터무니없는 행동들이 끝나면 당신들 모두 다시는 TV 업계에서 일하지 못할 겁니다. 한마디로 끝장이라는 거죠. 그리고 그건 당신도 포함입니다, 쉬나!"라고 매들린이 쉬나가 있는 방향으로 소리쳤다.

매들린이 자기 이름을 말하는 걸 들으니 정신이 번쩍 드는 것 같았다.

"저요?" 쉬나가 혼란스러워하며 말했다.

"그래요, 당신이요." 매들린은 웃었다. "내 방송국 중 누구도 당신네 고객을 고용하지 않을 테니까, 당신은 그 쓰레기 더미에서 이 사람들과 함께 하시든지요. 당신들 모두 끝났어." 매들린이 코트 단추를 잠그고 작별 인사를 할 때에는 승리한 표정을 지었다. "그리고 당신들중 누구도 그것에 대해 할 수 있는 게 아무것도 없을 거예요." 매들린이 활짝 웃으며 말했다.

파라, 헬렌, 캐서린은 할 말을 잃었지만, 쉬나는 자리에서 벌떡 일어나 문 쪽의 매들린을 따라잡기 위해 번개처럼 움직이고 있었다.

"그렇게 판단하긴 아직 이른데…" 쉬나가 말했다. 쉬나가 다가가서 문을 닫고 매들린이 있는 공간에 발을 들여놓았을 때, 두 사람은 서로 옷이 맞닿을 만큼 가까이 서게 되었다.

최근 몇 달 동안 쉬나는 익숙해 보이는 매들린에 대해 알아내려고 했으나, 조금 전 매들린이 창가에서 옆모습으로 선 채로 빛이 비춰지자, 몇 년 동안 떨쳐낸 악몽과 또 다른 기억이 떠올랐다. 쉬나는 갑자기 그 방으로 돌아가 있었는데, 쉬나를 강간하는 남자들에게 둘러싸여 있었으며, 한쪽 구석에는 이 괴물들의 손에 지옥을 겪고 있던 어린 소년이 서 있었다. 에드 니콜스가 소년을 성적으로 이용하려고 몸을 앞으로 숙이게 하자, 10대 쉬나는 그 소년의 몸과 날씬한 엉덩이를 볼 수 있었다.

"난 당신이 누군지 알아." 쉬나가 매들린의 눈을 깊숙이 바라보며 말했다.

다른 사람들은 멍한 표정으로 바라보았다. 쉬나가 마약을 해서 지금 말실수를 하는 것일까?

쉬나는 그들의 불안감을 감지하고 얼굴을 그늘 쪽으로 반쯤 돌렸다가 다시 매들린에게로 돌렸다.

"이 쌍년아, 이제 그 억양을 안 써도 돼. 아니면 내가 널 개자식이라고 해야 할까." 쉬나는 마치 수류탄의 핀을 뽑아서 던진 것처럼 매들린에게서 물러나며 말했다.

헬렌은 파라를 향해 얼굴을 찡그렸고, 쉬나가 뭔가를 떠올렸다고 확신했다.

"캐서린…." 쉬나는 마치 마술사의 속임수에 숨겨진 비밀을 폭로하려는 매력적인 조수인 것처럼 두 팔로 극적으로 손짓을 했다.

"너의 오래전에 잃어버린 아들을 봐 봐."

"뭐라고?" 캐서린은 쉬나의 점점 더 기이해지는 행동에 신경을 쓰며 고개를 가로저었다.

"미안해. 루시 딘의 아들이라고 해야겠어." 쉬나는 공허한 웃음을 지으며 말을 이었다. "드라마는 비현실적이라고들 하죠. 숙녀 여러분, 환생한 캘빈 버틀러를 소개합니다."라고 쉬나는 의기양양하게 말했다.

매들린의 고양이 같은 눈이 놀라서 휘둥그레졌다.

X 마지막 부 X

46장

세트장에서 몇 마일 떨어진 선착장에 있는 스튜디오 임대 맨션에서 허니는 깊고 어두운 바다를 내려다보며 어마어마하게 큰 돌로 된 테라스에 서있었다.

허니는 저 멀리 해안을 따라 비치는 팔콘만 스튜디오 불빛을 바라보며 두려움을 느꼈다. 허니는 전날 밤 생방송까지 8시간도 채 남지 않았다는 것을 알고 거의 잠을 자지 못했다. 그녀가 기분 좋게 책 사인회에서 단 한 잔의 축하주를 마셨던 것이 결국 한 달 동안 진탕 마시는 것으로 바뀌었기 때문이다. 허니는 과거의 경험을 통해 오직 한 가지 방식으로 끝나게 될 것이라는 사실을 깨닫고 있었다. 바로 좋지 않게 끝나는 것이다. 술을 마시지 않은 채 10년이 지난 후 그녀가 심지어 알코올 성분이 들어간 요리마저 먹지 않았던 경험으로, 허니는 이 일시적인 문제가 끝나면 다시 끊을 수 있기를 바랐다. 그러나 그녀의 시도는 채 12시간을 버티지 못했다.

손이 떨리고 심장이 콩가 드럼처럼 뛰면서 허니는 제이크가 바에 두고 간 크리스탈 샴페인 병 중 하나를 부쉈다. 그 후 허니는 마음을 바꿔서 상어가 스튜디오 만으로 이송되는 기괴한 쇼 영상을 훑으며 밤을 보냈다.

새로운 스타로서 어떤 사람이 될 것인지에 대한 수많은 댓글들을 곰곰이 떠올려 보던 허니는 압박감에 숨이 막힐 것 같았다. 수백만 명의 사람들, 수십억 명으로 추정되는 사람들이 팔콘만의 새로운 쌍년이 어둠에서 나올 순간을 기다리고 있었다. 그들은 단지 드라마에서의 허니의 역할에만 관심이 있었던 것이 아니라, 이미 허니의 실제 생활에 대해서도 논하고 있었다. 허니가 저지른 온갖 실수는 이미 온라인을 통해 전 세계 사람들이 볼 수 있도록 다시 게시되어 있었다. 허니는 팔콘만을 향해 시선을 보냈고, 다시 한번 갑자기 아프기 시작한 자신을 발견했다.

그녀가 버번위스키를 마신 뒤 구역질을 하고 바닥에 토사물을 쏟아내는 순간, 허니의 마음은 다시 그때로 돌아가 미키에게 그 빌어먹을 책이 싫고, 산뜻하고 술에 취하지 않았던 스위스의 안식처를 떠나는 것도 싫으며, 세계적인 명성으로 각광과 칭송을 받는 상태로 돌아가는 것도 싫다고 말하고 싶었다. 이미 비참한 상황이었다. 허니는 다시 한번 신경쇠약에 걸릴 위기에 처할 정도로 만취하여 만신창이가 되었고, 심지어 그녀는 아직 첫 장면도 촬영하지 않았다.

허니는 술기운에 젖은 뇌 속에서 모든 것이 소용돌이칠 때 마음을 안정시키려고 노력했다. 허니가 기적적으로 라이브 에피소드를 잘 헤쳐 나간다고 해도, 앞으로의 일정을 어떻게 소화해 나갈까? 촬영 일정에는 일주일에 6일을 촬영하도록 되어 있었는데, 그녀는 결코 술에 대처할 수가 없었고, 이제는 술에서 깨어날 시간이 없었다.

허니가 테라스의 가장자리를 비틀거리며 걸어가는 동안 그녀의 어깨에서 비단으로 꾸민 가운이 바람에 날렸다.

"내가 무슨 짓을 한 거지?" 허니는 쌓아놓은 칵테일 카트에서 병을 바다에 던지기 시작하면서 흐느꼈다. 허니가 오스카상을 가지고 있었다면, 아마 그것도 던졌을 것이다.

허니는 다시는 돌아오지 말았어야 했다. 이런 압박이 전에도 허니의 인생을 망친 적이 있었다. 처음엔 거의 견디지 못했다. 그때는 젊고 어리석게도 겁이 없었다.

황량한 바다를 내려다보면서 허니는 이제 이 일을 끝내야 할 때라는 것을 깨달았다.

47장

힐을 신고 있는 매들린이 정확하게 말하면 달리고 있는 것은 아니었다. 매들린은 절대 그들에게 그런 즐거움을 주고 싶지는 않았다. 그러나 매들린은 확실히 빠른 속도로 움직이고 있었다. 매들린은 캐서린 벨의 탈의실에서 뛰쳐나왔고, 그녀들은 스튜디오로 통하는 긴 복도를 따라 매들린을 쫓고 있었고 위층으로 올라갔다.

매들린은 그들이 따라잡기 전에 사무실로 데려다 줄 엘리베이터에 닿기를 바라며 빨리 걸었다. 적어도 그곳에서 매들린은 몇 분 동안 혼자 시간을 보낼 수 있을 것이며, 다가올 일에 대비할 수 있을 것이었다. 엘리베이터 문이 열리는 순간, 매들린은 안으로 뛰어 들어가 미친 듯이 버튼을 눌렀다. 문이 닫히고 간부들의 사무실 층으로 올라가기 시작했을 때, 매들린은 안도감을 느꼈다.

"제기랄!" 쉬나가 소리쳤다.

"계단으로 가자." 파라가 엘리베이터의 점등된 숫자를 가리키며 말했다. "매들린은 사무실로 가고 있어."

헬렌은 여전히 큰 충격 속에 있는 캐서린과 함께 그들을 따라잡았다.

"정말 확실해, 쉬나?" 그들의 힐이 금속 계단에 부딪히는 소리와 함께 헬렌이 말했다. "그때 캘빈을 다시 캐스팅했어. 확실해, 난 알 수 있어…"

"정말 믿기지가 않아." 간부들의 사무실 층에 도착했을 때 캐서린은 다른 사람들보다 더 숨이 차서 숨을 헐떡거렸다.

쉬나는 이미 매들린의 사무실 문을 향해 달려가고 있었다. "믿어 줘." 쉬나가 뒤도 돌아보지 않고 소리쳤다.

나머지 세 명의 여자들은 그것이 충분히 이해되기 시작하자, 충격에 빠져 서로를 쳐다보았다.

쉬나는 사무실 문손잡이에 손가락을 얹었다. "준비해, 아가씨들." 쉬나가 말했다. "상황이 더 험악해질 테니까."

매들린은 아직 그 빨간 코트를 입은 채로 손에 와인 잔을 들고 발코니에 서서 그녀가 사랑하는 팔콘만의 세트장을 내려다보고 있었다. 그때 그들이 불쑥 사무실로 들어왔다. 매들린은 문을 잠그려고 애쓰지 않았다. 아무 의미가 없었다. 매들린은 그들이 거기 있는 걸 알면서도 돌아보지 않았다.

"뛰어내릴 거면 빨리 해." 쉬나가 퉁명스럽게 말했다. "그게 아니라면 우린 대답을 원해."

네 명의 여자들은 새로운 눈으로 매들린을 응시하며 그녀의 화려함, 침착함, 아름다움을 유심히 보았고, 매들린의 과거를 들여다보고자 했다.

"칼?" 캐서린이 그 무리의 대열을 깨고 매들린 쪽으로 걸음을 옮기며 부드럽게 말했다.

매들린의 모습을 보았다. 매들린의 머리카락은 해변 불빛으로 밝혀져 어느 때보다도 아름다워 보였다.

매들린은 바다에서 눈을 떼지 않았다. "확실한 거 맞아?" 파라가 쉬나에게 속삭였다.

사무실의 고요함 속에서 모두가 쉬나의 소리를 들었다.

"오, 여기 있는 사람이 누군지 의심의 여지가 없어." 속삭일 기분이 아니었던 쉬나가 매들린이 설명하기를 바라며 우렁차게 말했다. "약속해."라고 쉬나가 말하며 처음에 매들린이 쉬나에게 익숙한 점을 알려주었던 것처럼 매들린의 말을 반복했다.

매들린은 와인을 한 모금 마시고 천천히 몸을 돌려 그들을 마주 보았다. 그들의 시선이 쏠리자 기대감에 가득 찬 침묵이 사무실을 가득 메웠다.

매들린이 이 자리까지 오기 위해 지나왔던 여정이 그녀가 무슨 말을 할지 준비하는 중에 스쳐 갔다. 자신을 좋아하는 부유한 남편과 함께 미국 남부에서 새로운 삶과 정체성을 성공적으로 이루었다. 매들린은 성 어거스틴으로 돌아오는 것이 위험하다는 것을 알았지만, 불나방처럼 팔콘만이 다시 매물로 나왔을 때, 매들린은 팔콘만을 매입하는 것을 멈출 수가 없었다.

다시 예전으로 돌아가, 그 모든 것에 위안이 되는 익숙한 상황에서 자신이 옳은 결정을 내렸다는 것을 확인하고 안도했지만, 파리에서 쉬나를 보게 된 것은 최악의 사태였다. 매들린에겐 더 이상 일어나지 않는 그 끔찍한 일들에 대한 참혹한 회상이 쉬나를 보자마자 물밀듯이 밀려왔다.

매들린은 에드 니콜스가 그 둘과 다른 사람들에게 가했던 끔찍한 학대에 대한 기억을 용케도 잘 떨쳐냈다. 에드 니콜스와 그의 친구들이 범했던 몸을, 매들린 스스로도 없애고 싶었고 그래서 그렇게 하였다. 매들린은 고통스럽고 힘든 절차들을 거쳐 잿더미에서 불사조처럼 다시 태어났다. 그리고 항상 그랬어야 했던 것처럼 여자로 새롭게 태어났고, 다시 시작할 준비가 되어 있었다.

마침내 매들린은 쉬나를 향해 말했다.

"에드 니콜스는 괴물이야." 매들린은 두 눈을 감고 말했다.

쉬나는 다른 사람들이 그들의 대화를 지켜보는 가운데, 매들린이 무슨 말을 하는지 정확히 알고 얼굴이 일그러졌다.

그 다섯 마디로 다른 여자들은 쉬나의 말이 옳다는 것을 깨달았다.

캐서린은 그녀가 해고했던 10대 소년을 보려고 매들린의 눈을 깊이 들여다보았다. "정말 당신인가요…?"

"그렇기도 하고 아니기도 하죠,"라고 매들린이 말할 때, 그녀의 최남부쪽 억양이 이제는 영국 톤으로 바뀌었다.

"당신이 그의 피해자 중 한 명인 줄 몰랐어요." 캐서린은 더욱 충격을 받은 것처럼 보였다.

매들린이 눈썹을 치켜올렸다.

"사실이에요. 캐서린은 안 그랬어요. 그들이 당신에게 한 짓을 아무에게도 말하지 않았고요." 쉬나의 말투가 부드러워졌다.

파라와 헬렌은 세 여성의 역사가 펼쳐지는 것을 지켜보았다.

캐서린은 부드럽게 매들린을 향해 걸음을 옮겼다. "맹세하는데, 내가 그 사실을 알았더라면, 과거에 그렇게 하지 않았을 거야. 나는 내가… 정말 그렇게 생각했어."

매들린이 끼어들었다. "오, 당신이 무슨 생각을 했는지 알아요. 쌍년파티에서 그것을 자랑스러워했었지. 그렇죠?" 매들린이 쏘아붙였다. "날 구해줬다고 했잖아요. 하지만 당신은 그 당시에 무엇이 잘못됐는지 물어보거나 찾으려고 하지 않았죠, 그렇죠?" 매들린은 비난했다. "음주, 마약, 그리고 그 행동들이 도움을 청하는 외침이라는 생각은 안 해 보셨나요? 저는 고통을 치료하기 위해 스스로 약을 먹고 있었어요. 제가 성폭행을 당했을 뿐만 아니라 여러분은 문제 있는 신체로 태어나는 것이 어떤 것인지, 그리고 그것이 여러분에게 어떤 영향을 미치는지 전혀 모를 겁니다. 저는 약했어요. 자포자기한 상태로 길을 잃었죠."

캐서린은 후회하는 표정이었다.

"어떻게 날 돕기로 선택했죠? 캐서린! 당신은 내가 가진 단 하나, 내가 사랑했던 단 하나로부터 날 쫓아냈어요. 이 드라마에서 말이야." 매들린은 우리에 갇힌 코브라처럼 침을 뱉었고, 그녀의 말에서 독이 솟아올랐다. "나 자신을 사랑할 수 없을 때도 난 여전히 팔콘만을 사랑했어. 내게는 가족도, 가정도 없는 거 다 알았잖아. 팔콘만은 캐서린 당신이 빼앗기 전까지 내 전부였어. 그래, 니콜스가 내 순수함을 파괴했지만, 그는 죽었어. 그래서 난 사건이 종결됐다고 생각했지. 하지만 캐서린 당신은… 내가 도움이 필요했을 때 날 시궁창에 빠뜨렸어. 당신 때문에 내가 살아남기 위해 어떤 일을 해야 했는지 당신은 절대 모를 거야. 당신은 내 꿈을 파괴했어. 캐서린! 이제 나도 당신의 꿈을 파괴할 거야."

매들린은 와인을 마셨다.

매들린과 캐서린이 가까이 다가서자 여자들은 쳐다보았다.

"그러니까, 내 캐릭터가 내일 죽는 걸 포함해서 이 모든 것이 너의 복수라는 거야?" 캐서린은 여전히 듣고 있던 모든 이야기를 믿을 수 없다는 듯 말했다.

"원래는 내 계획이 아니었어." 매들린이 웃었다. "나는 내가 좋아하는 프로그램을 바로잡을 작정이었고, 솔직히 말해서 캐서린 당신은 이미 TV에서 전성기를 훨씬 지난 상황이고, 어느 시점에 당신을 내보낼 생각이었어." 매들린은 캐서린에게 간교한 눈빛을 던졌다. "그런데 당신이 쌍년파티를 하는 날, 방송국에서 날 쫓아낸 것이 당신이 한 훌륭한 일이라고 했잖아. 그때 비로소 캐서린 당신이 내 목표물이 되었어. 그전에는 사실 당신에게 관심도 없었는데."

매들린이 말을 계속하자 모든 여자들이 충격을 받은 듯 보였다.

"그러니까 보다시피 캐서린 당신이 자초한 일이야."

"하지만 내가 말했잖아, 난 몰랐다고." 캐서린이 소리쳤다.

"그리고 내가 당신에게 보여주고 있듯이 나는 당신을 믿지 않아." 매들린이 피식 웃었다. "당신이 나에게서 팔콘만을 빼앗았을 때는 내가 아무 힘도 없었지만, 지금은 아니야. 이제는 당신에게서 다 빼앗을 거야. 이거야말로 쇼비즈니스의 뱀과 사다리 게임이지. 안 그래, 캐서린? 그리고 당신은 졌어. 그러니 저 아래 나락까지 떨어져 봐. 아, 이번엔 바다 밑바닥이겠네." 매들린이 웃었다.

"그건 쇼비즈니스가 아니라 타락한 거고 잘못된 복수야. 이건 게임이 아니라 캐서린에게는 삶 그 자체야!" 쉬나는 캐서린이 싸워본 적이 별로 없다는 것을 알았다. "캐서린은 솔직히 당신에게 무슨 일이 일어났는지 몰랐고, 자기가 한 일이 최선이라고 생각했어. 캐서린은 당신에게 진실을 말했고, 나 역시 캐서린을 지지하고, 당신은 여전히 캐서린이 돈을 벌어다 주길 바라잖아. 당신은 다 큰 성인 여성으로 보여, 매들린!"라고 쉬나는 화를 내며 말했다. "하지만 행동은 뭣 모르는 어린 소녀처럼 유치해."

"음, 그 어린 소녀가 이 방송국를 책임지고 있지." 매들린은 코트를 다시 입고 거울을 보면서 화장을 점검하며 말했다. "내가 말하는 대로 해." 매들린은 미소를 지으며 주머니에서 무전기를 꺼내 제작팀에게 지시했다.

"문제는 해결됐어요." 매들린이 느릿느릿 말했다. 매들린의 최남부 지역 억양이 강하게 다시 돌아왔다. "재정비해 주세요. 캐서린은 5분 안에 도착할 겁니다."

매들린은 말한 뒤 무전기를 꺼서 가방에 넣은 다음, 네 명의 여자들에게 눈을 휙 돌렸다. "그러니까, 여러분 모두가 제 과거, 역사가 어떤지 정확히 밝혀냈다고 하더라도, 여러분이 좋아하든 싫어하든 간에, 제가 캐서린의 탈의실에서 했던 말들은 여전히 유효합니다."

헬렌, 파라 그리고 캐서린은 패배한 표정을 주고받았다. 매들린이 옳았다, 그들은 이것이 캐서린에 대한 개인적인 앙갚음이라는 것을 알았음에도 불구하고, 달라질 게 없었다. 매들린은 방송국의 소유주로서 여전히 유리한 위치에 있었다.

"캐서린! 아직도 프로라고 자부하며 파산하고 싶지 않다면 세트장으로 돌아가서 리허설을 끝내세요." 매들린은 머리카락을 흔들고 샤넬 가방의 끈을 어깨에 걸쳤다. "내가 이겼고 당신들은 졌어요. 어쩔 수 없는 일이죠. 하지만 그렇다고 해서 제가 완전히 비정한 사람은 아니에요."라고 헬렌과 파라에게 고개를 돌렸다. "당신들은 지금 떠나도 돼요. 그래도 제가 내일 비용은 지불하죠. 어쨌거나 크리스마스니까요."

캐서린은 눈을 내리깔았고, 끊임없이 엎치락뒤치락하는 싸움 후, 친구들의 운명이 이제 캐서린 자신처럼 암울하다는 사실에 탈진했다. 파라와 헬렌 역시 할 말을 잃고 그녀를 따라 사무실 밖으로 나왔다. 그녀들 모두 고개를 꼿꼿이 세우고 있었지만, 자존심은 움츠러들었다.

다른 사람들이 복도에 다다랐을 때, 매들린이 쉬나에게 따라오라는 손짓을 했지만, 쉬나는 뭔가 보여주려는 듯 매들린의 책상 옆에 있는 의자를 꺼내 앉아 자신의 가방을 열었다.

"그러기엔 아직 이르지." 쉬나가 웃으며 말했다.

48장

매들린은 나머지 여자들이 문 앞에서 맴돌자 못마땅해했다. "이런, 점점 재미없어지네요. 무슨 할 말이 더 남아 있나요, 쉬나? 제 옛날 사진을 가방에 넣고 다니지 않았으면 좋겠어요. 당신이 여자에 빠져있다는 건 알지만, 쉬나! 당신은 내 타입이 아니거든요."

"착각하지 마." 쉬나는 매들린의 도발에 걸려들지 않고 휴대폰을 꺼내 다이얼을 돌리기 시작하며 말했다.

매들린은 확신에 찬 미소를 지으며 쉬나를 바라보았다. "음, 만약 당신이 언론을 불러 나를 기소하려 한다면, 그냥 잠자코 있는 게 좋을 거예요. 그것은 불법이고 아무도 기사를 보도하지 않을 것입니다."

매들린이 옳았다. 수년 전만 해도 매들린과 같은 인물은 아침에 헤럴드 신문의 1면에 실렸을 것이고, 로스 오웬은 기쁨으로 손을 비비고 있었을 것이다. 하지만 지금은 매들린과 같은 사람을 보호하기 위한 새로운 사생활 보호법이 있었다. 매들린의 옛 삶의 흔적은 모두 새것으로 바뀌었고, 설령 매들린이 과거의 의학적 시술을 받았다고 말했다 하더라도 어떤 언론 기관도 매들린의 과거를 보도할 수 없을 것이었다.

"당신은 이 대화가 지겹겠지만, 난 그렇지 않은 사람을 알아." 쉬나는 웃었다.

"난 당신 시아버지께 전화하고 있어."

매들린의 자신만만했던 표정이 바뀌었고, 매들린의 아름다운 고양이 눈이, 예전에 캐서린의 탈의실에서 그랬던 것처럼 경련을 일으키기 시작했다.

쉬나는 다시 매들린을 이겼다는 것을 알았다.

"나랑 잘 안 맞는 당신이 어떤 사람인지 제대로 몰랐을 때, 난 당신과 결혼한 그 부자 가족에 대해 많은 연구를 했어."

매들린은 잠자코 있었다.

"매우 신앙심이 깊은 가문이던데, 미국 최남부지역의, 그렇지 않나요?" 쉬나가 말을 이었다.

"그리고 채드의 아버지는 꽤 보수적이고 오래된 가족관을 굳게 믿고 있다고 알고있어. 그런 아버지는 분명히 멋진 아들에게도 그 생각들을 물려 줬을 거야. 그런 그를 잡다니 꽤나 근사한 여자군, 매들린!"

쉬나가 상대를 무너뜨릴 준비를 하자 매들린은 계속 그녀를 노려보았다.

"그러니 만약 당신이 남편에게 과거에 대해 이야기했더라도, 했을는지 정말 의심스럽긴 하지만, 당신의 남편이 가장 사랑하는 아버지가 말이야."라고 매들린이 더 이상 사용하지 않는 남부지역 여자 억양을 능숙하게 흉내 내며 말했다. "만일 그 아버지가 며느리가 한때 남자였다는 사실을 알게 되면, 아들의 아내가 부리는 뒤틀린 변덕을 더 이상 좋아하지 않을 거라는 사실을 나는 알고 있지."

"난 결코 남자가 아니었어." 매들린이 조용히 말했다.

"그걸 시아버지에게 말해줘!" 쉬나가 윙크했다. "어쨌든 당신이 말한 대로 빨리 이 일을 마무리 짓도록 하자고. 내가 전화하는 동안 세트장으로 돌아가는 게 좋을 것 같아. 시간이 오래 걸릴 것 같거든."

매들린의 눈이 계속 경련을 일으켰지만, 매들린은 아무런 말도 하지 않았다. 쉬나는 자신이 우위를 되찾았음을 알았지만, 매들린에 대한 약간의 동정심도 있었다. 매들린이 뒤틀린 만큼, 그녀의 두 번째 생은 의심할 여지 없이 인상적이었다. 그리고 쉬나는 그런 매들린을 이해했다. 왜냐하면 방식은 다르지만 자신 역시 다시 삶을 세운 것이기 때문이었다. 하지만 그것은 매우 힘든 일이었다. 쉬나는 무자비한 결정이 재창조 과정과 거의 같다는 사실을 알고 있었다. 그들이 그랬던 것처럼, 본인이 희생자가 되면 자신의 이익을 우선시하는 것은 당연했다. 그러나 매들린의 부당한 복수는 그 이상의 것이었다. 그것은 쉬나가 결코 용납할 수 없는 것이었다. 특히 쉬나의 친구이자 고객인 캐서린 벨과 직접적으로 관련이 있을 때에는.

"대리인으로서 내가 당신과 비슷한 과거의 이력을 가진 의뢰인 몇몇과 계약을 맺고 있다는 것을 알면 흥미로울 거예요. 그리고 당신 말이 맞아요. 당신은 이곳 유럽에서는 법에 의해 보호받고 있어요. 하지만 우리 둘 다 미국 언론 '와일드 웨스트'는 그런 규칙에 얽매이지 않는다는 걸 알잖아요. 당신의 시아버지 역할을 대신한 후에 바로 '내셔널 인콰이어러'로 갈 겁니다."

쉬나가 전화를 걸자 매들린은 얼굴이 창백해졌다. 각 숫자를 천천히 눌렀다. 폭탄을 터지게 하는 카운트다운 같았다. 매들린의 삶을 파괴하는 폭탄이었다.

"앞표지에 실려본 지 오래되지 않았어요?" 쉬나가 말했다. "내가 완전히 매정한 사람이 아니라는 것을 증명하기 위해," 쉬나는 이 전에 매들린이 한 말을 흉내 내며 말했다. "수수료는 받지 않을게. 넌 공짜로 앞표지에 실릴 거야."

쉬나가 채드의 아버지 사무실과 연결하는 번호의 마지막 숫자를 누르려 할 때 마침내 매들린이 말을 꺼냈다.

"잠깐…."

쉬나는 매들린의 어조에 미소를 지었다. 매들린의 말투는 힘이 옮겨 갔음을 인정하는 어조였다.

크거나 작은 개인의 억양이나 지위에 관계없이 모든 협상에서 나타나는 특징이었다. 쉬나는 문 옆에 서있는 캐서린과 헬렌을 쳐다보았고, 그 순간을 함께 나누고 싶었다.

쉬나는 매들린에게서 한 번도 눈을 떼지 않았다. 이제 이걸 집에 가져갈 시간이었다. "내가 들였던 시간이 가치가 있게끔 해 줘봐요." 쉬나가 놀리듯 말했다.

매들린은 손가락 뼈마디 소리를 냈는데, 그로 인해 조용한 사무실 주위에는 뼈마디 소리가 요란하게 울려 퍼졌고, 문 옆에서 말로 하는 탁구를 지켜보고 있던 쉬나의 친구들은 움찔했다. "그래, 그 전화를 한다면, 쉬나 당신이 내 결혼을 망칠 가능성이 있어요. 채드는 날 용서하겠지만;… 잘 모르겠네요." 매들린은 아무런 감정 없이 책상 앞으로 걸어가 자리에 앉았고, 협상할 준비를 했다.

"그래서 당신의 요점은요…?" 쉬나가 말했다.

"내 요점은." 매들린은 책상 뒤에서 밖을 내다보며 평정심을 되찾으려고 애쓰면서 대답했다.

"그런 일들이 절 해칠지라도 저는 살아남을 수 있다는 겁니다. 저는 훨씬 더 심한 상황에서도 살아남았죠."

그녀는 말을 계속하기 전에 허공을 바라보았다.

"채드와 그의 가족이 저와 인연을 끊더라도, 이 방송국은 여전히 제 이름으로 남아 있을 겁니다. 즉, 제 인생에서의 사랑을 잃을 수도 있지만, 팔콘만에서는 여전히 아무것도 바뀌지 않을 것이라는 뜻이죠."

그녀들은 모두 서로를 쳐다보고 나서 매들린과 쉬나에게로 시선이 넘어갔다. 매들린은 비록 길은 다르지만, 다시 한번 유리한 위치에 있게 되었다.

"만약." 매들린이 말을 이었다. "우리가 합의를 볼 수 없게 된다면."

쉬나와 매들린은 서로가 교착 상태에 이르렀다는 것을 이해할 수 있을 정도로 오랫동안 눈을 감았다.

잠시 멈춘 후, 쉬나는 천천히 수화기를 내려놓았다. 쉬나는 다시 대리인의 위치로 돌아왔다. "숙녀분들." 쉬나가 캐서린, 파라 그리고 헬렌을 향해 손짓하며 "세트장으로 돌아가. 일이 끝나면 너희를 따라갈게."라고 말했다.

그들이 마침내 복도를 떠나려고 할 때, 매들린은 그들과 눈을 마주치지 않았고, 다시 한 잔의 와인을 따랐다. 협상이 시작된 것이었다.

마지막 부

49장

　허니의 해변가에 있는 아지트와 조금 떨어진 곳에 주차한 후, 제이크는 자갈길로 된 진입로를 올라갔다. 달이 하늘에 낮게 걸려서인지 우아한 대리석에서 마법 같은 빛이 반사되었다. 정말 아름다운 건물이었다. 제이크는 문 양쪽에 두 개의 돌사자가 세워져 있는 인상적인 입구를 지나가며 이 집을 구입하면 좋겠다고 생각했다. 아마도 올리비아가 10대가 되어 자신의 엄마가 얼마나 쌍년인지 충분히 이해할 나이가 되면, 그곳에 와서 살고 싶어 할 것이었다.

　제이크는 허니를 보기를 고대하고 있었다. 기술상의 리허설 중간에 빠져나올 정도였다. 허니와 섹스를 하고 싶은 욕구는 캐서린이 몇 시에 나타나 연습을 끝내려고 하는지 보기 위해 추위 속에서 기다려야 하는 것보다 훨씬 더 강했다. 제이크는 캐서린이 프로답지 않게 행동한 후에, 캐서린이 상어 탱크에 빠지는 것이 그녀 자신에게 도움이 될 것이라고 생각했다.

그렇다. 지금은 허니와 파트너 관계였고, 허니는 약간의 문제가 있었지만, 어떤 여배우보다 어떤 면에서는 열정이 넘쳐 보였다. 제이크는 로비에 들어섰다. 만약 쇼 진행자가 쇼의 스타와 함께한다면, 그들은 진정으로 힘 있는 커플이 될 것이었다. 의심할 여지 없이 그들은 모든 화려한 잡지에 특집 기사로 함께 실릴 것이고, 이 집은 그것에 안성맞춤이었다. 제이크는 벽에 걸린 금테 거울에 비친 자신의 모습을 확인한 다음, 얼굴에서 머리카락을 치우고 옷깃을 풀었다. 이런 옷을 입으면 잘 어울렸지만, 아만다는 정말 싫어했다. 제이크가 미소 지었다.

"허니!" 테라스가 내려다보이는 넓은 라운지에 이르자 제이크가 소리쳤다.

대답이 들리지 않았다. 제이크는 허니가 샤워 중이거나 만약 운이 좋으면 침대에서 자신을 기다리고 있을 것이라 생각했다. 그렇다. 이것이 바로 제이크가 지난 24시간의 스트레스를 씻어내기 위해 필요했던 것, 즉 허니와 함께 침대에서 보내는 크리스마스 이브였다. 그 생각을 하자 그의 성기가 단단해졌다.

제이크는 재킷을 벗고 침실로 갔다. "당신이 준비되었으면 좋겠어." 제이크가 유혹하듯이 말했다. "난 준비됐으니까." 제이크가 바지 지퍼를 내렸다. 그리고 침실 문을 열었을 때, 제이크는 고동치는 성기를 쓰다듬었다.

하지만 침대는 비어있었다. 제이크는 허니가 테라스에 있는 게 틀림없다고 생각하며 나머지 옷을 벗고 거실로 향했다. 집이 너무 커서 허니가 제이크의 말을 듣지 못하는 것은 당연했다. 제이크는 별빛 아래선 라운지에서 허니와 함께하는 것을 상상했다. 제이크는 심지어 겨울에도 야외 섹스를 좋아했다. 여자의 젖꼭지가 더욱 단단해지는 데는 추운 밤보다 더 좋은 것은 없었다.

테라스에 도착했을 때, 제이크는 벌거벗은 모습이었고, 창문에 포스트잇 쪽지 하나가 바람에 펄럭이고 있는 것을 발견했다. 좋지 않은 감정이 엄습했다. 제이크가 허니의 간결한 글을 읽는 데는 난 1초가 걸렸지만, 그것을 이해하는 데는 몇 초가 더 걸렸다.

죄송해요. 못하겠어요. 절 미워하지 마세요. 허니로부터.

"씨발!" 제이크는 보름달 아래에서의 늑대인간처럼 하늘을 향해 소리쳤다.

50장

캐서린 벨의 탈의실 한구석에 있는 TV 화면에는 생방송 특집 예고편이 상영되고 있었다. 캐서린은 능숙한 솜씨로 눈 화장을 하면서 거울을 통해 그 예고편을 보고 있었다. 캐서린은 오늘 자신의 얼굴이 클로즈업되는 걸 원치 않았다. 또한 울어서 눈가가 빨개진 자신의 그런 모습을 모두가 볼 수 있는 붐비는 분장실의 떠들썩한 분위기를 감당하지 못할 것 같았다. 캐서린은 프로답게, 첫 장면에서 어깨가 드러난 물방울무늬 파티용 드레스를 입고 등장했다. 캐서린은 그날 백 번도 넘게 광고들을 보면서 긴 머리를 능숙하게 넘겨 올림머리로 만들었다.

소품팀 중 한 명이 깜짝 선물로 꼬마전구와 선물들이 여기저기 달려있는 작은 크리스마스 트리를 캐서린의 탈의실에 가져다 놓았다. 그 선물로 인해 캐서린은 다시 울고 싶어졌다.

어제 매들린과의 결전에 이어 기술상의 상영을 마친 캐서린은 온몸이 흠뻑 젖었지만, 아무 문제 없이 말짱하게 탈의실로 돌아왔다. 비록

마지막 부

캐서린의 머리는 엉망이었지만, 어떻게든 캐서린은 물속의 적절한 위치에 도달할 수 있었다. 캐서린은 상어를 거의 쳐다보지도 않았다. 캐서린은 다른 포식자를 생각하고 있었다.

쉬나가 전화를 걸어 파라와 헬렌을 매들린의 사무실로 호출할 때쯤, 캐서린은 막 머리를 말리고 집으로 가려던 참이었다. 매들린은 쉬나가 그들 두 사람이 동의한 것을 검토하는 동안 조용히 앉아 있었다.

"매들린의 과거에 관하여 우리의 침묵에 대한 보상으로." 쉬나는 매들린이 있는 방향으로 차갑게 고개를 끄덕이며 "내일 라이브 에피소드뿐만 아니라 드라마의 향후 경영에 대해서도 많은 중요한 변화가 있을 것입니다."라고 말했다. 세 친구의 기대에 찬 얼굴을 힐끗 쳐다보던 쉬나의 눈이 사납게 번쩍였다.

캐서린은 쉬나의 팔짱을 끼려고 했지만, 쉬나는 한창 말하는 도중이었다.

"제이크는 파면시켜 주세요. 즉시 말입니다."

헬렌의 눈이 휘둥그레졌고, 파라는 그 소식에 활짝 웃었다. 캐서린은 미소를 지으며 새로운 계획 중에서 자신의 역할을 듣기를 기다렸다.

"아만다가 다시 돌아와 제이크를 대신해서 팔콘만의 쇼러너가 될 것입니다. 우리가 곧 아만다와 전화 통화를 할 거고요. 매들린이 하트랜즈를 인수할 예정이어서, 그로 인해 계약상의 문제는 없기 때문에, 아만다가 담당자로 내일 공연을 책임질 것입니다." 그녀들은 그들이 곧 재회할 것이라는 사실에 기뻐하며 서로를 바라보았다.

쉬나가 에이든은 해고될 것이고, 파라는 에이든과 같은 직위로 승진될 것이며, 헬렌도 계속 남아 있을 것이라고 계속 말하는 내내 매들린은 무표정이었다. 사무실에 있던 거의 모든 사람이 웃고 있었고, 이것은 그들 중 누구라도 요청할 만한 최고의 크리스마스 선물이었다. 캐서린만 자신이 언급되지 않았다는 것을 알고 여전히 걱정스러운 표정을 지었다.

"그럼 이제 모두 다 해결됐네요." 캐서린은 아만다가 돌아온다는 사실에 진심으로 기뻐했지만, 아무도 자신의 미래에 대해 언급하지 않은 것을 끔찍하게 불안해하며 말했다. "나는 어떡해? 루시는 어떻게 되지?"

잠깐 동안 정적이 흘렀고, 쉬나는 불편해 보였다. 캐서린은 매들린의 입가에 지어진 그 히죽히죽한 미소가 어떤 암시라고 여겼고, 파라와 헬렌이 자신의 시선을 피하는 것을 알아차렸다.

쉬나가 말을 하기도 전에 손에 든 전화기가 크게 울렸다. 쉬나가 스피커폰으로 연결하자, 아만다의 목소리가 밖으로 흘러나왔다.

"얘들아, 우리 모두 내일 다시 함께하게 될 거야. 난 너무 기대돼. 너희들이 너무 보고 싶었어. 하지만 시간은 가고 있고 해결해야 할 상황들이 있으니 바로 본론으로 들어갈게. 파라! 내일의 에피소드를 즉시 다시 쓸 수 있도록 세부정보를 이메일로 보냈어."

캐서린의 눈은 희망으로 가득 찼다. 아마도 루시 딘은 결국 죽음을 면할 수 있게 될 것이라고 생각했다.

아만다는 계속했다. "논의된 대로 파라! 넌 허니 헌터가 마지막 광고 시간 후 도착하기 전에 루시에게 시청자들이 그녀를 응원하도록 고안된 몇 가지 중요한 독백을 주면 돼."

캐서린은 기분이 좋아졌다. "그럼 허니가 도착하면 나는 어떻게 되는 거야? 여전히 루시를 물속으로 밀어 넣게 되는 거야 아닌 거야?"

"캐서린…" 아만다의 목소리가 전화기에서 울려 퍼졌다. "이 말을 하는 것이 나를 고통스럽게 하는 만큼." 아만다가 주저하며 말했다.

"우리가 크리스마스에 루시 딘이 죽게 될 것이라고 시청자들에게 약속했기 때문에, 지금으로선 이 스토리를 그냥 버릴 수는 없어. 그렇게 하면 시청자들은 TV를 꺼버릴 것이고, 우리는 모두 상영할 프로그램을 잃게 돼."

캐서린은 화가 나서 눈을 부릅떴다. "오, 잘됐네. 내가 상어에게 잡아먹히는 동안 너희들 모두 행복하게 잘 살 수 있어서. 정말 고마워!" 캐서린은 처음으로 완전히 평정심을 잃었다. 캐서린은 쉬나에게 돌아서서 그녀에게 소리를 질렀다. "난 너에게 좀 더 나은 걸 기대했어!"

쉬나는 필사적으로 손을 흔들며 캐서린이 계획을 방해하지 못하게 했다.

"진정해, 캐서린! 넌 아만다의 말을 다 듣지 못했잖아."

캐서린은 침을 꿀꺽 삼키고 천장을 올려다보며, 가장 친한 친구들의 배신으로 인해 그녀의 눈에 고여있던 눈물이 얼굴에 흘러내리는 것을 막으려고 애썼다.

"하지만…" 아만다의 목소리가 다시 울려 퍼졌다. "우리는 그것을 피할 수 있는 최선의 해결책을 생각해 냈어."

매들린은 쉬나를 수상쩍다는 듯이 바라보고 있는 캐서린에게서 눈을 떼지 않았다.

스피커폰을 통해 아만다는 "시청자들이 루시의 운명을 결정하게 할 거야."라고 말했다.

"그게 무슨 뜻이지?" 캐서린은 혼란스러워서 즉시 쏘아붙였다.

"쇼의 마지막 5분을 다시 썼기 때문에 이제 두 가지 다른 결말이 있어. 시청자들은 마지막 광고 휴식 시간에 종료되는 실시간 문자 투표로 드라마가 어떻게 전개되길 원하는지 결정할 거야."

캐서린은 쉬나에게 몸을 돌렸다. "넌 이것에 동의했어?"

캐서린은 떨리는 목소리로 말했다.

쉬나가 캐서린 쪽으로 걸어가서 어깨에 손을 얹었다. "이봐. 네가 충격받은 건 알지만, 이건 정말 좋은 아이디어야."

파라와 헬렌은 고개를 끄덕였다.

"생각해 봐." 파라가 제안했다. "시청자들은 너와 루시를 사랑한단 말이야. 그들이 널 죽이기 위해 투표할 리가 없어."

캐서린은 매들린이 계속 침착하게 행동하자, 다시 한번 확인하기 위해 쉬나를 바라보았다.

"그리고 다시 쓴 에피소드가 너의 모든 장점을 살릴 수 있도록 해서." 아만다는 계속해서 말했다. "청중들이 너와 함께할 거라고 우린 확신해."

헬렌은 매들린이 관여한 어떤 것과도 함께하고 싶지 않았지만, 동의했다. "우리가 과거로 돌아갈 수 있다면." 헬렌이 매들린을 노려보다가 캐서린에게로 돌아서며 말했다. "우리는 네가 이런 입장에 놓일 것을 결코 알지 못했을 거야. 하지만 아만다의 말이 맞아. 전 세계 시청자가 루시 딘이 정말로 상어에게 죽게 되는지 알기 위해 시청하고 있어. 우리가 그 위험부담을 완전히 제거할 수는 없을 거야. 그랬다간 쇼 전체가 망할 수 있으니까. 하지만 시청자들의 손에 맡김으로써 우리는 그들에게 선택권을 줄 수 있어. 그렇게 하면, 시청자들이 네가 살아남는 것을 선택했을 때 반발도 없을 것이고, 그래야 모든 것이 정상으로 돌아갈 수 있어."

캐서린의 눈에는 아직도 눈물이 가득했다. "하지만 만약 나를 구해주기로 선택하지 않기라도 하면?"라고 캐서린이 조용히 물었다.

쉬나가 대답하기도 전에, 더 이상 하고 싶은 말을 참지 못한 매들린이 침묵을 깼다.

"그건 아주 간단해요. 당신은 이 쇼에서 가장 인기 있는 캐릭터라고 우리에게 계속 말하고 있잖아요. 만약 당신의 말이 옳고 시청자들이 당신과 함께한다면, 그들은 당신을 살리기 위해 투표할 것입니다. 그리고 만약 당신이 틀렸다면, 그들은 그러지 않을 거고요." 매들린의 감미로운 붉은 입술에 아주 작은 미소의 흔적이 스쳐 지나갔다.

캐서린은 주먹으로 배를 얻어맞은 기분이었다. 이것은 정말로 인신공격이었다. 매들린은 공감 능력이 완전히 결여되어 있었고, 이것을 즐기는 그녀의 방식은 매우 악랄했다.

쉬나는 매들린에게 면박을 줄지 고민하며 쳐다보았지만, 대신 캐서린의 용기를 북돋아 주는 데 힘을 쏟기로 결심했다. "잘될 거야, 캐서린! 넌 40년 동안 이곳에 있었으니, 그들은 당연히 너에게 투표할 거야." 쉬나가 파라와 헬렌을 쳐다보자, 두 사람 모두 고개를 끄덕였다. 하지만 캐서린은 확신하지 못했다.

그리고 이제 캐서린이 진실을 알게 될 때까지 겨우 한 시간이 남아있었고, TV 광고에서 눈을 뗄 수 없었다. 비록 그것이 그녀를 구역질 나게 할 지경일지라도.

스크린에서는 겨울 바다를 헤엄치는 상어의 그림자와 멜로드라마의 과장된 나레이션과 함께 항공 촬영으로 매우 아름다운 팔콘만을 자랑하듯 보여주고 있었다. "루시에게 즐거운 크리스마스가 될까요? 한 시간 후에 저희는 세트장에서 생중계되는 팔콘만의 역사적인 40주년 에피소드를 방송할 것입니다. 그리고 당신은 루시 딘이 사느냐 죽느냐를 대화형 문자 투표로 결정할 수 있습니다. 루시 딘의 운명은 여러분의 손에 달려 있습니다."

캐서린은 리모콘을 잡아 음소거로 바꾸고 심호흡을 했다. 캐서린은 매들린의 사무실로 가는 길에 자신은 죽은 드라마 스타였다는 것을 스스로에게 상기시켰다. 적어도 지금은 기회가 있었다. 그리고 만약 시청자들이 자신을 살리기로 결정한다면, 이보다 더 좋은 변명거리가 없을 것이라고 생각했다.

캐서린은 광대뼈에 멋진 디올 블러셔를 칠함으로써 화장을 끝냈고, TV 음소거를 해제했다.

또 다른 광고가 나오면서 숫자들이 화면에 번쩍 뜨자, 방송 진행자가 투표 규칙을 설명했다.

"루시 딘을 쇼에 계속 출연시키시려면 '루시 생존'이라는 문자를 보내주시고, 상어가 루시 딘을 잡아먹게 하시려면 '루시 사망'이라는 문자를 보내주십시오."라고 하는 그 나레이션 소리는 캐서린의 등골을 오싹하게 만들었다.

51장

며칠 전만 해도 침대 위에서 마치 세상의 왕이 된 것 같다고 느꼈던 제이크는 이제 쓸쓸한 모습으로 누워있었다. 침대의 실크 시트에서는 허니의 향수 냄새가 났고, 술이 튀어 방울방울 얼룩이 져 있었다. 제이크는 차마 집에 돌아갈 생각을 할 수가 없었다. 집은 마지막 순간에도 절대 생각하고 싶지 않은 아만다를 떠올리게 할 것이었다. 아만다는 교활하고 빈틈없는 쌍년이었다.

제이크는 오늘 아침 트위터에서 로스 오웬이 팔콘만과의 '결별'과 그의 해고에 대해 떠드는 것을 보고 나서 마음속에 로스를 살생부에 추가했다. 제이크는 이 모든 것이 끝난 후 제자리로 돌아갈 것이라고, 아니 그들 모두를 위해 돌아갈 것이라고 결심했다. 특히 아만다를 위해.

제이크는 여전히 아만다가 어떻게 한 것인지 알 수 없었다. 그러나 그는 아만다와 그녀의 친구들이 매들린에게 대항할 수 있는 무엇인가를 발견하여, 그것을 실행하도록 강요한 것이라고 추측했다. 제이크는 매들린을 절대 용서할 수 없었고, 매들린 역시 제이크의 살생부에 이름을 올렸다. 그러나 제이크는 매들린이 아만다와 그 친구들을 경멸하고 있다는 것을 이미 알고 있었다. 따라서 매들린은 조종당하고 있는 것이 분명했다. 매들린이 캐서린에게 살아남을 기회를 주고 싶었을리가 없기 때문에, 그녀들이 확실한 매들린의 약점을 잡은 것이 분명했다.

해고된 에이든에게서도 만취한 상태로 전화가 한 통 걸려 왔었는데, 그 전화로 제이크는 기분이 조금 나아졌다. 제이크는 에이든에게 그가 체포당하도록 파라가 함정을 만든 것이며, 팔콘만에서 해고된 것에도 파라가 관여한 것이라고 말했고, 파라와 호텔 사건이 관련 있다는 것을 전혀 짐작하지 못했던 에이든은 크게 놀랐다. 에이든이 그때 파라가 '가까스로 화장실에 숨었다.'라고 말하자, 제이크는 파라가 한 일이 분명하다는 생각이 더 확실해졌다. 에이든이 너무 취했거나 혹은 너무 멍청해서 파라의 복수심을 눈치 못 챘을 수도 있지만, 제이크는 전화를 끊으면서 에이든도 자신만의 살생부를 만들고 있다고 확신했다.

제이크는 침대에 다시 털썩 주저앉으면서, 그 쌍년들이 알아낸 것들이 무엇인지 생각해 내기 위해 필사적으로 노력했다. 아마도 너무나 엄청난 것이어서, 그녀들이 다시 통제권을 쥐기 위해 사용될 수 있었을 것이었다. 어젯밤 늦게 매들린이 제이크를 사무실로 불러 제이크의 세상을 완전히 엉망으로 만들려고 할 때, 논리적으로 생각할 수 있었다면 제이크는 그것이 무엇인지 알아내려고 했을 것이었다. 그러나 마치 도살장에 끌려가는 어린 양처럼, 제이크는 매들린을 실망시킬

까 봐 걱정하고 있었다. 허니의 향수 냄새가 다시 그에게 닿자, 제이크는 눈을 감고 지난밤의 만남을 다시 한번 곰곰이 생각해 보았다.

제이크는 자정 무렵에 그곳에 도착했다. 성난 바다 위 발코니에서 산들바람 속에 서있던 매들린은 평소의 그녀답지 않게 몸을 부드럽게 흔들고 있었는데, 술을 꽤 마신 것으로 보였다. 발코니 아래로 절벽에 부딪히는 파도소리가 너무 커서 매들린은 제이크가 들어오는 소리를 듣지 못했다.

제이크는 허니의 포스트잇을 손에 들고 매들린에게 다가갔다. "문제가 생겼습니다." 발코니에 다다른 제이크가 말했다.

"당신이 아는 것 그 이상이에요." 매들린이 제이크에게 고개를 돌리며 대답했다. 얼굴이 핼쑥했지만, 여전히 아주 멋져 보였다.

매들린이 어떤 어려움에 빠졌던지 간에 제이크는 나쁜 소식을 알려야겠다고 생각하고 계속 말을 이어갔다. "허니가 가버렸습니다." 그가 매들린에게 쪽지를 건네며 말했다.

제이크가 기대했던 충격적 반응 대신, 매들린은 그냥 그 쪽지를 구겨서 바다에 던져 버렸다.

"다른 사람에게도 말했나요?"

"물론 아닙니다."

"좋아요. 알리지 마세요. 제작 사무실에도 알리면 안 됩니다."

제이크는 매들린이 분명히 술에 취해 있다고 생각했다. 자신이 말한 것을 매들린이 제대로 이해한 것인지 궁금해서 그 문제를 다시 한번 강조하기로 했다.

"허니를 대신할 누군가를 캐스팅해야 합니다. 그렇지 않으면 피날레를 위한 여배우가 없을 거예요."라고 제이크가 말했다. "헬렌이 이 늦은 시간에 시청자들이 실망하지 않을 만한 사람을 찾을 수 있을 것인지는 자신할 수 없습니다. 전 세계가 허니를 기대하고 있습니다."

"그건 걱정하지 마세요. 이제 당신 문제가 아니에요." 매들린이 걱정스러울 정도로 침착하게 말했다.

"당연히 그건 제 문제죠." 제이크가 갑자기 매우 피로감을 느끼며 급하게 대답했다. "여기서 일어나는 모든 일이 제 문제입니다."

매들린은 손을 뻗어 옆에 있는 잔을 잡고 한 모금 마셨다. "미안해요, 제이크! 전 그게 더 이상 당신의 문제가 아니라고 말하고 싶었어요."

제이크는 멍하니 매들린을 쳐다보았다. "그 말뜻은…?"

"지금 그걸 자세히 설명할 순 없어요. 솔직히 시간이 없으니까요."라고 매들린이 말했다. 매들린이 와인을 홀짝이며 바다를 바라볼 때, 바람이 그녀의 머리카락을 마구 날리게 했다. "하지만 당신이 책임자인 이 상황에서 일들이 잘 안 풀리고 있어요. 사람들은 불만스러워하고, 불만으로 가득 찬 배는 우리가 필요로 하는 바다 위 세트장이 아닙니다."

매들린의 말이 충분히 이해되자 제이크는 너무 놀라서, 그가 할 수 있는 최고의 것은 단지 몇 마디를 큰 소리로 말하는 것뿐이었다.

"뭐라고요? 왜죠?"

"제가 남편과 아내로 구성된 팀 중에서 잘못 선택했다는 정도로 해두죠." 매들린은 아무렇지도 않게 말했다. "예상하신 대로 규정에 따라 사무실은 이미 정리했고, 개인 소지품은 이미 집으로 보냈습니다. 보안요원들이 아래층에서 당신의 출입증을 폐지하고 당신을 건물 밖으로 모셔 나가기 위해 기다리고 있습니다."

제이크는 이제 숨이 막힐 지경이었다. 심장이 너무 빨리 뛰어 곧 뇌졸중이 올지도 모른다는 생각이 들 정도였다.

매들린은 제이크를 향해 돌아서서 그의 차가운 뺨을 다소 세게 쓰다듬었다. "걱정 마세요, 제이크! 당신은 두둑한 퇴직금을 받게 될 거예요. 그리고 공개적으로 우리는 그것을 '갈림길'이라고 부를 겁니다."

마침내 제이크의 입에서 몇 마디 말이 튀어나왔다. "하지만 저는 갈라서고 싶지 않아요…"

그러나 매들린은 어깨를 으쓱하고는 바다 쪽으로 돌아섰다.

그리고 그 일들이 일어났다. 제이크가 팔콘만에 있는 많은 사람들에게 한 짓이 방금 그에게 일어난 것이었다.

잠시 후, 제이크는 팔을 움켜잡힌 상태로 건물 밖으로 끌려 나왔다.

실크시트에서 나는 허니의 또 다른 향기가 제이크를 현실로 되돌려주었다.

"제이크!" 그는 큰 소리로 혼잣말을 했다. 제이크는 항상 3인칭으로 자신에 대해 이야기하는 것을 좋아했다. "넌 이 무자비한 여자들이 널 이기도록 가만히 두지는 않을 거야. 그 쌍년들은 자신들이 누구를 상대하고 있는지 전혀 모르겠지만, 곧 알게 되겠지." 제이크는 침대에서 뛰어내린 후 옷을 입고 밖으로 나와 차를 향해 갔다.

52장

파라가 첫 번째 라이브 에피소드에서 '액션!'이라고 외치기까지는 한 시간도 채 남지 않았다. TV에서 가장 중요한 부분이었다. 아만다는 카메라 옆, 파라가 서있는 곳으로 걸어갔다. 말이 필요 없었다. 서로 상대방의 마음을 읽었다. 롤러코스터를 탈 시간이 되었으며, 그들 중 누구도 이 롤러코스터의 결말을 알지 못했다.

크리스마스 캐롤 연주곡이 스피커를 통해 흘러나왔지만, 세트장은 축하 분위기라기보다는 모두가 긴장으로 잔뜩 굳어져 있는 상황이었다.

특별히 제작된 VIP 단상에서, 로스 오웬을 포함한 세계 언론인들은 파라가 카메라에서 감독용 의자까지 짧은 거리를 걷기 시작하자, 이 역사적인 장면을 보기를 고대하며 아래를 내려다보고 있었다.

파라는 긴장한 상태로 라이브를 진행하고 있었고, 또한 캐서린의 운명이 어떻게 될지 불확실한데다, 우울하고 차가운 바람까지 불어왔다. 아만다는 친구가 감독으로서 역할을 하는 것을 보고도 자부심을 느낄 여유조차 없었다. 24시간 동안 회오리바람이 불었지만, 아만다와 올리비아는 뒤돌아보지도 않고 하트랜즈를 떠나 성 어거스틴에 도착했다. 루시 딘의 해변 술집 세트장과 갑판, 모래밭 여기저기 흩어져 있는 모든 출연진 그리고 직원들을 둘러보면서 아만다는 의심할 여지 없이 자신이 속했던 곳으로 다시 돌아온 것을 실감했다.

그 모든 일이 일어났을 때, 아만다는 다시는 팔콘만을 볼 수 없을 것이라고 생각했다. 아만다는 하트랜즈에서 짧은 기간이었지만, 언제라도 방송될 라이브 에피소드를 만드는 것에 모든 것을 쏟아부어 도왔다. 하트랜즈를 중요한 때에 떠나는 것에 엄청나게 죄책감을 느꼈지만, 어젯밤 매들린의 전화를 받았을 때 주저하지 않았다. 팔콘만의 가족과 같은 드라마팀은 아만다를 필요로 했고, 마침내 아만다의 재능이 최고 수준임을 인정받았다. 팔콘만은 아만다의 심장이 있는 곳이었다. 도로시가 토토에게 말했던 것처럼, 아만다에게 집만한 곳은 없었다.

갑자기 강한 팔이 아만다의 허리를 감싸 안았고 부드러운 입술이 아만다의 뺨에 닿았다.

"내 딸은 어떻게 지내요?"라고 댄이 부드럽게 말하며 차가운 바람을 맞은 아만다의 피부에 그의 뜨거운 몸을 기댔다.

아만다는 세트장에 있는 사람들과 기자들이 지켜보고 있다는 것을 의식하면서 댄를 향해 돌아섰다. 아만다는 공식적으로 아직 제이크와 부부일 뿐만 아니라 얼마 전에 해고당했던 직장에 낙하산으로 돌아왔다.

"올리비아는 잘 지내고 있고 당신 역할이 컸어요."라고 아만다가 말했다. "맙소사, 보고 싶었어. 얼마나 보고 싶었는지 모를 거야." 아만다가 댄에게 환한 미소를 보냈다. "올리비아도 보고 싶었고." 아만다는 따스한 제작 사무실 방향으로 고개를 까딱해 보였다. 그곳에서 올리비아는 관리직원 중 한 명과 신이 나서 이야기하고 있었다. "이건 우리 둘 중 누구라도 원했던 최고의 크리스마스 선물이에요."

아만다의 눈을 깊숙이 들여다보며 댄은 싱긋 웃었다. "잘됐네요. 칠면조랑 와인, 그리고 봉제 인형들이 우리 집에서 당신들 둘을 기다리고 있거든요."

아만다는 두 팔로 댄을 꼭 감싸고 더 가까이 몸을 기대며 댄의 입술에 키스를 했다. 누가 보든, 그런 건 아만다에게 중요하지 않았다.

캐서린은 아만다와 댄이 세트장 아래에서 껴안는 것을 바라보며 미소를 지었다. 캐서린은 해피엔딩을 매우 좋아했다. 파라가 '액션!'이라고 외치기를 기다리는 동안, 오늘밤 투표에서 살아남아 바라던 것을 얻을 수 있을지 궁금했다. 캐서린은 이번 생방송을 위해 평소보다 훨씬 더 열심히 일했다. 캐서린은 항상 대사를 완벽하게 외웠지만, 대본의 결말이 두 개였기 때문에, 뇌의 다른 부분에 그것들을 저장하기 위해 자신의 모든 능력을 사용해야 했다. 캐서린은 그저 자신이 살아남는 장면 대사만 말하게 해달라고 기도했다.

파라가 '액션!'이라고 외치기 몇 초 전에 캐서린은 이러한 부족한 자신감을 한쪽으로 밀어버렸다. 전 세계에 생중계되는 TV 방송이었고, 자신의 운명이 어떻든 간에, 40년 동안 함께했던 팬들은 캐서린이 줄 수 있는 최고의 것을 받을 자격이 있었다. 캐서린은 결말에 상관없이 팬들을 실망시키지 않을 것이라고 결심했다.

모니터가 있는 위치에서 쉬나는 캐서린을 예의 주시하고 있었다.

파라와 아만다도 캐서린에게 눈을 떼지 않았고, 캐서린을 올려다보며 희망에 찬 미소를 지었다.

친구들과 달리, 헬렌은 침착할 수 없었지만 흥분하지도 않았다. 헬렌은 공황 상태였다. 매들린 케인이 헬렌에게 허니 헌터가 마지막 장면에 등장하지 않을 것이라고 알려주었다. 한 시간도 채 지나지 않아 이름도 모르는 여배우가 대신 이 드라마의 새로운 슈퍼 쌍년으로 밝혀질 예정이었다. 확실히 파라와 아만다는 모르는 것 같았다. 만약 알았다면 그녀들도 헬렌만큼 놀랐을 것이었다.

마치 헬렌의 마음을 읽은 듯이 매들린이 말했다. "방송 시작까지 몇 초가 남지 않은 상황에서 허니가 여기 없는 것에 대해 사람들에게 말하기엔 그 이야기가 너무 길어요." 매들린이 단호하게 말했다. "쇼가 끝난 후 어떤 여파가 발생하던 제가 처리하겠습니다. 하지만 그동안 허니를 대신할 훌륭한 여배우가 있으니 안심하세요. 쇼는 계속되어야 합니다."

헬렌은 그 여배우가 누군지 알고 싶어 안달이 났지만, 상황이 좋을 때에도 매들린에게서 정보를 알아내는 것은 매우 어려운 일이었다. 생방송을 할 때까지 몇 초를 남겨두고 헬렌은 다른 방법을 시도했다.

"그녀가 계약하지 않으면 우리는 보험에 가입할 수 없습니다. 그녀가 누구이든지 간에, 최소한 그녀가 계약서에 서명하도록 해서 저에게 주시길 바라요. 저는 지금 그녀를 위해 드라마 한 편 분량의 계약서를 이메일로 보낼 거예요. 나머지는 내일 해결하죠." 매들린이 일부러 성큼성큼 걸어가자 헬렌도 복도를 따라 걸어갔다.

"그녀가 계약서를 쓰는 동안 제가 개인적으로 옆에서 그녀를 지켜보겠어요." 매들린은 뒤돌아보지도 않고 대답했다.

영화계에 종사하는 사람들은 매들린이 마지막 장면들에 나오는 누군가를 캐스팅했다고 생각할 것이라는 사실을 알았지만, 헬렌은 더욱 안심시킬 만한 말을 요구하지 않을 수가 없었다. "그냥 그녀가 좋다고 말해줘요?" 이번에는 놀랄 정도로 헬렌의 목소리가 컸다.

매들린은 걸음을 멈추고 헬렌 쪽으로 돌아섰다.

"헬렌!." 매들린은 자신감으로 가득 차 말했다. "그녀는 정말 최고예요. 약속드리죠." 그리고 매들린은 복도를 따라 사라졌다.

53장

로스앤젤레스의 멀홀랜드 도로에 택시가 서자, 심플한 정장을 입은 허니가 작은 짐을 들고 내렸다. 허니는 화장을 전혀 하지 않았음에도 아름다웠고, 오래된 재활 시설의 익숙한 모습을 올려다보았다. 자신의 안에 들어있는 악마를 물리치는 데 또다시 오랜 시간이 걸리더라도 이곳은 그녀의 집이 될 것이었다. 허니는 제네바 호수에서 수천 마일 떨어진 곳에 있었다. 그녀는 이곳에 머무는 것이 즐겁지 않을 거란 사실을 잘 알고 있었지만, 잘 적응할 수 있을 것 같았다. 그렇게 되면, 허니는 안식처로 돌아가서 혼란이나 술로 더럽혀지지 않고 다시 삶을 시작할 수 있을 것이었다.

간호사가 문을 열고 허니와 함께 접수처로 갔는데, 문이 열리고 앤드류 듀랜드 박사가 나타났다. "한 번 더 환영해요." 앤드류가 말했다.

허니는 웃었다. 그녀가 이 돌담을 떠난 지도 10년이 지났다. 이곳에서 보낸 시간은 지옥 같았고, 만일 돌아와야 한다면, 엄청난 발길질과

강압에 굴복해 비명을 지르며 돌아올 것이라고 허니는 항상 상상했었다. 하지만 이제 허니는 이곳이 진정한 안식처임을 알게 되었다.

"돌아오게 되어 너무 기뻐요." 간호사가 나타나 방으로 안내할 때 허니가 말했다. 허니는 자신의 짐을 수납장에 넣고 자물쇠를 잠그는 소리가 들릴 때 안심했다. 그녀는 다시 괜찮아질 것이고, 집으로 돌아갈 준비를 할 것이었다.

운동복 바지와 볼품없는 상의에도 불구하고 허니는 여전히 아름다웠다. 허니가 매우 오래전에 떠났던 그날은 듀렌트 박사가 기억하는 최악의 날 중 하나였고, 그가 허니를 생각하지 않았던 날은 단 하루도 없었다. 허니가 너무 오랫동안 눈에 띄지 않아서, 듀렌트 박사는 매일 허니의 오래된 영화들을 반복해서 보는 것뿐만 아니라, 매일 밤 크리스마스 플레이보이지의 접힌 사진 속 허니를 보며 자위하는 일과를 견뎌야 했다. 그러다 갑자기 대박이 났고, 구글 알림이 매우 자주 울렸다. 허니는 어디에나 있었다.

듀렌트 박사는 허니가 다시 유명해지면서, 극복하지 못하고 다시 술을 마시기 시작한다면, 그가 항상 기다리고 있는 이곳으로 그녀가 다시 올 것이라는 사실을 알았다.

듀렌트 박사는 허니가 있는 방으로 걸어가 유리창을 통해 침대에 누워있는 허니를 보면서, 악마와도 같은 자신과 이번에는 절대로 그녀를 보내지 않겠다고 약속했다.

54장

캐서린은 물가에서 투표 결과를 기다리고 있었다. 캐서린은 머릿속에 온통 소용돌이치는 생각을 간신히 밀어두었고, 그녀의 프로다운 근성으로 돌아왔다. 캐서린은 이 씬과 그 이후의 모든 씬의 촬영을 잘 이루어내려 했다. 캐서린은 자신이 가진 모든 것을 걸고 루시 딘을 구하기 위해 싸울 생각이었다.

아만다는 세트장 전체를 볼 수 있는 단상에 서있었다. 아만다는 능숙하게 오가는 카메라들을 보면서, 마음속에 일고 있는 불안을 드러내지 않으려고 노력했다. 그녀는 침착해야 했고, 전체 직원들의 흔들리지 않는 중심이 되어야 했다.

헬렌은 술을 마시기 위해 VIP 구역에 불쑥 들어섰다. 헬렌은 이 캐스팅 문제로 골머리를 앓아서 긴장을 풀 무언가가 필요했다. 이전에 샴페인을 주었던 웨이터가 헬렌의 눈길을 끌려고 했지만, 그럴 기분이 아니었다. 헬렌은 마음껏 마시기 위해 술집 뒤로 슬쩍 나갔다.

몇 피트 떨어진 곳에서 로스 오웬은 헬렌을 발견하고 씩 웃었다. "달빛을 좀 보려는 거죠. 그렇죠?" 로스는 헬렌이 그에게 잔을 들며 작은 소리로 '바보'라고 입 모양을 만들자 크게 웃었다.

그는 주저 없이 헬렌 쪽으로 다가왔다.

"그래서 루시 딘은 어떻게 될까요? 시청자들이 그녀를 죽일까요? 아니면 구할까요?"

로스 오웬에게 '해고를 마주하고 있는 드라마의 캐릭터'는 하루의 즐거움 중 일부였다. 하지만 헬렌과 많은 여자들에게는, 만약 청중들이 캐서린에게서 돌아선다면, 오늘은 그녀들에게 한 시대의 종말이 될 것이었다. 운 좋게도 헬렌이 대답하기 전에 파라의 힘차고 자신감 있는 목소리가 울려 퍼졌다.

"그럼 액션!"

전 세계 시청자들은 거실에서 크리스마스 트리 불빛이 깜박이고 사탕 포장지가 구겨지고 있는 그 순간, 팔콘만의 해안선에 나타난 루시 딘을 볼 수 있었다. 카메라는 해변을 가로지르는 루시 딘을 쫓았고, 루시 딘의 하이힐은 크리스마스 불빛으로 장식된 산책로를 밟았다. 루시 딘은 침착해 보였는데, 그것은 캐서린 벨이 얼마나 훌륭한 여배우인지를 증명했다. 왜냐하면 캐서린은 마음속으로 벌벌 떨고 있었기 때문이다.

루시 딘은 세계적으로 유명한 해변가 술집으로 걸어서 들어간다. 루시 딘은 피곤했지만 그래도 행복하다. 그 술집은 팔콘만 주민들로 가득 차 있다. 루시 딘은 그들을 받아들였다. 이웃들, 언쟁을 벌였던 사람들, 사랑하거나 싫어했던 사람들. 카메라는 얼굴에서 얼굴로 움직이며 술집 뒤에 있는 루시에게로 옮겨진다. 루시 딘은 렌즈를 똑바로 들여다본다.

루시 딘: 여기 계신 여러분 모두 메리 크리스마스.

집에서 보고 있던 시청자들은 루시 딘이 직접 그들에게 말하는 것처럼 느꼈다. 많은 사람들이 루시 딘을 위해 건배했다. 카메라는 이동하여 만에 모여 있는 사람들이 환호하고 크리스마스 크래커 봉지를 뜯고 서로에게 건배하는 모습을 보여주었다. 루시 딘은 떠들썩한 소리가 작아지기를 기다렸다가 개막 연설을 마쳤다.

루시 딘: 우리는 얼마나 많은 크리스마스가 우리에게 남아 있는지 알 수 없습니다. 그러니 최고의 크리스마스를 한번 만들어 봅시다.

생방송 장면은 사람들로 꽉 찬 술집에서 이미 녹화된 장면으로 바뀌었다.
'루시 생존'과 '루시 사망'이라는 문구가 시청자들이 문자를 보낸 개수와 함께 화면에 표시되었다. 카운트다운이 시작되었다.
화면에서 루시 딘은 현지 정비공인 타이슨에게 손을 내밀고 있었다.

타이슨은 10년 전 루시의 가장 친한 친구와 바람을 피우기 전까지 잠깐 동안 루시의 남편이었다. 몇 주 동안 아무도 타이슨을 보지 못했다. 루시 딘은 방금 해변에 혼자 있는 타이슨을 발견했다.

루시 딘: 옛날에 당신은 내 마음을 두 동강 냈어요. 하지만 크리스마스에는 누구도 혼자 있으면 안 돼요.

루시가 타이슨의 어깨를 동정 어린 손길로 잡고 타이슨을 다시 술집으로 데려간다.

타이슨: 루시! 당신은 천사야. 신이 당신을 보면 보상해 줄 거야.

타이슨은 눈물을 글썽였다. 루시 딘은 유감스러워하는 미소를 짓는다.

루시 딘: 저는 오랫동안 신을 보지 않기를 바라요.

이 장면 내내, '루시 생존'과 '루시 사망'이라는 문자메시지를 보낸 전화번호들이 스크린에 표시되었다.

파라는 넓은 카메라 크레인이 찍은 장면으로 화면을 전환하여 팔콘만의 모습과 상어가 팔콘만의 부둣가 쪽을 향해 헤엄치고 있는 모습을 보여주었다. 주제곡이 흘러나오기 시작했고, 카메라가 돌아가는 것이 멈추었다. 파라는 '컷!'이라고 외쳤다. 광고 시간이었다. 파라는 자신이 긴장감을 잘 견디어내고 있다는 사실조차 깨닫지 못한 채 심호흡을 했다.

캐서린은 술집에서 나와 모래사장을 가로질러 부둣가 쪽으로 걷기 시작했다. 광고 시간이라는 것을 알고 쉬나는 캐서린에게 급히 달려왔다. 보통은 이런 행동이 프로답지 못하다고 하겠지만, 지금은 평소와 다르게 특별한 시기였다.

"캐서린! 정말 끝내줬어. 멋져." 쉬나가 가장 긍정적이고 응원하는 목소리로 말했다. 쉬나는 단어 선택을 더 잘할 수 있었다는 것을 깨닫고 "네가 정말 자랑스러워."라고 이어 말했다.

캐서린은 쉬나의 손을 꼭 잡았다. "투표 결과는 어때?" 캐서린은 묻지 않겠다고 속으로 맹세했지만, 그 말이 튀어나와 버렸다.

쉬나는 캐서린의 눈을 깊이 바라보았다. "끝나야 알 수 있을 것 같아."라고 쉬나가 말했다. "하지만 오늘 네가 보여주는 연기라면 누구든 루시를 죽이는 것에 투표할 것 같지는 않아. 지금은 크리스마스잖아, 가장 너그러워지는 시즌이고. 그들은 너를 사랑해. 틀림없이 잘될 거야."

"캐서린!" 파라가 자리에서 소리쳤다. "1분 남았어. 갑판에 오를 준비를 해야 해. 선착장에서 미리 녹화한 씬이 있지만, 너를 생중계하는 장면으로 전환할 거야."

캐서린은 고개를 끄덕였고 쉬나를 한 번 더 바라본 후 선착장으로 걸어갔다. 카메라 보조원이 캐서린을 갑판 위쪽으로 올려주어 그녀가 자리로 갈 수 있도록 도와주고 있을 때, 캐서린은 지금쯤 투표가 어떤 방향으로 진행되고 있는지 적어도 약간의 말이 나와야 한다고 생각했다. 만일 캐서린이 압도적으로 많은 표를 얻었다면, 쉬나가 귀띔을 해주었을 것이다. 생존 혹은 사망의 투표는 분명히 최후까지 경합할 것이다. 캐서린은 드럼처럼 크게 뛰는 자신의 심장에서 그것을 느낄 수 있었다.

한편, 헬렌은 제작진들이 마지막 장면을 촬영하기 위해 허둥지둥 돌아다니고 있을 때, 많은 엑스트라들을 데리고 술집 밖으로 나왔다.

아만다가 나타났다. "우리의 쌍년, 허니는 어딨어?" 아만다가 헬렌에게 물었다.

헬렌은 직원에게 인계받으라고 손짓을 한 다음 아만다를 한쪽으로 데리고 갔다. "널 당황하게 하고 싶지 않은데, 그러니 화내지 마…"

아만다의 얼굴이 하얗게 질렸다.

"허니가 보이지 않아. 맙소사!"

아만다는 숨이 턱 막혔다. "어떻게 나한테 말을 안 할 수가 있어?"

헬렌은 아만다의 어깨를 잡았다. "바로 이런 이유 때문이지. 정신 똑바로 차려야 해." 헬렌이 말했다. 아만다는 지금 기절할 것 같은 모습으로 떨고 있었다.

"매들린이 배역을 바꿨어." 아만다의 눈이 훨씬 더 휘둥그레졌다.

"알아, 말도 꺼내지도 마." 헬렌은 믿을 수 없다는 듯 고개를 저었다.

"누굴까?" 아만다가 숨가쁘게 물었다. 파라가 '액션!'이라고 외치는 소리를 듣고 그 둘은 어색한 그 대화에서 벗어났다. "10분 후에 알게 될 거야." 헬렌은 아만다에게 자신도 모른다는 것을 보여주려고 두 손을 허공에 던지며 속삭였다.

55장

무대 뒤쪽 의상실의 전신 거울 앞에 매들린 케인이 서 있었다. 매들린은 의상팀이 보유하고 있는 옷 중에서 가장 섹시한 옷을 입고 있었다. 그 옷은 매들린이 파리에서 입었던 것과 놀라울 정도로 같았고, 진짜 샤넬은 아니었지만, 피부에 착 달라붙는 빨간 천이 매들린의 끝내주는 몸매를 돋보이게 했다.

의상팀 조수 브래드는 뒤로 물러나 있었다. 검은 머리에 흠잡을 데 없는 진주 같은 피부를 가진 매들린은 지금까지 팔콘만에 있었던 여자들 중 가장 사나운 여자였으며, 그것 자체가 무언가를 암시했다.

"이제 하이힐만 있으면 돼." 매들린은 온갖 신발들이 진열되어 있는 엄청나게 넓은 장소를 훑어보기 전에 선홍색 디올어딕트 립글로스로 메이크업을 마무리했다. 매들린은 선반 위에 있는 빨간색 뾰족구두를 가리켰다.

"하지만…." 브래드가 말하기 시작했다.

매들린은 브래드의 말을 막기 위해 손을 들었다. "난 저 구두를 신어야겠어." 매들린이 구두를 가지러 가기 위해 직접 발판 사다리로 올라가며 말했다.

브래드는 다시 반대 의사를 표하려고 했지만, 매들린은 그의 말을 끊었다.

"당신은 이제 가도 좋아요. 분명히 어딘가에서 당신이 필요할 거예요."라고 매들린이 말했다.

매들린이 구두를 신기 위해 자리에 앉았을 때, 구두 안에 '루시 딘'이라고 적힌 라벨을 보았다.

"완벽해." 매들린은 미소를 지었고, 루시의 하이힐을 신은 모습으로 소형 자동차 안으로 뛰어들어가 복도를 따라 세트장 쪽으로 매우 빨리 달렸다.

주차장을 향해 속도를 내면서 매들린의 머리가 바람에 날렸다. 매들린은 이 복도를 처음으로 오갔던 이후 얼마나 시간이 지났는지 곰곰이 생각했다. 지난밤의 드라마 이후로, 매들린은 정말로 모든 것을 가진 것처럼 느꼈지만, 지금 멋진 드레스와 루시 딘의 하이힐을 신은 매들린은 더 많은 것을 원했다.

56장

루시 딘이 물가 갑판의 가장자리를 서성거리는 동안 카메라들도 그녀를 쫓았다. 근처에 정박되어 있는 작은 배 두어 척이 가볍게 흔들리고 있었다. 루시 딘의 시야에는 안보였지만, 집에 있는 시청자들은 카메라를 통해 상어가 더 가까이 다가와 있는 것을 알고 있었다. 루시 딘은 상어의 존재에 대해 아무것도 몰랐으나, 상어는 먹잇감을 고른 것처럼 보였다.

방송을 시작한 지 얼마 되지 않아 루시 딘은 모르는 번호로부터 문자를 받았다.

아주 특별한 크리스마스 선물을 위해 부두에서 만나요. T로부터.

그 'T'는 여름 에피소드 이후 모습을 드러내지 않았으나, 캐서린이 여전히 사랑하는 애인 톰이기를 바라면서, 루시는 사람들로 꽉 찬 술집과 크리스마스 무렵의 모든 행사들을 피해 부두 쪽으로 달려갔다.

이것이 광고 시간 전 마지막 장면이었기 때문에 캐서린은 파라가 '컷!'을 외치는 순간 자신의 운명을 알게 될 것이라는 사실을 예감했다.

마지막 씬은 팬들의 결정과 관계없이 같은 방식으로 진행되었다. 배 한 척이 도착하면 루시 딘은 오래전에 잃어버렸던 딸 타냐를 만나게 된다.(T는 타냐의 T이다.) 오랜 세월 떨어져 지냈던 모녀가 그들의 험난했던 과거 이야기를 격정적으로 이어간다. 마침내 타냐가 그녀의 어머니인 루시 딘을 때리고, 그것이 그녀의 어머니를 물속에 빠지게 한다. 상어는 먹잇감을 감지하고 루시 딘을 찾아오게 된다.

만약 시청자들이 루시 딘 살리기에 투표한다면, 술집에서 루시 딘을 따라와 그들의 관계를 다시 시작하고 싶은 타이슨이 루시 딘을 구하기 위해 바다로 뛰어들 것이다. 그는 루시를 위해 목숨을 바칠 것이다.

그러나 만약 청중들이 루시 딘을 죽이는 것에 더 많이 투표한다면, 영웅적인 구세주는 없게 될 것이다. 상어는 크리스마스 저녁으로 루시 딘을 먹어 치우고 그녀는 바다를 떠나지 못할 것이다.

캐서린은 두 가지 대화를 머릿속으로 연습하면서, 허니가 자신을 너무 세게 때리지 않기를 바랐다. 캐서린은 단지 대역과 함께 리허설을 했을 뿐이었고, 그것은 결코 같지는 않을 것이었다. 캐서린은 갈매기들의 끼륵거리는 소리와 파도 소리를 들으면서 숨겨진 탱크에서 상어의 위협적인 지느러미가 움직이는 것을 보았다. 캐서린은 그녀가 할 수 있는 일이 더 이상 없다는 것을 깨달았다. 어떤 결과가 나오든 캐서린은 청중들이 그녀에게 선택한 운명에 모든 것을 바치기로 결심했다.

드론 촬영을 위해 가능한 한 많은 해변과 바다 쪽에 공간을 확보하고 싶었던 파라는 마지막 씬을 위해 모니터와 촬영에 관여하지 않는 사람들을 만으로 이동시켰다. 파라의 핸드폰에 결과가 도착했을 때, 파라와 쉬나가 아만다와 함께 있었다. 파라는 메시지를 연 다음 화면을 돌려 두 사람이 볼 수 있게 했다.

쉬나는 일어나서 기대감으로 물가에 서 있는 고객이자 친구의 쓸쓸한 모습을 바라보았다.

"내가 캐서린에게 말할게."

57장

세트장이 내려다보이는 기자석에서 헬렌과 로스는 투표 수치가 모니터에 떴을 때 휴대폰을 내려놓았다.

루시 생존 49.1%
루시 사망 50.9%

놀라움에 찬 웅성거림이 기자단 사이로 파문을 일으켰다. 정말 아무도 예상하지 못했다.

로스는 오디오 레코더를 손에 들고 헬렌을 향해 돌아섰고, 뭐라고 말해주기를 원했지만, 그녀는 나가버렸고, 충격을 받아서 말을 할 수가 없었다. 캐서린은 부둣가 쪽의 차가운 바닷바람 속에 서 있었다. 캐서린은 쉬나가 다가오는 것을 발견하고 소리쳤다.

"결과는 좋게 나왔어?"

친구를 향해 슬픈 걸음걸이를 계속하며 쉬나는 단호히 고개를 저었다.

"투표에서 1퍼센트 미만 차이로 졌어. 정말 미안해. 아무도 그것을 믿을 수가 없어."

마음속 깊은 곳에서 캐서린은 이 일이 일어날 것을 예감했지만, 그 소식을 실제로 듣자 캐서린은 받아들이기가 어려웠다.

쉬나는 캐서린의 화장품이 번지지 않도록 주의하면서 캐서린을 꼭 안았고, 그녀의 귀에 대고 말했다. "기억해, 우리는 이 일을 위해 계획을 세워왔어." 쉬나가 최대한 열의를 보이며 말했다. "이것이 끝은 아니야. 단지 새로운 시작일 뿐이지." 쉬나는 뒤로 물러서서 캐서린의 눈을 똑바로 쳐다보며 그녀가 정확히 이해했는지 확인했다.

눈가에 눈물이 가득한 채 캐서린은 고개를 끄덕였다.

쉬나는 캐서린의 손을 꽉 쥐면서 "이제 이 마지막 씬을 끝내야 할 때야. 다들 놀라게 해줘."라고 말했다. 그런 다음 광고 시간이 끝나가고 있어 장면을 정리해야 한다는 것을 알고 그녀가 할 수 있는 최고의 미소를 지어 보였다.

캐서린은 여전히 아무 할 말도 찾지 못한 채 다시 고개를 끄덕였다.

쉬나는 캐서린이 제자리로 돌아오자 팔콘만의 그늘로 달려갔다. 투표가 이루어졌고, 결정이 내려졌다. 루시 딘은 죽은 것이나 다름없었다. 겨우 몇 표만 더 있었어도 캐서린을 구할 수 있었을 것이지만, 또한 그렇게 아슬아슬했다고 생각하니 쉬나는 숨이 막혔다.

몇 분 후에 캐서린은 차가운 바다에 있는 튼튼한 내부 탱크 안에 들어가 상어가 그녀를 잡아먹는 것처럼 보이는 순간 비명을 질러야 할 것이다. 그런 후 제목이 화면을 타고 올라올 때, 팔콘만에서 캐서린 벨의 40년은 끝이 나고, 루시 딘은 더 이상 드라마 역사에 기재되지 않을 것이다. 쉬나도 마찬가지였다.

"액션!" 파라는 해변의 술집 문에서 엄숙하게 소리쳤다.

이제 캐서린은 거의 자동으로 바다를 바라보면서 부둣가 쪽으로 몸을 부드럽게 흔들었다. 전 세계의 시선이 캐서린에게 쏠려, 루시 딘의 마지막 순간을 간절히 기다리고 있었다.

멀리서 팔콘만을 향해 오는 모터보트의 소리가 점점 커지기 시작했고, 캐서린은 타냐 딘의 역할을 맡은 허니 헌터가 타고 있다고 믿는 그 배의 그림자를 겨우 알아볼 수 있었다. 루시의 잃어버린 딸이자 팔콘만 새로운 여자 주인공이었다.

전 세계 시청자들이 그들을 보는 동안 트위터 온라인 채팅에 참여했고 수많은 채팅이 올라왔다. 루시의 마지막 대결에 대한 시청자들의 의견이 이어지자 왓츠앱, 페이스북, 인스타그램에서도 폭발적인 반응이 이어졌다. 정확한 시청률은 방송이 끝난 후에나 알 수 있겠지만, 적어도 지금 1억 6천만 명의 시청자가 보고 있다는 사실을 뉴스데스크로부터 들은 로스는 내일 날짜 헤럴드 신문 표지 작업을 시작했다. '그녀가 죽다!' TV 역사상 가장 많이 시청된 드라마 '팔콘만'이 내일의 헤드라인이 될 것이었다.

모터보트는 이제 갑판 위에 서 있는 여성의 윤곽을 알아볼 수 있을 정도로 충분히 가까워졌다. 캐서린은 필사적으로 마음속의 거부감을 깊이 던져버리고 허니에게 그녀의 최고의 씬을 보여주는 데 집중하려고 노력했다. 캐서린은 이 상황이 허니의 잘못이 아니라고 판단했고,

비록 마음이 아팠지만, 팔콘만의 새로운 여왕을 축복해주기로 했다.

전 세계의 거실에서 시청자들은 보트 위의 그늘진 형체가 마침내 부두 쪽에 다다랐을 때, 캐서린의 충격 받은 얼굴에 매료되었다.

이번만은 그녀가 연기를 하지 않았다.

낯익은 구두가 옆에 있는 부두에 올라서자, 캐서린은 깜짝 놀라 눈이 휘둥그레졌다.

팔콘만 술집 안에 있는 임시 통제실에서 파라는 "씨발 이게 뭐야?"라고 소리쳤다.

"맙소사." 헬렌이 숨을 헐떡이며 말했다. "매들린이 스스로를 캐스팅한거야?"

"빌어먹을!" 쉬나는 매들린이 캐서린에게 주었던 굴욕이 끝나려면 아직 멀었다고 의심하기 시작하면서 숨을 쉬었다.

"매들린 케인이 우리의 새 쌍년이야?" 아만다가 깜짝 놀라서 소리쳤다.

"컷! 할까?" 광적으로 흥분한 파라가 사용할 만한 다른 씬이 있는지 둘러보면서 물었다. 하지만 파라는 아무것도 없다는 것을 알고 있었다.

"장면을 전환할 거리가 아무것도 없어. 우리는 여전히 생방송 중이야. 우리는 이 씬을 끝내야만 해." 아만다는 모니터 주위를 서성거리며 빠른 어조로 말했다.

"3번, 4번 카메라는 와이드 샷으로 할 거니까 뒤로 물러나세요." 파라는 라디오로 몇 초 정도 더 시간을 벌라고 지시했다.

"매들린이 대사를 알기나 할까?" 아만다가 격노했다.

"아, 알고 있을 거야." 헬렌이 은근슬쩍 말했다. "매들린은 전에 이 일을 한 적이 있거든. 내가 기억하고 있어."

쉬나는 매들린이 캐서린을 향해 힘차게 발을 내딛는 것을 유심히 지켜보고 있었다. 매들린이 캐서린을 증오했던 만큼, 매들린은 그 역할을 직접 맡아 자신이 뛰어남을 보여줄 수 있었다. 그것은 끔찍할 정도로 인상적인 움직임이었다.

"매들린은 예전엔 꽤 괜찮았어." 헬렌은 여전히 당황한 아만다의 어깨에 손을 얹었다. "그리고 캐서린은 프로야. 캐서린이 매들린을 잘 다룰 거야."

아만다와 파라는 잠시 아무 말 없이 서로를 바라보다가 무전으로 카메라의 위치를 바꾸라고 지시했다. 두 여배우 모두 이것을 마지막 씬의 대화를 시작하라는 신호로 받아들일 것이었다.

쉬나는 사람들이 모두 모니터로 매들린의 반짝이는 입술이 만든 그 능글맞은 미소를 보는 동안, 자신의 잔과 다른 사람들의 잔에 샴페인을 따랐다.

"우리가 이제 매들린에게 넘겨줘야 해." 쉬나가 마지못해 감탄하는 목소리로 말했다. "우리가 이긴 줄 알았는데, 사실은 매들린이 이긴 것이었어. 그리고 이제 소유주로서뿐만 아니라 쇼의 '스타'로서도 매들린을 끝장낼 방법이 없어."

쉬나는 아만다와 헬렌의 눈을 바라보았고, 잔을 입술까지 올렸다가 내려놓았다. "새 여주인공에게 행운을 빌어. 숙녀분들. 너희들에게 그것이 필요할 거야. 왜냐하면 저 사람은 무자비한 여자니까." 쉬나는 그 장면이 끝나자 잔을 내려놓고 캐서린을 데리러 갔다.

마지막 부

58장

매들린이 배에서 내려 세상의 시선 속으로 다시 한번 들어왔을 때, 그녀의 혈관을 통해 뿜어져 나오는 흥분감은 역대급이었다. '노마 데스몬드(살인을 저지르고 미쳐버린 한 무성 영화 여배우를 그린 1950년작 미국의 흑백 영화)'처럼 매들린은 '내가 마침내 집에 돌아왔구나.'라고 속으로 생각했다. 캐서린의 섬뜩한 표정은 추가적인 힘이 되었다. 그 표정이라면 뭉크의 '절규'와 치열한 경쟁을 벌일 수 있을 정도였다. 공정하게 말하자면, 캐서린은 이런 일이 일어날 거라고 예상할 수 없었다. 심지어 매들린도 이런 특별한 변화가 올 줄은 상상도 하지 못했다.

복수에 대한 매들린의 갈망은 그녀가 오래된 이 드라마의 새로운 여왕으로 이 자리에 다시 오자마자 사라졌다. 매들린은 원래 이 드라마를 1위 자리로 되돌리고, 공로를 인정받으며 자신을 내쫓았던 바로 그 장소를 소유하고 난 후 내면의 악마를 제거하려고 했었다. 그런 다음 매들린은 수익을 위해 방송국을 팔고 채드와 함께 루이지애나로 돌아가려고 했다. 그곳에서 매들린은 그녀가 일을 잘 해내고 있다는 것을 증명하고, 더 큰 방송국을 사서 자신만의 드라마를 만들 계획이었다. 매들린의 세 번째이자 마지막 새로운 출발이었지만, 원치 않은 개처럼 버려졌던 것이 오래된 임원들 때문이 아니라, 바로 캐서린 벨 때문이었다는 것을 알았을 때, 모든 것이 바뀌어버렸다.

매들린은 진실을 알게 되자, 캐서린이 그것이 어떤 느낌이었는지 정확히 알 때까지 쉬지 않을 것이라고 결심했다. 매들린은 캐서린을 같은 처지에 놓이게 하고 싶었다. 매들린이 느꼈던 것과 비슷하게 무력하고, 버려지고, 가망이 없게끔 만들고 싶었다. 그렇게 되기 위해서 루시 딘은 죽어야 했다.

비록 매들린이 계획했던 대로 일이 정확하게 진행되지는 않았지만, 쉬나와 캐서린의 콜롬보 연기 덕분에 결과는 여전히 같았다. 시청자들이 캐서린을 살릴 수 있는 투표의 기회가 있었음에도 불구하고, 캐서린 벨은 이제 드라마에서 퇴출되기 직전이었다. 술꾼인 허니 헌터가 마지막 순간에 사라졌을 때, 매들린의 기분 좋은 복수와도 같은 아이스크림 선데이 위에 예상치 못한 체리가 갑자기 나타났다. 불현듯 떠오른 매들린의 천재적인 대응은 즉각적이고 아주 좋았다. 매들린은 자기 자신을 팔콘만의 새로운 쌍년으로 캐스팅한 것이었다. 매들린이 루시의 아들 역을 맡았던 곳에서, 이제 오래전에 잃어버렸던 딸 역할을 맡을 것이었다. 딸 역할을 맡으면서 루시를 때려죽이고, 루시의 자리를 빼앗아 드라마 인생의 원을 완성하게 될 것이었다.

전 세계가 지켜보는 가운데 카메라가 매들린의 첫 씬을 찍자, 매들린은 흠잡을 데 없는 얼굴로 미소를 지으려고 애쓰고 있었다.

타냐 딘: 안녕하세요, 어머니.

매들린이 말했다.

루시 딘: 오랜만이야.

캐서린은 입이 떡 벌어진 채로 서있었다.

루시 딘의 하이힐 중 하나가 매들린의 발을 비집고 들어온 순간부터 캐서린은 매들린의 계획이 얼마나 철저한지 깨닫는 데에는 단 몇 초의 시간도 걸리지 않았다. 루시 딘은 죽을 것이고, 매들린이 이 드라마의 새로운 스타가 되고 팔콘만의 미래 또한 안전할 것이다.

비록 캐서린은 당황했지만, 매들린은 분명히 대본을 외웠고 해낼 작정이었다. 그들은 전 세계 텔레비전에서 생방송되고 있는 상황에서, 캐서린은 어떻게든 계속 진행해야 한다는 것을 알고 있었다.

루시 딘: 여긴 왜 왔어?

타냐 딘: 당신이 제 인생을 망쳤으니까요. 그리고 이제 제가 당신의 인생을 파멸시킬 겁니다. 저는 테이트 지주회사의 배후에 있었어요.

매들린은 한마디 한마디를 즐기며 비웃었다.

타냐는 자신이 루시의 해변 술집 아래쪽 땅을 포함한 대부분의 팔콘만을 사들인 기이한 사업주와 관련된 이야기를 언급하자, 루시가 충격받은 것을 알아챘다. 이제서야 이것이 루시의 친딸의 소행임이 밝혀졌다.

　캐서린은 연기를 하면서 아주 오랜 세월을 살아왔던 그곳을 마지막으로 보기 위해 매들린을 극적으로 외면했다. 그녀의 유일한 집이었던 소설같이 아름다운 팔콘만을 말이다. 갑자기 그녀의 마음속에 무언가가 꿈틀거렸다. 캐서린은 갈 준비가 되지 않았다. 그랬다. 그들은 생방송 중이었고 전 세계의 시선을 받고 있었지만, 매들린의 상처받은 마음 깊숙한 곳에 도달하려는 마지막 시도는 충분히 가치가 있을 것 같았다.

　루시 딘: 틀렸어. 난 항상 널 사랑했어.

　매들린은 당황했다. 이건 대본에 나와 있던 대사가 아니었다. 캐서린은 악당이 되어 있었다. 당황한 채로 매들린은 대본에 써있는 대로 다음 대사를 계속했다.

　타냐 딘: 당신이 원하는 모든 것을 주장할 수 있지만, 아무것도 바뀌지 않을 거예요. 전 이제 이 만의 모든 것을 소유하고 있어요. 당신이 사랑하는 술집을 포함해서요. 이곳에서 당신의 시대는 끝났어요.

　매들린은 사악한 여신처럼 행동했고, 대본에 있듯이 루시를 때리려 하고, 그다음에 몸싸움이 시작되고, 결국 상어가 기다리는 물속으로 루시가 떨어지는 것으로 끝낼 준비를 했다.
　두 여자가 갑판 끝에서 서성이고 있을 때, 좌석에서는 파라, 헬렌,

쉬나가 모두 서로를 힘없이 쳐다보고 있었다.

"캐서린이 대사를 잊어버렸어요. '컷!' 해야 할 것 같아."라고 파라가 어쩔 줄 몰라 하며 말했다.

아만다는 도움을 청하기 위해 쉬나를 바라보았다.

"그녀를 믿어봐." 쉬나는 모니터에 시선을 고정한 채 말했다.

"어떻게 해서든 잘 해낼 거야. 캐서린을 포기하지 마."

아만다는 마지못해 파라에게 계속 촬영하라는 손짓을 했다.

제작진, 출연진, 그리고 전 세계가 루시 딘의 다음 말을 기다리는 동안 그들은 모두 숨을 죽였다.

루시 딘: 난 네가 모든 것을 소유하고 있다는 것에는 신경을 쓰지 않아. 네가 왜 나에게 복수를 원했는지 이해하지만, 네가 알고 있는 유일한 어머니로서 내 마음에서 우러나온 말을 들어줘. 미안해. 용서해 줘.

매들린의 심장에 전율이 흘렀다. 이 말들은 그녀가 수년 동안 듣고 싶어 했던 말들이었고, 매들린이 항상 믿고 싶어 했던 말들이었다. 매들린은 말을 잠시 멈췄다. 카메라가 매들린의 얼굴을 확대해서 그녀의 눈에서 확신하지 못하는 모습을 보여주었다.

전 세계 시청자들이 자리에서 매우 긴장했다. 심지어 허니 헌터가 이 무명 여배우로 대체된 것에 대해 매우 부정적인 반응을 보였던 소셜 미디어 방송 프로그램에서도 이제는 지지하고 있었다. 사람들은 두 여성 사이의 끈끈함에 열광했고, 이제는 다시 그들을 함께 화면상으로 보고 싶어 더 이상 루시가 죽는 것을 원하지 않는다고 말하는 댓글들이 급증했다.

좌석에서 쉬나는 아만다에게 이어폰을 통해 이 국면을 매들린에게 알릴 것을 설득했다. "허영심에 호소하도록 해줘." 아만다가 간청했다. "매들린에게 대중들이 그들 둘을 얼마나 사랑하고 있는지 말해줘. 그들은 루시가 남기를 원한다고 말해줘." 아만다는 마이크를 통해 매들린의 귀에 직접 대고 말했다. "캐서린은 죽을 필요가 없어요."

"청중들이 화면상의 당신들에게 열광하고 있습니다. 그들은 끝나지 않길 원하고 있어요. 매들린! 당신의 방송국이니까 당신이라면 바꿀 수 있잖아요."

여자들은 스크린에 비친 매들린의 얼굴을 자세히 살폈다. 그 말이 그녀에게 전해지자, 매들린의 눈에서 뭔가가 움직거렸다.

캐서린은 매들린을 향해 한 걸음 내딛었다.

루시 딘: 제발, 부탁이야, 난 모든 것을 바로잡고 싶어.

캐서린은 진짜로 빌었다. 그랬다. 캐서린은 루시의 목숨을 구걸했지만, 그녀 자신을 위해서도 용서를 빌었다. 캐서린은 매들린에게, 그때 매들린이 에드 니콜스의 희생자라는 것을 알았다면, 또한 문제 있는 몸으로 태어났다는 것을 알았다면 그녀를 도와주었을 것이고, 해고하지 않았을 것이라며 믿어달라고 애원했다.

매들린은 계속해서 캐서린을 응시했다. 사실이었을까? 캐서린이 정말 미안해했을까? 그녀가 정말 몰랐을까? 아만다가 옳고, 정말로 결말을 바꾸고 새롭게 시작해야 할까? 카메라가 그 둘의 주변을 지나가며

마지막 부

상어의 지느러미가 그들이 서 있는 곳에서 약 100피트 떨어진 물속에서 빙빙 도는 모습을 찍는 동안, 많은 상반된 감정들이 매들린의 머릿속을 가득 채웠다.

좌석에 앉아있던 네 명의 여성들 모두 시계를 보고 나서 다시 모니터로 시선을 돌렸다.

"이제 떨어질 거야." 헬렌이 미친 듯이 머리카락을 손으로 만지며 말했다.

"위층에 전화해." 아만다가 말했다. "예정된 시간을 넘길 가능성이 있지만, 계속 진행해야 한다고 촬영팀에게 말해줘." 그리고 나서 아만다는 파라에게로 돌아섰고, 자신의 경력 전체에 큰 영향을 미칠 수 있는 커다란 결정을 내렸다.

"계속 진행해." 아만다가 말했다.

부두에 갑자기 폭풍우가 몰아쳤다. 짙은 구름이 팔콘만으로 집중호우를 퍼붓기 시작했고, 매들린과 캐서린은 흠뻑 젖었지만 둘 다 제자리에서 움직이지 않았다.

캐서린은 방송 시간이 얼마 남지 않았다는 것을 알고 마지막으로 매들린에게 재촉하기로 했다.

루시 딘: 너무 늦기 전에 결정을 내려줘!

그 선의의 말들이 캐서린의 입에서 나오자, 화해에 대한 모든 매들린의 생각들은 분노로 대체되었다. 이 말들은 캐서린이 일자리를 지키려는 것에 지나지 않았다. 분명히 캐서린이 말한 그 사과의 말들은 진심이 아니었다. 캐서린은 단지 그녀가 한때 강탈했던 매들린의 삶에 매달리려고 했을 뿐이었다. 하지만 너무 늦었다. 캐서린이 마음 속 계산을 드러내었고, 이제 매들린은 치명타를 가할 준비가 되었다.

타냐 딘: 거짓말하지 마!

비는 계속해서 두 사람 모두에게 퍼부어졌으며, 그들의 옷이 젖어 피부에 딱 들러붙었다. 정성들여 스타일링한 머리가 망가지는 동안 매들린이 말을 내뱉었다. 그녀는 캐서린을 보호 탱크로 보내고 루시 딘의 죽음을 보기 위해 때릴 준비를 했다.

타냐 딘: 이젠 끝이야!

매들린이 캐서린을 때리려고 달려들 때, 하이힐 중 한 짝 굽이 부러져 균형을 잃었다. 매들린은 다른 발로 균형을 잡으려 했지만, 물에 젖은 보드워크에 미끄러지면서 온몸이 물 쪽으로 곤두박질쳐졌다.

눈 깜짝할 사이에, 캐서린이 매들린에게 손을 뻗기도 전에 매들린은 차갑고 어두운 바닷물에 빠졌을 뿐만 아니라, 보호용 탱크가 아닌 실제 상어 탱크 속으로 떨어졌다.

두 여자 모두 파도가 부두에 부딪힐 때 비명을 질렀고, 비는 쏟아졌고, 매들린은 물속으로 가라앉았다. 캐서린은 바닥에 몸을 던져 손을 뻗었다.

수면 아래 깊숙한 곳에 수중 카메라가 매들린의 긴 빨간 드레스가 배의 장비들에 엉킨 것을 드러내 보이자 모두가 비명을 질렀다. 전 세계 시청자들은 매들린이 물속에서 빠져나와 수면으로 돌아오기 위해 미친 듯이 허우적거리고 몸부림치는 모습을 경악에 찬 눈으로 지켜보았다.

캐서린은 팔을 뻗은 채 바닥에 무릎을 꿇었다. 첨벙거리는 소리에 놀라 상어는 그들이 있는 방향으로 틀었다. 상어의 지느러미가 어렴풋이 보였고 전속력으로 달려왔다. 그리고 먹이에 가까워짐에 따라 속도를 높였다.

겁에 질린 매들린은 마침내 그녀의 드레스를 찢어버렸다. 그녀는 캐서린에게 필사적으로 손을 뻗으며 다시 모습을 드러냈다.

화면에서는 두 여성의 손가락이 닿는 것처럼 보였지만 때는 이미 늦었다. 상어의 거대한 이빨이 매들린의 다리를 감싸 그녀를 반으로 찢었다. 소름끼치는 울부짖음이 팔콘만과 직원 모두의 이어폰에 메아리쳤다. 전 세계의 시청자들은 핏빛 물속으로 매들린이 시야에서 사라지자 비명을 질렀다. 캐서린은 실신했고 모든 것들이 의식을 잃었다.

59장

경찰과 기자들이 탄 헬리콥터가 계획대로 역사상 가장 많이 시청된 드라마 에피소드로 기록된 팔콘만에 몇 분 만에 내려왔다.

불행히도 가장 섬뜩한 이유 때문이었지만. 세트장 옆에 있는 앰뷸런스의 뒤편에서 구급대원이 담요에 싸인 채 떨고 있는 캐서린 벨을 살피고 있었다. 캐서린의 몸이 걷잡을 수 없이 떨리고 눈물이 얼굴을 따라 흘러내리는 동안, TV 뉴스 보도진들이 열린 문을 통해 촬영하고 있었다.

"거의 닿을 뻔했어요." 캐서린은 이를 떨며 더듬거렸다. 캐서린은 여전히 물속에서 매들린을 잡으려는 것처럼 손을 뻗었다. "그런데 상어가 매들린을 잡아갔어요. 맙소사, 그 비명소리…" 캐서린의 목소리는 쉬었고 거의 들리지 않았다. 캐서린의 말은 숨 가쁜 흐느낌 속으로 사라졌다.

쉬나는 앰뷸런스로 달려가 취재진을 밀어내고는 캐서린을 팔로 감쌌다. "내가 도와줄게." 쉬나가 캐서린의 얼굴을 엿보고 있는 카메라를 조심스레 떼어내며 말했다.

한 경찰관이 나타나 기자들을 약간 흩어지게 한 뒤 머리를 내밀었다. "미안해요, 캐서린 벨! 하지만 물어볼 게 있어요." 그가 친절하게 시작했지만, 쉬나가 그의 말을 끊었다.

"캐서린이 병원에 가기 전까지는 안 돼요. 캐서린은 쇼크 상태고 긴급한 치료가 필요한 게 안 보이시나요?"라고 쉬나는 위압적으로 다른 사람들을 쫓아내며 구급대원에게로 눈을 돌리며 말했다. "우리 제발 그만 가면 안 될까요?" 쉬나가 한 손으로 캐서린을 꽉 잡고 다른 손으로 문을 쾅 닫으며 말했다.

아만다는 앰뷸런스 뒤에서 선 채로 바라보며 몸이 떠는 것을 멈추기 위해 자신을 껴안았다. 비는 여전히 억수같이 내리고 있었지만, 아만다는 자신이 얼마나 젖었는지 거의 알지 못했다. 두 번째 구급차가 도착하고 더 많은 구급대원들이 세트장을 가득 채웠을 때, 경찰이 아만다에게로 달려갔다. 의상팀의 브래드는 갠트리 밑으로 피신하여 종이봉투에 대고 호흡하고 있었고, 헬렌과 파라가 그를 부축했다.

"그는 매들린이 물에 빠졌을 때 발작을 일으켰어요." 아만다는 브래드를 열심히 지켜보고 있던 경찰관에게 설명했다. "브래드는 매들린에게 의상팀에서 가져온 구두의 굽에 결함이 있어 안전하지 않다고 경고하려고 했지만, 매들린이 급하게 그 구두를 가져갔다고 말했어요."

그 경찰은 브래드, 헬렌, 파라와 아만다에게 의심스러운 시선을 던졌다. 아만다는 그의 마음이 어디로 움직이는지 알아차리고 재빨리 끼어들었다.

"의상팀에 소리가 나는 CCTV가 있고, 저는 그것이 브래드가 말한 것을 확인해 줄 것이라고 장담할 수 있어요. 이것은 비극적인 사고일 뿐입니다."라고 아만다는 말했다. "물론 수중 카메라와 부둣가의 카메라로 촬영된 우리의 모든 영상을 볼 수 있게 해드릴 것입니다."

"우리는 캐서린 벨의 진술이 필요합니다." 경찰관이 엄숙하게 말했다.

"아침에 가장 먼저 그렇게 하겠습니다." 아만다가 말했다.

경찰이 가버리자, 아만다는 두 명의 잠수부가 바다에서 매들린 케인의 유해를 꺼내는 동안 로스 오웬이 카메라로 영상을 찍으며 생중계하고 있는 것을 발견했다.

아만다는 내장이 뒤흔들렸고 구토를 멈추기 위해 심호흡을 몇 번 해야 했다. 출연진과 제작진들은 아만다에게 리더십과 지원을 기대하고 있을 것이었다. 아만다는 가능한 일에만 초점을 맞추고 나머지 일들은 미뤄둘 필요가 있었다.

그 상어는 조련사들에 의해 수조의 바깥쪽 구석으로 옮겨졌고, 상어가 왔던 수족관으로 돌려보내기 위해 진정제로 안정시켰다.

만약 아만다가 그녀 마음대로 했다면, 그 상어는 애당초 팔콘만 근처 어디에도 오지 못했을 것이었다. 하지만 지금까지 아만다가 마음대로 할 수 있었던 것은 없었다. 방송국 소유주가 부재할 경우, 아만다가 단독으로 책임을 지게 되는 계약에 서명한 후인 지금에서야 비로소 아만다가 모든 권한을 갖게 되었다. 팔콘만의 가까운 미래는 아만다의 손에 달려 있었고, 그녀는 다시는 드라마를 위험에 빠뜨리지 않을 것이라고 마음먹었다.

법의학자들이 매들린이 공격당한 지역을 봉쇄했을 때, 아만다는 매들린의 귀청이 터질 것 같은 비명소리가 하늘을 가득 채우는 동안, 부두에 무릎을 꿇고 비에 흠뻑 젖은 캐서린의 모습을 반복하여 머릿속에서 재연했다. 아만다는 모든 끔찍한 비극이 모니터에서 클로즈업된 상태로 벌어지는 것을 목격했는데, 매들린이 필사적으로 다리로 발길질하는 것과 매들린의 손가락이 닿는 모습, 그리고 캐서린의 숙적이 곤경에 빠져있는 동안 캐서린 얼굴의 모든 미묘한 표정 변화들까지 지켜보았다. 아만다는 또한 마지막 순간에, 캐서린에 대한 복수가 너무 처참하게 각본을 벗어났을 때, 매들린에게서 캐서린이 어떻게 교묘하게 손을 뺐는지 보았다.

갑자기 또 울부짖는 소리가 적막을 깨뜨렸다. 아만다는 채드 케인이 그의 아내의 유품에 접근하려 하다가 경찰관들에 의해 제지당하자, 상심하여 울부짖는 그를 보기 위해 돌아섰다. 지켜보는 것은 괴로운 일이었지만, 아만다는 결정을 내렸다. 아침에 경찰에 보내지 않을 그 영상에는 많은 장면들이 있었다. 아만다는 매들린 케인을 되살릴 수는 없었지만, 캐서린 벨을 구하기 위해 최선을 다할 생각이었다.

긴 밤이 될 것 같았다.

구급차가 성 어거스틴의 작은 성 조지 병원을 향해 질주해 가면서 사이렌을 울렸다. 두 구급대원은 모두 맨 앞에 있었고, 쉬나와 캐서린은 뒤에 있었다.

"바보 같은 질문이지만, 기분은 어때?" 쉬나가 부드럽게 물었다.

"난 괜찮은 것 같아." 캐서린이 조심스럽게 말했다. "그냥 그녀가 안됐어."

"그녀가 이 모든 일을 벌였는데도?" 쉬나가 물었다.

"그래. 오늘 밤 끝났어야 했던 비극이었어." 캐서린이 눈을 돌려 쉬나의 눈을 피하며 말했다.

캐서린의 신중한 대답이 뇌리에 스며들자 쉬나는 말을 잠시 멈췄다.

"글쎄." 캐서린이 한 말의 진정한 의미가 이해되면서, 충격을 감추려는 듯 깊이 파고들며 말했다.

"그녀는 지독한 여자였어. 그건 인정해."

"응, 그랬지." 구급차가 앞으로 달려가는 동안 캐서린은 여전히 눈길을 돌리며 말했다.

60장

크리스마스가 30분밖에 남지 않았고, 아만다는 제작 사무실의 문을 닫기 전에 마지막으로 해야 할 일이 있었다. 댄은 이미 잠든 올리비아를 차 뒤에 태우고 그녀를 데리러 오는 길이었다.

아만다는 책상에 조용히 앉아 고요한 달빛이 비치는 팔콘만을 보기 위해 의자를 돌렸다. 아만다는 팔콘만을 1위 자리로 다시 앉히려고 노력한 매들린의 순수한 결심이 어떻게 효과가 있었는지 생각하기 시작했다. 매들린이 많은 결점에도 불구하고 그것을 즐기러 이곳에 오지 않은 것은 유감이었다. 그러고 나서 아만다의 생각은 캐서린과 수중 영상으로 옮겨졌다. 그 드라마는 그들에게 모든 것이었고, 그래서 그들은 기꺼이 그것을 위해 목숨을 바쳤다. 아만다는 지금 여기 제작 사무실에 앉아있었다. 예전에 아만다가 속해 있었고 항상 원했던 그 자리에 있으면서 이제 아만다 역시 왜 그랬던 것인지 깨달으며 괴로워했다.

얼마 후 아만다는 팔콘만의 비극적인 여주인공이 결코 잊혀지지 않도록 하기 위해 세계 언론에 하고 싶은 말을 타이핑했다. 아만다는 크리스마스 다음 날 자정으로부터 1분 후에 개봉하도록 시간을 맞추었다.

12월 26일
C.I.TV의 새로운 드라마의 책임자이자 연기 담당자인 아만다 킹의 언론 보도가 곧 발표됩니다.

크리스마스의 비극적인 사건들에 이어, 팔콘만은 한 달간의 휴식을 취할 것입니다. 팔콘만이 돌아온다면, 그것은 고인이 된 매들린 케인을 기리기 위한 것입니다. 그것이 그녀가 원하던 바일 것입니다. 그녀는 이 드라마를 죽도록 사랑했거든요.

무자비한 여자들

초판인쇄	2023년 2월 15일
초판발행	2023년 2월 24일
지은이	멜라니 블레이크
옮긴이	이규범, 손덕화
발행인	조현수
펴낸곳	도서출판 프로방스
기획	조용재
마케팅	최관호 최문섭
편집	강상희
디자인	호기심고양이
일러스트	초이선비, 풋윤
주소	경기도 고양시 일산동구 백석2동 1301-2 넥스빌오피스텔 704호
전화	031-925-5366~7
팩스	031-925-5368
이메일	provence70@naver.com
등록번호	제2016-000126호
등록	2016년 06월 23일

정가 25,000원
ISBN 979-11-6480-304-0 03840